中国十大古典喜剧故事

王永宽　卫绍生等　改写

中州古籍出版社

图书在版编目(CIP)数据

中国十大古典喜剧故事/王永宽,卫绍生等改写.—郑州:中州古籍出版社,2015.1(重印)
ISBN 978-7-5348-3429-5

Ⅰ.①中… Ⅱ.①王…②卫… Ⅲ.①戏剧文学-故事-作品集-中国 Ⅳ.①I247.8

中国版本图书馆 CIP 数据核字(2010)第 181706 号

出版社:中州古籍出版社
(地址:郑州市经五路 66 号　邮政编码:450002)
发行单位:新华书店
承印单位:安阳市泰亨印刷有限责任公司
开本:850mm×1168mm　1/32　**印张**:9.5
字数:225 千字
版次:2010 年 10 月第 1 版　**印次**:2015 年 1 月第 4 次印刷

定价:18.00 元
本书如有印装质量问题,由承印厂负责调换。

第三版说明

《中国十大古典喜剧集》和《中国十大古典悲剧集》的"白话故事版",于1995年10月由中州古籍出版社出版了第一版,又于2001年1月出版了第二版。这两个版本在社会上都得到了较好的反应,尤其是在青年学生读者群体中更为喜闻乐见。得到这样的结果固然是由于改写的成功,但是更重要的是由于中国古代的十大悲剧和十大喜剧本身所具有的不朽价值和感人魅力。现在出版的第三版,更名为《中国十大古典喜剧故事》和《中国十大古典悲剧故事》,正是为了满足广大青年读者的需要而问世的。

1982年,由中国当代著名的古代戏曲研究专家、中山大学王季思教授主编的《中国十大古典喜剧集》和《中国十大古典悲剧集》,是从中国古代丰厚的戏曲遗产中选出有代表性的喜剧和悲剧原著各十个,加以整理,相继出版的,在国内外引起很大反响。这不仅激发了广大读者对于中国戏曲名著的学习热情与兴趣,而且在以悲剧、喜剧的美学概念研究中国古代戏曲的问题上取得了突破性的进展。

中国古代的戏曲遗产非常丰富,许多作品脍炙人口,影响深远。中国古代的戏曲理论虽然没有明确使用喜剧、悲剧这样的名词,但是从戏曲作品的内容及演出效果来看,早有喜与悲的划分;古代的戏曲作家和批评家,也早就有对于戏曲的喜与悲的认识。

中国戏剧的原始形式——先秦时期的优人表演以滑稽与讽刺为主,即是以喜剧为主调的。《左传·襄公二十八年》写到齐国的优人表演，谓"陈氏、鲍氏之圉人为优"，杜预注云："优，俳也。"唐代孔颖达疏云："优者，戏也。……今之散乐戏可笑语，而令人笑者是也。"先秦时期优人表演的主要特征是滑稽，即是以语言与动作逗乐的意思。到汉代的角抵戏《东海黄公》及三国时魏国的《辽东妖妇》，发展为以歌舞戏谑来表演故事，这些已初步具备喜剧的形态。唐代参军戏表演也是以滑稽著称，正如段安节所说"复采优伶，尤尽滑稽之妙"（《乐府杂录序》）。

宋代杂剧是以喜剧为主要形式的，那时的人们一般认为，杂剧的功能就在于使人发笑取乐。苏轼曾说："乐且有仪，方君臣之相悦；张而不弛，岂文武之常行。欲作欢声，宜陈善谑。金丝徐韵，杂剧来欤。舞缀暂停，歌钟少阕。必有应谐之妙，以资载笑之欢。上悦天颜，杂剧来欤。"（《东坡乐语·勾杂剧词》）这里，苏东坡指出杂剧是要通过善谑使人发笑，这代表了宋代人们的看法。吴自牧《梦粱录》也说，杂剧"大抵全以故事，务在滑稽"（卷二十"妓乐"）。

在戏曲体制定型、舞台演出兴盛的元代，涌现出更多的喜剧作品。关汉卿的《救风尘》和郑廷玉的《看钱奴》等是具有代表性的喜剧。此外，如武汉臣的《老生儿》也是著名的喜剧。1819年法国汉学家布律吉埃·德索松据英文译本《老生儿》翻译成法文的时候，剧名就确定为《老生儿：中国喜剧》，这说明当时在法国文士的眼中，《老生儿》是他们所理解的喜剧。

明清两代杂剧与传奇中的喜剧作品更多了。徐渭的杂剧《歌代啸》，王衡的杂剧《郁轮袍》，沈璟的传奇《博笑记》，孙仁孺的传奇《东郭记》，吴炳的传奇《绿牡丹》，阮大铖的传奇《春灯谜》，李渔的传奇《风筝误》，唐英的杂剧《面缸笑》，沈起凤的传奇《才人福》，清代中期以后的地方戏中的《买胭脂》、《张古董借妻》、《磨房串戏》等，都是典型的喜剧。沈璟的《博笑记》第一出开场的《西江月》词写道:"昭代名家野史,于今百种犹绕。正言庄语敢相嘲,却爱诙谐不少。未必谈言微中,解颐亦自忘劳。岂云珠玉在挥毫,但可名为《博笑》。"所谓"博笑",即是"博得观者一笑"的意思,这里表现出沈璟对于他所撰《博笑记》的喜剧性质的认同,以及他对于喜剧的功能与效果的解说。

中国古代悲剧的出现晚于喜剧,南宋时期的两种南戏作品《赵贞女蔡二郎》和《王魁负桂英》可以说是最早的悲剧了。元杂剧中悲剧的数量多起来,悲剧的特征也更加明显,如关汉卿的《刘关张三赴西蜀梦》,杨梓的《霍光鬼谏》和《豫让吞炭》等,都是纯粹的悲剧。

在古代戏曲中的大多数悲剧里,作者往往让剧中的主要人物在戏剧结局时命运逆转,来一段"光明的尾巴",如关汉卿的《窦娥冤》第四出让窦娥的父亲为女儿昭雪了冤枉,纪君祥的《赵氏孤儿》剧末写二十年后赵氏孤儿得以复仇。但是,这样的情节却没有在本质上改变此类作品的悲剧性质。因此,近代学者王国维评论说,《窦娥冤》和《赵氏孤儿》"即列之于世界大悲剧中,亦无愧色也"(《宋元戏曲考·元剧之文章》)。18世纪时,法国汉学家马约瑟翻译《赵氏孤儿》,即定名为《赵氏孤儿:中国悲剧》;英国汉学家戴维斯翻译《汉宫秋》,即定名为《汉宫秋:中国悲剧》。

从宋元南戏到明清杂剧与传奇中的许多悲剧作品,大多是这一类加上一条"光明的尾巴"的悲剧。高明的《琵琶记》主调是悲剧,但其结果是赵五娘和蔡伯喈团圆,与颇有贤德之风的牛夫人和谐相处。孟称舜的《娇红记》是以哀怨为主调的爱情悲剧,结果是申纯和王娇娘合葬的墓上出现一对鸳鸯相向哀鸣,其冢便被称为鸳鸯冢,给这个感人的悲剧结局涂抹上一道浪漫主义的油彩。明末清初李玉的《清忠谱》写东林党人周顺昌等受阉党迫害悲惨至极，其结果则是以崇祯改元之后的拨乱反正告终。朱素臣、朱佐朝的许多写忠奸斗争及公案故事的传奇，如《十五贯》、《翡翠园》、《未央天》、《渔家乐》、《血影石》等，主人公的经历都是极悲极苦的，而剧中的结局则都是以忠良昭雪或受封、奸邪得到惩处、男女主角喜结良缘的大团圆收场。李渔的《比目鱼》传奇写谭楚玉和刘藐姑相爱受阻而双双投水殉情，化为一对比目鱼，已经是悲剧结局了，可是作者后来又让这一对比目鱼被救起，复归人身，团聚昭雪，并结成夫妇。孔尚任的《桃花扇》写的是明朝灭亡的大悲剧，剧末的"余韵"一出则加了一段对于清代顺治朝太平盛世的歌颂。洪昇的《长生殿》写的是唐明皇和杨贵妃的爱情悲剧，剧末则增加了月宫相会、永为夫妇的浪漫归宿。《雷峰塔》写白娘子最终被法海镇压的悲剧，而此剧的改编本附会出许仙之子中状元而前往祭塔等美好情节。还有，地方戏的《梁山伯与祝英台》、《秦香莲》等，无不如此。这样的增加有大团圆尾巴的悲剧，是古代悲剧的主流，反映了中国古代戏曲的悲剧观念及中国大众的文化心态，是具有中国特色的悲剧。

我国古代的戏曲理论没有形成关于喜剧与悲剧的完整的理论体系，这使今人感到有些遗憾。但是，古代的不少戏曲作家及戏曲理论家关于喜剧与悲剧确有不少精辟见解。祁彪佳在远山堂《曲品》和《剧品》中提出"悲境"和"欢境"的概念，前者指悲剧境界，后者则指喜剧境界。他评论金怀玉的《完福记》说"事出意创，于悲欢两境，俱无入髓处"，即是依据他对于悲剧与喜剧的理解，指出了此剧的缺点。臧懋循说元杂剧"能使人快者掀髯，愤者扼腕，悲者掩泣，羡者色飞"（《元曲选序》），黄周星说"感人者，喜者欲歌欲舞，悲者欲泣欲诉，怒者欲杀欲割"（《制曲枝语》），这也是对悲剧与喜剧的特点所作的简单表述。吕天成也指出戏曲在演出时有不同的境界，因而会产生不同的效果，他的《曲品》评论明代戏曲作品，提出"苦境"的概念，即是指悲剧境界。他评论《教子记》说"真情苦境，亦尽可观"，评论《分钱记》说"苦境可玩"，评论《合衫记》说"苦楚境界"，评论《祝发记》说"境趣凄楚逼真"等，他提到的这些作品基本上都是悲剧。

到了近代，王国维研究中国古代戏曲，才正式使用西方的喜剧和悲剧的概念。他论述元明戏曲史说："明以后，传奇无非喜剧，而元则有悲剧在其中。就其存者言之：如《汉宫秋》、《梧桐雨》、《西蜀梦》、《火烧介子推》、《张千替杀妻》等，初无所谓先离后合，始困终亨之事也。其最有悲剧之性质者，则如关汉卿之《窦娥冤》，纪君祥之《赵氏孤儿》。"（《宋元戏曲史·元剧之文章》）这里的议论难免有一些偏颇，如说"明以后，传奇无非喜剧"就不够客观，其实明以后的传奇中悲剧也是相当多的。尽管如此，王国维毕竟是较早地接受西方文学艺术理论的学者之一，他能够运用世界时新概念来分析中国古代文学艺术现象及作品，所表现出来的新的理论意识与探索精神都是非常可贵的。王国维还曾论述喜剧说："常人对戏剧之嗜好，亦由势力之欲出。先以喜剧（即滑稽剧）言之，夫能笑人者，必其势力强于被笑者也。故笑者实吾人一种势力之发表。……独于滑稽剧中，以其非事实故，不独使人能笑，而且使人敢笑，此即对喜剧之快乐之所存也。"（《人间嗜好之研究》）这里对于喜剧效果及观者心理机制的分析颇有见地，实际上是指出了喜剧的产生原因及社会作用的本质。上述议论尽管不够系统，但可作为我们今天认识喜剧与悲剧问题的重要参考。

欧洲一些国家的戏剧发展历程与中国稍有不同，那里悲剧的出现早于喜剧。如古希腊的早期戏剧主要是悲剧，并出现了埃斯库罗斯、索福克勒斯、欧里庇得斯那样的悲剧巨匠。亚里士多德的《诗学》也对悲剧的内容、形式、作用提出了一些重要观点，其中关于悲剧激起怜悯与恐惧的论述对后世影响很大。他说："悲剧是对于一个严肃、完整、有一定长度的行动的摹仿；它的媒介是语言，具有各种悦耳之音，分别在剧的各部分使用；摹仿方式是借人物的动作来表达，而不是采用叙述法；借引起怜悯与恐惧来使这种情感得到净化。"（《诗学·第六章》）这一重要观点常被后来的戏剧家及理论家引用与发挥，如布切尔《亚里士多德的诗歌理论》一书就以较多的篇幅谈论怜悯和净化问题，弗洛伊德的《精神分析学》中也对悲剧的怜悯和净化功能有新的解释和分析。

欧洲中世纪以来的文学史上，陆续出现许多著名的戏剧家。其中悲剧名家如英国的莎士比亚、法国的高乃依、德国的席勒等，喜剧名家如法国的莫里哀、博马舍及俄罗斯的果戈理等，他们的作品在世界范围都产生了重大影响。对于西方著名的戏剧理论家，可以列举出尼采、叔本华、易卜生、狄德罗、莱辛、黑格尔、布拉德雷、斯坦尼拉夫斯基、弗洛伊德、萨特等，他们对于喜剧与悲剧的问题都有大量的论述，而且出现了不同观点的论争。关于悲喜剧的理论体系也伴随着对于悲喜剧的研究与评论，逐渐趋向丰富与完善。这些都不必细论。这里只是要着重强调一下，中国古代的许多喜剧悲剧作品，同世界各国古代文学史上的喜剧与悲剧作品在精神上是相通的，中国古代戏曲理论家关于喜剧与悲剧的认识与见解，同世界其他国家古代的戏剧理论家关于喜剧与悲剧的理论也是有相通之处的。如德国的莱辛论述喜剧引起观者发笑的问题时说："喜剧要通过笑来改善，但却不通过嘲笑。……喜剧真正的具有普遍意义的功能在于笑的本身，在于训练我们发现可笑的事物的本领。"（《汉堡剧评》）中国古代戏曲家关于滑稽、解颐、博笑的议论，在莱辛之前很早就已经有不少相似的精辟之见了。

20世纪以来，西方的戏剧作品和戏剧理论著作翻译到中国来的越来越多，国内不少学者运用西方关于悲喜剧的理论来研究中国的传统戏曲作品，取得了许多重要成果。当代，关于西方现代主义、后现代主义的戏剧理论也被大量引入，国内不少学者运用更新潮的西方戏剧理论与美学理论研究中国古代戏曲及当代戏剧，也出现了相当多的新成果。虽然这方面的研究还不够深入，还有许多重要问题需要继续探讨，但是，这种中西戏剧与戏剧理论的比较研究，毕竟从新的角度扩大了研究的视野，拓展了研究的领域。从这个层面来看，我们认真地重新审视中国古代的著名喜剧与悲剧作品，对于在世界范围深入研究戏剧史与戏剧理论，都是非常必要的。

《中国十大古典喜剧集》和《中国十大古典悲剧集》的编辑出版，对于弘扬我国的传统文化、推动古代戏曲方面的学术研究，都具有重要意义。萧善因、焦文斌二先生撰写的悲剧集前言和黄秉泽先生撰写的喜剧集前言，详细论述了我国古代悲剧喜剧产生与发展的过程，论述了古代悲剧喜剧的一些代表作品的思想内容与艺术成就，论述了古代悲剧喜剧独特的民族形式、艺术风貌及创作经验、表现技巧等，受到学术界的关注，也对广大读者学习与研究古代戏曲作品起到了良好的引导作用。不少原来对古代戏曲缺乏了解的青年人，正是通过悲剧集、喜剧集二书窥见了那些杂剧与传奇作品的魅人风采，并由此领略到我国古典戏曲作品那深邃而宏博的文化内涵。

的确，十大悲剧集、十大喜剧集选入的作品，既是那些悲剧、喜剧特色明显的作品，也是古代戏曲宝库中的精品和代表作。其中的《西厢记》、《长生殿》、《桃花扇》等都是享誉世界的名著。这些作品故事性很强，其情节与人物常为人们津津乐道。但是，古代的杂剧与传奇的文字构成是曲牌联缀加宾白的形式，当代的一般读者阅读起来不够方便，语言的障碍在一定程度上影响了这些优秀作品的更广泛传播。为了使今天的广大读者进一步熟悉那些可歌可泣的戏曲故事，我们把十大悲剧、十大喜剧这20个作品改写为现代白话故事，希望由此架起一座连结古代著名戏曲作家和当代读者的桥梁，让那些生动活脱的古代戏曲人物形象和戏曲故事走进当代丰富多彩的现实生活之中。

我们在对原著进行改写的时候注意到了这样几点：第一是基本上忠实于原著内容，把原著故事用现代书面语体进行重新写作，完整地再现原著情节。为适应故事的叙事特点，改写时对原来剧中场次顺序作了适当调整，个别地方略施针线，但不随意增加人物和事件，不凭想象随意发挥。原著中人物自述所见场景及心理活动，一般改为客观的场面描写或心理描写，而不用戏剧式的自言自语。第二是力求显示出原著的语言风格之美。古代戏曲名著的文学价值极高，大量的曲词是凝炼的诗，不少宾白是优美的文，改写后虽成为叙述语体，但努力做到保持原著的警策和韵味。有些地方的插科打诨充满了幽默与诙谐，其语言既符合人物的性格和身份，又符合特定时刻特定场合的气氛，这样的语言一般都予以保留。第三，原著中某些与故事主体关系不大的细节或语言，如果格调不高、趣味不雅，改写时就略去了。这里以《西厢记》为例，如第一本第二折中法本长老陪同红娘去看佛殿，张生随行，张生对法本打趣说"我与你看着门儿，你进去"，引起法本生气，此细节在改写时予以省略；又如第四本第一折中张生自述与莺莺欢会的情景，在改写时一笔带过。其他各剧也有类似的情况。这样的处理，既不影响原著人物形象，也不影响今天的读者认识原著的价值，相信读者朋友能够理解和鉴谅。

尼采说,悲剧是"抒情诗的最高发展",是"日神精神的象征所表现的音乐"(《悲剧的诞生》);莫里哀说,喜剧是"一首精美的诗"(《达尔杜夫序言》)。中国古代的著名悲剧和喜剧也具有同样的性质。但愿我们改写的故事不至于亵渎音乐的神圣和诗的高雅,而能给世人增添一份愉悦和收益。诚能如此,我们惶惶不安的愧疚之心将会平静一些。改写中的不当之处,敬请读者朋友批评指正。

王永宽

2010 年 7 月于郑州

目 录

救风尘
  [元] 关汉卿撰　卫绍生改写 …………………………… 1

墙头马上
  [元] 白朴撰　卫绍生改写 …………………………… 23

西厢记
  [元] 王实甫撰　王永宽改写 ………………………… 44

李逵负荆
  [元] 康进之撰　王永宽改写 ………………………… 82

看钱奴
  [元] 郑廷玉撰　卫绍生改写 ………………………… 95

幽闺记
  [元] 施君美撰　裴泽仁改写 ………………………… 117

中山狼
  [明] 康海撰　王永宽改写 …………………………… 159

玉簪记
  [明] 高濂撰　裴泽仁改写 …………………………… 172

绿牡丹
  [明] 吴炳撰　王永宽改写 …………………………… 211

风筝误
  [清] 李渔撰　裴泽仁改写 …………………………… 249

救风尘

[元]关汉卿 撰

一

元蒙统治时期,郑州有一纨绔子弟,姓周名舍,其父官居郑州同知(元代的一种官名,相当于知州的副官)。这周舍性喜女色,自小在女人堆里厮混,长大成人之后,更是寻花问柳的行家里手,出入歌台舞榭,寄身青楼妓馆。周舍如今年方三十,却已有二十年拈花惹草的经历。有一首诗单道他眠花宿柳之事:

　　酒肉场中三十载,花星整照二十年。
　　一生不识柴米价,只少花钱共酒钱。

这一日,周舍外出做买卖回来,不回郑州家中,却径直去了汴梁城(今河南开封),来到青楼女子宋引章家中。

宋引章是汴梁城中有名的歌妓。她自幼丧父,由母亲李氏抚养成人,学了些拆白道字、顶针续麻、吹弹歌舞、调弄风月的手段,整日迎新送旧,皮肉里讨生涯。她和周舍已相好多年,二人私下里海誓山盟,一个非你不娶,一个非他不嫁。李氏看在眼里,急在心里,生怕一个如花似玉的女儿被周舍骗去,断了财路。她不厌其烦地开导女儿,要她往远处多想想,不要只图眼前的你恩我爱。然而,任凭她百般劝诱,宋引章就是不听,一个死理认定，一条道走到黑，一心要嫁给周舍。李氏万般无奈，只好随她去。

就在宋引章终于征得母亲的同意时，周舍找上门来。二人久别相见，自然少不了一番温存。温存过后，周舍问："我做买卖回来，有家不回，直接来到你这里，就是要讨个准信，看你母亲是否答应了我们这桩亲事。"宋引章道："母亲已经答应了。怎么样，你心里够美吧？"周舍听了，一跃而起，说："太好啦！我现在就去拜见岳母大人！"

"母亲大人，我来问一问我和引章的婚事，请您老人家恩准。"周舍见过李氏说。

"我答应你们这门婚事。今日就是吉日良辰，你就把引章孩儿接过去吧。"李氏看了周舍一眼，说："你可不要欺负我的女儿！"

周舍见李氏答应了，忙不迭地说："我哪里敢欺负引章呢，您老人家就放心好了。今日即是吉日良辰，您老人家就把姐妹兄弟、亲戚邻居都请来庆贺一番，我现在就去准备迎娶引章。"

话分两头。且说汴梁城里住着一位秀才，此人姓安名秀实，洛阳人氏。安秀实自幼攻读诗书，研习儒业，学成满腹文章。只是这安秀才虽是儒生，却爱恋女色，不能忘情花酒。来到汴梁城，听说有一歌妓宋引章秀色可餐，便去拜访。恰逢此时周舍外出做买卖，宋引章孤独寂寞，见安秀实一表人才，又有满腹文章，便有意从良，嫁给安秀实，也好终身有托。宋引章征求结拜姐妹赵盼儿的意见，赵盼儿十分赞成。可是，安秀实乃是一介书生，囊中羞涩，因而时常令宋引章感到失望。谁知就在这个时候，周舍又来到了汴梁，宋引章移情他恋，要嫁给官宦子弟周舍。安秀实得知这个消息十分着急，急匆匆赶到赵盼儿家中，希望赵盼儿出面劝一劝宋引章，能使宋引章回心转意，迷途知返。

赵盼儿也是汴梁城里有名的歌妓，她眉眼秀，身儿柔，模样俏，仪态娇，临花花解语，临水鱼潜底。她不仅色艺俱佳，更有一副侠义心肠。她和宋引章是一对很要好的姐妹，二人有八拜之交。她见宋引章和安秀实你恩我爱，也动了从良的念头。她厌倦了迎新送旧、追欢卖笑的皮肉生涯，也想像宋引章那样找一个如意郎君托付终身。可是哪里去寻找如意郎君呢？想找一个老实本分的，却又怕少情无趣；想找一个聪明英俊的，又担心半道里被轻易抛弃；若要随便嫁个男人，却又于心不甘。思前想后，将人比己，赵盼儿思绪万千，愁上心来。

正在这时，忽然传来敲门声。赵盼儿开门一看，见是安秀实，不由得十分惊喜，道："我以为是哪来的官人呢，原来是妹夫。不知是哪阵风把你吹来的？"

"姐姐不要取笑。"安秀实愁眉不展，焦急地说，"我是来请姐姐帮忙的。当初，引章与我恩恩爱爱，答应嫁我，谁知她又看上了周舍的钱财，如今又要嫁给周舍。请姐姐出面劝一劝引章，救一救我！"

听了安秀实这番话，赵盼儿不由得长叹一声，说："引章妹妹好不糊涂，怎么能只讲钱财，不顾人品文才呢？为了钱财轻易答应周舍，日后再后悔就来不及了。"赵盼儿停了停，深有感触地说："不怕妹夫见笑，吃我们这碗饭也着实不容易。年轻貌美，人见人爱，自可风风光光，那些好色的男人心甘情愿地围着你的石榴裙转。可是，当你想弃贱从良，学三从四德，做个老实守家的女人时，男人就会嫌弃你做过下贱的营生，不是真心实意地弃贱从良。你真心待他好，他却说你是卖弄风月，哄骗钱财。居于花街柳巷，身为青楼女子，我们真是难做人啊！有的姐妹眼见从良无望，就死心塌地地当起了娼妓；有的姐妹费尽心机跳出火坑，就是给人做小老婆也心甘情愿；有的姐妹空有一番热肠，到头来却上了男人的当；有的姐妹则一次次被玩弄，才出虎口，还没来得及高兴，又被投进狼窝。迎新送旧，追欢卖笑，哪里是人过的日子！引章妹妹决意从良，要跳出火坑，妹夫又是知冷知热、重情重意的男子，姐姐我理当促成你们的好事。妹夫先在这里等着，我去劝劝引章。如能劝她回心转意，妹夫也不要高兴；如果劝不动她，妹夫也不要烦恼。"

安秀实见赵盼儿肯出面劝引章，就谢过赵盼儿，回寓所等候音信去了。

赵盼儿受安秀实之托，来到结拜姐妹宋引章家。见宋引章正对着菱花镜梳妆打扮，浓妆艳抹，佯装不知，问道："妹妹打扮得这么漂亮，又要去哪里应酬？"

宋引章见赵盼儿不请自来，十分高兴。她像一只快乐的小鸟，快步迎上去，抱住赵盼儿的脖子，说："姐姐，我再也不去应酬那些臭男人了，我就要嫁人了！"

"你说巧不巧，妹妹刚想嫁人，我就来保媒了。"

"不知姐姐保的是哪一位？"

"是妹妹相中的安秀实安秀才。"

"哈哈……"宋引章一听是安秀实，不由得大笑起来，"姐姐真会开玩笑！我若是嫁给那个穷酸秀才，一准儿是两个人打着莲花落，这家讨，那家要，做一对乞丐夫妻。"

"妹妹准备嫁谁？"

"我要嫁给周舍。"

"妹妹花朵儿一样年纪，要嫁给周舍，难道不觉得太早一点吗？"

"还早哇？等到花落叶枯，人老珠黄，嫁给哪个？不如趁现在青春年少，做个张家妇、李家妻，立个妇名，将来做鬼也风流。"

赵盼儿见宋引章执意要嫁，劝她三思而行，多作考虑，不要一时贪图钱财，日后挨打受气。即使要嫁，也要嫁一个靠得住的男人，不要嫁给周舍那样拈花惹草的风流浪子。像周舍那样的纨绔子弟，看起来人模人样，实际上却不知礼义廉耻，不知怜香惜玉。

可宋引章并不这么看，在她眼里，周舍是一个十足的风流情种，知冷知热，有情有义。夏天要午睡，周舍给她打扇子；冬天天寒难入睡，周舍先给她暖好被窝；遇有应酬，周舍给她准备好衣服首饰，帮她提鞋系领，整钗戴环。宋引章认为没有嫁给周舍之前，周舍尚且如此疼爱她，若是嫁过去，周舍更会把她当神仙供着，因此一心一意要嫁他。

待宋引章摆完了周舍的好处，赵盼儿微微一笑，说："傻妹妹，你不要只看他给你打扇子、暖被窝，提鞋系领，整钗戴环，他那样做都是要哄你高兴。你看他心肠好，有情意，可是一旦把你娶到家中，用不了一年半载，他马上就会换一副面皮，稍不如意，张口就骂，抬手就打。那时候，你是船到江心补漏迟，再吃后悔药也没用了。我如今劝你，你若不听，以后再后悔就来不及了。受苦受难，是你自己找的，不要来告诉我！"

"有罪我自己受，哪怕是死了，也不来求你！"宋引章没好气地说。

二人正在斗气，周舍抱着大包小包的礼物，兴高采烈地走了进来。赵盼儿一看便知来人就是宋引章死活要嫁的男人，就存心抢白他几句。谁知那周舍偏偏是个不识趣的人，见宋引章旁边坐着一个如花似玉的女子，料想就是宋引章时常给他念叨的结拜姐妹赵盼儿。周舍一双色迷迷的眼睛盯着赵盼儿，说："敢问小娘子就是姨姨赵盼儿吧？"

"正是。"赵盼儿冷冷地说。

"请姨姨赏脸,吃些茶饭。"周舍说着,从包中往外拿东西,吃的用的,满满地堆了一桌子。

"你请我?我哪里有这样的口福!"赵盼儿不冷不热地说。周舍并不理会,说:"我想求姨姨给我做个大媒人,保门亲事。"

"不知公子让我保谁?""就是姨姨的结拜姐妹宋引章。"周舍看着赵盼儿,面现得意之色,说,"怎么样,姨姨肯不肯赏个脸呢?"

赵盼儿一看周舍那副得意的样子,就气不打一处来,说:"你让我替你保宋引章什么呢?保她针指油面,刺锈铺房,大裁小剪,生儿育女?"

"姨姨何苦如此刻薄呢?"周舍得意地说,"哪个要你保媒!告诉你吧,我和宋引章好事已成,用不着求你!"周舍说罢,走过去拥住宋引章,样子很是亲密。宋引章则故意撒娇,把赵盼儿晾在一边。

赵盼儿见劝不动宋引章,就赶回自己的家中,将实情告诉了安秀实。安秀实眼见婚事无望,就准备赴京赶考。可是,赵盼儿凭着她对宋引章和周舍的了解,料定二人必有变故,就劝安秀实暂留汴梁。

二

周舍甜言蜜语,磨破了嘴皮子,终于赢得了宋引章的芳心,把宋引章骗到了手。他雇了一乘轿子,抬着宋引章,自己则骑着马,一同离开汴京,朝郑州而来。

一路上,宋引章十分欢喜。做了多年的烟花妓女,受尽了男人的凌辱,如今终于脱离苦海,嫁了一个如意郎君,离了烟花巷,得做良人妇,宋引章怎能不高兴呢?兴致所至,宋引章竟然忘记自己是坐在花轿里,不由自主地手舞足蹈起来,弄得花轿前俯后仰,颠簸不止。周舍见此情景,只是微微冷笑。

到了郑州周家,宋引章高高兴兴地下了花轿,就像女主人似地操持起家务。她原想进了周家门,就可以成为周家妇,和周舍恩恩爱爱地过日子,哪里想到一进周家门,周舍就给她一个下马威,狠狠地教训了她一顿。

周舍原是一个浮浪子弟、花花公子,他看中的是宋引章的美貌,所以一心一意要把宋引章弄到手。天真的宋引章却把甜言蜜语当做真心实意,一门心思想嫁周舍。进了周家门,周舍立刻原形毕露,打了宋引章五十杀威棒,打得宋引章皮开肉绽,哀号不止。周舍教训宋引章,一则因为她是青楼女子,恐怕她虽为人妇而春心难收;二则是杀一杀她的娇气傲气,让她俯首贴耳。周舍时时找茬挑刺,稍有不称意,就是一阵臭骂、一顿毒打,打打骂骂成了家常便饭。

宋引章自进周家之日起,就挨打受骂,遍身鳞伤,整日以泪洗面。时至今日,宋引章才后悔当初没有听从赵盼儿的劝说,落到今天这个地步。这正应了"不听好人言,必有悽惶事"这么一句俗语。宋引章不愿长此忍受下去,就修书一封,托前往汴梁做买卖的王货郎转交给母亲李氏和结拜姐妹赵盼儿,请她们速速来郑州救她,来得早了,或许有救,来得迟了,恐怕就活不见人,死不见尸了。

李氏接到女儿的来信,十分伤心,就拿着女儿的信,急急忙忙去找赵盼儿想办法。

这些日子,赵盼儿也正为得不到宋引章的音信而着急呢!结拜姐妹所嫁非人,怎能不令赵盼儿牵肠挂肚、寝食难安呢?

正在赵盼儿为宋引章担心的时候,李氏眼含热泪,愁容满面地找上门来。一见赵盼儿,李氏老泪纵横,说:"真是气死我了!

真是气死我了!"

赵盼儿一见,急忙上前,问道:"老人家,您为何这般伤心?有什么不顺心的事,对我说一说。引章妹妹不在跟前,您就把我当成您的亲生女儿好啦!"

"不提起引章不生气,提起引章,我就气不打一处来。当初她死活要嫁周舍那畜生,我百般劝她,她就是不听。你去劝她,她还和你怄气。这不,不听老人言,吃亏在眼前。如今她被周舍打得死去活来,受不了周舍的折磨,托人捎信请大姐你想办法呢。请你看在和引章结拜的份上,救她一救吧!"李氏说着,拿出宋引章的信,递给赵盼儿。

赵盼儿打开书信,上面写道:

母亲大人:孩儿不孝,自从进了周家门,先挨了五十杀威棒,此后更是朝打暮骂,打得女儿疼痛难当,骂得女儿难以忍受。女儿眼看就要被周舍折磨致死。请母亲大人接到此信,急速去找盼儿姐姐,求她设法救我一救。

不孝女引章泣拜

赵盼儿含泪读完引章的来信,十分同情引章的不幸遭遇。虽然她也恨引章当初不听劝说,自投罗网,但事已至此,怎能见死不救,不然岂不辜负了当年结拜之情?那该怎么搭救呢?赵盼儿低头沉思,想找出一个良策。

"闺女,你快想个法子,看看怎样搭救引章孩儿。"李氏急切地说。

"老人家,我有一个法子,不知行不行。"赵盼儿说,"周舍那厮爱财,我这里还有一些银子,看看能不能买张休书,把引章妹妹赎回来。"

"不中不中!周舍那厮早就放出口风,说只有打死的,没有买休卖休的。闺女再想想别的法子吧。"

赵盼儿沉思片刻，忽然想出一条妙计。她对李氏耳语一阵，说："除了这个办法，别的怕是没有什么好办法了。"

"这个法子行么？"李氏不无疑虑地问。

"料亦无妨。"赵盼儿自信地说，"老人家，投书的人走没走？""还在家里等待。""好极了！我写一封信，让投书人捎给引章妹妹，教她不要泄露天机。"赵盼儿当即铺展彩笺，笔走龙蛇，顷刻间写就，交付李氏。

李氏手持书信，泪水扑簌簌地又落了下来，说："这些日子，我那引章孩儿不知该怎么熬了！""老人家请放心，我这一去，管叫引章妹妹平安回到您的身边。"赵盼儿安慰道，"我只消把这云鬟蝉鬓梳妆就，佩饰上珊瑚钩芙蓉扣，粉嫩脸儿笑凝眸，巧施烟花风月手，还怕周舍那厮不上钩！"

见赵盼儿要只身进入虎穴狼窝，李氏很不放心，说："闺女，到了郑州，你要小心在意。"

"老人家放心好啦。"赵盼儿十分自信地说，"此去郑州，保证花叶不损、毫毛不伤，我和引章妹妹平平安安回到您老人家身边。到了郑州，三言两语，他若是肯写休书，万事俱休。若是不肯写休书，我只要略施手段，把他掐一掐，拈一拈，搂一搂，抱一抱，保准那厮通身酥，遍体麻，丢魂失魄，摸不着东西南北。就好比是在那厮鼻凹里抹上一块砂糖，想舔舔不着，想吃吃不到。只要赚得那厮写了休书，引章妹妹拿到休书，我们姐妹就一同打道回府，让周舍那厮捶胸顿足后悔去吧！"

三

周舍自把宋引章骗到手之后，在郑州开了一家客店，名义上招待过往行人，实则是把客店当成他拈花惹草的游戏场。但见过往女子，只要有几分姿色，不论官妓私娼，他总是要设法勾搭上手。至于客店赚不赚钱，有没有盈利，他根本不放在心上。

这一天，周舍要出去玩耍，吩咐店小二道："你好生给我照看客店，我也不指望你给我赚多少钱，只是有一件事不要忘了，只要有漂亮的娘儿们来到店里，不问官妓暗娼，你马上去叫我。"店小二知道主人生性浮浪，行无定踪，说："小的记下了。只是主人花酒之事烦忙，小的去哪里找你？""去青楼妓馆里找。""青楼妓馆里要找不到呢？""那你就去赌场。""赌场里若是不见呢？""赌场里再找不见，你就去牢房！"周舍气呼呼地扔下这么一句话，扬长而去。

且说赵盼儿打定主意，浓妆艳抹，刻意打扮一番，雇了一辆马车，载上一应需用物品，叫上一个名叫张小闲的帮闲汉子，和她一起同赴郑州。

来到郑州，他们打听得周舍开了一家客店，就来周舍的客店投宿。赵盼儿叫过店小二，说："小二哥，你给我打扫一间干净的客房，放好行李，然后给我把周舍请来，就说我在这里等他多时了。"店小二见赵盼儿眉若远黛，杏眼含情，面若桃花，发若乌云，樱桃小口含情带笑，纤纤腰身婀娜多姿，心想主人又要交桃花运了，答应一声，忙不迭地跑了出去。

不大一会儿，周舍乐呵呵地跑了进来，一见赵盼儿，直疑是洛神出水，仙女下凡，一双充满色欲的眼睛盯住赵盼儿看了半天，恨不得一口吞下去。

赵盼儿见状，轻移莲步，来到周舍跟前，说："周公子，俺那妹子真正是有眼力，有福分，嫁了你这个年轻英俊的郎君。"

周舍贪婪地嗅着扑鼻而来的芳香，不由得垂涎欲滴。他强咽下即将流出的口水，说："大姐是何方高人，我怎么觉得眼生？"

"周公子不知是贵人多忘事，还是老眼昏花，老相识竟作陌生人。这正应了一句俗话:咱也曾武陵溪畔曾相识,今日佯推不认人。周公子,你真的白白让我梦绕魂牵!"赵盼儿娇媚地说。

周舍又仔细看了半天,恍然大悟,说:"难道你就是赵盼儿?"

"不错,在下正是赵盼儿。"

"你就是赵盼儿,好,太好了!你当初破坏我的亲事,如今又来做什么?店小二,与我打这贱人!"

"周公子勿嗔勿怒,坐下听我说。"赵盼儿嫣然一笑,把周舍按在椅子上,"周公子,你在汴梁时,满城人都传诵着你的名字,你的大名早已如雷贯耳,可是就是没有见到过你。后来见你果真风流倜傥,年轻英俊,害得我茶饭不香,日日夜夜想念你。可是,你却娶了宋引章,教我如何不恼?我是有心要嫁你,你却让我替你保亲,你说我如何不气?我咽不下这口气!"

说到这里,赵盼儿显出一脸委屈,"我不辞辛劳,带着车马、嫁妆、私房来寻你,一心一意要嫁你,谁承想周公子小肚鸡肠,记念前仇,全不思怜香惜玉,一见面就要打骂。算我瞎了眼了,看错了人!小闲,收拾东西,咱们回汴梁城。"

周舍见赵盼儿要走,急忙上前拦住,满脸堆笑地说:"如果知道姐姐来郑州是要嫁给我,高兴还来不及呢,怎么会打骂姐姐呢?"

"你真的不知道?你既然不知道,这几天你就别跨出这店门一步,陪我坐一坐,我让你知道知道。"

赵盼儿的一番话正中周舍的下怀,他上前拥住赵盼儿,说:"只要姐姐肯嫁给我,休说陪你坐一两天,就是坐一两年,我也愿意。"

赵盼儿变嗔为笑,说:"那好吧,就让我试一试你的诚意。"

再说宋引章接到赵盼儿的回信后,心里一阵激动。赵盼儿念及姐妹情谊,不计前嫌,亲自前来郑州施展风月手段来救她,令她既喜又悔。喜的是有赵盼儿来搭救，她就有望跳出火海。悔的是自己当初不明事理，不听赵盼儿的劝说，执意要嫁周舍。她万分感谢赵盼儿，就按赵盼儿信中所说，准备上演一出双簧戏。她打听到赵盼儿已经住进客店，就找上门来。

宋引章进得门来，见赵盼儿和周舍正亲密地坐在一起，卿卿我我，气得大骂道："赵盼儿，你个好不要脸的婊子，跑到这里来勾引我的男人！周舍，你要真喜欢这个婊子，就别回家来！你敢再回家来，我和你白刀子进红刀子出，拼个你死我活！"

周舍为取悦赵盼儿，挽回些面子，一跃而起，随手抄起一根棍子，说："泼妇，敢来这里撒野！若不是奶奶在这里，看我不打死你！"

赵盼儿一把拉住周舍，说："骂就让她骂吧，让她骂几句出出气，何苦要打她一顿？再说了，一夜夫妻百日恩，你就放过她吧。像你这样一时性起，要打要骂，让我看着也觉不安。你正在气头上，又拿着那么粗一根木棒，倘若失手把她打死，可该如何是好，难道不怕杀人偿命？"

周舍恨恨地说："姐姐放心，丈夫打死老婆，那是白打，打死也不偿命。"

赵盼儿有意把这场戏演下去，说："话虽是这么说，但是你若打死自己的老婆，还有哪个女人敢嫁你？周舍，你也用不着在这里装模作样，以为我看不透你的把戏。你在这里坐着，却暗地里让你的媳妇来这里骂我，夫妻两个串通一气羞辱我！算我瞎了眼，竟然倒赔妆奁来嫁你。小闲，准备车马，咱们回汴梁城！"说罢，赵盼儿作势要走。

周舍急忙拦住，陪着笑脸说："好奶奶，快请坐。我真的不知道她来，我若是知道她来，让我不得好死！"

"如果真的不是你让她来的，那就是引章这妮子不贤惠。像这样一个女人，打她一顿是便宜她了。你若真的喜欢我，就把引章休了，那样我才信你，才会死心塌地地嫁给你。"赵盼儿故意激他。

"姑奶奶放心，我到家里就休了那泼妇！"周舍说罢，转念一想，又觉不妥。宋引章来到周家，整天挨打受气，早就恨不得远走高飞，若是给了她一道休书，岂不正遂了她的心意了，到那个时候，赵盼儿若是再不嫁我，岂不是鸡飞蛋打、尖担两头脱？不可这样鲁莽，一定要等这边敲定，然后再说休书的事。想到这里，周舍对赵盼儿说："姑奶奶，我是个直爽人，没什么花花肠子，有话就直说。我如今回家去把老婆休了，姑奶奶您把肉吊窗儿放下来，不愿意嫁给我，岂不让我尖担两头脱，哪一头都得不到？姑奶奶，您若真有意，就对天起个誓。"

赵盼儿盈盈一笑，说："周公子，你真的信不过，非让我赌咒不可？为了让公子放心，我就起个誓。你若是休了你媳妇，我若不嫁给你的话，就让我在堂子里被马踏死，让灯草打折我的臁儿骨。周公子，逼我立下这般重咒，该放心了吧？"

周舍待赵盼儿起过誓，乐呵呵地说："姑奶奶，不是我信不过你，是我实在舍不得你离开我。你今既已立下重咒，决意嫁给我，不如就此行个聘礼，我们也好做明里夫妻。"周舍说罢，招呼店小二道："小二，拿酒来！"

"公子不必买酒，我车上有十瓶好酒，拿过来用就是。"赵盼儿劝阻道。

"既然有酒，那就买一只羊吧。"

"用不着买羊，我车上有一只熟羊。"

"酒也有了，羊也有了，太好了！那就等我去扯几尺红绫。"

"红绫也用不着去买。我那箱子里有一对大红绫，正好拿过来用。"

周舍见一应礼品全部备齐，用不着自己破费，倒有些过意不去了，说："不能都让姑奶奶破费啊！"

赵盼儿眼含秋波，娇嗔地说："周公子，我们是谁和谁呀，还争个什么劲？我们就要成夫妻了，你的便是我的，我的也就是你的。"

"姑奶奶说的是。"

于是，周舍指挥店小二和张小闲，把好酒、整羊从车上拿下来。赵盼儿则取过那对大红绫，自己佩带一条，并亲手将另一条给周舍带上。周舍见状，乐得嘴都合不拢了。

"周公子，"赵盼儿举起酒杯，"你说说，凭我这花朵儿般容貌，笋条儿似的年纪，什么样的男人找不到？可我偏偏看上了你，这叫缘分。我不惜倒赔妆奁，不问你两妇三妻，不辞千辛万苦，一心一意跟定你，把终身托付给你，是要在你这儿寻个好前程。从今后，不论是贫是富，是贵是贱，我赵盼儿都决不会再三心二意。"忽然，赵盼儿话锋一转，说："你要想以后日子过得顺畅，就休了宋引章那个贱人，我不让你花费一分半文，自己找上门来嫁你。从今以后，我倒赔妆奁和你成夫妻，尽心尽力孝敬你的尊亲，一心一意服侍你这个如意郎君。我若是嫁给了你，可不像那宋引章，针指油面，刺绣铺房，大裁小剪，一应事务一窍不通。我拿得起，放得下。只要你休了宋引章，我马上就和你成亲。"

"我马上回家，写休书休了那贱人！"周舍得意忘形，举起酒杯，一饮而尽。他随手抹了一下嘴巴，急匆匆出了店门。

当初为了讨得宋引章的欢心，周舍今天送脂粉，明天买首饰，漂亮的衣服也买了几身，前前后后花了不少钱财。娶到家中之后，针指女红，大小家务，宋引章不仅一概不会，还时不时摆小姐架子，支派别人干这干那。赵盼儿就不同了，她不仅美丽灼人，风情万种，让人看一眼就茶饭不香，寝食难安，而且还倒赔妆奁，用不着他周舍花一分一文，自己找上门来嫁给他。天上掉馅饼的事，竟然让他赶上了！想到这些，周舍更加得意，不觉有点飘飘然了。

回到家中，周舍朝太师椅上一坐，一脸怒气，不言不语。宋引章急忙走上前来，小心翼翼地问："周舍，你想吃点什么？"周舍一拍桌子，说："好吧，拿笔墨纸砚来，我给你写一封休书，你给我赶快走，走得远远的，别让我再见到你！"宋引章听周舍说要休了她，心中暗喜，嘴上却说："好你个周舍，我有什么对不住你，你却要休了我？""你拿是不拿？"周舍怒气冲冲，作势要打。宋引章装出十分害怕的样子，把笔墨纸砚递过来。周舍提起笔来，"刷刷"几笔，写好休书，扔给宋引章，说："滚，你给我快滚！"

宋引章手持休书，哀婉地说："周舍，你真的要休了我？你当初要娶我时，指天指地对我发誓，说今生今世决不负我。如今倒好，你一见赵盼儿那个贱人，魂就被她勾走了，不要我了。你这个负心汉，遭天杀的！你要我走，我偏不走，我看你怎样把她娶进门来！"宋引章说着骂着，泪水流了出来。

"你给我滚吧！"周舍一把把宋引章推出门外，"呼"地一声关上了门。

宋引章出了周家大门，揣好休书，禁不住破涕为笑，自言自语地说："周舍，你以为你是多么聪明的人？你是天字第一号大笨蛋！赵盼儿姐姐，你真厉害啊，不知你该胜过多少男子！宋引章啊宋引章，你终于跳出苦海了！"宋引章心中高兴，脚下生风，直奔客店找赵盼儿去了。

赶走了宋引章，周舍如释重负，好像甩掉了一个大包袱。他自己泡了一杯上品茶，呷了几口，想起赵盼儿还在客店等他的消息，就急急忙忙去客店，向赵盼儿报喜。

"姑奶奶，我把那贱人休了！"周舍人还没进屋，就大声嚷了起来，有意向赵盼儿表功。然而，一进到屋内，周舍立刻傻眼了，屋内哪里还有赵盼儿的影子？周舍感觉不妙，急忙折身出门，高声叫道："店小二，前两天来这儿的那个妇人哪里去了？"

店小二听到喊声，跑了过来，说："主人刚出门，那妇人就上车走了。"

周舍听罢，如雷轰顶，惊得半晌说不了话来。

店小二知道不妙，上前推了推周舍，说："那女人是放鹰的？"周舍沮丧地说："小二啊，你不知道，那个女人和我家里的贱人串通一气，合谋骗我，骗走一纸休书，远走高飞了。哎，我上了那两个贱人的当了！小二，快给我备马，我去追她们。""你那匹坐骑正怀着马驹呢。""换匹骡子。""骡子漏蹄了。""真不凑巧，看来只好步行去追她们了。"周舍说罢，急步追了出去。

四

宋引章得了休书，如同马儿脱缰，鸟儿归林，自是十分欢喜，走起路来格外轻松。行至半道，见一辆马车迎面而来，宋引章正要躲闪，忽听一个熟悉的声音道："妹妹，快上车！"宋引章见赵盼儿亲自来接，喜出望外，急忙跳上车。张小闲兜转马头，那马放开四蹄，朝通往汴梁的官道上奔去。

宋引章见了赵盼儿，激动地扑过去，紧紧地抱住她，说："姐姐，若不是你念我们的姐妹情谊，亲自设计来搭救我，我怎能跳出这火海苦坑！"

赵盼儿轻轻地抚摸着宋引章的秀发，说："好妹妹，祝贺你终于自由了！周舍那厮自以为是情场老手，手段高人一筹，没想到今日却中了我们的圈套,乖乖地写了休书。这下好了,从今后他休想再滥施淫威了。"

"姐姐,真是难为你了。"引章想起自己当初那样对待赵盼儿,不由得有点不好意思。

"自家姐妹,不必说那些了。"赵盼儿轻轻地帮引章擦干泪水,说,"妹妹,把那厮写的休书拿给我看看。"

宋引章从怀中取出休书,交给赵盼儿,说:"姐姐请看。"

赵盼儿接过来,仔细看了看,趁宋引章不注意,把休书折好揣在怀里,另拿出一张相同的纸折叠好,交给宋引章,说:"妹妹,这封休书虽然写得不怎么样,但它是最有用的凭证。你要好好保存它,今后妹妹若是再嫁人,就全凭这张凭证了。少了它,妹妹就休想再嫁人了。"

"姐姐休要取笑,我这一生是不想再嫁人了。"宋引章幽幽地说。

"妹妹怎能说出这等痴话?安秀才记念前情,还在汴梁城等着你呢。妹妹若有意,回到汴梁就可再当新娘了。"赵盼儿微笑着说,"这次姐姐再给你保一次媒,怎么样?"

"安秀才若能不计前嫌,那当然是最好不过了。只是妹妹上次伤透了他的心,不知安秀才是否肯原谅。"

"妹妹放心,这件事交给我好了。只是你当了新嫁娘后,不要忘记请姐姐吃酒哟!"

姐妹俩正在说说笑笑,忽然马车被人兜头拦住。二人一看,原来是周舍追了上来!

"小贱人,你不在客店等我,要到哪里去?宋引章,你是我的老婆,竟然背着我逃走,你胆子也太大了!"周舍双手叉腰,横眉怒目,大声训斥。

姐妹俩跳下马车,鄙夷地看着周舍。"周公子,你不在客店里做你的美梦,跑到这荒郊野外撒什么野?"赵盼儿讥讽道。

"小贱人,你先给我站一边,待会儿再给你算账。我现在先教训教训我老婆!"周舍说着,向宋引章逼过来。

"谁是你老婆!"宋引章有休书在手,自然也不示弱,说:"周舍,你已经一纸休书把我打发出来了,我已不是你的老婆,看你还敢动我一指头!"

周舍那双贼眼骨碌一转,说:"你别臭美了,你以为那是休书?休书上按的手印都是五个指头,那上面只有四个指头印,哪里是什么休书!"

宋引章听后,吃惊不小,急忙从怀中掏出休书,打开来看究竟是几个指头印。突然,周舍抱上前来,冷不防把休书抢了过去,三下两下扯烂,送在嘴里吞嚼起来,伸伸脖子咽了下去。"休书,休书在哪里?拿来我看。"周舍自以为奸计得逞,得意地奸笑起来。

赵盼儿上前护住宋引章,骂道:"周舍,你真不知羞耻,专门欺负善良女子!"周舍那双淫邪的眼睛盯住赵盼儿,得意地说:"小贱人,别自命不凡了,连你也是我的老婆,你也休想逃。"

"哈哈……"赵盼儿冷笑一声,说:"别做梦了,我怎么也成你老婆了?"

"小贱人,你不要忘了,你已经吃了我的定婚酒。"

"那酒是我自带的,怎么会是你的?"

"你受了我的定婚羊。"

"我自己有一只熟羊,谁稀罕你的?"

"你受了我的红绫礼品。"

"两匹红绫是我自带的,啥时候成了你的了?今天我算是见识了,天下竟有你这样不知羞耻的人!"

"小贱人,你难道忘了,你曾发誓要嫁我。"周舍气急败坏地说。

"不错,我是发过誓,可你相信吗?"赵盼儿质问道,"你当初要娶引章妹妹的时候,不是也曾海誓山盟、赌天咒地吗?你为了诱骗引章可以虚情假意地赌咒发誓,我们为什么不可以通过赌咒发誓来寻求一条活路呢?你到花街柳巷、青楼歌馆去看一看,那些寻花问柳、渔色猎艳的男人,哪一个不是在沉醉于温柔乡时,焚香燃烛,对着皇天后土赌咒发誓,什么天诛地灭、鬼戮神诛、断子绝孙,全都赌上,可结果怎样呢?有多少痴情汉守诺重誓呢?如果赌咒发誓都灵验的话,恐怕那些负心男子早就死绝了。"

周舍自知理亏,说:"我说不过你,我不和你理论。"周舍伸手去拉宋引章,说:"你是我老婆,跟我回家去!"宋引章惊恐地躲到赵盼儿身后,说:"姐姐,如何是好?""引章妹妹,你跟他去吧,我也不知怎么办好。"赵盼儿装出无可奈何的样子。"姐姐,我要是跟他回去,就只有死路一条了。"宋引章紧偎着赵盼儿,不肯离去。

"妹妹,谁让你那么糊涂,没有脑子呢?好不容易得到了休书,又让他夺去。现在事已如此,我也没什么招了。"赵盼儿故意显出很沮丧的样子。

周舍见已制服住赵盼儿和宋引章,得意洋洋地说:"宋引章,休书我已扯毁,你不跟我回去,还想跟这个小贱人走吗?走,跟我回去,看回去以后我怎么收拾你!"周舍一把拉过宋引章,对赵盼儿说:"小贱人,你以为你高明,别人是傻瓜笨蛋。告诉你吧,孙悟空再大能耐,也跳不出如来佛的手心。想和我争高较低,赌输赌赢,你还嫩点,再回你那花街柳巷练几年去吧!"周舍说罢,又是一阵得意的奸笑。

赵盼儿伸手拉过宋引章,微笑着说:"周舍,你不要太得意了。引章妹妹，不要害怕，他咬碎的是假休书。我担心周舍这厮追来，会再耍花样，妹妹再上他的当，就故意写了一封假休书，来了个偷梁换柱，真的休书还在我这里呢。"赵盼儿取出休书，让引章看了看。周舍听说真的休书还在，急忙过来抢夺。赵盼儿机敏地把休书揣好，说："周舍，你就是有九牛二虎之力，也休想抢走这封休书！"

周舍偷袭不成，扯住赵盼儿和宋引章，说："私了不成，还有王法。走，我们一起见官去，让官府主持公道。"周舍自恃其父是郑州同知，想通过官府压服二人，谁知赵盼儿竟然无所畏惧，说："见官就见官，难道谁还怕你不成！"赵盼儿又吩咐张小闲，让他速回汴梁找安秀实，让安秀实火速连夜来郑州。然后，就手拉着宋引章，返回郑州。

三人一同来到郑州州衙，恰值郑州太守李公弼升堂理事。这李公弼是元代有名的清官，颇有政绩，有一首诗这样称赞他：

声名德化九重闻，良夜家家不闭门。

雨后有人耕绿野，月明无犬吠花村。

这天早上，李公弼刚刚升堂理事，周舍就拉扯着赵盼儿和宋引章来到衙门，未进门口，周舍就大叫冤屈。衙役将三人带上大堂，说："你们谁有什么冤屈，对老爷说去。"

李公弼见一男二女前来打官司，问道："你们谁是原告，谁是被告，所告何事？"周舍恶人先告状，抢上一步，说："小的是郑州周同知的儿子周舍。如今有人混赖我的媳妇，求大人做主明断。""哪个是你媳妇？谁混赖你媳妇？"李公弼问道。周舍手指宋引章，说："她就是我媳妇宋引章。"又指着赵盼儿说："此人是汴梁城的青楼女子赵盼儿，是她要混赖我媳妇。"李公弼让周舍暂且退下，问赵盼儿："周舍告你混赖他的媳妇，你有什么要分辩的？"

赵盼儿走上前去，不卑不亢地说："宋引章原是有夫之妇，被周舍骗至郑州，强占为妻。周舍后又嫌弃宋引章，给了她一纸休书。是周舍自己休弃了骗来的老婆，怎么说是小女子混赖他的媳妇呢？"赵盼儿从怀中掏出休书，双手奉上，说："现有周舍写的休书在此，请老爷过目，望老爷明断。"

再说安秀实接到口信，得知宋引章已经得到休书，有意回汴梁嫁给他，就连夜赶到郑州，一大早就来州衙喊冤叫屈。李太守正在大堂审理周舍和赵盼儿一案，听到外面喧闹，就令衙役将喊冤的人带进来，问道："你姓甚名谁，状告何人？"安秀实道："小生名叫安秀实，先前已聘宋引章为妻，不料却被周舍花言巧语骗至郑州，强占为妻。请大人替小生做主！"李太守又问："你说你已先聘宋引章为妻，是谁人给你保媒？""就是眼前这位赵盼儿。"安秀实答道。

李太守转向赵盼儿，问道："赵盼儿，你说宋引章原有丈夫，她的丈夫是谁？""老爷，宋引章的丈夫，正是这个安秀才。"赵盼儿说，"安秀才自幼勤习经史，学富五年，才高八斗。宋引章则自幼和小妇人同为邻里，早已接受了安秀才的聘礼。如果不是周舍从中插上一杠子，二人早已结成秦晋之好了。"

周舍见大势已去，抢上前去，双膝跪倒，连叩几个响头，说："这几个狗男女合谋混赖我媳妇，反诬小的强占人妻，请老爷看在家父的面上，为小的做主，严惩这几个狗男女。"

李太守一见周舍写的休书，早已心明如镜，说："周舍，现有你亲手写的休书在此，怎能反诬赵盼儿混赖你的媳妇呢？再者说，那宋引章早已与安秀才定了婚，现在媒人赵盼儿作证，你为何还要耍赖，说宋引章是你的妻子。明明是你见色起意，图谋不轨。若不是看在你父亲的面上，就把你送到有司治罪。"李太守"啪"地一拍惊堂木，当庭宣判道："周舍强占民妇，打六十大棒，和百姓一样罚充差役，宋引章和安秀才仍为夫妻，赵盼儿回家安居。"

　　听了李太守的宣判，赵盼儿、宋引章、安秀实三人喜出望外。出了衙门口，赵盼儿逗宋引章道："引章妹妹，不要忘了请我吃喜酒哟！"宋引章羞赧地一笑，说："别人都会忘记，也决不敢忘记姐姐。""安秀才也能忘记吗？"赵盼儿故意逗趣。宋引章看了安秀才一眼，纤手捶打着赵盼儿，娇羞地说："姐姐真坏！"

　　三人说说笑笑，一同回汴梁去了。

（卫绍生　改写）

墙头马上

[元]白朴 撰

一

唐高宗仪凤三年（公元678年）初春，大唐天子李治忽然心血来潮，驾幸西御园赏花。一进御花园，唐高宗见花木狼藉，御园荒凉，不堪游赏，十分不悦，即命工部尚书裴行俭前往洛阳，采选奇花异卉，购买花木树苗。不论平民百姓还是权豪势要之家，只要有选中的花卉草木，即刻送往京师。裴行俭年纪高迈，不宜长途跋涉，就奏请天子，由他儿子裴少俊代理前往。天子准奏。

裴少俊是裴行俭的独生子，自幼聪颖，三岁就能说会道，五岁能识文断句，七岁就能写一手漂亮的草书，十岁就能出口成章，吟诗作赋，人又生得聪颖英俊，因而京城的人都称他为"少俊"。裴少俊年方二十，还没有娶妻，不近酒色，深受父母的喜爱。正是由于儿子聪颖稳重，裴行俭才敢保奏儿子代他东赴洛阳。为使此行万无一失，裴行俭令老成能干的张千服侍儿子前往。裴少俊年纪轻轻，领此重任，自然十分高兴，就带领张千往洛阳而来。

且说洛阳城里有一官宦之家，此人姓李名世杰，汉代名将李广之后，与唐朝天子同姓同族。李世杰先前曾任京兆留守，因言语冲撞了武则天，被贬出京城，降为洛阳总管。李世杰一家三口，夫人张氏，女儿名叫千金，如今年方十八岁，描红刺绣，针指女工，样样精通，诗文书画，亦很不俗，更兼有胆有识，容貌出众。夫妻俩把这个宝贝女儿视作掌上明珠，十分疼爱。当年李世杰任京兆留守时，和裴尚书友善，二人曾结为儿女亲家。后因李世杰被贬官，结亲之事也就搁置不提了。女儿如今正值妙龄，并未许配人家。

这一天，李总管接到上司的命令，让他即日起身，去外地公干。李总管回到家中，嘱咐夫人张氏好好教导女儿，看守家门，等他回来之后，再议女儿的婚事。李总管又唤过女儿千金，让她勤习女工书画，紧守闺门。安排停当，李总管即刻动身起行。

自父亲外出公干之后，李千金谨遵父训，终日待在家中，不是描红刺绣，就是读书赋诗，不知不觉已到了三月三上巳节。三月三是中国传统的节日，到了这一天，姑娘小伙、才子佳人、士女王孙，都可以无拘无束地到郊外踏青游春，寻找意中人。值此佳节美景，李千金不由得春心荡漾，心潮涌动，有心去踏青游春，奈何母亲张氏管束甚严，不得出门，就独坐闺房，对着屏风上的才子佳人戏春图发愣。丫环梅香见小姐对着屏风出神，问道："小姐，屏风上为何都是画些才子佳人？这真是好奇怪啊！""梅香，你哪里知道啊！"李千金叹了口气，说，"画屏上的士女王孙都曾是夫妻，天作之合，姻缘前定。他们一个个多才多艺，非同凡俗，进入画屏，真好比是蓬莱仙人。"

聪明的梅香听出了小姐的弦外之音，调皮地说："我说小姐为何盯着画屏出神呢，原来是小姐见屏上都是成双成对，也想女婿了。"梅香是小姐的贴身丫环，与小姐情同姐妹，说起话来无遮无拦。小姐听后不仅不恼不怒，反而动情地说："我若是招得个风流郎君，哪里还会费那些工夫学画远山眉？我宁愿明月高照，锦帐低垂，学鸳鸯并宿花阴处，效凤凰共栖梧桐枝。只可惜春宵一刻值千金，良辰美景蹉跎过。夜长衾单，谁管我良宵独眠？"梅香十分善解人意，劝慰道："小姐不必烦恼，等老爷回来，给你寻一个如意郎君，就用不着再鸳鸯单栖、空房独守了。小姐要放宽心才是，你看你这些天已是玉容消减，越发清瘦了。"

李千金愁眉紧锁，说："我既不曾生病，也没受劳累，却是吃不香，睡不甜，茶饭无味，每日昏昏沉沉，懒动贪睡，做点事情丢东忘西。早已是消瘦春风玉一围，宽褪了旧时衣。我如今正值青春年华，困居闺中，孑然一身，怎不让人焦虑呢？若有朝一日成了老太婆，去哪里寻找俏女婿？""小姐，前几天有几家来提亲，你为何不言不语？"梅香问道。李千金叹口气，说："当着父母的面，我怎么能说嫁还是不嫁？我又不是穷人家女儿，到了十六七岁，嫁不嫁自己拿个主意。人家来问亲做媒，你教我女孩儿家羞羞答答地怎么说？""小姐对我说怎么就不羞羞答答了？""贫嘴！"李千金嗔怒道。梅香陪着笑脸说："小姐不必生气。今天是三月三上巳节，士女王孙，香车宝马，都去郊外游春赏景去了。我们不能出去，何不到后花园赏花观景呢？"李千金对此提议十分赞赏，心想不能到郊外踏青游春，到后园观赏一下春景也可以散散心，于是就让梅香带上笔墨纸砚，一同到后花园去。

后花园已是一派春天的景象。池塘春草正嫩，岸边柳絮飞舞，柳枝吐绿，桃花残片在和煦的春风吹拂下翩翩起舞。榆枝生嫩芽，榆钱上下飞。梅花正盛，豆苗正肥。蝴蝶随风飞舞，蜻蜓游戏嫩黄。这正是良辰美景春意浓，百花芬芳醉人心。

李千金轻移莲步，手曳湘裙。经过荼䕷架，来到西回廊，见粉悴胭憔，绿暗红稀，不由得牵动春情。目睹春光将去，李千金想到自己锦绣年华轻掷虚度，不由得黯然神伤，愁上眉头。

却说裴少俊领了圣旨,替父来洛阳采买奇花异草,很快采办完毕。闲来无事,时常骑马在洛阳城中巡视,希望再采买一些名贵花木。三月三上巳节这天,他带着张千巡视洛阳名园,一面观赏春景,一面再挑选一些名花。路过一个花园,裴少俊正要仔细观赏挑选,忽见园中一绝色女子正斜倚栏杆观赏园中景色,不觉失声叫道:"好一个俊俏的女子!"

李千金正在思春,忽然听见一个男子的声音,抬头一看,只见园外一英俊小伙身穿官服,腰系玉带,足蹬乌靴,骑着一匹高头大马,正在朝她观看,不觉春心荡漾,失口赞道:"好一个英俊的秀才!"

裴少俊仔细观看,见园中女子雾鬓云鬟,冰肌玉骨,人面桃花多娇媚,双眸明亮如星转,只疑是九天仙女下凡,禁不住勒马多看几眼。

那李千金久居深闺,哪里见过如此风流倜傥的年轻后生?一时拴不住意马心猿,浮想联翩,恨不得即时结连理,对花烛,成好事,做夫妻。真可谓是一见钟情,心已相许。

梅香见小姐盯着园外骑马的少年男子出神,说:"小姐,你只顾盯着他看,他却不看你。"那边,张千也在提醒裴少俊,让他不要盯住良家女子看,以免惹出是非,催促裴少俊骑马到城外去看看。

不料裴少俊一见李千金,便被她那倾国倾城的美貌吸引住了。流连忘返,不肯挪动脚步。他当即取过笔墨纸砚,写了一个帖子,交给张千,让他送给那位小姐。张千起初怕惹是生非,不愿去送,但又拗不过公子,只好硬着头皮来到园内,谎称买花,把帖子交给梅香。

梅香把帖子交给小姐,说:"那个骑马的少年男子差人送来一个帖子,让交给小姐,不知上面写些什么,小姐看看吧。"李

千金接过帖子,见上面写着四句诗:
　　　　只疑身在武陵游,流水桃花隔岸羞。
　　　　咫尺刘郎肠已断,为谁含笑倚墙头?
　　李千金幼习诗文,读罢此诗,已知那个少年男子是借刘郎武陵溪畔遇仙女的故事向她示爱,禁不住芳心乱跳,忙令梅香取过纸笔,也写了一首七言诗:
　　　　深闺拘束暂闲游,手拈青梅半掩羞。
　　　　莫负后园今夜约,月移初上柳梢头。
　　写好之后,她又在后面署上"千金作"三个字,交给梅香,说:"梅香,我平时也没央求过你,如今求你把这首诗送给那位公子,不要推辞。"
　　梅香从小姐看那位公子的眼神,读诗时的神态,已知小姐动了春心,故意逗趣说:"小姐,你让我把这首诗送给谁?诗中都是写些什么?见了那位公子说什么?别人若是撞上了怎么办?"李千金丢下了小姐架子,央求道:"好姐姐,你就替我去一趟吧!"梅香故作声色,说:"你平时动不动就耍小姐脾气,要打要骂,今天为啥来求我?让我把这首诗送给谁?小姐和他有什么关系?""好姐姐,明对你说吧,我喜欢那位公子,用这首诗来传达我的心意。我隔着墙头眼巴巴地望,他骑在马上眼看着这边不肯回。时间一长,岂不让人看出破绽?我求你送诗去,怕的就是让人知,岂知你这个小丫头好不做美!"李千金又急又恨,不知如何是好。
　　梅香有意要试一试小姐,说:"小姐既这么说,我就把这简帖送给老夫人去。"李千金慌忙拦住,说:"梅香,我求你了,你若是送给老夫人,那可怎么得了!""你也慌了?""我心慌得厉害。""你害怕吗?""我怕得要死。"梅香嫣然一笑,说:"小姐,我逗你玩哩!"说罢,一把扯过简帖,匆匆来到园外,交给了裴少俊。

裴少俊看了千金写的情诗，脱口称赞道："千金小姐不仅有倾国倾城、沉鱼落雁之容，而且还竟然有如此高才，真是难得的好女子！"梅香在一旁道："公子待会儿再得意吧。我家小姐让我告诉你，今夜在后园中约会，不要失信！"

裴少俊巡视一下后花园，说："这后花园没有门，如何进去？"张千逗趣说："公子真是聪明一世，糊涂一时。没有门就不能跳墙过去了？"裴少俊一拍脑门，说："惭愧，惭愧！有这等喜事，跳墙又有何妨！张千，兜转马头，回去歇息，等到天晚，再来赴约。"

二

当日晚饭后，张夫人因白天外出看望一家亲戚，偶感风寒，觉得身子有些不爽，就让梅香告诉小姐夜晚紧守闺房，不要到处走动。其他事务则交给奶妈处理，自己歇息去了。

李千金有约在身，哪里会安居闺房？人脚方定，她就让梅香去打探老夫人是否歇息。梅香前脚走，她随后就做起了春梦，口里不住地念叨。梅香回来，见小姐那些痴情，推醒小姐。李千金一醒，忙问梅香现在是什么时间，当梅香告诉她是申牌时分时，李千金便恨日落太迟，月升太慢。好不容易熬到日落西山，月上柳梢头，李千金又嫌这三月三的上弦月太亮，幻想飘来一片白云，将月牙儿遮上。梅香见小姐如此急不可耐，也暗暗替她着急。

李千金等得有些焦躁，让梅香出去到后花园迎接裴公子。梅香抢白道："你没见裴公子乍见小姐时的样子，真是恨不得把小姐一口吞下去，你还怕他不来？怕他找不到小姐的闺房？""我不是怕他迷失路径,我怕他不敢进我们这大户人家的院子。""接到他怎么办?喊小姐快来!""小丫头,哪能那样。你接到裴公子,要不卑不亢,不紧不慢,把他引到这里来。一路上要悄悄地,不要惊动了什么人。""小姐放心吧,老夫人已经睡了,一准儿不会来了。奶妈在前面守着库房门,也不会到这里来。待我点上灯,就去接姐夫去。""梅香又要耍笑。"李千金不好意思地说。

梅香手提铜灯,来到后花园墙角处,见裴公子已跳过墙来,等候多时,说了声"公子随我来",就领着裴公子穿幽径,过竹林,绕回廊,进角门,把裴公子直接领到了小姐的闺房,说:"你们二人在这里好好地叙一叙吧,我去外面给你们看着点。"说罢轻轻走出闺房,反手把门带上。

二人四目相对,含情脉脉,大有相见恨晚之意。裴少俊眼见梦想将成现实,十分激动地说:"小生本是一介寒儒,承蒙小姐看得起,邀至香闺一叙,实是三生有幸,杀身难报!"李千金娇羞地说:"贪夜邀公子至此相叙,一旦传扬出去,我就难以做人了,万望公子不要负心!"孤男寡女贪夜独处一室,一个是怀春的少女,一个是钟情的少男,恰似游鱼得水,干柴遇火,说不上三言两语便宽衣解带,展被登床,效于飞之乐,谐云雨之情。

不说李千金和裴少俊陈仓暗度,珠胎暗结,却说奶妈奉了老夫人之命在院内各处巡查,听见小姐闺房里有说话声,就悄悄地来到窗下,想听个仔细。正在外面观风放哨的梅香见奶妈走来,轻轻地对李千金说:"小姐,快吹灭了灯,奶妈来了。"二人初尝禁果,正在情意缠绵,还没来得及起身吹灯,奶妈已破门而入,闯了进来,威严地说:"吹灭了灯,晚了,我已听多时了!奸人,你待哪里去!"二人正在情深意浓,突然被奶妈撞破,各自胡乱扯了件衣服遮住身体。到了此时,李千金只好先求奶妈高抬贵手了:"反正事情已经闹出来了,让我怎么去见父母?求奶妈可怜可怜我们，放我们一条生路，让我们私下逃走吧，千金我至死也不敢忘记您的大恩。"

奶妈此时摆起了家长架势，说："小姐，你好糊涂啊！你是没有出嫁的黄花闺女，就这样稀里糊涂地让人坏了身子？是什么样的男子这样有能耐？"裴公子这时才敢抬起头来，说："小生是客居洛阳的书生，请奶妈宽恕！""宽恕？我们这里是良家宅院，不是花街柳巷，岂是鸡鸣狗盗之徒拈花惹草之处！"奶妈叉起双手，一副兴师问罪的架势。

李千金三下两下穿好衣服，护住裴少俊，说："公子不是鸡鸣狗盗之徒，而是奉圣旨来洛阳采买花草的钦差。他虽不是来自仙山琼阁的世外高人，却比画眉张敞更有气概。""你还好意思夸奖他！我来问你，是不是梅香这个小奴才把他勾引来的？""实是不干梅香的事。"事已至此，李千金果断地承揽下所有的责任，说："公子骑着青骢马行至后花园，正逢我在后花园赏花，我们二人一见钟情，秋波暗送，遂有今夜之事。""未出嫁的大姑娘，见到一个英俊男子就一见钟情，暗送秋波，你竟然还好意思说出来，羞不羞？这个少年男子夜入民宅，强占民女，虽然说他是什么钦差，但与真奸真盗没什么区别。待我喊人，把他拿到官府问罪。"奶妈说着，就要去喊人。

李千金眼见事情要闹大，索性全部兜揽下来，说："和公子相好，是我自觉自愿，怎么能说他强占民女，真奸真盗呢？"奶妈见小姐这样不顾自己的名声，不解地说："你看上这个穷酸饿醋什么了，让他白白占你的便宜？""这男女间的情事，你哪里知道啊？"李千金不无羡慕地说："东海龙王之女招了一个儒生，仙女也嫁了秀才，何况我们是浊骨凡胎！我和公子两情相谐，两厢情愿，你何必硬充王母娘娘，将牛郎织女活生生给分开？"

奶妈虽然盛气凌人，但她毕竟不敢对小姐怎么样，见小姐有点动气,就对小姐说:"家丑不可外扬。出了这样的事,实在让人难以启齿。你又是小姐,我不便多说什么。我如今只找这个男人说话,我要拉他去见官,决不能轻饶了他。"

裴少俊一见不能善罢干休,眉头一皱,计上心来,想出了一条解脱的妙计,说:"妈妈,是你收了我买花草的钱,让梅香喊我进来的,为何翻脸不认账,反倒咬我一口。我现在就和你见官去,难道还怕了你不成!"裴少俊此时已穿戴整齐,又是一副风流倜傥的样子。

机灵的梅香立刻听出了裴公子的意思,马上附和说:"是你收了这个秀才买花草的银子,让我去喊他进来的,就是到了老夫人面前,我也是这么说。"

李千金一听话音,就知裴公子和梅香是一唱一和,以攻为守,也立刻改变了策略,对奶妈说:"你不要再逼我,若再逼我,大不了我取刀自尽,他们两个会告你个谋财害命,到时候你就是浑身是嘴也难洗刷干净!"

三人你一言我一语,弄得奶妈真有点害怕了。三人成虎,众口铄金。他们三人若是倒打一耙,在老夫人面前说我的不是,小姐又是那样一种身份,和老夫人有母女之情,老夫人若是信了他们的话,岂不是白白送了我这条老命。罢罢罢,得饶人处且饶人。想到这里,奶妈对李千金和裴公子说:"我也不难为你们了。如今有两条路让你们挑,看你们走哪一条。一是先让这位秀才去应试求官,等他得官之后,再来迎娶;二是今天夜里你们二人就远走高飞,等这位秀才日后得了官发达起来,再回来认亲。"

奶妈的话音刚落,李千金马上接言说:"奶妈,还是今夜就走为好。这位公子满腹经纶,蟾宫折桂是十拿九稳的事。到那时,我们再一起回来认亲。"

听到一个走字,奶妈不由得黯然神伤。李千金是她看着长大的,是她的小主人,年纪轻轻就远走他乡,隐姓埋名,这日子该怎么过呢?她轻轻揩了一下就要滚下的老泪,说:"你们出走以后,也要小心在意,若是走漏了风声,不仅会坏了公子一生的前程,而且还会拆散一对好姻缘。常言说得好:'幼小的主子可以驱使年长的奴才。'小姐说今夜就走,我就让你们走。我是担着风险放你们走了,你们一路一定要小心在意,注意不要暴露行迹。"

一说要走,李千金又放心不下母亲了,说:"母亲年纪高迈,无人照顾,我怎忍心离开呢?"奶妈这时又回过来劝小姐,说:"小姐既然决定要跟公子走,就放心去吧。老夫人这里,有我照顾,不必牵挂!"

李千金整理行装,一再拜谢奶妈,请她照顾好老夫人,然后就和裴公子、梅香一道,连夜出了李家宅院。

目送三人出了李家宅院,奶妈禁不住一阵心酸,心想明早老夫人若是问起小姐的下落,该如何是好呢?唉,看来只好说个谎了,就说不知道怎么走丢了。这么大的女孩儿家突然没了下落,老夫人怕出家丑,肯定不敢张扬。等日后姑爷得了高官再来认亲,也不为迟。奶妈望着三人远走的背影,轻轻地掩上了角门。

三

裴少俊次日声称采买花草的任务已经完成,就动身回京师长安。回到家中,他不敢将此事告知父母,就把李千金和梅香安排在后花园中住下。

转眼间,李千金在裴家后花园中度过了七年,为裴少俊生下一儿一女,儿子名叫端端,已经六岁,女儿名叫重阳,已经四岁。他们住在后花园,只有裴家的一个老院公进出服侍,裴府中的其他人则一概不知，一概不晓。

自从将李千金秘密安置在后花园之后，裴少俊假称攻读诗书，以求进取功名为名，也来后花园住下。其间裴尚书有意给儿子完婚，但裴少俊皆以功名未就为由拒绝了。李千金与裴少俊夫妻恩爱，过了七年甜蜜而又提心吊胆的夫妻生活。

清明节这天，裴尚书原想去上坟祭祖，因惧天气寒冷，就让儿子陪夫人一道前去。裴少俊不敢违命，临行前安排老院公好生照看他们母子三人，不要让老爷撞见。老院公是一个诚实厚道的老人，满口答应，声言别说老爷不来，就是来了，凭他那四方口、三寸舌也能将老爷说回去，保证万无一失。得了老院公的保证，裴少俊这才辞别妻儿，陪母亲一道去祭祖上坟。

裴少俊走后，李千金细思七年来偷偷摸摸的生活，觉得好像是一场无尽头的梦。看到清明节别人去祭祖上坟，不由得想起远方的父母，心里又是一阵酸楚。她只盼着裴少俊能够早些金榜题名，以便能早点回洛阳认亲。李千金正在想心事，老院公进来说裴公子陪老夫人祭祖上坟去了。裴公子不在家，李千金害怕出了乱子，告诫老院公一定要守好后花园门，别让尚书老爷撞进来窥破了秘密。

老院公性喜饮酒，又值清明节，就向李千金要些节令酒喝，说只要吃饱了喝足了，朝后花园门口一坐，看谁还敢进来。李千金自进裴府以来，一切事情都由老院公照料，虽知喝酒会误事，但仍不肯拂老院公的面子，就拿出酒菜招待老院公。一见酒肉，老院公立刻眉开眼笑，告诉李千金说，昨天端端和重阳玩耍时，把墙上的花折坏不少，今天不要让他们出来玩，就让他们在书房里玩耍，万一跑出来玩被尚书老爷看见，就要坏了大事。李千金点头答应，并要老院公严加看守，不要让他们闹出事来。

老院公喝酒过量，出了书房门口，就觉得有点头昏脑涨，踉踉踉跄跄走到假山旁,倚着假山打盹。端端和重阳兄妹俩出来玩耍,见老院公在打瞌睡,就逗他玩耍。老院公见两个小主人跑到外面玩耍,大吃一惊,让二人回书房去。老院公一醒,兄妹俩就跑开了,老院公一打瞌睡,兄妹俩就又过来打闹。

也是合该有事。夫人和少俊走后,裴尚书心中闷倦,便来后花园散心,顺便看看儿子的功课。来到后花园,见院公正在打盹,两个孩童在一旁玩耍打闹,就来到老院公身边,一把将他推醒。老院公以为又是两个玩童胡闹,抄起扫把要打,一抬头看见了老尚书,慌忙扔了扫把,拜见尚书,说:"老奴不知老爷驾到,多有冒犯,请老爷宽恕!"

裴尚书见两个小厮很是活泼可爱,问道:"这两个小厮是谁家的?"老院公还没来得及回答,端端已接言说:"是裴家的。"裴尚书听说是本家,很感兴趣,问:"是哪个裴家?"重阳操着稚嫩的童音说:"是裴尚书家。"

老院公见露了马脚,急忙把话题岔开,试图掩饰,说:"谁说这不是裴尚书家的花园?你们两个小孩子家知道什么,还不一边玩去!"重阳不知老院公的用意,以为老院公是在对她发脾气,气嘟嘟地说:"我告诉爹爹、奶奶去!"老院公怕把事情弄糟,说:"你们两个采折了花木,还敢说去告诉爹爹、奶奶?就是你爷爷来,我照样打你们!"老院公拿起扫把,装出要打的样子。端端和重阳见状,吓得急忙逃走,找母亲告状去了。老院公见二人往书房跑去,更加着急,喊道:"你们两个不往前面跑,怎么往后边去?"

裴尚书见老院公一惊一乍,又见两个儿童朝书房跑去,料到其中必有诡诈,就随后朝书房走去,想看个究竟。

端端和重阳跑回书房,找到母亲,说:"我们二人去接爹爹,见一个老爷爷,问我们是谁家的孩子。"李千金一听,吃惊不小,说:"淘气的孩子,我叫你们不要出去,偏偏出去,让人发现了,这可怎么得了?"说罢,就要去关书房门,但已经晚了。裴尚书带着老院公已站在了门口。

裴尚书见到儿子的书房中有一个年轻漂亮的女子,十分惊诧,问老院公:"这是谁家的妇人?"老院公答道:"必定是这个妇人折了后花园的花,跑到这书房内藏起来了。"

李千金一见裴尚书到来,早已惊得魂飞天外,吓得不知如何是好,半天说不出话来。

裴尚书一见此景,知道其中必有文章,哪里会信老院公的话,说:"把她带到芙蓉亭,我要仔细询问。"李千金不敢拒绝,就带着一双儿女随同前来。

来到芙蓉亭,老院公还想为李千金遮掩,向老尚书求情道:"这个妇人折了园中的两朵花,怕被相公看见,躲进了书房。应该饶过她这一次,放她回家去吧。"李千金明白老院公是还想继续遮掩,但她清楚地知道,裴尚书既已起疑,想遮掩恐也难以遮掩过了,不如索性就此机会将真相揭破,看他怎么办。想到这里,李千金鼓起勇气说:"老爷可怜见,妾身是裴少俊的妻子。"

裴尚书一听,十分惊诧,心想自己的儿子尚未议婚,哪来的媳妇?这个小妇人不知羞耻,竟然自称是裴少俊的妻子!他阴沉着脸色,问道:"你说你是裴少俊的妻子,谁做的媒人?下了多少聘礼?谁人给你们主的婚?"

李千金低头不语。她怎么回答呢?她和裴少俊是一见钟情,自主结为夫妻的,哪来的媒人,哪来的聘礼,哪来的主婚人?

裴尚书见李千金身边还站着两个小孩,又问:"这两个小童是谁家的?"

老院公此时也不敢再遮遮掩掩,说:"老爷不应烦恼,应该高兴才是!没有花费一分钱的财礼,娶得这样一个如花似玉的儿媳妇，又得了这么一双活泼可爱的小孙子，理应隆重地庆贺一番，老汉买羊去。大嫂，你也领着儿女回书房去吧。"老院公想用调侃化解紧张气氛，为李千金解围。

裴尚书却是怒火更盛，说："这妇人定是娼优酒肆之家！"

李千金哪里受得了这样的侮辱，大声说："我本是官宦人家的女孩儿，不是下贱之辈！"

"住口！"裴尚书气冲冲地说，"妇道人家和人一起淫奔，暗中往来，这都是逢赦不赦的大罪。送到官府拷问，看不把你打个半死！"

李千金毫不畏惧，说："我本是良家女子，你就是到官府，兴词讼，三推六问，严刑拷打，我仍是良家女子，不是风尘烟花！"

裴尚书从李千金这里问不出名堂，就让张千问老院公，老院公则说张千是合谋者。此时夫人和裴少俊已经回府，裴尚书就令人把二人唤来，欲要问个究竟。

"夫人，你和孩儿合谋做出这样的事情，坏了我的家法！"裴尚书抱怨道。

"老相公，我哪里知道这件事？"老夫人一推六二五。

裴尚书无奈，只好唤过儿子，把恶气出到儿子身上："孩儿，这就是你在后花园中花费七年时间做的功课？我把你送到官府，依法该怎么办就怎么办吧。"

裴少俊一听要由官府处置，马上就着急了，说："孩儿乃是卿相之子，怎能为了一个妇人受到官府的凌辱？孩儿情愿写封休书，休了这个女子，求父亲宽恕！"

裴尚书怒气未消，对李千金说："我这尚书之家，家规严整，我好比是八烈周公，我夫人则好比是三移居的孟母。都是因为你这个淫妇，勾引我的儿子，坏了少俊的锦绣前程，辱没了裴家的祖宗。你仔细听着,你既是官宦人家的女子,为何与人私奔?想当年无盐女在野外采桑,齐王乘车路过看见,欲纳为后,让她同车而行,无盐女却拒绝了,说须禀知父母,方可成婚,得不到父母的允许,就是私奔。呸!你哪里比得上无盐女?你伤风败俗,做的个男游九郡,女嫁三夫!"

李千金丝毫不肯退让,义正辞严地说:"我不是风尘烟花女子,更不曾女嫁三夫,我只嫁裴少俊一个!"

李千金当众顶撞,更令裴尚书光火,他声色俱厉地说:"你难道没有听说过,女子要仰慕贞洁,男子要学习英雄。行聘礼的是妻子,私奔的只能算是妾。你既非明媒正娶,还不自己回家去!"

面对淫威,李千金并不屈从,争辩道:"我们这桩婚事是天赐姻缘,你休想拆开!"

裴尚书决计要赶走这个不守妇道的女人,就要过夫人头上戴的玉簪,对李千金说:"你既说是天赐的姻缘,那么好吧,你向老天求一卦,将这玉簪在石上磨,磨成针儿一般粗细,如果玉簪不折,就是天赐的姻缘,如果折了,你就回家去吧!"

面对如此苛刻的条件,李千金为了自己的幸福,只好接受。她清楚地知道,裴尚书决意要赶走她这个来路不明的女子。老夫人在一旁叽叽喳喳敲边鼓,裴少俊懦弱不敢抗争,要保住幸福的婚姻,李千金只好咬着牙接受了这种苛刻的条件,拿起玉簪在石上轻轻地、小心谨慎地磨起来。她全神贯注,小心翼翼地磨着,但由于玉簪太脆,一不留神就断作几截。

裴尚书见玉簪断成几截,得意地说:"玉簪已断,你还不肯回家去吗?那就再给你一个机会,看看天意如何。来人,拿一只银瓶过来,用一根丝线系住,让她到金井里汲水,若能将银瓶提出金井而丝线不断,便是天赐的姻缘;如果银瓶坠入井中,那可是瓶坠簪折，你就只有回家去了！"

事已如此，只好听天由命了。李千金手提丝线，将银瓶放入金井中汲满水，轻轻地往上提，丝线不堪负重，银瓶刚离开水面就断了。李千金最后的一线希望破灭了。

裴尚书一副仁至义尽的样子，说："你说你的婚姻是天赐姻缘，如今既然簪折瓶坠，看来是上天让你们夫妻分离了。"他转向裴少俊，说："写一张休书给这个女子，让她回家去。你今天就给我收拾琴剑书箱，上朝求官应举去。这一双儿女，就留在家中。"处置停当，他又命令张千立刻把这女子赶出府门，之后拂袖而去。

裴少俊慑于父亲的威严，只得写了休书，交给李千金。李千金与裴少俊做了七年的恩爱夫妻，如今被无情抛弃，被迫和一双可爱的儿女生离死别，真是悲痛欲绝。她请求裴少俊将她们送回洛阳，然后就和梅香一起，含泪离开了裴府。裴少俊则借进京赶考之机，将李千金和梅香送回洛阳安置。

四

李千金回到洛阳故居，父母已经亡故，整个宅院仅剩下几个佣人。李家高宅大院，庄田颇多。李千金回到家中之后，成了李家宅院的主人，凭着父母留下来的财产，仍然有享不尽的富贵。但物质的享受却不能消除精神的苦闷。她时时思念自己的儿女，牵挂裴少俊应举之事，为他能否金榜题名而担心。闲来无事，她时常顾影自怜，为自己冷冷清清的境遇而感慨万端。

且说裴少俊辞别了李千金和梅香，进京赶考，一举状元及第，皇上授他洛阳县令之职。裴少俊得官之后，为了早日和李千金重聚，日夜兼程，赶到洛阳上任。

一到洛阳，裴少俊换上秀才装束，找到李总管府第，正要进去，一眼瞧见了梅香，高声叫道："喂，那不是梅香吗？小姐在不在家？"

梅香正在行走，听到喊声，回头一看，认出是裴少俊，但是却假作不认识，不理不睬。裴少俊上前拦住，再问小姐下落。梅香说："我们这里有什么小姐？你这个男人好不识时务，立在这里像根树干。我不认得你。让开，我要回家去。"裴少俊讨了个没趣，闪在一边。

梅香回到家中，对小姐说："小姐，这下可该你高兴了，姐夫正在大门口等你哩！"

"你这妮子又在胡说八道。"李千金显然不信。"骗你是小狗。"梅香唯恐不信，又要赌咒发誓。李千金见梅香十分认真，问道："果真是他？你看见他穿着什么样的衣服？""还是一身秀才衣服。你看，你又不信了。小姐，我说的全是实话，没有半句谎言。"梅香认真地说。

听说裴少俊还穿着秀才衣服，没有得官，李千金真是怎么也不会相信。她很了解裴少俊，他学富五车，深得五经三昧，谈天口喷珠玉，张口之乎者也，取功名如囊中取物。哪里想到他三昧手只能修手模，五年书只会写休书，李千金真是好生失望。

李千金正在失望之际，裴少俊自己找上门来。一进门，他深深施了一礼，说："小姐，别来无恙？我今天特意来找你，和你重修前盟，再续旧好，还做恩爱夫妻。"

见到日夜思念的情郎，李千金自是喜出望外，但想起裴少俊及其家人对她的态度，她又难以高兴起来，她冷冷地说："裴少俊，你说的是什么话？你想再续姻缘，我却害怕刑狱之苦。想当初休弃我时，你的娘哪有一点母子情？你的爹哪里会怜悯我这苦命女？你这个坐怀不乱的柳下惠在一边怎么也不言不语？那时说我伤风败俗，女嫁三夫，今日为何又来找我这伤风败俗之女续姻缘呢？"

裴少俊见小姐不肯相认，认为她是嫌弃他仍是白衣秀士，于是就吐露了实情："小姐，实话对你说吧，我如今已是脱去布衣换官服，得了官了，就在这洛阳县任县令。我父亲已经退休，闲居在家。我今天是特意来看你，一会儿我就令人将行李搬进来。"

李千金听了，十分冷淡地说："我这里可是住不得。常言道好客不如无。我如今是被你们赶出去的人，为何又来我这里？你就不怕伤风败俗？你自己拍着心口想一想，为什么要这样欺负我这个弱女子？你既然已经为官，脸上为何没有一点羞愧之色？"

裴少俊可怜兮兮地说："我们是儿女夫妻，你怎能不认我？当初是父亲大人逼我那样干的，实在是不关我的事情。"

一提起裴尚书，李千金就气愤难平，说："你们家老父是八烈周公，老母是三移孟母，只我一个良家女子，却被诬作娼家妇，说什么我若嫁了你就误了你的锦绣前程，辱没了你们裴家祖宗！"

"小姐，你是个读过书的聪明人，难道没有听说这么几句话么？儿子十分喜欢他的妻子，父母却不喜欢，就要休弃；儿子不喜欢他的妻子，可是父母却说她善事尊长，因而得行夫妇之礼，终身相伴。我们的情况，正如这几句古话所说。我们虽然夫妻恩爱，但父母不喜欢，所以逼我休了你。如今我已得官，任职洛阳，正好破镜重圆，重修旧好，岂不是好？"

"裴少俊，你是只知其一，不知其二。你的母亲做事就是那么狠毒，你的父亲偏偏又爱嫉妒。他虽然治国忠直，操守廉能，可他做事为何这般糊涂！我们鸾凤交鸣，琴瑟和谐，夫妻和睦，哪里用得着他来替儿嫌妇？"

不说二人一个要和好，一个不肯认。且说裴尚书致仕在家，闲居无事，忽接喜报，说儿子裴少俊状元及第，官授洛阳县令，欲与妻子李千金和好，李千金却不肯相认。裴尚书心中着急，就带着夫人和端端、重阳，来到洛阳，找到李总管府。

裴少俊得知父母来到李府，急忙出门迎接，并将他如何求李千金相认，而李千金拒不肯认的事向裴尚书说了一遍。裴尚书就急急带众人进府。

李千金明知是裴尚书夫妇前来，却仍不理不睬，只作没看见似的。裴尚书此时只好舍着老脸，走上前去，主动搭话："孩儿啊！当初不知道你是洛阳总管李世杰的女儿，委屈你了。想当年你父亲在京城做官时，我们两个还曾议及这门亲事。你们暗合婚姻，结为连理，你怎么不把身世对我们透露一点呢？你是李世杰的女儿，正经是官宦人家女儿，我却说你是优人娼妇。我如今和夫人一起，带着两个孩儿，牵羊担酒，直接来到贵府，给你陪不是来了。千错万错，都是我的错。"说着，裴尚书令人斟上酒，举起酒杯，说："来，一起干了这杯酒，把过去的不快都忘了！"

李千金迟迟不肯举杯，弄得裴尚书很是尴尬。老夫人一见，急忙上前解围，说："你看，我已把你们的两个孩儿拉扯这么大了，请你看在我的面子上，就认了我们这门亲吧。"

两个孩子已懂人事，见此情景，都禁不住哭了起来。

孩子的哭声揪痛了李千金的心。欲待不认，孩子的哭声让人撕心裂肺般疼痛。且如果不认，孩儿又将被领走，母子仍不能团聚，自己仍将在思念儿女的痛苦中苦熬人生。欲要相认，李千金又难以忘记在裴府所受的屈辱。李千金沉浸在难以选择的痛苦中。

裴尚书见李千金拒不相认，只好放下老爷架子，舍上老脸皮，哀哀地请求说："哎，你就认了我吧！"

李千金看见这个一手造成自己痛苦的人，就气愤填膺，说：

"你让你儿子休了我,今天又来求我,我坚决不认!"

裴尚书知道哀求无用,就用两个孙子作要挟,说:"你既然不认我们,我们只好领着孙子回去了。"

端端、重阳听得一个走字,一起放声痛哭。他们一边哭,一边说:"母亲,你好狠心啊,自己的儿女竟然不认!你真让我们痛心啊!你若不认我们,我们就成了没有娘的孩子,还活他做什么,不如死了省心!"二人哭着说着,做出寻死觅活的样子。

李千金见一双儿女哭成泪人儿,心都碎了。她不忍心两个孩子再忍受没有母亲的折磨,一狠心,说:"罢,罢,罢,我就认了这门亲吧!"说着躬身施礼,说:"公公,婆婆,请受媳妇几拜。"

裴尚书见李千金终于肯认亲,喜不自禁,慌忙亲手斟上一杯酒,端到李千金面前,说:"为庆贺我们一家团圆,请满饮此杯。"

李千金施礼接过,但心头之气仍是难平,说:"我这是自己送上门来的媳妇,参拜公公、婆婆。您为我擎壶执盏,媳妇却万万不敢当,怕您又有什么计谋。我怕的是玉簪折、银瓶坠、又写休书。"

裴尚书老脸一红,说:"孩儿,这些都是过去的事了,就不要再提它了。"裴少俊也来劝慰,说:"今日是合家团圆,小姐,你就高兴一点。"李千金仍然不依不饶地说:"我也想高兴,可哪里高兴得起来?即使是现在,我心里也犯嘀咕,怕又像往日一样把我赶回家。"

已得合家团圆,裴尚书十分高兴,不计较媳妇话中带刺,说:"孩儿啊,你当初若是等我来提亲该有多好。你瞒着父母私奔,来到我家,却又不说你是李世杰的女儿,以至于闹出这场风波。"

听到"私奔"二字,李千金无名火又起,说:"不是因为出了家丑而将今喻古,当初有一个卓王孙极有气量,他的女儿卓文君更是美貌无比,她听了司马相如一曲《凤求凰》,即驾车与他远走高飞。他们的故事早已是千古美谈,我们为什么就不能墙头马上喜结连理?我只愿天下的有情人都成眷属,管它什么私奔还是明媒正娶!"

裴尚书和夫人听了李千金这番话,讨好似地笑笑。苦苦哀求才使李千金认下这门亲事,他们还能说什么呢?

(卫绍生 改写)

西厢记

[元] 王实甫 撰

一

大唐贞元十七年二月，洛阳书生张珙前往京师长安应试，途经河中府蒲州，打算顺便拜访一下老朋友杜确。张珙字君瑞，父亲曾官拜礼部尚书，五十多岁就去世了，一年后母亲病故，只剩他孤身一人，书剑飘零，游于四方。那杜确字君实，和张珙自幼同学，又有八拜之交，后来弃文习武，得中武举状元，如今官拜征西大元帅，统领十万大军，镇守蒲关。张生来到蒲州城中，寻客店住下，向店家打听这里有什么名胜古迹可以游玩。店小二告诉他，附近有一座著名的寺院，叫普救寺，本是武则天娘娘的香火院，建造得非同一般，凡是南来北往的客人，不论是三教九流，还是文人学士，都要去那里瞻仰。张生非常高兴。这天上午，他让随身的琴童在店中等候，独自一人前往普救寺游览。

普救寺的法本长老到别处赴斋去了，只有弟子法聪在寺内照应。他见张生是个读书君子，仪表不俗，就取出钥匙打开各处门锁，领他到佛殿、钟楼、塔院、罗汉堂、香积厨参观。张生登宝塔，绕回廊，穿洞房，数了罗汉，参了菩萨，拜了圣贤，刚走到通往佛殿的甬道转角处，迎面看见两个袅袅婷婷、花枝招展的女子。一个像是官家小姐,一个像是随侍丫环。只见那小姐一身锦绣,满面春风,颜若桃花,眉似新月,正在花畦边,折一朵花儿拿在手中,只听她对丫环说:"红娘,你看,寂寂僧房人不到,满阶苔衬落花红。"她樱唇轻启,玉齿微露,声音就像那春莺娇啼。忽然发现这边有人,那小姐扶着丫环,匆匆离开,腰肢柔软,恰似弱柳拂风,尤其是临去回眸时秋波一转,更有令人销魂的魅力。

张生被那小姐的美貌惊呆了,半晌没有转过神儿来,他问法聪:"和尚,那女子是观音现世,还是仙女下凡?"法聪笑道:"哪有什么仙女?哪有什么观世音?那是前朝崔相国的千金小姐,名叫莺莺,另一位是她的贴身丫环,名叫红娘。崔相国病故了,老夫人带着女儿和她的小儿子欢郎,一同护送灵柩前往老家博陵安葬,因路途不畅,就把灵柩寄放在这寺中。这个普救寺是当年崔相国修造的,法本长老又是崔相国剃度的和尚,因此,长老就安排她们住在西厢这处宅院中。那莺莺小姐年方十九岁,诗词琴书,针织女工,没有不精通的。崔相国夫人郑氏已把她许配给侄儿郑恒为妻,因父丧未满,还没有成婚。郑恒是郑尚书的长子,现在京师长安,老夫人已写信让他来帮着送灵柩回博陵,那郑恒还没有来到。今天,小姐和丫环出来散散心,正好被你看见了。"

张生被莺莺引动情思,难以自持,他恨不得追上去,向莺莺倾吐心曲,表白爱情,但西厢院红门紧闭,粉墙高耸,不是随便可以进去的。他决定暂时不去京师应试了,也住进这普救寺里,慢慢等待机会,就对法聪说:"请和尚对长老说一声,我想借用寺院里半间僧房,温习经史,准备应考,房租依照常例拜纳。"法聪说:"你明日自己和长老去说吧。"张生见他做不了主,当即告辞。

第二天一大早,张生就来拜见法本长老,提出借房的事。法本长老发如霜雪,面似童颜,相貌堂堂,声音朗朗,是一位有道行的高僧,而且通情达理,与人为善。他问明张生的姓名籍贯,同意他的请求。张生取出一两银子,先交房金,法本推辞几句,就接受了,又问张生愿住哪一处,张生说:"靠近西厢、紧挨主廊一带的房间都可以。"还没有说定,红娘来了。

原来相国夫人郑氏打算给去世的丈夫做一次道场,请和尚诵经追荐亡灵,已对法本长老说过,未见回话。这会儿又派红娘过来,问一问定在哪一天,准备好了没有。法本说定在二月十五日。红娘又提出去看看佛殿,好回老夫人话,法本就对张生说:"请先生少坐,我同小娘子看一趟就过来。"

张生见红娘模样俊俏,又聪明伶俐,心想:我要接近小姐,必然用得着她,将来要是能和那多情的小姐同床共枕,也少不了她铺床叠被哩。于是就提出一同去看佛殿,法本答应了。张生让红娘走前面,自己跟在后头,法本夸奖他说:"你真是个知书达理的好秀才。"

到佛殿上看了一回,法本对红娘说:"你回去禀报老夫人,这里都准备停当了,只等夫人和小姐二月十五日过来拈香。"张生忙问:"那天小姐也来?"法本说:"小姐是位孝女,为报父母养育之恩,当然是要亲自拈香的。再说二月十五日是相国的禫日,这天举行罢祭礼,就脱孝服了,小姐当然要来啦。"张生心中暗喜,这可是个大好机会,一定不能错过,就对法本哭着说:"崔小姐一个女孩儿家,还有敬父母之心;我堂堂男子汉,父母去世之后没有送过一次纸钱。如今我想也出五十钱,请和尚慈悲为本,多备一份祭品,捎带着也追荐一下我那父母吧。"法本同意了,让法聪去准备,又请张生和红娘到殿内吃茶。

张生想和红娘说话,就借口去厕所,到殿外面等着。红娘急于回去向老夫人禀报,不肯吃茶,辞别法本走出殿来。张生迎着她,作了一个揖,问:"小娘子莫非就是莺莺小姐的贴身丫环?"红娘回了一礼,说:"我就是,何劳先生动问?"张生说:"小生姓张名珙字君瑞,本贯西洛人氏,今年二十三岁,正月十七日子时生,还没有娶妻。"红娘说:"谁问你这些了?"张生又问:"小姐经常出来吗?"红娘生气了,说:"先生是读书君子,难道就不知道孟子说的'男女授受不亲,礼也',还有'瓜田不纳履,李下不整冠',还有'非礼勿视,非礼勿听,非礼勿言,非礼勿动'?俺们家老夫人治家严肃,有冰霜一般的节操,在内室走动的,没有五尺以上的男孩,那十二三岁的男孩子,不听呼唤不敢随便进入中堂。有一天莺莺私自出了闺房,老夫人看见,立即把她叫到跟前跪下,狠狠责骂一顿,莺莺当即表示:'今后一定改过自新,决不再犯。'老夫人对她的亲生女儿尚且这样严厉,对我们这样的奴婢就不用说了。先生你读的是圣贤书,尊的是周公礼,不关你的事,何必多操心?幸亏你是对我说这样的话,我可以饶恕你,要是让老夫人知道了,决不和你罢休。今后该问的问,不该问的不要胡说!"说罢,转身走了。

  红娘这番话,像一瓢冷水,浇得张生从头凉到了脚。心想,她家这样严谨,见到小姐如此困难,我这相思病怕是害定了。但他又想到莺莺的美貌,一点痴情实在难以撇开,就进殿问法本:"小生借房的事,还请长老关照。"法本说:"塔院旁边靠近西厢有一间房,宽敞潇洒,先生今天就可以搬过来住。"张生说马上就去客店搬行李,法本让他吃了斋饭再去。张生心情急切,一会儿也不肯多耽搁,就让法本先准备饭,他搬了行李再过来吃。此刻,张生的一颗心全在莺莺身上,他要尽快地在普救寺中安顿下来,好寻机会见到莺莺。

二

红娘回去先向老夫人报告了法本的安排,之后到房中见莺莺,讲述了她见到张生的经过,末了说:"我不知道他胡思乱想些什么,真可笑,世上竟有这样的傻瓜!"莺莺笑了,说:"这件事不要告诉老夫人。"

张生搬行李来到寺内,收拾停当,已是天黑。他听法聪说,莺莺小姐每天夜晚要到花园里烧香。这花园是莺莺住的小院和寺内别处共用的,张生决定先躲在花园中太湖石畔墙角处,等待莺莺出来。

当天夜里天气晴朗,月色皎洁,银河横空。寺内僧众各自安歇了,花园里寂静清幽。莺莺让红娘开了角门,摆好香桌,她把香燃着,祝告说:"这一炷香,祝死去的父亲早生天界;这一炷香,祝堂上的老母身体康健;这一炷香……"她不往下说了,红娘接着说:"这一炷香,我替姐姐祝告:愿姐姐早日寻一个好姐夫,让红娘也跟着有个归宿。"莺莺长叹了一声,对着香案拜了两拜,满腹心事,都寄托在这两拜中了。

张生在暗处看到这番情景,心想:"小姐倚栏长叹,似乎有当年卓文君伤春之意,我虽然才能不及司马相如,但也吟一首诗,看她有什么反应。"于是轻声吟道:

月色溶溶夜,花阴寂寂春。
如何临皓魄,不见月中人?

莺莺听得清清楚楚,她对红娘说:"有人在墙角吟诗。"红娘说:"这声音就是那个自称二十三岁还没有娶妻的傻瓜。"莺莺说:"他吟的诗好清新!我也依韵作一首吧!"红娘说:"你们两个一唱一和最好。"莺莺随口念诗道:

　　　　　兰闺久寂寞，无事度芳春。
　　　　　料得行吟者，应怜长叹人。

　　张生听见，心想："她应酬得这样快，而且词句工丽，韵律妥帖，诗中自诉衷情，令人怜惜。她那吟诗的声音，轻柔娇脆，恰似春莺啭舌，怪不得她的芳名叫做莺莺。她如果这样与我隔着墙和诗，吟到天亮，我也是情愿的。自古道'惺惺惜惺惺'，像她这样的知音太难遇了。"他决定大胆地走出来去接近她，刚转过太湖石，莺莺看见了他，月光下四目相对。张生笑脸相迎，还没有来得及说话，只听红娘说："姐姐，有人来了，咱们回家去吧，免得老夫人责怪。"莺莺随红娘匆匆离去，转身时又回头看了张生一眼。

　　张生怅然若失，呆呆地站在那里发愣。他望着莺莺离去的方向，见有宿巢的禽鸟从树丛中惊飞，弯曲的小路被晃动的花枝掩映，皎洁的夜月泻下斑驳的光影。人去园空，寂静而清冷，那石径，那苍苔，那池水，都显得无限凄凉。星移斗横，夜色渐浓，外面响起打二更的梆声，张生自觉无聊，转身回住处去了。

　　但是，张生哪里睡得着？他望着那盏半明不灭的油灯，靠着那半新不旧的帏屏，听着夜风透过窗棂，吹得窗纸瑟瑟作响，想着这床上只有孤零零一只枕头，自己一个人去钻那被窝，这真叫人有说不出的愁怨和感伤。他把莺莺的模样想了又想，把莺莺的吟诗念了又念，默默地盼望着再和莺莺相见的机会。

　　二月十五日这天夜晚，佛殿中设下道场，众僧各自在蒲团上坐定，摇动法器，念起经文，气氛异常肃穆庄严。法本在老夫人一家还没有来到时，先让张生拈香，为他的祖先祷告，并且嘱咐他："等一会儿老夫人来了，如果问你是谁，你就说是老僧的亲戚吧。"张生会意，点头答应。

　　老夫人带着莺莺和红娘来到佛殿。法本迎着，说："老僧有个亲戚,是位饱学的秀才,父母都已经去世,他求我为他带一份斋,追荐双亲,老僧一时应允了,特向老夫人说明。"老夫人说:"长老的亲戚就是我的亲戚,请他来见见面吧!"于是,张生就过来和老夫人见了礼,也看见了站在老夫人身边的莺莺和红娘。

莺莺身穿孝服,更显得姿容俏丽、颜色俊美,她来到佛殿,全场气氛顿时活跃起来。那些和尚哪儿见过这么漂亮的美人?他们不论是年纪大的、年纪轻的,相貌端正的、相貌丑陋的,都把目光射向了莺莺,发痴发呆,有的忘记了念经,有的忘记了上香,那个敲磬的竟然把法聪的脑袋当做金磬敲起来,那个点蜡烛的竟然弄灭了火种,以至于灯烛全熄,一片昏暗。张生趁机去帮着点燃灯烛,又去烧香递纸,跑前跑后,行动当中有意对莺莺卖弄风流。莺莺不时抬眼看他,张生也觉察到了,心里越发得意。红娘悄悄地对莺莺说:"你看那傻瓜忙前忙后,扭捏作态,一双眼直往小姐这边看哩。"莺莺嗔怪她多嘴,但心里对张生产生了好感。

法本指挥众僧各司其职,法事按规定的程序进行,法器响动,法本跪在香案前宣读了追荐亡灵疏,之后焚化了疏稿和纸钱。事繁夜短,不知不觉天色渐明,法本请老夫人和小姐回住处去。张生只嫌时光过得太快了,恨不得法事再多做一会儿。他见莺莺离去,不由得怅然若失,无可奈何地走出佛殿,想再看一眼莺莺,但莺莺已进入西院中。此时,明月西沉,曙色初露,报晓的钟声响起,四邻的雄鸡齐鸣,道场散了,众僧各自归房。张生懒洋洋地回到住处,还在想着佛殿上见到莺莺那一幕幕情景,同时在揣摩着莺莺的心思。

三

莺莺见了张生，回到住处好像丢了魂儿似的，和衣躺在床上，烦恼的情绪怎么也排遣不开。茶不想饮，饭不想用，想吟诗也难以成句。红娘说要给她用香熏熏被窝，让她歇息，莺莺说："我只在这鲛绡枕头上靠一靠打个盹儿算了。"她见红娘这样殷勤地服侍她，心里反而增添烦恼，心想："母亲这样严密地提防着我，让红娘像影子那样跟定我，寸步不离，生怕我做什么不端的事情。我成了笼中的鸟、钵中的鱼，没有一星儿半点的自由。平时看见个生人就觉得讨厌，不知为什么见了那吟诗的张生却感到可亲，但是，我怎样才能和他通个消息，再见一面呢？"

莺莺正在凝思漫想，忽然听见外面人声喧闹。红娘跑出去看了看，又慌慌张张地进来说："姐姐，不好了！有个贼将孙飞虎带领贼兵五千，围住了普救寺，说你眉黛青颦，莲脸生春，就像那倾国倾城的杨贵妃，要抢你去做压寨夫人哩，这可怎么得了啊！"莺莺听罢，惊得魂飞魄散，忍不住啼哭起来。真是天上飞来的横祸！刚死了父亲，又遇上这灾难，怎么这样的命苦福薄！她向门外望去，可以看得见尘土弥漫，听得见鼓角响亮。这孙飞虎真是太可恨了，你不思为国尽忠，只恃强杀戮掳掠，一意孤行，能有什么好下场！寺里只有三百和尚，哪能抵挡住孙飞虎的五千兵将，如果硬拼肯定会被斩尽杀绝，甚至连寺院也会被烧成焦土。看来，这场大难是躲不过去了。

那孙飞虎本名孙彪，字飞虎，是唐朝大将丁文雅的部下。因丁文雅为人贪婪残忍，部众离心，孙飞虎本来统领五千兵马镇守着河桥，这时便趁机反叛，劫夺百姓财物。他得知原崔相国的小姐有沉鱼落雁之容、闭月羞花之貌，就点发部卒来抢娶为妻。包围住普救寺之后，孙飞虎让喽啰传信给法本，让他交出崔小姐，法本不敢怠慢，来报知老夫人。老夫人正在房门前着急，莺莺走出来对母亲说："事情已到了这一步，就把我送给那贼汉为妻吧！"老夫人哭着说："咱们家从来没有犯法之男、再婚之女，要是把你送给贼汉，岂不辱没了咱们的家谱？"莺莺说："把我交出去，有五点好处：第一可以使母亲免受摧残之苦；第二可使寺院免遭火焚之灾；第三可保全众僧性命；第四可保住父亲灵柩；第五点，欢郎还未成年，他是崔家的后代根苗，不能受到伤害啊！要是怕辱没家门名声，我用一条白练寻个自尽吧，把我的尸体献给贼人，这样也可免除灾祸。"老夫人仍然不同意，连连摇头。

莺莺想了想，又说："母亲，孩儿还有一条计策。请向全寺的人宣布：不论何人，只要能够退了贼兵、保障全寺安全的，就把我嫁给他，我们家倒贴彩礼，结成姻眷。"老夫人说："这个办法还差不多。即使不是门当户对，也比落入贼人之手要好得多。"于是就让法本向全寺的人讲明这条许诺。

张生得知贼兵围寺，也从房里出来观看动静，他听见法本的叫喊，高兴得拍着手说："我有退兵的妙策，为什么不来问我？"法本马上领他来见老夫人，老夫人见他就是昨天捎带着追荐父母的那位秀才，就问他的妙策是什么，张生说："常言道：重赏之下，必有勇夫；赏罚分明，妙计必成。请夫人先讲明条件。"老夫人说："刚才长老已经宣布过了，谁能退了贼兵，就把小姐许他为妻。"莺莺在旁边听得真切，心里暗自祝告道："但愿这书生能退了贼兵，那就最好不过了。"张生对老夫人说："既然有你这句话，那就请我的妻子回房里去，别吓着了她，我自有退兵的办法。"老夫人当即让莺莺和红娘退归卧室。

张生对法本说："我这计策，得先劳驾长老。"法本误以为让他出去厮杀，急忙推托，张生说："不是让你上阵交锋，你去对贼将说：'夫人已同意把小姐献给将军，但小姐有孝服在身，不便办喜事，再说在军中穿孝也不吉利。将军要是真心做崔家女婿，请把兵马退一箭之地，等三天后丧服期满，小姐脱去孝衣，换上艳装，夫人倒贴嫁妆，送小姐给将军。'"法本领命，走出寺门与孙飞虎对话，把这些意思都讲清楚了，孙飞虎说："既然如此，我就暂且退兵，宽限你们三天。三天后要是不照办，我让全寺人人都死，个个不留！"说罢传令退兵。

法本说："贼兵虽然退了，但三天后送不去人，咱们还是都活不成。"张生说："不要着急。那镇守蒲关的白马将军杜确是我的好朋友，我写一封信给他，他一定来救我。这寺院离蒲关四十五里，我的信谁能送去？"法本非常高兴，说："白马将军要是领兵来到，还怕他什么孙飞虎？我有个徒弟名叫惠明，平时爱喝酒打架，但很有勇力。现在如果求他，他一定不肯去，必须用话激他，他就会答应。"张生说："这好办。"于是，他写好一封信，出来对着众僧人说："我修书一封给蒲关的白马将军，可惜你们这么多和尚竟然都是吃闲饭的，没有一个人敢去送信。"话刚落音，惠明从人丛里跳出来，大叫道："我敢去！"

张生打量这位和尚，只见他身高体壮，面阔口方，眼露凶光，脸带杀气，歪戴着僧伽帽，斜披着破袈裟，十指伸开，恰似两副铁爪，双脚立地，活像一尊罗汉。他对法本说："师父，讲经文俺不会谈，论参禅俺懒得去参，别看我僧不僧、俗不俗、女不女、男不男，但俺的戒刀近日里蘸了纯钢，俺的铁棒每天都闪闪发光，眼前这冲杀格斗、济困扶危的事，非俺去不可！"张生说："贼兵要是不放你过去，怎么办？"惠明说："先生请放心！远的我用铁棒扫，近的我用戒刀砍，小个儿的我用脚尖挑，大个儿的我双手举起往石头上掼。别看贼兵有五千人，叫我说不过是一顿馒头馅。快把信给我，你等着回音就是了。"张生把信递给他，惠明接过来藏在怀里，唱了个喏，带上器械出了寺门。

惠明当天赶到蒲关，见着白马将军杜确，呈上张生的信。杜确原来已经听说张生来到，住在普救寺中，还没有来得及见面，正在思虑之际，看到了这封信，才知有紧急事变。他立即点齐五千人马，人衔枚，马勒口，连夜出发，开往河中府普救寺。天刚亮，便向孙飞虎的贼兵发起攻击。一场激战，贼兵死的死，伤的伤，逃的逃，孙飞虎被官兵擒获。

杜确得胜收兵，进寺会见张生并拜望相国夫人。见礼已毕，老夫人说："老身一家性命，都是将军所赐，不胜感激，他日当有厚报。"杜确说："不敢！这是我职责之内的事。"又对张生说："贤弟为什么不到我军营相见？"张生说："小弟本想前往拜会，只因偶染小恙，未能动身。近日夫人受困，提出谁能退得敌兵，就把小姐许配为妻，因此小弟写信请兄来相救。"杜确向他表示祝贺。老夫人让人安排茶饭，招待杜确，杜确说要去追捕叛军余党，并处置孙飞虎，先告辞去了。

老夫人对张生说："先生大恩，不敢忘怀。从今天起，先生不要住在这寺院里了，搬到西院旁边的书院安歇吧。寺内这间房还让你的仆人住，饲养马匹。书院已经收拾停当，你可马上搬过来。明天我略备水酒，让红娘请你过去，还有事商议。"老夫人说罢，先回去了，张生也和法本告别，回住处收拾行李，前往花园里的书院安置。

四

第二天，老夫人在西院摆一席小宴，让红娘去请张生饮酒，表示酬谢。张生正在房里梳洗打扮，收拾得齐齐整整，专等赴席。

红娘来到书院,隔着窗子咳嗽一声。张生急忙出来迎接,作了一揖,红娘回了万福,说:"我奉了夫人严命,特来请先生过去,小酌数杯,请不要推辞。"张生说:"就去就去。敢问莺莺姐姐出来作陪吗?"红娘说:"当然。"张生大喜,又问:"这场筵席到底有什么含义?"红娘说:"一来是为了压惊,二来表示谢意。因此夫人不请邻居,不请长老,单请你老兄一个,让你和莺莺小姐成亲哩。"

张生一听,高兴万分,他对红娘说:"我这屋里没有镜子,请你看看我打扮得怎么样?"红娘上下看了看,说:"你还真下工夫哩!脸上擦得光光的,能滑倒苍蝇;头发抹得油油的,能耀人眼睛。我看你酸溜溜的,叫人牙疼。"张生又问:"夫人有什么好饭菜?"红娘说:"淘好陈仓米有几升,又炸了七八碗软蔓菁。"张生见红娘只管打趣,并不在意,又说:"我来这寺中见到你家小姐,十分敬慕,没想到今天得成婚姻,这缘分大概是前生注定的吧?"红娘说:"姻缘不是人力所能成就的,都是天意啊!世间草木无知,还能够地生连理枝,水出并头莲,何况人是血肉之躯,怎能无情?你是多情才子,小姐是美貌佳人,正是天生的一对!今天成了亲,你对我们小姐可要知道疼爱怜惜,她本是弱不禁风的闺中女子啊!"张生说:"这些小生明白。"又问西院有什么美景,准备了什么物件,红娘说:"俺那院中鲜花盛开,落红满地,你和小姐在花前月下,可不要辜负了那佳景良辰。小姐房里更有那鸳鸯夜月销金帐,孔雀春风软玉屏,还有凤箫象板,锦瑟鸾笙,各种乐器,样样齐全。"

张生听红娘夸嘴,满心欢喜,又说:"小生书剑飘零,没有准备什么彩礼,怎么办?"红娘说:"这都不必了。那边万事俱备,只待你这位乘龙快婿赶到,就结成百年之好。俺小姐不图你的钱财,不贪你的聘礼,只爱你锦心绣口好文章,只感你灭寇退敌的救命恩。你不要再啰嗦了,快点走吧,老夫人等久了会着急哩。"张生让红娘先走,自己随后就到,红娘说:"你可要快点,别让我这当丫环的再跑一趟。"

红娘回到西院禀报了老夫人,不一会儿张生就来了。老夫人迎着,分宾主坐定,老夫人让红娘去唤莺莺。红娘急忙去了,对莺莺说:"老夫人在后堂请客,叫小姐出来哩。"莺莺说:"我身体有点不舒服,不去了吧。"红娘说:"你猜请的是谁?请张生哩!"莺莺立即喜上眉梢,说:"要是请张生,我带病也要出来陪他。"红娘说:"小姐貌似天仙,一副脸庞又娇又嫩,那张生也太有福气了。叫我说,姐姐生成做夫人的相,只有张生这样的才子才配得上哩。"莺莺嗔怪道:"不要信口开河,咱们快过去吧。"

张生见莺莺未到,心里着急,借口去厕所,走到门外张望,正好和莺莺打个照面,急忙退回来归坐。老夫人见莺莺进了堂门,说:"快到近前和哥哥拜见。"

老夫人这话一出口,几个人都愣住了。张生心想:"这声气不对了!怎么让小姐叫起哥哥来?"莺莺也听出这话的含义,心里说:"不好!俺娘变卦了。"红娘想得更远:"老夫人这样赖账,他两个的相思病又要加重啦!"

老夫人吩咐红娘取来热酒,让莺莺为张生敬酒。莺莺满斟一杯,递给张生,心里很不是滋味。张生接过,勉强饮了,老夫人让再敬一杯,张生推托说酒量有限,不愿再饮了。红娘悄声对莺莺说:"你看这事儿让人烦恼不烦恼?"莺莺心里很乱,母亲在场,她不敢和张生说话,两人虽近在咫尺,却像隔着大海一般,只好默默无语。老夫人见张生不饮,也不勉强他,就让红娘送莺莺回房。

莺莺辞别张生,离开后堂,心里直把母亲埋怨:"亲娘啊,你怎么这样说话不算数?要不是张生一封书信退了贼兵,咱一家人哪有今天？你亲口许的亲，亲口又推翻，成也是你萧何，败也是你萧何！从今后，我这相思之苦是免不了的，情天悠悠，恨海茫茫，哪有出头之日啊！亲生母亲竟然不为女儿着想，你不仅用假话哄骗了张生，也耽搁了我的青春，毁了我的前程啊！"

　　张生在莺莺去后，也要告退，他对老夫人说："前几天贼兵围寺，夫人许诺说能退贼兵者就把莺莺许配为妻。小生挺身而出，写信给杜将军，才免除一场大难。今天请小生赴宴，我满以为是结亲的大喜事，不知为什么夫人让莺莺和我以兄妹之礼相待？我不是为这一顿酒饭而来，既然不成婚姻，我这就告辞了。"老夫人说："先生虽然有活命之恩，但小姐在相国在世时已许配了老身的侄儿郑恒。我已经派人送信给他，他还没有来到，如果他来了，我怎么办？不如我多给你一些金帛表示酬谢，先生另娶名门之女吧。"张生说："小生哪里羡慕你的金帛？请了！"说罢起身就走。老夫人还想挽留他再饮两杯，张生怎么也不肯再停留，老夫人只好让红娘送张生回去。

　　到了书院，张生面对红娘双膝跪下，说："小生为了小姐，废寝忘食，魂劳梦断，恍恍然若有所失。自从在寺中见面之后，曾经隔墙吟诗，迎风待月，受无限苦楚，耐万种凄凉，如今就要成亲，夫人却变了卦。小生智谋用尽，思虑已竭，没有别的法子了。你要是可怜我，请把区区微意转达小姐，使小姐知道我的心思，我也就心满意足了。现在我就在你面前，用我的腰带，寻个自尽吧。"红娘说："街上柴草便宜，不愁没东西烧你这傻瓜！你不要着急，我一定为你谋划这件事。"张生又高兴了，问："你有什么好办法？"红娘说："我见你带有一张琴，想必一定会弹了。俺小姐最爱琴。今天夜里我和小姐还去花园里烧香，你听见我的咳嗽声，就拿琴来弹。小姐听见琴声，会说些什么话，明天我来告诉你。这会儿怕老夫人叫我，我得赶快回去了。"

张生记住了红娘的嘱咐,当天夜晚取出他的珍贵的瑶琴,调好了弦,焚起了香。夜深人静,明月从东方升起,花园里洒下一片清辉。莺莺随红娘来到园中,她望着那云、那月,那摇曳的花枝,那满地的落英,心中涌起阵阵愁怨,心想:"月儿圆了,人却分离,波折常有,好事难成,为什么红颜总是这般薄命呢?"她焚上香,又一次把心事向苍天祝告。

红娘轻轻咳嗽两下,接着,书院响起张生的琴声。莺莺闻声伫立,侧耳细听。那琴声,像头上的钗珥碰击有声,像腰间的环佩叮咚作响,像檐下的风铃被风吹动,像寺中的佛殿深夜撞钟,又像春雨潇潇洒竹林,又像漏声嘀嘀响壶铜。那琴声,豪壮时似金戈铁马刀枪鸣,清幽时似小桥流水细淙淙,声高时似风清月朗白鹤唳,声低时似切切私语小窗中。莺莺听出是张生在弹,就走近书院窗外去听。红娘说:"姐姐,你站在这儿听吧,我去看一看夫人,再来接你。"

张生隐隐听到窗外有人,心想一定是莺莺了,就调一下弦,改弹司马相如的《凤求凰》曲,希望莺莺能像当年的卓文君那样,听琴声而会意,由会意而生情。于是,他边弹边唱:

有美人兮,　见之不忘。
一日不见兮,思之如狂。
凤飞翩翩兮,四海求凰。
无奈佳人兮,不在东墙。
张弦代语兮,欲诉衷肠。
何时见许兮,慰我彷徨?
愿言配德兮,携手相将。
不得于飞兮,使我沦亡!

琴声和歌声交汇,爱心与幽思融通,其词哀,其意切,凄凄然,惶惶然,感人肺腑,催人泪下。莺莺一边擦眼泪,一边倾耳谛听,又听见张生歌罢自语道:"夫人忘恩,倒也罢了,小姐怎么也说谎啊?"

莺莺觉得委屈,心里说:"张生,你埋怨错人了。那都是因为俺娘的主意改变,哪能会是我欺骗你呢?俺娘把我拘禁得紧,我一点儿闲空都没有,无法向你判明心曲,你却在背后说我的不是。我心里的苦处又能对谁讲呢?"

这时,红娘来了,说夫人叫小姐回房哩,莺莺只得离开。红娘说:"张生让我对姐姐说,他要走了。"莺莺一惊,忙对红娘说:"请你务必留他再住几天,就说眼下有人在夫人面前嘀咕,小姐是不会让你的愿望落空的。"红娘答应。莺莺更加心酸,她感觉到已经不愿意和张生分离了,假如张生真的要走,她一定会不吃不喝,病倒在床不能起来。

五

张生自从那天夜晚莺莺听琴之后,就先病倒了,心烦体倦,神志恍惚,不言不语,只是昏睡。法本长老得知,非常着急,但无计可施。莺莺听说了,心里很难受,她把红娘叫到跟前,说:"张生病了,你到书院去看看,他有什么话,你回来告诉我。"红娘故意推辞说:"我不去,夫人知道了,可不是玩儿的。"莺莺央求道:"好姐姐,我拜你两拜,你为我走一趟吧。"说着就要下跪,红娘急忙拉住她,说:"红娘怎敢受姐姐大礼!我去就是了。"

红娘来到书院,她先不敲门,到窗前润湿一片窗纸,打算张望一下张生在干什么。只见张生孤独地躺在床上,和衣而卧,棉被半遮,衣衫打皱,情绪低沉,气息微弱,面色黄瘦,目光呆滞,才一两天的工夫,他就病成这个模样了。红娘轻轻敲门,张生问是谁,红娘应了一声,张生说:"门未上闩,请进来吧。"

红娘说明了来意，张生说："小姐既然有可怜小生之心，我就写一封信，请你转送小姐，我日后对你定以金帛酬谢。"红娘说："谁稀罕你的钱财？红娘虽是丫环，也深知情理，我念你对小姐一片痴情，才替小姐来看你。你别说废话了，快写信，我给你带去。"

张生磨墨铺纸，不一会儿就把信写成了。信中略述爱慕之心、思念之情，以及感谢之意、关切之嘱，信末又附五言诗一首云：

> 相思恨转添，漫把瑶琴弄。
> 乐事又逢春，芳心尔亦动。
> 此情不可违，芳誉何须奉？
> 莫负月华明，且怜花影重。

写罢封好，交给红娘，嘱咐她要小心在意。红娘说："你就放心吧。有你这封入情入理的书信，加上我的能言善辩的说辞，管教你那心上人来看你一趟。"她把信藏好，告辞而去。

红娘回去，心想："要是直接把张生的情书交给莺莺，莺莺说不定会假作正经，生起气来。不如把信放在她的梳妆盒上，她自己会看见。有什么反应，我再相机行事。"

莺莺昨夜思前想后，不能安眠，早起打发红娘去后，又睡了一会儿，太阳升得很高了，她才懒洋洋地起了床。玉钗斜插，发髻半偏，几番挠耳，数声长叹，她仍然沉浸在烦恼之中。过了一会儿，莺莺到妆台前坐下梳理云鬟，轻匀粉面，发现了妆盒上的那封信。她拆开封，颠来倒去看了几遍，忽然生气地叫道："红娘！"红娘听见她声口不好，心想："坏啦！"还没有动步，莺莺又叫："小贱人，怎么不过来？"红娘急忙来到跟前，莺莺问："这东西是哪儿来的？我是相国家小姐，竟敢写这样的信来戏弄我，我怎么能接受这种东西？我告诉夫人，看不打断你下半截来!"

红娘分辩说:"小姐派我去,他就让我带来,我不识字,谁知道他写的是什么?你要是向老夫人说,我就先拿着这信到老夫人面前自首。"说着就拿那封信,莺莺一把揪住她,立即换了一副面容说:"我逗你玩儿哩!"红娘故作不依状,说:"放手!我怕夫人打断我下半截哩。"莺莺软语哄她,又问:"张生病得怎样了?"红娘答:"我不说。"莺莺再次央求,红娘才把她看到的张生的情况讲了一遍,莺莺说:"请个好医生给他看看吧!"红娘说:"他这病症,吃药是不济事的,恐怕只有小姐能治。"莺莺正色道:"红娘,我不看你的情面,就把这信交给老夫人看,看他张生还有什么脸面住在这里。虽然我家有亏待他的地方,但既然已讲明是兄妹关系,哪能还胡思乱想?我知道你的口紧,不会说三道四,要是别人知道了,那还了得?"红娘说:"姐姐,你哄谁哩!都是因为你,张生才病得这样半死不活,你现在反而说出这样的话来了。把别人哄上高竿,你却抽了梯子,于心何安?"

莺莺想了想,说:"拿我的描笔来,我写封回信给他,叫他以后再不要这样了。"不一会儿写好了信,密封牢固,说:"红娘,你去张生那里,就说小姐待他不过是兄妹之礼,没有别的意思。要是再有非分之想,一定告诉老夫人知道,连你这个小贱人也并责不饶!"说罢把书信扔给红娘。

红娘从地上拾起书信,立即到书院去。张生喜从天降,迎着说:"救星来了,我的大事办得如何?"红娘说:"事情坏啦,先生不要犯傻了。"张生迷惑不解,说:"我那封信是一道会亲的灵符,定能使小姐动心。你是不愿下劲儿帮助我,故意这么说哩。"红娘说:"你那信上不知写了些什么话,都惹小姐生气了,还怪我不用心哩!"她把莺莺的表情举动讲了一遍,就要离去,张生急忙拉住她,跪在她面前,求告说:"你这一走,谁还为我向小姐表明心迹？请你一定想个办法，救我一命！"红娘见他如此痴情，心中不忍，说："老夫人一个劲儿耍威风，小姐动不动使性子，你求我有什么用？我虽然同情你，但我夹在中间做人难啊！"她把莺莺的回信递给张生，说："这是小姐给你的回话，你自己好好看看吧！"

张生打开信，读了一遍，刚才一脸愁云，化作满面春风，他高兴地把莺莺的信放在书案上，跪下来拜了三拜，说："小姐的信来到，本应远接，接待不及，请勿见罪！"红娘见他这般模样，感到奇怪，问怎么回事，张生说："你刚才说小姐骂我，那是假象，她信里的意思，是叫我今天夜晚到花园里和她相会哩。"红娘说："你念一念信我听听。"张生念道：

待月西厢下，迎风户半开。

隔墙花影动，疑是玉人来。

红娘听了，还是不懂，又问："这首诗怎么就是约会呢，你给我讲解讲解。"张生说："待月西厢下，是让我在月出的时候过来；迎风户半开，是说她开着门等我；隔墙花影动，疑是玉人来，是让我跳墙过来。"红娘笑了，说："真是这样的意思吗？"张生说："我是猜诗谜的行家，绝对不会猜错。"

红娘心想："你看我那小姐，在我跟前还耍心眼儿！见了张生书信假装使性子，原来她心里却这样想。回信中藏着哑谜，让张生跳墙，这不是在干那'女'字旁加'干'的勾当吗？天大的事儿，却瞒着我红娘，对张生是甜言美语三冬暖，对红娘却恶语伤人六月寒。我不如装着不知道，看你今天夜晚怎样打发张生？"

张生又对红娘说："小生是读书人，怎么能跳过去那花园中的短墙？"红娘说："花枝不算密，短墙不算高，你既然有偷香手段，就大胆使出来吧。要是怕墙高，怎么能跳过河上龙门？要是嫌花密，怎么能攀得月中仙桂？放心去，不必怕，你要是不去，小姐一定会望穿双眼,蹙损眉峰。"张生还有些顾虑,说:"那花园里已经去过两趟,没得到什么好处,这一次去不知小姐态度如何?"红娘说:"那两次肯定都比不上这一回,小姐今天不会让你失望。"说罢先回去了。

张生在房里梳洗打扮一番,只盼着天黑后去赴约。他一会儿到门外看看,太阳还未到正午;一会儿又出去看看,太阳刚刚偏西。他心里着急,埋怨说:"这鬼太阳,今天为什么落得这么缓慢呢!"

六

当天夜晚,莺莺在房里精心梳妆。红娘见她比平日更加讲究,很理解莺莺的用意,但不说破,故意问:"姐姐,今夜里月明风清,花园中一派好景致,咱们烧香去吧?"莺莺虽然表面上镇静,但红娘看得出她在焦急地盼望着这一时刻。

好容易等到月上柳梢,红娘随莺莺一同出了房门,来到花园中。只见花阴重重,香风细细,庭院深沉,月色皎洁,夜露湿润,石径苔滑,红娘让莺莺在太湖石边站定,说:"姐姐,我到那边角儿跟前,看看有没有人听咱说话。"她实际上是去报知张生。

张生在书院门边窥视,看见红娘过来,朦胧中认为是莺莺,上前搂住,红娘轻声骂道:"畜生!是我呀!你可得看仔细点儿,要是老夫人来了,你这样鲁莽岂不闯下大祸?"张生连忙赔不是,说:"我一时眼花,搂得慌张了些,没有看清是你,望乞恕罪!"红娘说:"小姐来了,站在那太湖石畔,你不要从角门里进,就从这旁边的短墙跳过去。今天夜晚我成全你们俩的好事,你可要性情温存点儿,话语亲切点儿,动作轻柔点儿,应该懂得怜玉惜香，不要把我们小姐当做败柳残花。要是吓着小姐，我可不依你！"张生连连点头答应。红娘说："你去吧，我在这儿为你们望风巡哨。"

张生跳过短墙，走到莺莺身边，把她搂在怀中。莺莺吃了一惊，问："是谁？"张生答："是小生。"莺莺生气了，说："你是什么人？我在这里烧香，你无缘无故闯进来，如果老夫人知道了，你有什么话说？"

张生心里叫苦："哎呀不好！小姐又变卦了。"红娘听见莺莺发脾气，也感到意外，她想："小姐你怎么这样叫人捉摸不定？既然约张生来，为什么又装腔作势？张生也太软弱了，这会儿你的嘴哪里去了？你只管搂紧不放手，就是告到官府，难道只有你害怕丢人吗？原来你张生是这样一个外表好看而无用的花木瓜！"

莺莺在那里叫："有贼！"红娘急忙过去，问贼在哪儿，张生说："就是小生。"红娘说："张生，你来这里干什么？"莺莺说："拉他到夫人那里去！"红娘说："要是到老夫人面前，岂不把张生的名誉断送了？不如我和姐姐就在这里教训他一顿算了。张生，你过来跪着！你既然读孔孟之书，晓周公之礼，深更半夜的到底想干什么？我原以为你学问深似海，谁知你色胆大如天！你知罪不知罪？"

张生说："小生不知罪在哪里。"红娘又说："夜入人宅非奸即盗，你是读书君子，却成了偷花淫贼，还说不知罪哩。"她对莺莺说："姐姐，张生虽然有罪，但请看在红娘面上，再饶他一次吧。"莺莺借坡下驴，对张生说："若不是红娘说情，就拉你到夫人那里去，看你还有什么面目见江东父老！起来吧！"红娘说："还不谢过小姐！要不是小姐贤达，把你送去吃官司，你那细皮嫩肉少不了挨一顿打。"莺莺说："先生虽然有救命之恩，我家一定会报答你。既然夫人让以兄妹相称，你为什么又生妄想？夫人知道了,你怎能自安?今后再也不要这样,如果重犯,决不与你善罢干休!"说罢气冲冲走了。

张生朝着莺莺背影说:"你约我来,却又讲这么一番大道理。"红娘拉张生转回身,挖苦他说:"没羞!没羞!还嚷嚷什么?你这猜诗谜的行家,别夸口了!"张生说:"我再写一封信,请你带给小姐,我要把心里话全部说出来,让小姐知道。"红娘说:"算了吧!淫诗再也不要作,情书再也不必写,从今后你好好地读书吧!别胡思乱想了。"说罢也回去了。

张生愣了好大一会儿,无可奈何地回到书院,独自在房中纳闷。本来病体未愈,又受了这一场怨气,病情更加沉重,心想:"这一病,怕是不能好了。"第二天,张生病重的消息在寺中传开,老夫人也听说了,她念及张生的功劳,传话让法本长老差人请太医给张生治疗,同时又指派红娘去探望张生的病情,问清太医用什么药,症候如何,速来回话。

红娘领了老夫人旨意,正要出门,莺莺叫住了她,红娘问什么事,莺莺说:"张生病重了,我这里有一个好药方,你为我带给他。"红娘说:"我的亲娘!你又来事儿了,可不能断送人家的性命啊!"莺莺求告说:"好姐姐,这是救他性命的,你带去吧!"红娘说:"除了小姐,什么药方也救不了张生。刚才夫人派我去哩,我就顺便为你送去吧。"

法本长老按照老夫人的吩咐,请了一位太医到书院为张生治病。太医诊了脉,开了药方,法本就领他离去。这时,红娘来了,问道:"哥哥病体如何?"张生有气无力地说:"小姐可把我害苦了。我要是死了,到阎王面前少不了拉你红娘做个牵连人。"红娘说:"我看普天下害相思病的都不像你这么傻!你心不在学海文林,梦不离柳影花阴,只一心一意在窃玉偷香上下工夫,又什么也没有捞到。从海棠花开直到今天,你因想她都病成这样了。"张生说:"昨天夜晚我回到书房,气得死去活来。没想到我救了人,却被人害了。人常说'痴心女子负心汉',今天我看正相反,说'负心女子痴心汉'才名副其实。"

红娘这时才说明来意,并拿出莺莺的药方,张生忙问:"在哪儿?快给我看!"接过看罢,大笑起来,说:"早知小姐有信来,我一定远接。"红娘见他又要犯傻,说:"你是不是又要焚香跪拜?小姐是不是又写了诗谜?"张生说:"不错,我念给你听。"莺莺的"药方"真的是一首诗,张生朗诵道:

　　休将闲事苦萦怀,取次摧残天赋才。
　　不意当时完妾命,岂防今日作君灾?
　　仰图厚德难从礼,谨奉新诗可当媒。
　　寄语高堂休咏赋,今宵端的云雨来。

念罢对红娘说:"这首诗可不同于上次那首,今夜小姐必来无疑。"红娘说:"就到你这书房里来是吧?两人用一条破布棉被,没有枕头就枕你那三尺瑶琴,冻得你们打颤,还讲什么知音,还说什么'春宵一刻抵千金'?"张生说:"我出十两银子,请赁给我一副铺盖吧?"红娘撇了撇嘴,说:"俺家有鸳鸯枕,翡翠衾,就是不赁给你!你别脱衣解带不就行了?"张生软语央求:"好姐姐,别难为我啦!你要是能帮我在今夜晚和小姐成全好事,我今生都不忘你的大恩。"红娘说:"我不图你的报答,只希望你以后能金榜题名、衣锦荣归,对得起我家小姐。"张生说:"只管放心。如果今夜老夫人防备得紧,不让出来怎么办?"红娘说:"只怕小姐不肯来,她要是肯来,即使老夫人把门都锁了,我也能让你们遂心如意。"张生又说:"小姐来了,要是还像昨天夜晚那样不情愿怎么办?"红娘说:"你这傻瓜!小姐来到时,情愿不情愿尽管由她,亲近不亲近全在你了。你好自为之吧,我走了。"

到夜深人定之后,莺莺让红娘收拾卧房,她要就寝了,红娘说:"你睡觉倒好,怎样打发那书生?"莺莺故意装糊涂,说:"什么那书生?"红娘说:"姐姐,你又来了不是?断送了别人的性命可不是玩儿的!你要是再反悔,我到老夫人那里坦白,就说你写信约张生今夜相会。"莺莺说:"你这小贱人,真会放刁,羞人答答的,我怎么能去呢?"红娘说:"怕什么羞,到那里见了张生,只是闭着眼睛就行了。老夫人已经安睡,去吧去吧!"莺莺抬脚便往外走,红娘心里想:"俺姐姐嘴上强硬,内心还是愿意去的啊!"她急忙抱了一副铺盖,随后跟上。

到了书院,红娘让莺莺先站下,她上前敲门。张生正在书房里焦急地等待着,听见门响,就问是谁,红娘说:"是你前世的娘来了,还不快点开门。"张生急忙开了门,问:"小姐来了吗?"红娘说:"快接着这被褥枕头,让小姐进去。张生,你怎样感谢我?"张生说:"我今生定以真心相报,苍天作证。"红娘嘱咐说:"你可要轻点儿,别吓着她!"又拉着莺莺推她进屋,说:"姐姐进去吧,我在门外边等你。"

张生接着莺莺,双膝跪下,说:"小生有什么德能,敢劳神仙光临,这不会是做梦吧?"莺莺害羞不语,用手拉他起来。二人紧紧拥抱一阵,之后解衣同被,颠鸾倒凤。云雨已罢,莺莺说:"妾身千金之躯,今天献给你了,希望他日不会被你抛弃,使我像当年的卓文君那样有白头之叹。"张生说:"小生怎敢对不起小姐。"他俩又说了一些贴心的话,莺莺就要回去。张生送她出门,红娘接着,一同离去。临行,张生又叮咛一句:"小姐要是不忘小生,明天夜里早一点儿来!"

七

从这天起,每天夜里莺莺都由红娘护送,到书院同张生欢会。过了数月，夏去秋来，老夫人发现女儿语言恍惚，神色迷离，腰肢与体形有些异常，心想："莫非莺莺背地里做了那种事不成？"有一天，她问欢郎知道不知道姐姐都干了些什么，欢郎说："那天夜间娘睡了之后，我看见姐姐和红娘去花园烧香，好久都没有回来。"老夫人想："这件事肯定是红娘做的手脚。"就让欢郎去叫红娘。

红娘问欢郎什么事，欢郎说："俺娘知道你们夜间去花园里去，要打你哩。"红娘心想："坏事了！"就让欢郎先回去，自己马上就到，转身进屋告诉莺莺，莺莺不由得惊慌起来，说："红娘，你见了夫人可要小心应答，好言好语为我遮盖一二。"红娘说："姐姐，事情是你干的，你受责罚理所当然，我图的是啥？你们在绣帏帐中如鱼似水两情浓，我站在窗外露湿鞋袜双脚冷，今日里到夫人面前又难免棍打鞭抽一身疼，俺为你来往奔走通风报信又何苦呢！凭俺的一张嘴，要是能说得大事化小、小事化了，姐姐不必欢喜；要是说不过去，姐姐也不必烦恼。"

老夫人见红娘来到，喝令她跪下，问："你知罪不知罪？"红娘说不知，老夫人说："小贱人好嘴硬！要是说实话，我就饶你；要是不实说，看我不活活打死你！谁叫你领小姐到花园里去来？"红娘说："没有去，谁看见了？"老夫人说："欢郎看见了，你还抵赖！"她抓起拐杖，朝红娘身上乱打。

红娘双手架住，说："老夫人不要闪了手，请暂且息怒，听我慢慢叙说。那天夜晚，我和姐姐暂停针绣，坐下闲聊，说起张生哥哥病了这么长时间了，不知近来怎样，就背着夫人前往书院看望。姐姐和张生说话时，让我先走，她随后就来。"老夫人说："她一个女孩儿家，独自留在那里干什么？"红娘说："夫人，那不是明摆着的事儿？人非草木，谁能无情，更何况他们都正青春年少？从那天起，他们双宿双飞，已经好几个月了。"

老夫人气恨恨地说:"这件事都是你这个小贱人引起的。"红娘分辩说:"不能怪红娘,也不怪张生和小姐,这都是老夫人的过错啊!"老夫人说:"小贱人反而来指责我,怎么会是我的错?"红娘说:"常言道:人而无信,不知其可也。那天贼兵围住寺院,夫人亲口许诺说,谁能退了贼兵,就把女儿许他。张生要不是仰慕小姐才貌,怎么会献退贼之计?贼退身安,夫人立即推翻许诺,这难道不是失信吗?既然不答应婚事,就应该打发张生一些钱财,让他离开这里,但是,夫人却留张生住在书院,给这对少男少女造成了可以朝夕相见的机会,这不是夫人的责任吗?今天夫人如果不平息这件事而张扬出去,一来会给相国家谱抹黑,二来张生日后登科得官,名重天下,他会甘心吗?如果告到官府,官府问明情由,不仅要追究夫人治家不严之罪,而且人们都会知道夫人的行为背义而忘恩,那不有损于夫人的贤名吗?红娘有个主意,请夫人裁定:不如饶恕他们的风流小过,成全婚姻大事,顺其势而遮其丑,这岂不是上策?何况那秀才是文章魁首,俺小姐是仕女班头,两人本来就是天生的一对哩!"

红娘这番话入情入理,说得老夫人无言可答,她想了想,说:"小贱人的主意不错。都怪我养了这个不成器的女儿,就给了那小子吧!红娘,唤那贱人过来!"红娘去见莺莺,把老夫人拷问她的情形讲了一遍,让她过去,莺莺说:"羞人答答的,我怎么去啊?"红娘说:"在亲娘面前,怕什么羞!当初你和张生月下约会、墙边吟诗直到同床共枕,什么事儿都经过了,今天倒害起羞来!"莺莺无奈,只得硬挺着来到母亲面前。

老夫人对女儿说:"莺莺,我平常是怎样教训你的,难道都忘记了?今天做了这样的事,真是孽障啊!如果要惊官动府,又怕辱没了你父亲的名誉。都怪我养的女儿不长进,就依着你算了。红娘,你去书房里叫那畜生过来!"

红娘见到张生说:"你的事儿暴露了,现在老夫人叫你去,要把小姐许配给你哩。小姐已经招认了,你快去吧。"张生又高兴,又惶恐,说:"小生实在不好意思去见老夫人。是谁向老夫人说破这件事的?"红娘说:"不必多问,过去就是了。你看上去是个男子汉,却原来这样胆小,真是个银样蜡枪头!"张生心想,早晚躲不过这一关,就随红娘同行。

　　老夫人对张生说:"你身为秀才,难道不懂'非先王之德行不敢行'的道理?如今出了事儿,我有心送你去吃官司,又怕丢了俺相国家的人。今天我做主把莺莺许配你为妻,但要有个条件。俺家三代都不招平头百姓为女婿,你明天就进京去,准备应考。我给你养着媳妇,你得了官就来见我,要是落榜了就再也别和我见面。"张生说:"谨遵严命。"老夫人又说:"明天你可收拾一下行装,我安排酒菜在十里长亭为你饯行。"她又让红娘去对法本长老说,一同前往。

　　第二天,老夫人和法本长老同乘一辆车在前,张生、莺莺和红娘几人乘一辆车在后,离开普救寺上路往西。秋高气爽,丽日当空,蓝天深碧,白云朵朵,菊花盛开,一片金黄,西风萧瑟,北雁南飞。满山的枫叶,点点殷红,在将要分离的一对恋人看来,那是斑斑血泪啊!莺莺坐在车中思前想后,她恨与张生相识太晚,又却分离得太快,真想让那稀疏的林木留住西落的太阳,让分离的时刻晚一点到来。得知离别的消息才一天工夫,莺莺就明显地消瘦了,此恨此情,只有自己心里清楚啊!红娘悄声问:"姐姐,你今天怎么没有好好地打扮呢?"莺莺叹了一口气,说:"你哪儿知道我的心思!我见车马都安排好了,不由得心里阵阵煎熬,还有什么情绪涂脂抹粉?从今天起,你给我收拾好床铺,我就一天到晚地昏睡吧,任凭衣袖都被泪水打湿。愁闷、凄凉与孤独真叫人难以忍受,希望以后常寄书信来慰我思念。"张生说:

"小姐放心,当然会经常寄信回来的。"

不一会儿到了长亭。老夫人让张生挨着法本长老坐,莺莺挨着母亲坐,红娘摆好菜肴,斟上美酒。老夫人说:"张生,你既然是我的女婿了,不必回避。你到京城去,要努力夺一个状元回来,不要辱没了俺女儿。"张生说:"托老夫人的福,凭我胸中的才学,得个官儿易如反掌。"法本插话说:"夫人的眼力不错,张生决不会落在人后。"说罢给张生敬酒,老夫人又让莺莺、红娘给张生敬酒。

红娘斟满一杯酒,莺莺亲手递给张生。此时此刻,她心里有说不出的难受,泪水在眼眶里打转,不敢使它滚作泪珠垂落。她想:"昨天夜里还在相抱同眠,今天就要你东我西、天各一方了。说什么夫荣妻贵?盼什么状元及第?只要能够夫妻恩爱、终日厮守,像鸳鸯鸟、并蒂莲那样永不分离,这才是最宝贵的啊!"红娘劝道:"姐姐,你早上没有吃一点东西,现在就饮口汤水也好。"莺莺说:"香喷喷的饭菜,我尝着就像那土和泥,暖溶溶的美酒,我觉得它淡如水,怎么能咽得下去?"她和张生同席相望,却无法交谈,只有叹气而已。过了一会儿,老夫人站起身,说:"我先回去了,小姐和红娘随后也回来吧。"法本也和张生告别,说:"祝先生此一去春风得意,金榜题名。明年春天考试已罢,我要先买一份登科录看看。你衣锦荣归,回来和小姐成亲,还得贫僧为你们准备筵席哩。"说罢,他和老夫人上车而回。

长亭中只留下了张生、莺莺和红娘。莺莺说:"张生,你这次去,得官不得官都要快点回来啊!"张生说:"小姐尽管放心,我一定要夺得状元,向你报喜。"莺莺说:"临别之际,没有什么东西赠送给你,就让我口吟一首绝句为君送行吧。"他念道:

    弃掷今何在,当时且自亲。
    还将旧来意,怜取眼前人。

张生明白莺莺的心思，他回答说："小姐太多虑了，我还能去爱谁呢？让我和诗一首，来表明我的心迹。"他念道：

  人生长远别，孰与最关亲？
  不遇知音者，谁怜长叹人？

莺莺很感动，忍不住流下泪来。她又嘱咐说："你这次去京师，要注意饮食，保重身体。出门在外，晚上要早点投宿，天气寒冷，早晨要晚些起来。我不在身边，你好自为之吧。不要忘了经常寄书信来，我也常寄回信去，千万不要不中状元就不回来。还有一条，你见了那异乡花草，且莫要喜新厌旧啊！"张生再次表白说："曾经沧海难为水，除却巫山不是云，还有谁能像小姐这样使我动情？"红娘在旁边催促道："老夫人去了好大一会儿了，咱们也回去吧。"莺莺还有千言万语，不知从何处说起。她与张生依依惜别，迟迟不肯上车。张生上了马，在夕阳残照中向西去远了，莺莺才乘车向东返回。她似乎觉得，自己的烦恼忧思是这样沉重，连车儿也载不动了。

张生和仆人琴童各乘快马顺大路奔驰，到天黑时离开蒲东已有三十里远。这里地名草桥，路边有一所客店，他们主仆二人进店安歇。张生心绪不宁，不想吃饭，他让琴童去照管马匹，自己倒在铺上就入睡了。刚睡着，忽然听见有人敲门，开门一看，正是莺莺。莺莺说："老夫人和红娘都睡下了，我对你不放心，连夜赶来和你同行。路上高低不平，夜间方向难辨，我好难走啊！衣衫被树枝挂破，绣鞋被露水打湿，我好狼狈啊！"张生说："小姐辛苦了。我也正在思念你哩！为了你我废寝忘餐，为了你我伤心劳神，在这荒村野店，我就像孤鸾单凤。人生最苦是离别，这滋味我今天尝到了。今后但愿永不分离，生则同衾，死则同穴。"这时，有兵士在门外叫："刚才看见有一个女子渡过河，到这客店中来了，快点出来！"张生惊慌，莺莺开门答话，兵士不由分说，强抢莺莺而去。张生吓得大叫起来，忽然惊醒，原来是南柯一梦。

张生再也睡不着了，他索性起身，推开门走到外边。此时天刚拂晓，曙色初露，晨星寥落，残月犹明，他回忆着梦境，心想着莺莺，备觉冷清凄凉。琴童听见动静，也起床了，主仆二人结算了房钱，又匆匆上路。一路风尘，伴随着一路相思。

八

转眼到了第二年春天，张生在京师长安参加了科考，两场连捷，高中头名状元。他住在馆舍，等候朝廷授予官职，怕莺莺挂念，就写了一封书信，让琴童星夜往河中府普救寺报喜，又嘱咐说："你把信送到，一定要让小姐回信给我，不要误事。"琴童领命，立即出发。

莺莺自从张生走后，终日思念，神情倦怠，腰肢瘦损，茶饭不香，针指懒拿，每到晚间更深人静，忍受着孤独寂寞，常常暗自垂泪。冬去春来，她终日向南眺望，只见山明水秀，树迷烟阔，衰草连天，野渡横舟，但却盼不到张生的消息。

这天，琴童来到，先在前厅见过老夫人，之后到后堂见小姐。红娘迎着，问："你什么时候来到的？昨夜灯花爆，今朝喜鹊噪，姐姐正烦恼哩，恰巧你来了，哥哥也来了吗？"琴童说："哥哥得了官啦，让我先寄信来。"红娘大喜，说："你先在这儿等着，我先报知小姐，你再进来。"她急忙进屋，说了这件天大的喜事，莺莺不信，红娘说琴童在外面，莺莺说："我终于盼到这一天了，快唤他进来。"

琴童拜见了莺莺，莺莺问："你什么时候从京师起身？"琴童答："我离开京师已有一个多月，我来的时候，哥哥被人拉去游街吃棍子去了。"莺莺笑道:"你这狗才!连这样的事也不知道,中了状元,按规矩要夸官、游街三天。"琴童呈上张生的书信,莺莺接过拆阅,信中大意是:

　　张生百拜奉启芳卿可人妆次:自去年深秋长亭一别,忽忽已过半年。上赖祖宗荫庇,下托贤妻德惠,一举而中高魁。近日我暂住在招贤馆里,等候着朝廷的任命。为了不使老夫人和贤妻担忧,特令琴童携书飞马报信,以免除思虑。小生虽然远在千里之外,但一颗心总在小姐身边,恨不能化作比翼鸟或比目鱼,与小姐双飞同游。为了科举功名,抛开儿女恩爱,你一定会认为我是薄情的人,他日见面时,我要向你谢罪,请你原谅。

信后又附七言绝句一首:
　　　　玉京仙府探花郎,寄语蒲东窈窕娘。
　　　　指日拜恩衣昼锦,定须休作倚门妆。

　　莺莺把书信翻来覆去看了好几遍,心里美滋滋的。她想:"这个张生还真有点本事哩。那天他躲在花园墙角落里吟诗,今天却去赴琼林宴;那天他攀着柳枝儿跳墙,今天却在京师蟾宫折桂;那天他窃玉偷香色胆如天,今天却成了披红游街的状元郎了。"她只顾得想那张生,却忘记了打发眼前的琴童,这时才问他吃过饭没有,琴童说:"我在这儿站了好半天啦,哪有饭吃?"莺莺马上吩咐红娘去取饭菜,琴童说:"请夫人尽快写回信,我要立即赶回去呢!哥哥嘱咐说,这是最要紧的。"

　　莺莺让红娘取来笔砚,她给张生写了回信,又取出一件汗衫、一条兜肚、一双袜子、一张瑶琴、一枚玉簪、一枝斑管,让红娘收拾停当,又让红娘取十两银子,给琴童作盘缠。红娘问:"姐夫得了官,哪能没有这几件东西,你送给他有什么缘故?"莺莺说:"这汗衫,他贴身穿着,就像是与我睡在一起,不能不想着我的温柔。这兜肚,紧紧地系住他的身,也系住我的心。这袜子,可拘管住他的双脚,不让他胡行乱走。这瑶琴,当时曾为媒成就了我两人的姻缘,如今我让他经常弹奏,不要忘却昔日的情爱。这玉簪,他插在头上,提醒他不要把我撇在脑后。这斑管,是九嶷山的竹子做成,它带着湘江的秋色,当年娥皇和女英思念大舜,泪洒青竹,点点成斑,今天我思念张郎,他从这斑管即可知我心。"说罢,把这些东西交给琴童,带给他的主人,又叮咛道:"你途中歇息,不要把这包袱作枕头。遇着下雨,千万别把包袱淋湿。更不能随便打开包袱,用你那油污的脏手摆弄它们。"琴童说都记住了,他把书信藏好,背起包袱就上路了。

张生在京师馆舍里住了一段时间,圣旨下,他被任命在翰林院参与编修国史。但他思念着莺莺,盼望着琴童,没有心思做文章,坐卧不安,饮食减少,又病倒了。他想:"我这病症,即使扁鹊复出、华佗再生,也治不好。除非见到莺莺,别无良策。"

张生正在相思的苦海中挣扎之际,如久旱逢雨、雪中得炭,琴童带来了莺莺的回信,他忙不迭地拆封阅读,信中大意是:

> 薄命妾崔氏拜复,敬奉才郎君瑞案前:自君去后,经冬及春,妾对君的仰慕敬爱之心,没有丝毫减弱。虽然云树阻隔、长安日远,但君为什么竟然杳如黄鹤,连一封信也没有寄来?莫非你又别恋异乡之花柳,而忘掉旧日之恩情?正在苦思凝想的时候,琴童来了。见到书信,才知你得中高魁,我高兴得发疯。你凭着高才博学,毕竟没有辱没我们相国的家谱。琴童回去,我没什么东西送你,只有这一张瑶琴、一枚玉簪、一枝斑管、一条兜肚、一领汗衫、一双袜子,略表我的一片真诚。匆匆之中,字体潦草,不恭之处,还望海涵。

信后,还有依韵和诗一首云:

阑干倚遍盼才郎，莫恋宸京黄四娘。

病里得书知中甲，窗前览镜倚新妆。

张生看罢，高兴得心花怒放。什么疾病，什么忧思，什么烦恼，都一扫而光。他在心里叫道："我那风风流流的姐姐，我那娇娇滴滴的姐姐，我那有情有义、知恩知爱的姐姐啊，我有这样的女子为妻，就是死也值得了。"他又仔细欣赏莺莺的亲笔书信，那蝇头小楷有颜体的风格、柳体的骨架，又兼有张旭、张芝及王羲之、王献之各家之长；那文词章句，精辟简练，要是盖上官印，简直就是州官或刺史的文书。张生再仔细观看莺莺让带来的东西，汗衫、兜肚、袜子的长短大小，就像比照着自己的身材制作的，非常合适；那针线细密，花样新颖，都显示出高超的手艺和灵巧的慧心。这几样东西的含义，张生也用心揣测，他想："这琴，是叫我留心诗谱声韵，调养圣贤心性，修炼高雅情调。这玉簪，长如新竹，白似嫩葱，温润有香，晶莹无瑕，这是要我做人要像美玉一般高洁。这斑管，竹青犹显，泪痕尚存，昔日娥皇、女英姊妹为大舜而哭，今日小姐为小生而啼啊！这兜肚、汗衫和袜子都凝聚着小姐的柔情蜜意，隐含着小姐的良苦用心啊！"

张生又问琴童："你回来时，小夫人还对你说什么话了？"琴童说："小夫人希望哥哥不要另娶别的女子为妻。"张生心想："小姐的心事，我都猜到了，我的心思，小姐却不能深知啊！我虽然是个浪子官人、风流学士，但却是钟情的种子、重义的男儿。任凭他宰相家的娇女能沉鱼落雁、尚书家的千金能闭月羞花，哪能像小姐这般温柔、这般多才？至于其他的败柳残花，更不屑一顾了。"他嘱咐琴童，把这些物件好好地收藏起来，腾出一只空箱子，里面多铺几层纸，把它们小心翼翼地放进去，一丝一线都不能损坏。琴童答应着，马上去办。张生此时迫切希望尽快见到莺莺，他要向她当面表白：春蚕到死丝方尽，蜡炬成灰泪始干,任凭风吹浪打也不分离,直到海枯石烂也不变心。

九

再说老夫人的侄儿郑恒,字伯常,本是礼部尚书之子,父母先后去世,他仍住在京师长安。老夫人派人捎信给他,让他帮助扶崔相国灵柩回博陵去,他过了好久才接到,又因家事耽搁,直到这年春天才往河中府普救寺来。到了蒲州,他听人说起孙飞虎围困普救寺、张生退了贼兵、老夫人以女儿许婚等情况,心想:"既然是这样,我直撞过去见姑姑就没意思了。不如先把红娘叫来,问明白了,再相机行事不迟。"主意已定,他就寻一处客店住下,派仆人去普救寺唤红娘。

仆人见了老夫人,说明来意,老夫人就让红娘去见郑恒。红娘来到客店,见礼已罢,问道:"哥哥怎么不先到家里去?"郑恒说:"我还有什么脸面见姑姑?为什么先叫你来你还能不知道?当姑父在世的时候,曾经说定这门亲事,现在表妹的孝服已除,请你在老夫人面前说明,择定一个吉日,让我们成了亲,然后就一同护送姑父灵柩回故乡安葬去。要是不成亲,一路上不好见面。你如果说得成了,我对你定有重谢。"红娘说:"婚事再不要提起了,莺莺如今已另嫁别人。"郑恒说:"常言道,一马不跨双鞍,一女不更二夫,表妹既然已许配给我了,哪有另嫁的道理?"红娘说:"你这话就不对了!当初孙飞虎率领半万贼兵围住寺院的时候,哥哥你在哪里?要不是张生退了贼兵,俺一家人今天不知是死是活。现在太平无事了,你却来争婚,如果小姐已经被贼人掳去,你和谁争去?"郑恒说:"把表妹许嫁给富豪人家,倒也罢了,当时却把她许给张生那个穷酸饿醋,岂不丢人?我本是名门公子,又是亲上做亲,难道竟然不如他?"

红娘见他摆谱，生气地说："你不要卖弄你身里出身，不要自夸你官上加官，也不要提什么亲上做亲，你怎么不看看自己的人品，和张生相比简直有天渊之别。张生是君子清贤，你不过是小人浊民而已。更何况张生有救命之恩，你对小姐有什么恩情？"郑恒不服，反驳说："你说贼兵有半万之众，那张生一个人怎么能退得了？休要骗我！"红娘就把当时张生写信、惠明下书、白马将军解围的经过讲了一遍，郑恒仍然胡搅蛮缠，说："我从未听说有这么个人，你这臭丫头却这样吹捧他？"

红娘更加恼怒，质问他："你怎么骂我？我说张生是君子你是小人，还算便宜你了。我再说个拆白道字你听听：张君瑞是肖字旁加个立人，你是个木寸、马户、尸口巾。"郑恒十分尴尬，说："你竟然说那个白衣饿夫穷士长得俏，说我这个宦门子弟是村驴屄！我不和你费那么多唇舌，待我择个吉日，牵羊担酒上门去，看姑姑怎么答复我。她若是同意婚事便罢，若是不同意，我就让我手下的二三十个伴当，抢出小姐，抬起轿子，到我住处扒了她的衣裳，不怕她不是我的老婆。"

红娘见郑恒如此无理，又质问他："你到底是郑尚书的公子，还是那强贼孙飞虎？你犯了王法，少不了把你绑到断头台上吃千刀万剐！"郑恒气急败坏地嚷道："明天我就要娶，就要娶！"红娘也不示弱，针锋相对地叫道："就是不嫁你，不嫁你！"说罢转身就走，再也不理他。

郑恒扫兴，呆了半晌，想来想去，忽然想出一条妙计，欣然自得。第二天，他径直到普救寺见老夫人，哭拜于地，老夫人说："孩子，你既然到这里，怎么不来见我，却把红娘叫去问话？"郑恒说："侄儿没脸来见姑姑。"老夫人说："因遇上孙飞虎那场灾难，我已把莺莺许配张生了。"郑恒说："哪个张生？不就是那个新科状元张珙吗？我在京师见过他，年纪有二十四五岁，洛阳人,十字披红游街三天。游街的第二天时,经过卫尚书家门口。卫尚书有个小姐,年方十八岁,府门外搭一座彩楼,面对御街,小姐在彩楼上抛绣球选女婿,正打着那姓张的。我也骑着马在旁边看,差一点儿打住我。卫府里走出粗使丫头十来个,把那张生强拉横拖进去了。张生还一个劲儿地叫:'我已有妻,我是崔相国家女婿。'那卫尚书有权有势,哪里听他?尚书说:'我女儿是奉圣旨结彩楼选婿,那崔小姐是先奸后娶的,只能做个二房。'这件事轰动京城,没有人不晓得。"

老夫人听了郑恒编造的这段故事,一时不辨真假,勃然大怒道:"我原来就看出那张秀才不是好货,今天果然辜负了俺家!相国的小姐,怎能给别人做二房?既然张生奉圣旨别娶高门之女,孩子,你就拣个吉日良辰,按照你姑父在世时说过的话,依旧来我家做女婿吧。"郑恒说:"如果张生来追究,怎么办?"老夫人说:"有我在这里,怕什么!明天你就来。"郑恒心中暗喜道:"我的计策果然灵验。"他对老夫人说:"我这里就去准备花红彩礼,明天一定来。"

说来也巧,第二天郑恒未到,张生先到了。他被圣旨任命为河中府尹,立即离开京师去赴任,同时衣锦还乡,与莺莺完姻。人马车驾还没有到河中府,消息已经传开,普救寺中的法本长老以及镇守蒲关的白马将军杜确都急忙到十里长亭去迎接新官。

张生会见莺莺心切,他避开众人迎官礼仪,从小路直奔普救寺。在寺门外下了马,先拜见老夫人,说:"新科状元河中府尹婿张珙参见。"老夫人冷冷地说:"你是奉圣旨的女婿,我怎么能接受你的大礼?"

张生见情况不妙:"小生临别时,夫人亲自为我饯行,非常高兴。现在我得官回来,夫人反而不喜欢,这是为什么啊?"老夫人说:"你心里哪里还有俺这一家?我的女儿虽然妆残貌丑,也是相国家小姐,如果不是遇着贼兵,你怎么能和小姐结下姻缘?现在你把这一切都置之度外,又去做了卫尚书家女婿,是什么道理?"张生简直就像堕入五里雾中,莫名其妙,问:"夫人是听谁说的?"老夫人说:"是郑恒来说的,他亲眼看见了,还能有假?你要是不信,可问红娘。"

红娘听说张生来了,匆匆过来相见,张生把她拉过一旁,小声问她:"小姐好吗?"红娘说:"好是好,只是因为你又做了别人家的女婿,小姐又依旧嫁给郑恒了。"张生说:"哪有这样的怪事!我为小姐受了多少相思之苦,别人不知道,你还不清楚吗?现在却有人无缘无故地诬陷我,叫我怎么忍受?如今我得了官,小姐也有了封诰,凤冠霞帔我都带来了,叫我送给谁?"红娘对老夫人说:"我说张生不是那种负心的人,让小姐出来亲自问他吧。"她立即去叫莺莺,说:"张生听说那些事儿,很生气,这里面肯定有原因,你问一问就明白了。"

莺莺来到厅前,施了一礼,说:"先生万福。"张生急忙还礼,莺莺叹口气,说:"张生,俺家怎么对不起你了?你把我抛弃,又去卫尚书家做女婿,这是为什么?"张生说:"小姐怎么听信那郑恒的胡言乱语?张珙之心,对天可表!"他又对红娘说:"你去叫郑恒来,我愿同他当面对质。"红娘对老夫人说:"既然张生这样说,那就等郑恒来到,让他们两个当面说清楚。"老夫人同意这么办。

这时,法本长老来见老夫人,并向张生贺喜,他也说张生不会负心,劝老夫人不要疑惑。不一会儿,白马将军杜确也来到了,他和张生见过礼,寒暄已罢,老夫人说起张生的事,杜将军说:"郑恒未遂所愿,就造谣生事,老夫人怎么能相信他?"

正说话时,郑恒来到了,随从们牵羊担酒,一副迎亲的架势。当他看见张生已在这里,心里发慌,暗自叫苦。但既然已经撞着,他只得勉强和张生见礼。杜确问他:"你这家伙怎么这样无耻,竟然编造谎言诳骗别人的妻子?今天在我面前,还有什么话说?待我奏明朝廷,定将你依法治罪!"说罢命令身边护卫把郑恒拿下。郑恒慌忙告饶,说:"不必拿我,小人情愿退了这门亲事给张生。"老夫人什么都明白了,她向杜确求情说:"将军息怒,这孩子不成器,赶他走算了。"郑恒此时又羞又愧,又气又恨,觉得无地自容,就说:"罢罢罢!今天我彻底输了,还要这条命干什么!"说着,就对着旁边一棵大树用头撞去,顿时气绝身亡。老夫人大惊,说:"我又不曾逼他,他却自己寻死。我是他的亲姑,就做主把他安葬了吧。"

处理罢郑恒,老夫人吩咐安排筵席,为张生和莺莺举行婚礼。这一对有情人终于结成美满的眷属,他们还祝愿普天下的有情人都成为眷属。

(王永宽　改写)

李逵负荆

[元]康进之 撰

一

春暖花开,风和日丽,梁山泊呈现一派欣欣向荣的景象。涧水潺潺从寨门前流过,寨中飘扬着一面杏黄旗,上写"替天行道"四个大字。晁盖死后,众英雄推宋江为首领,三十六天罡,七十二地煞,一百零八条好汉济济一堂,威震山东,令行河北,山寨空前兴旺。宋江有条命令,清明三月三,重阳九月九,这两个节日容许众兄弟们下山游玩散心。如今正逢着清明节,宋江又下令让众人下山,为死难的将士上坟祭扫,顺便玩赏春景。但三天过后,必须回山,如有违令者,定斩不饶。

梁山泊附近杏花庄上有一家小酒店,店主是位老汉,姓王名林。一家三口,老伴已经去世,只有一个女儿,年方十八岁,名叫满堂娇,还没有许配人家。他家离山寨不远,山上的头领们经过这里,常来买酒吃,也常照顾王林,王林和山寨的关系非常亲近。

梁山泊附近有两个歹徒,一个叫宋刚,一个叫鲁智恩,这天来到王林的酒店要酒喝。宋刚说:"老王林,你认得我两个吗?"王林说不认得,宋刚便说:"俺就是这山寨上坐第一把交椅的呼保义宋江，这个兄弟就是鲁智深。山上的头领们常来这里打扰，如果有谁欺负你，你上山来告诉我，我为你做主。"王林信以为真，连忙说："你山上的头领，都是替天行道的好汉，没有谁对不起我。只是老汉不认得将军，接待不周，望多包涵。"接着殷勤地为二人斟酒。

宋刚、鲁智恩一边饮酒，一边说些闲话，问王林家里还有什么人，王林说："只有女儿满堂娇。今天我老汉没有什么好酒菜招待二位，就让女儿给将军敬杯酒，略表心意吧。"宋刚假惺惺地说："既然是闺女家，不出来也罢。"鲁智恩是个色中饿鬼，急不可耐地说："哥哥怕什么？让她出来！"王林就唤出女儿为客人斟酒。宋刚见满堂娇花容玉貌，心生邪念，嘴里却故意说："我这个人最不爱闻脂粉味儿，靠后点儿！"满堂娇见他还算规矩，就给他满斟了一杯酒。宋刚接过来一饮而尽，又自己斟满，递给王林，说："我也敬你一杯。"王林接着饮了。宋刚又说："你老人家的衣服怎么破了一块？我把我的红褡膊送给你补一补吧。"王林莫名其妙，接下了他的衣服。这时，鲁智恩说："王林，你知道不知道，刚才你饮的这杯酒就是定亲酒，这红褡膊就是彩礼。我这宋公明哥哥要娶你的女儿做压寨夫人，现在就把她接过去住三天，第四天就给你送回来。"说罢，两人拖着满堂娇走出店门，扬长而去。王林没想到自己敬仰的宋江等英雄竟然是这样的强盗，他又气又恨，又心疼女儿，忍不住在家中放声痛哭。

梁山泊中著名的好汉黑旋风李逵，在宋江规定的假日里也下山游玩，这天他正打算到王林酒店里喝几壶。他一边走，一边观赏山景，只见微雨初晴，碧空如洗，村头杨柳依依，路旁桃花点点，水面碧波粼粼。春燕呢喃，沙鸥翱翔，万物充满生机。他被眼前的风光陶醉了，不由得自言自语地说："谁说俺梁山泊没有好景致，俺打他那嘴！"这时，李逵看见桃树上有只黄莺儿飞过

李逵负荆

来，鸟口里衔几片桃花瓣洒落下来，轻飘飘落在溪水里，随波流去。他想起军师吴学究哥哥常念叨的诗句，说："这就是'轻薄桃花逐水流'吧。"于是就到溪边用手捞那桃花瓣儿，好不容易捞住了。他见粉红的花瓣十分鲜艳，而自己的指头又粗又黑，很不相称，他自惭形秽，不好意思地笑了，又把花瓣放到水里，沿着溪岸快步追赶那水中翻飞的花瓣。赶着赶着，来到草桥店边垂杨丛中的渡口，看见了绿树梢头迎风招展的酒旗。

李逵本来就和王林熟识，他未进门先叫道："王林，有酒吗？"进入店内，抓一把碎金子给王林，叫他快拿酒来。王林接了金子，先取出他珍藏的春醅酒，又切好刚煮熟的肥羊肉。李逵坐下来，大吃大喝，嘴里还直嚷嚷："王林，这酒寒，快烫热酒来！"王林答应着，急忙去办。平时来了山寨的头领，满堂娇总是帮着爹爹料理酒菜，这会儿只有老汉一个忙里忙外了，他忍不住哭起来，喊道："我那满堂娇儿呀！你在哪里啊？"

李逵听得不耐烦，问道："老王，我又不少你的酒钱，你怎么这样烦恼？"王林说："不关你的事。我的女儿出嫁了，我正为此烦恼。"李逵笑道："这就奇怪了！俗话说，世上有三不留：蚕老不中留，人老不中留，女大不中留。女儿长大了，自然要嫁人，这是喜事，你烦恼个啥？"王林说："我那女儿要是正常出嫁，我怎么会烦恼？都是因为我倒霉，女儿是被强盗抢走的，我怎么不伤心？"

梁山泊英雄最忌讳别人说强盗。李逵一听，猛地站起身，怒眼圆睁，揪住王林就要打，气冲冲地说："你说是强盗，难道是我抢了你的女儿不成？今天你必须说个清楚明白。若有半句假话，我一把火把你的茅草店烧成黑焦炭，一举手把你的盛酒瓮摔成碎瓷片，再抡起我这两把板斧，砍倒你门前盘根错节的桑树枣树，劈死你院中竖耳弯角的水牛黄牛。"

王林急忙解释说:"将军请息怒,让我老汉慢慢地说给你听。"李逵这才松开手,说:"老王,你说的在理,万事罢休,要是说的无理,我可饶不了你。"王林定了定神儿,把当天宋江和鲁智深如何来店中饮酒,女儿如何作陪,那两人如何抢走女儿,一五一十地讲了一遍,末了说:"我老汉这么大年纪,好不容易把女儿拉扯成人,指望她嫁个好女婿,我晚年也有个依靠。如今他们白白地把女儿抢了去,叫我怎么不难过呢?"李逵问:"有什么证据吗?"王林取出红褡膊,说:"这就是那宋江下的彩礼。"

李逵接过来一看,心想:"官宦人家或书香门第哪有这样的东西作彩礼?这事肯定是宋江干的!"他对王林说:"老王,你准备一瓮好酒,宰一头好牛犊,等到三天之后,我亲自送你那满堂娇女儿回家,你觉得怎么样?"王林说:"好大哥!你要是真送我女儿回家,别说一瓮酒、一个牛犊,即使把我杀了也报不尽你的大恩。"

李逵又嘱咐王林说:"俺现在就回山寨,见到那宋公明,当面数落他的罪过。让他辞别众位头领和小喽啰,和鲁智深一同来到你庄上。那时候我叫你出来向宋江要你女儿,你可不能像乌龟似的缩了头不敢出来。"王林说:"我老汉见不着他们倒也罢了,要是能见着,我恨不得咬掉他身上一块肉,怎么能不敢出来?"李逵忽然指着大门外叫道:"你看!那不是宋江哥哥来了吗?"王林十分惊慌,急忙伸头观望,却不见有人来,李逵笑道:"俺逗你玩哩!这会儿他没有来,三天后他真的来到时,你可不要做银样蜡枪头。"说罢,李逵就辞别王林,回山去了。

二

梁山泊三天假日期满,宋江与军师吴学究及鲁智深等头领来到聚义堂，依次坐定，专等下山的头领回寨。寨门口的小喽啰远远望见李逵拿着一件红裙膊，怒气冲冲地走上山来。

李逵进了聚义堂，不理睬宋江，先向军师施礼，说："学究哥哥！人们常说，帽儿光光，今日做个新郎；袖儿窄窄，今日做个娇客。宋公明哥哥在哪里，请出来受俺一拜。俺有些散碎银两，送给新嫂嫂做见面钱。"宋江听出李逵话里带刺，说："你这家伙太没礼貌了！为什么只向学究哥哥施礼，不向我施礼？胡言乱语的，什么意思？"李逵转向宋江说："今天特向你这位生死之交的兄长贺喜！你那压寨夫人在哪里，为什么不请出来让俺见一见？"又对鲁智深说："你这秃驴干的好事，别装得像局外人似的。"鲁智深也不明白到底发生了什么事。

宋江叫着李逵的小名说："李山儿，你下山去遇着什么事儿，不妨对我明说。"李逵只是生气，却不说话。宋江又说："你要是觉得不便和我说，就对学究哥哥说也行。"李逵反问道："哥哥娶妻，秃驴做媒，还装什么蒜？"宋江问鲁智深："你给我做什么媒了？"鲁智深说："你看这家伙到山下灌了这么多猫尿，醉得晃悠悠的，一脚踩不死一只老鼠，谁知道他嘟嘟囔囔说些什么。"李逵见他们不承认，只管打岔，气得大叫道："原来这梁山泊有天没日头，我恨不得砍倒这面替天行道的杏黄旗！"说着，他拔出板斧，向那旗杆砍去。

众头领急忙向前阻拦，夺下他的斧子。宋江质问道："李铁牛，有什么事儿你也不调查个明白，拔出斧子就要砍旗，究竟为啥？"吴学究也说："李山儿，你也太心直口快了。"李逵怒气还消不下去，又大喊："众兄弟们都来！"宋江问："都来干什么？"李逵说："干脆摆一场喜庆宴席，一则祝贺你这乘龙娇客新女婿，二则答谢那花和尚会做媒。"宋江见他只管说做亲的事，心想李逵一定是听到了什么谣言，非要他说清楚不可，李逵这才说：

"你抢了那草桥店杏花庄上的娇娇女,害得那白发老翁失去亲生骨肉,干了这伤天害理的事,能叫我不生气?"

宋江听明白了,说:"原来你是恨我抢了王林的女儿。别说不是我,即使是我抢了,那老汉是喜欢还是不喜欢,你说给我听听。"李逵说:"哪里会喜欢!那老汉一会儿在酒店里哭哭啼啼,遥望着山寨说'宋江,我恨你';一会儿在柴门外怒气冲冲,呼唤他的满堂娇女儿;一会儿在酒瓮边闷闷沉沉,借酒浇愁,醉得不省人事;一会儿在土炕上迷迷糊糊,只管蒙头大睡。他难过到极点,也悲愤到极点,一个劲儿地骂咱们梁山泊水不甜人不义。"这是李逵根据自己的想象,做的绘形绘色的描述。宋江听罢,觉得事情比较严重,他对吴学究说:"看来是有人冒用我的姓名,做了坏事。李山儿咬定就是我,也得有个证据啊!"李逵亮出红褡膊,叫道:"各位兄弟请看,这难道不是证据?"

宋江决心弄清事实真相,他对李逵说:"山儿,我今天和你打个赌:如果是我抢了王林的女儿,情愿输给我的这颗头;如果不是我,你输什么?"李逵说:"要是我输了,我摆一桌酒席吧。"宋江说:"那不行,你输的东西必须和我的相当才对。"李逵说:"好吧!如果确实不是你干的坏事,我也情愿输我的这颗牛头。"宋江又提出立下军令状,让吴学究收存,待分出胜负,依军令状执行。李逵又说:"难道花和尚就没事儿了?也得赌上脑袋。"鲁智深说:"我这光头,不赌也罢。"李逵不依,于是三人都立下了军令状。

于是,宋江提出立即下山,去王林酒店里当面对质。李逵说:"当然要对质啦!那时把情况问清判明,看你还耍不耍赖。"宋江说:"铁牛太无礼了!还没有对质,怎么就认定是我?"李逵以为宋江又想反悔,就大声嚷道:"众兄弟们都听着!如今俺和宋江、鲁智深同到杏花庄上,只要老王林说出个'是'字,你这做媒的花和尚,莫怪我不客气,我一板斧把你的脑袋分开两个瓢!留下这宋江,我亲自伺候哥哥最后一回。"宋江问:"你怎样伺候我?"李逵说:"俺一只手揪住你的衣领,一只手抓住你的腰带,乒乓扑通,把你摔倒地上成个一字,然后用大脚板踏着你的胸脯,举起我那板斧来,对准你那脖子,喀嚓!"李逵一边说一边比划着,"这时候,你那七代祖先的死魂灵一起跳出来,也劝不住我了。"说罢,先走出聚义堂。

宋江让小喽啰备两匹马,他和鲁智深也立即出发。

三

在去杏花庄的路上,李逵跟着宋江、鲁智深,一步也不拉下,生怕他们两个逃走。宋江要是走得稍快了点,李逵就说:"等一等我嘛!听说是去老丈人家,看你高兴的!"宋江要是走得慢了点,李逵又说:"宋公明,走快点嘛!敢情你是拐了人家的女孩儿,有些害臊,走不动?"鲁智深走在后面,李逵也吆喝他:"花和尚,你怎么成小脚女人了,走得那么慢!恐怕是做媒的心有点儿虚,不敢去了。"弄得宋江、鲁智深二人哭笑不得。宋江说:"山儿,你这家伙只管迷言迷语的奚落俺,到那里要证实真的不是我们俩,可饶不了你!"

李逵不怕宋江警告,他自信自己不会错,继续说:"宋公明,没想到你风流赛过王子乔,但不知你那玉人在何处吹箫?都怪我惊飞了你这对鸳鸯鸟,拆散了你一双凤鸾交。今天去杏花庄,还得我为你逢山开道。"鲁智深插话说:"山儿,我还得靠你遇水搭桥哩!"李逵反唇相讥,说:"你不要顺水推舟,我偏要过河拆桥。"宋江说:"山儿,你还记得上山时的事儿吗?你认我为哥哥,咱们曾有八拜之交哩。"李逵说:"别提那八拜之交啦!当时你是个花木瓜，外面好看，里面却不好吃。如今你做了这样的坏事，我和你还论什么旧日的交情？"

三个人一路上斗不完的嘴，不一会儿来到王林酒店门前。李逵不让宋江先和王林见面，自己上前叫门。王林自那天和李逵分别之后，在家里算着日子，想到今天是第三天了，李逵该送女儿回来了，就收拾一下店铺，准备好茶饭，坐家里专等。此时正在打盹儿，听见了叫门声，又听见李逵说："老王，我把你的女儿送来了，快开门！"

王林又惊又喜，急忙开了门，喊道："我的满堂娇女儿啊，你可回来了！"他上前拥抱女儿，却一下子抱住了李逵，发现不是，有些难为情。李逵对宋江说："这老汉想女儿都想得神魂颠倒了，真可怜！你们两个进去坐下，可不要吓唬他，我让他过来辨认。"

宋江、鲁智深在酒店里坐下，李逵说："王林，抢你女儿的人，我领来了，你看是不是。"宋江说："老人家，你过来看看，我就是宋江，那个抢女儿的人，你要认定是我，我可是和李山儿赌下脑袋了。"王林看了看，说不是，宋江说："我说不是吧，怎么样？"李逵说："哥哥呀，你让他自己辨认就是了，怎么先瞪着眼睛吓他？谁不知道你宋公明有威有势，他经你这一吓，魂儿都吓掉了，哪里还敢认你？"又对王林说："老王，为了你的女儿，我的头都赌上了，你再仔细看看，他是不是你的女婿，拐走满堂娇女儿的宋江？"王林又辨认一番，仍然摇头说："不是！不是！"

李逵又让王林认鲁智深，鲁智深说："快来认一认洒家！"王林看看他，说不是。李逵说："你由他自认去，先吆喝一声干什么？谁不知道你是拳打镇关西的鲁提辖、在五台山醉打山门的花和尚？你炸雷似的大嗓门，先把这老汉吓倒了，他怎么还敢认你？"又让王林辨认，王林说："不是，都不是。那个宋江，是青眼窝的高个儿,这个宋江,是黑面皮的矮个儿。那个鲁智深,是个毛发稀少的烂梨头,这个鲁智深,是个剃头发的胖和尚。明明显显的不一样嘛!"宋江说:"智深兄弟,既然不是咱们俩,我们回山去吧!"李逵不让他们走,还叫王林去辨认,王林说:"我说不是,就一定不是了,还辨认什么?"

李逵急了,抓住王林就打,王林说:"你就是打死我老汉,也不能冤枉他们二位。"李逵责怪地说:"你这老汉,肚子里没病吃什么泻药!让我跟着倒霉!"宋江让小喽啰牵马来,只是要走。李逵还不死心,又拦住他们,宋江和鲁智深不理他,上马先走了。

李逵又羞又恼,真想拿王林出气,恨不得踹扁他盛汤的铁锅,截断他辘轳井上的绳索,砸烂他喂猪的柳木槽,摔碎他舀酒的葫芦瓢,砍折他切菜的锈钢刀,再放把火烧了他这草棚窝。但李逵并没有丧失理智,他想到王林这么大年纪,又遭了难,自己不能再伤害他,就长叹一声,走出店门。

王林在店中思前想后,明白了是有人冒名顶替,抢走了女儿,又坏了梁山泊英雄的名声。但那两个天杀的贼子,到底把女儿拐哪里去了呢?他又陷入痛苦之中。

正在发愁,又有人叫门。王林开了门,原来是那假宋江、假鲁智深送满堂娇回来了。宋刚说:"岳父,我不说谎吧,我说三天送你女儿回门,你看这不是来了?"王林抱着女儿,大哭一场,哭罢,对宋刚说:"多谢将军抬举。老汉家里贫寒,仓促之间没有准备喜酒,请暂且到我女儿房里吃杯淡酒,等明天我杀几只小鸡儿,好好招待招待二位。"鲁智恩说:"老王,我们山寨上什么都有,改日我派小喽啰赶二三十只肥羊、抬四五十桶好酒送给你吧。"王林说:"多谢了!只是老汉没有谢媒的礼钱,十分惭愧。"宋刚说:"少啰嗦,俺们到夫人房里吃酒去吧!"

王林暗想:"这两个强盗实在可恶!糟蹋了我女儿还不算,只可惜那梁山好汉黑旋风李逵一片热心肠救我大难,用脑袋打赌,这可是人命关天的事。我必须设法制伏这两个强盗,搭救李逵。"主意已定,王林取出上等烈酒,到女儿房里,非常殷勤地劝那两个贼汉痛饮。左一碗,右一碗,热一碗,冷一碗,直饮到天黑,宋刚和鲁智恩都吃得烂醉,在房间里东倒西歪地睡着了。这时,王林悄悄地出了酒店,连跑带颠儿往梁山泊山寨向宋江报信。

四

再说李逵离了王林酒店,脚步沉重,心里很不是滋味,又懊恼,又后悔。他想:真是世事难料,人心难测,这一回真长见识了。没弄清情况就和哥哥赌脑袋,谁知一言既出,驷马难追,三寸的舌头成了斩身的刀。

他走在山路上,脚下是青湛湛的石崖,旁边是望不见底的山涧。他想:回山寨也是死,不如就从这悬崖跳下去,别说我一个,就是十个黑旋风也摔得不见影了。转念又想:咱李铁牛明人不做暗事,既然有了错处,回山寨让哥哥随便发落罢。他又想起古时候廉颇向蔺相如负荆请罪的故事,就用板斧砍了一束荆杖,背在身上,径往聚义堂去见宋江。

走到辕门外,李逵看见小喽啰们两面排开,手中的钢刀闪着寒光,气象森严。往里一看,宋江在聚义堂正中交椅上坐定,各位首领列坐两边,一个个不言不笑,见他进来好像没看见似的。李逵明白,这是宋江正式升帐,等待着对自己实施处罚。他横下一条心,大胆往里走,死就死,怕什么!

宋江先说话了:"山儿,你来啦?背的是什么东西啊?"

李逵双膝跪下，回答说："你兄弟在山崖边砍了一束荆杖，来请哥哥打几下。你兄弟一时少见识，做下错事，今天情愿挨打。只要哥哥高兴，你一直打到月出东山，打到繁星满天。你不打，我这顽皮习性什么时候也改不了。"

宋江说："我和你赌的是头，不是赌打。来人，把李山儿拖下聚义堂，斩首报来！"

李逵见宋江动了真格的，只好向别的首领求情："学究哥哥，你劝一劝啊！智深哥哥，你也劝一劝啊！"吴学究和鲁智深一齐劝解，宋江说："我不打他，只要他那颗头。既然立了军令状，岂能儿戏？"李逵叫道："哥哥，你真的不肯打？你打一下我疼一下，你要杀我只是一刀，倒不疼哩。"宋江说："我就是不打你。"李逵："多谢哥哥了！"站起身，扭头就走。宋江喝住了："你往哪里去？"李逵说："哥哥说不打我了。"宋江说："我和你打赌，要的是你那颗头！"李逵没咒儿念了，无可奈何地说："罢罢罢，他杀不如自杀，请哥哥把宝剑借我用一用，我自刎而死吧。"宋江取出佩剑，让小喽啰递给李逵。

李逵接过宝剑，拔剑出鞘，他发现这剑原来是自己送给宋江的。当年有一天李逵跟着宋江在山里打围射猎，众人看见官道旁边有一条大蟒蛇拦住去路，李逵走到跟前察看，并没有什么蟒蛇，只见是一支太阿宝剑闪闪发光。李逵得了这口剑，就献给宋江佩带。李逵又想起几天前，他听见这口宝剑支楞楞作响，预感到它要杀人了，没想到今天竟是自己用它自刎！他望着宝剑，感慨万端。这的确是一把好剑啊，锋利无比，吹发可断，一摞铜钱放在那里，挥剑砍去，齐崭崭分为两半！唉！宝剑虽在，兄弟的情义在今天却要断绝了。李逵不再多想，他用手举起宝剑，闭上眼睛，就要抹脖子。

忽然，王林冲上聚义堂，高声大叫："刀下留人！"他向宋江施礼，说："报告将军，那两个贼汉送我女儿回家了。我把他两个灌醉在房子里，立马赶来报信。将军，你可要为老汉做主啊！"宋江听罢，对李逵说："山儿，我现在放了你，让你前往杏花庄。你要是擒拿住那两个歹徒，将功折罪；要是拿不住他们，两罪俱罚。你敢去么？"

李逵乐得一蹦三尺高，说："这正挠着我山儿的痒处了！保证瓮中捉鳖，手到拿来。"

吴学究说："那两个歹徒两副鞍马，你一个人怎么能把他们都擒住？万一被他逃走一个，岂不挫伤我梁山泊的气概？智深兄弟，你帮山儿走一趟吧！"鲁智深说："那山儿开口便骂我秃驴，在杏花庄三番两次让王林认我，是何居心？他有本事，自己去拿那两个歹徒，我鲁智深决不帮他。"吴学究劝道："请你以聚义为重，别因生小气而误大事。"宋江也说："军师说的对，智深兄弟，就和他一起去。"鲁智深这才同意，当即就与李逵随王林下山去了。

再说宋刚、鲁智恩二人吃醉了酒，直睡到第二天早上日上三竿，才醒过来。宋刚说："昨晚咱们饮的真是好酒，都醉了。现在已是半晌午，没见我那岳父露面，想必他也喝醉了吧。"这时，李逵、鲁智深、王林突然来到面前。李逵骂道："贼徒！你岳父不是在这里吗？"抓住宋刚就打。宋刚说："你这汉子，怎么也不通报个姓名，就动手打人？"李逵怒道："俺的姓名要是说出来，能吓得你屁滚尿流。我就是梁山泊上你的黑爹爹李逵，这位哥哥就是真正的花和尚鲁智深。"

英雄的姓名，如雷贯耳。两个歹徒一骨碌爬起来招架，但是，他们哪里是李逵、鲁智深的对手？一来一往，拳脚相交，不几个回合，宋刚、鲁智恩就要逃走。李逵喝道："贼徒！还往哪儿跑？"他紧追宋刚不放，直赶到酒店外。鲁智深也紧盯着鲁智恩。不一会儿工夫，两个贼徒双双被擒。李逵又骂道："狗贼徒！好一个贪色的呼保义，好一个不吃斋的花和尚，原来都是冒牌货！老子这就带你们到山寨去对证，不要怪俺恃强凌弱，这都是你们自作自受。"两个歹徒狼狈不堪，叩头伏罪。

王林父女向两位英雄拜谢。鲁智深说："你老人家不要拜我们，明天你同女儿到山寨去拜谢宋头领吧。"说罢，就和李逵一起押着两个歹徒回山寨去。

宋江和众头领在聚义厅上议事，不见李逵、鲁智深二人回来，宋江说："要不要再派人接应他们一下？"吴学究说："不必了，这两位兄弟足能够对付那两个歹徒了。"正说话间，喽啰来报："两位头领得胜回来了！"宋江大喜，传令把那两个歹徒斩首，割下头挂在通衢道口示众。之后，宋江吩咐杀羊备酒，大摆筵席，为李逵、鲁智深庆功。酒席间，李逵端起酒杯说："智深哥哥，你这位大媒人，我现在给你彻底平反昭雪。公明哥哥，你这位新女婿，我现在给你完全恢复名誉。来，干杯！"众人大笑，共同举杯。

（王永宽　改写）

看钱奴

[元] 郑廷玉 撰

一

从前有一秀才姓周名荣祖,字伯成,汴梁曹州人氏。一家嫡亲三口,妻子张氏,儿子名叫长寿。周家祖上广有家财。祖父周奉记信奉佛教,出资盖了一所佛院,每天念经拜佛,祈求佛祖保佑周家一门平安。到了周荣祖的父亲,一心一意过日子,为了修理宅院房屋,需用砖瓦木石,就拆了佛寺。等到宅舍竣工,周荣祖的父亲一病不起,百药难治,撒手人寰。当地人都认为这是他不敬佛信佛的报应。周荣祖接掌家业,潜心攻读圣贤之书。适逢朝廷开科取士,招揽贤才,为了进京应试,博个一官半职,周荣祖携带一些够旅途支用的银子,将祖上留下来的许多金银装在石槽里,埋在房屋后墙下,令几个仆人照看宅舍家产,然后携妻挈子,进京赶考去了。

曹州有一懒汉名叫贾仁。此人自幼父母双亡,又没有什么亲戚,独自一人游手好闲,好吃懒做,穷得叮当响,日子过得十分艰难,因此乡人都叫他"穷贾儿"。贾仁生活艰难,衣不遮体,食不饱腹,常常是吃上顿没下顿,整天哭贫叫穷。有四句诗单道其贫穷:"又无房舍又无田,每日城南窑里眠。一般带眼安眉汉,何事手中偏没钱?"贾仁一无钱财,二无手艺,每天只靠打短工、卖苦力度日,今日为这家挑土筑墙、和泥脱坯,明日为那家担水运浆、打夯奠基。到了夜里,就在破瓦窑里安身。贾仁自己穷困潦倒,却十分羡慕那些有钱的人家,幻想着骑骏马,穿锦罗,吃香的,喝辣的,做个人上人。然而,幻想依旧是幻想,贾仁仍然要靠卖苦力度日。看看自己,比比别人,贾仁经常埋天怨地,指责神明不公,不肯怜悯他。

一天,曹州曹南周家庄周荣祖的仆人来喊贾仁,说主人家的一堵墙倒塌了,让贾仁去帮助打墙。有活干就有饭吃,贾仁自然乐意去干。到了周家庄,贾仁又是挑土,又是担水,又是打墙,忙乎半天,才打起半堵墙。贾仁觉得有些困乏,就跑到附近的东岳灵派侯庙,求神告庙,诉苦哭穷。他来到庙里,捻土为香,双膝跪倒,祷告神灵,道:"小人是贾仁。我想那些骑鞍压马、穿罗着锦、吃的是山珍海味、用的是金银珠宝的人是人,我贾仁也是人,为什么偏偏我贾仁衣不蔽体、食难饱腹,吃了早上的没有晚上的?为什么偏偏要我贾仁烧地眠、炙地卧,成为一个穷光蛋?我贾仁若是发些小财,得些富贵,我也会斋僧布施、盖寺庙,建佛塔,修桥补路,惜孤念寡,敬老怜贫。求神明可怜可怜我吧!"贾仁祷告之后,觉得身子困倦,就在灵派侯庙屋檐下歇息一会儿,不知不觉中进入了梦乡。

原来,庙中供奉的灵派侯,见贾仁在庙中埋天怨地,指责神明不公,不肯怜悯他,给他些富贵,就令小鬼摄过贾仁的魂灵,问道:"好你个贾仁,你为何在我这神庙中埋天怨地,怪恨神灵?你到底想干什么?"贾仁见是灵派侯,急忙跪倒,磕头不止,说:"上圣可怜可怜小人吧!小人怎敢在神灵面前埋天怨地,指责神灵呢?我贾仁自降生到人世,就受苦受难,没吃没穿。到了晚上,就在一座破瓦窑里过夜。我贾仁为何就该受穷呢?求神明可怜可怜我，给我一些小小的衣食富贵吧！"灵派侯说这件事由增福神管，就令小鬼将增福神唤来。

增福神负责掌管人间生死、贵贱、尊卑、寿夭、六科等一应事务。接到小鬼的传唤，忙来参见灵派侯，说："上圣呼唤小神，有何法旨？"灵派侯说："如今阳世间有一人名叫贾仁，每天在我这庙里埋天怨地，怪恨神明。你去问一问，看他到底为什么这样？"增福神奉了灵派侯的指令，问贾仁道："好你个贾仁，你为何怪恨我们这些神灵？"贾仁装作十分可怜的样子，说："这世上有些富贵人家，要吃的吃的，要穿的有穿的，又有钱财，想干什么干什么。他们是人，我贾仁也是人，为什么他们那么富，却让我受穷呢？"

"你给我闭嘴吧！"增福神喝令贾仁闭嘴，对灵派侯说："上圣，此人平时不敬天地，不孝父母，毁僧谤佛，杀生害命，命该挨饿受冻而死。上圣不要管他这些闲事。"灵派侯见贾仁可怜，问增福神："是不是生死簿上将他的衣禄食禄记错了？"增福神道："此人贪财好赌，坑害众生，理应挨饿受冻而死。""此人前生是如何贪财好赌，坑害众生呢？""此人前生乃是富贵之人，但他生性奢华，贪财好货，见有钱财，哪怕是在油锅里，他也敢用手去抓。他为了自己发财，不择手段，富了他一个，穷了几百家。所以，今生让他挨饿受穷，作为对他前生的报应。"

贾仁听了，忙对灵派侯说："上圣，不要听信增福神的话。我贾仁哪里会是那样的人？我平时也是一个看经念佛、吃斋把素、广做善事的人。上圣可怜可怜我，给我一些小小的富贵吧！"增福神听了贾仁的花言巧语，斥责道："你这厮平时颠倒黑白，扭曲作直，浪费五谷杂粮，伤害百物性命，残害众人，以饱私欲。像你这样的人，怎么能够富贵发达呢？"灵派侯道："此人前生既然不仁不义，不敬不孝，奢侈浪费，贪财受贿，今生饿死冻死,也是罪有应得。"

贾仁见增福神不肯给他增福,向灵派侯表白说:"我平日里敬天敬地,遵纪守法,兄弟友爱,六亲和睦,敬佛信佛,孝顺父母,不偷不抢。我是一个心地善良,爱做善事的人。现如今我又吃斋把素,不食荤腥。上圣,只要给我一点小小的富贵就够了,我拿它去做点买卖,再不受苦受穷了。"增福神对贾仁这番话十分厌恶,说:"你不要表白自己了!你使奸弄诈,瞒心昧己,尽做亏心事,哪里会老老实实、本本分分地过日子?"贾仁知道求增福神没有用,就用好言好语求灵派侯,说:"上圣,我爹娘在世的时候,我曾好好地侍候他们。自从二老亡故之后,我这日子一天比一天穷。就是这样,我也没忘记给爹娘烧纸送钱,祭奠他们。你看,我这泪珠子还没有干哩!实对上圣说吧,我真的是一个非常孝顺的人。"

增福神哪里会信贾仁这些鬼话,对灵派侯说:"像贾仁这样的人,没有钱的时候倒还罢了,一旦有了钱,说话的腔调也变了,穿着打扮也变了,活脱脱像一个大富翁,目空一切,眼中无人,说话办事气势逼人,没有半点儿和气。每天骑着骏马在长街上抖威风,夸富贵,得便就寻花问柳,拈花惹草。动不动就嫌街道窄狭,嫌人多碍路。走在长街上,快马加鞭,横冲直撞,根本不把穷苦人放在眼里。"贾仁听了,忙分辩说:"上圣,我贾仁不是那样的人。你若是能给我一些小小的富贵,我也会和睦街坊,敬重邻里,识尊识卑,知贵知贱。只求上圣可怜可怜我,给我一些富贵吧!"

灵派侯见贾仁一直跪着,祈求富贵,有些于心不忍,对增福神道:"贾仁不仁不义,不敬不孝,埋天怨地,指责神明,按说应该让他冻死饿死。然而,天不生无禄之人,地不长无名之草。我们应该体察上天好生之德,姑且给他一些福力吧。"灵派侯既然主张给贾仁一些福力，增福神不能违旨，翻看一下生死富贵簿，说："曹州曹南周家庄有一秀才名叫周荣祖，他家福力所积，阴功三代。为其父一念之差，拆毁佛院，应受折罚。如今就将周家的福力，姑且借给贾仁二十年。等二十年后，再让他双手交还本主。"贾仁听说要借给他二十年福力，嫌借给他的时间太短，又向灵派侯哀求说："上圣既然可怜我这个贫苦之人，为何只借给我二十年福力？既要借给我福力，何不好人做到底，在二字上再添一笔，借给我三十年？"增福神对贾仁的贪得无厌十分反感，道："富贵贫穷皆是前生注定，怎能随便增加？"

灵派侯见增福神肯给贾仁增福，对贾仁道："贾仁，若按你前生前世所作所为，理应让你冻死饿死。神灵体察上天好生之德，姑且借给你二十年福力，二十年之后，你再交还原主。常言道：'善有善报，恶有恶报，不是不报，时辰不到。'天若不降严霜，松柏不如蒿草。神明若不报应，积善不如作恶。莫瞒天地莫瞒心，心不瞒时祸不侵。十二时中行好事，灾星变做福星临。"说罢，灵派侯对贾仁挥挥手说："去吧！"

贾仁一觉醒来，发现自己原来是做了一个梦。细思梦中之事，记起了增福神对他说的那番话，暗自高兴。但又一想，"梦是心头想"，不足为信，就又去周家打那剩下的半堵墙。也是合该他发财，他刨土时挖出一个石槽，里面满是金银。原来，这石槽正是周荣祖进京赶考前埋下的。贾仁见没人发觉，就把石槽里的金银全部收藏起来，将石槽依旧埋好。得了意外之财，贾仁劲头大增，一鼓作气把周家那半堵墙打好。夜深人静之时，贾仁悄悄地将金银运回家。

贾仁用这些意外之财盖起了房廊、屋舍、解典库、粉房、磨房、油房、酒房，做起了买卖，生意越做越红火，人也越来越富，真正是旱路上有田，水路上有船，人头上有钱。人们见贾仁乞儿乍富，财大气粗，再不叫他穷贾儿，而是开口贾员外，闭口贾员外。贾仁听了，好生受用。这贾仁虽然广有田产，十分富足，但是却十分吝啬，平时一文钱也不使，半文钱也不用。若是有人向他要一贯钱用，就像挑了他的一根筋似的，准得心疼半天，难受得要死。因此人们送他一个外号叫"悭贾儿"。

贾仁乞儿暴富，积攒下万贯家财，却没有兑现他在神灵面前许下的愿：斋僧布施，盖寺建塔，修桥补路，惜孤念寡，敬老怜贫。他不仅自己的钱不舍得用，自己的东西舍不得给人用，就是别人的东西，也恨不得劈手夺过来。可惜，贾仁空有万贯家产，膝下却无一儿半女，无人继承家业。贾仁心下着急，害怕自己某一天命归黄泉，偌大一份家业落入外人之手，就让他家坐馆的先生陈德甫留心街市上是否有卖儿卖女的，若有卖儿卖女的，就买回一个抚养，以便将来继承家业。

二

且说周荣祖携妻挈子，进京赶考，岂料官运不济，到了揭皇榜之日，竟是名落孙山。周荣祖科举不中，只好带着妻儿回曹州老家。长期羁留在外，随身所带金银已经花个精光。回到家中，周荣祖就去挖进京赶考前埋藏的金银，挖出来一看，石槽还在，里面的金银却不翼而飞。周家从此败落，日子越来越艰难，没有办法，周荣祖只好带着妻儿去洛阳投亲，希望亲戚能够帮他一把，渡过难关。也该周荣祖倒霉，到了洛阳，却没有找见亲戚。万般无奈，周荣祖只好带着妻儿又回曹州老家。

时值隆冬，连日北风呼号，大雪纷飞，大地白茫茫一片。这样的天气，富贵之家早已围着火炉，饮酒品茶，寻欢作乐。周荣祖为了尽快赶回老家，顶着风雪，带着妻儿继续赶路。风大雪紧，衣裳单薄，一家人冻得哆哆嗦嗦，走路越来越艰难。这时，他们看见不远处有一个酒店，一家三口就进去暂时避一避风雪。

这个酒店原是贾仁所开。店小二早已得到贾家的门馆先生陈德甫的盼咐，要他留心打听，看谁家肯卖儿卖女，立即去报告。酒店是人群聚会之所，人多嘴杂，各色人等皆有，店小二就一边照顾生意，一边留心打听。

这天风大雪紧，店里没有什么生意，店小二就掩上店门，围着火炉取暖。就在这时，忽然响起轻轻的敲门声。店小二以为有客人来，过来打开店门，见门口站着三个人，满身是雪，道："里面请，里面请。"店小二把三人让进屋里，问周荣祖道："秀才，你是哪里人氏？要喝点什么酒？"

周荣祖抖抖身上的雪，搓着双手，说："小二哥，我哪里有钱来买酒吃啊！我只是一个穷秀才，身无分文。一家三口去洛阳投亲，没有遇见亲戚，只得折回老家曹州，没想到遇上这场大风雪。我们一家三口身上无衣，肚里无食，就直接来到小二哥的酒店，暂时避一避风雪。求小二哥可怜可怜我们，就让我们在这里避一避吧！"店小二是个热心肠的人，说："出门在外，谁也不会顶着房子走。秀才不必为难，就在这里避一避，暖和暖和，待风停雪住了再说。"

周荣祖一家三口由于身上衣服单薄，腹内空空，坐在酒店里，仍不住地浑身打哆嗦。店小二见他们十分可怜，忽然想起早上有一缸新酒开缸时，曾取出三杯供奉酒神，如今酒神已供奉过，三杯酒还放在那里，正可用这三杯酒让他们暖暖身子。想到这里，店小二对周荣祖说："我说这位秀才，看你冻成这个样子，我也于心不忍，就给你一杯酒喝，暖暖身子吧！"周荣祖以为店小二是向他推销酒，忙说道："小二哥，我哪里有钱来买酒吃！""我不向你要钱。我见你衣单身寒，就送给你一杯酒喝，让你暖暖身子。大冷的天，冻病了就更麻烦了。"周荣祖听说不要钱白送给他一杯酒喝，急忙接过，一饮而尽，道："谢谢，谢谢，小二哥真是个大好人。"

一杯酒下肚，周荣祖顿觉筋骨舒展，浑身暖融融的。妻子张氏、儿子长寿见状，让周荣祖再向店小二讨两杯酒。周荣祖见妻儿仍不住地打哆嗦，只好舍着脸皮向店小二又要了两杯酒。店小二见周荣祖的儿子非常可怜，私下对周荣祖说："像你这样贫穷，儿子跟着你也是受罪，还不如把他送给人家。"周荣祖觉得店小二说得有理，说："我是舍得，只是不知妻子心里怎么想。"店小二推推周荣祖，让他去和娘子商量一下。

周荣祖把妻子张氏拉到一边，低声说："娘子，店小二见我们一贫如洗，怕儿子跟着我们受苦，劝我们把儿子送给人家，也好捡条活命。店小二是热心肠人，我看他说得也在理。"听说要把儿子卖给别人，张氏虽觉舍不得，但一想到日后生活的艰难，狠了狠心，说："若是给了别人能让儿子捡一条活命，倒也比跟着我们冻死饿死好。只要有人家愿意要，又能养活，就给了他们吧！"夫妻二人商议已定，周荣祖对店小二说："小二哥，我的妻子也同意把儿子送给别人，你看有没有合适的人家？"店小二见亲生爹娘竟肯将儿子送人，有点不信，问道："秀才，你真的愿意把儿子送给别人？""真的。与其让儿子跟着我们冻死饿死，还不如让他逃一条生路。""说的也是。"店小二同情地说，"我们这里有个财主要买个孩子。若是给他，料想不会让你们夫妻白养活一场。现在就领你们去见他。"店小二说着，就要带他们去。

周荣祖听说是财主要买，不知财主买儿子干什么，忙拉住店小二，说："小二哥，你说的这个财主，家里可有儿子？"店小二知道周荣祖不放心，道："他家没儿没女。你把儿子卖给他，算是掉进福窝里了！"说罢，店小二出门去喊陈先生。

不大一会儿,陈德甫随店小二来到酒店。这陈德甫也是曹州曹南人氏,自幼攻读诗书,颇通文墨。因父母亡故,家道艰难,就来贾仁家做教书先生。陈德甫名义上是教书先生,实际上不过是贾仁家的账房先生,在解典库管账,时常去酒店、油房等处结账,故而和店小二十分熟悉。他来到酒店,见长寿长得颇有福相,问周荣祖:"秀才是哪里人氏,姓甚名谁?为何要卖你这孩儿?"周荣祖答道:"小生是曹州人,姓周名荣祖,字伯成。因为家中贫穷,没有钱用,情愿将自己的亲生儿子过继给别人做儿子。先生既要买儿子,就请成全我们吧!"陈德甫道:"周秀才,不是我要你这孩儿,而是我们这里的一个贾员外。他有万贯家财,膝下却无一男半女。若是贾员外要你这孩儿,以后他那万贯家财就是你这孩儿的。"说罢,就领周荣祖一家三口去见贾仁。

贾仁一夜之间暴富起来之后,虽拥有万贯家财,却是十分吝啬。大冷的天气,他也舍不得生火取暖,冻得实在受不了,就让下人少少酾一点热酒,撕一只水鸡腿,和老婆对斟对酌。就在这时,陈德甫推门进来了。贾仁一见陈德甫就数落起来:"陈德甫,你真是没用!我多次吩咐你,让你寻一个小的来养,你怎么这么不会办事,到现在还没寻着?"陈德甫道:"员外休怒,我已经找到了一个。"贾仁听说找到了,高兴得一跃而起,问:"在哪里?领来我看看。"陈德甫道:"那人现在门口,是一个穷秀才的儿子。"贾仁穷的时候,人都叫他"穷贾儿",因此最听不得一个"穷"字,道:"秀才就是秀才,怎么还说穷秀才!"陈德甫没好气地说:"如果说是富贵之家,谁会卖儿卖女?"贾仁此时急于见那位秀才,顾不上和陈德甫计较,说:"少说废话,你去给我把那个穷……呵,把那个秀才叫进来。"

陈德甫出门见过周荣祖,说:"贾员外要你进去说话。"周荣祖忙对陈德甫施礼,问道:"先生,他要买我的儿子,给我多少钱财！"陈德甫道："你准备问他要多少？放心吧，这事都包在我身上。"于是，周荣祖把孩子交给妻子照看，自己和陈德甫去见贾员外。

周荣祖一见贾仁，急忙施礼。贾仁瞥了周荣祖一眼，问他籍贯姓名，周荣祖毕恭毕敬地答道："小生是曹州人，姓周名荣祖，字伯成。""好啦好啦，"贾仁一看周荣祖那破衣烂衫，就不耐烦地说，"我眼里就见不得你这穷样儿。陈德甫，你让他给我朝后边站站，你看他身上的饿虱子正满屋飞哩！"

陈德甫悄声对周荣祖说："秀才，你就照他说的，朝后站站吧。有钱的人就是这个德性。"周荣祖本想发作，但一想到儿子，就只好忍气吞声，悄悄退了出去。

贾仁见周荣祖已走，对陈德甫说："我如今要买他的儿子，也要立一个文凭。我说你写：立书人周秀才，因为无钱使用，又没吃的用的，难以度日，情愿将自己的亲生儿子某某，年几岁，卖给财主贾老员外为儿。"陈德甫道："谁不知道你有钱？只写员外就够了，何必还要写上'财主'两个字？""陈德甫，我这个财主是你抬举的？我不是财主，难道叫我穷汉？"贾仁睁大两只眼睛问道。陈德甫知道无法和贾仁计较，说："是是是，财主财主。"贾仁接着又说道："你在那文书后面再给我写上：当日三面言定，付价多少，立约之后，两家不许反悔。如有反悔，罚钱一千贯，给不反悔之人使用。空口无凭，立此文书，永为存照。"陈德甫写好后，问道："他们卖孩儿的钱是多少？""这个你不要管。"贾仁道，"我是财主，他要多少，我指甲缝里弹出来的，他也就吃不了啦。你去向他说去。"

陈德甫出来，见了周荣祖，将贾仁口授的字据说了一遍，说："这个文书，别的没什么要紧之处，只是后面这一件你要多加考虑，这一件如有反悔，罚钱一千贯给不反悔之人使用。"周荣祖听说反悔就要罚银一千贯，便问卖儿的钱是多少。陈德甫便把贾仁那番话对周荣祖说了说，道："秀才，这事你就放心吧。"周荣祖想想也是，就提起笔来，准备立字据。张氏不放心，说："秀才，咱这恩养钱说定多少没有？这字据你先别立，等说定了再立。"周荣祖说："娘子，刚才这位先生不是已经说过了吗？贾员外是个财主，他那指甲缝里弹出来的，我们也吃不了，还问他给多少干什么？"

夫妻俩正在商议，早惊动了儿子长寿。长寿已懂人事，知道爹娘要卖他，哭着说："好爹娘，我也知道你们是没办法才卖我。我们要活一起活，要死一块死，只求你们不要卖了我！"听了儿子的哭诉，周荣祖夫妻心如刀绞，禁不住老泪横流，抱着儿子失声痛哭。然而，为了能让儿子有条活路，周荣祖强忍悲痛，立了字据。

贾仁见周荣祖立了字据，就让陈德甫去把长寿领进来。周荣祖为了让贾仁高兴，能够对儿子好一些，教长寿说："儿啊！你到了那里，他若问你姓什么，就说你姓贾。"长寿偏偏不听，说："我姓周，就是打死我，我也姓周。"不论周荣祖怎样千叮咛，万嘱咐，长寿就是不听。

见了贾仁，贾仁见长寿长得聪明可爱，十分高兴，说："我的儿啊，你今日到我家里，那街上的人如果问你姓什么，你就说姓贾。""姓周。"长寿倔强地说。"姓贾。"贾仁再次告诉他。"姓周。"长寿就是不改口。贾仁一听，怒气冲天，拉过来就是一顿毒打。打过之后，请妻子再教，长寿仍是不改口。贾仁的老婆用给他买新衣服哄他，长寿还是说"姓周"。结果又是一顿毒打。长寿疼痛难忍，禁不住哭爹喊娘。

周荣祖夫妇听到长寿的哭喊，犹如万箭穿心，有心进去劝一劝，但已立过字据，不便再管。夫妇俩只好狠狠心，等拿过钱一走了之。周荣祖叫出陈德甫，让他进去向贾仁要恩养钱。陈德甫向贾仁说明周荣祖的意思，贾仁一改面孔，说："陈德甫，你这个人好不懂事！他因为无力抚养，才把儿子卖给我。他的儿子在我家，我又要管吃，又要管穿，我不向他要恩养钱，他倒反向我要恩养钱？"陈德甫说："员外，他们辛辛苦苦把儿子养这么大，实在不容易。如今给员外做儿子，专等员外给些恩养钱做盘缠回老家去哩。"贾仁一味胡搅蛮缠，最后见实在赖不过去，说："陈德甫，看在你的面子上，我就给他一些。小的们，开银库。"

听说要开银库，陈德甫以为贾员外这次要发善心，大方一回了。谁知贾仁只取出了一贯钱，就把银库又锁上了。陈德甫看不过去，说："他们养活这么一个孩儿，实在不容易，怎么只给他们一贯钱？太少了，再添一些吧。""少？谁说少？这一贯钱上面有许多宝字，你不要看轻了。"贾仁心疼地说，"给他们一贯钱，不会损失你什么，可对我来说像挑了一根筋似的。挑一根筋是什么滋味你知道吗？如果说只是挑一根筋，咬咬牙也就熬过去了。可是，看着别人从我手里拿走一贯钱，那滋味才真难受哩！你给他送去吧，他是个读书人，要不要还不一定呢。"

陈德甫拿着一贯钱，交给周荣祖夫妇，说："这是贾员外给你们的钱。"张氏见卖了一个儿才得了一贯钱，气愤地说："养个孩子是那么容易的吗？几盆水就能把孩儿洗那么大？怎么才给我们一贯钱？就是买个泥娃娃，一贯钱也买不到！"周荣祖亦很气愤，说："他也太小看人了，一贯钱能买什么东西？我虽是个穷秀才，但也要讲个公平买卖，哪能像他这样连坑带拐？"张氏怕生出是非，说："算了，把孩儿还给我们，我们走吧！"陈德甫也觉过意不去，忙拦住二人，说："你们暂且等一等，我再去找员外说说看。"

陈德甫见了贾员外，开门见山地说："他们嫌钱少。他们说，这点钱买个泥娃娃也买不来。"贾仁道:"那泥娃娃会吃饭吗?"陈德甫道:"员外,话不能这么说。哪个养儿女还能算饭钱?"贾仁一听这话不高兴了,说:"陈德甫,你也要做人吧!常言说得好,'有钱不买张口货'。他们养不起儿子,才把那个张口货卖给我。我不向他们要饭钱也就够了,他们倒还向我要钱!是不是你背地里调唆他们向我要钱?我问你,你是怎样给他们钱的?""我说,员外给你们钱。""怪不得他们不要,你把我这一贯钱看轻了。我来教你,你把一贯钱高高地举起,说:'好你个穷秀才,贾老员外给你宝钞一贯。'"陈德甫不耐烦地说:"你就是举到天上去,一贯钱还是一贯钱!员外,他们挺可怜的,你就快些打发他们去吧!"贾仁狠狠心,咬咬牙,说:"罢罢罢,小的们开库,再拿一贯钱给他。"

陈德甫接过那一贯钱,说:"员外,你当是向他们买什么东西哩,一贯一贯地添。"贾仁听了这句话,气得把眼一瞪,说:"就这两贯了,再也不会给他们添了。"陈德甫无奈,只好拿起这一贯钱给周荣祖夫妇送去。周荣祖夫妇见陈德甫去争了半天才争来一贯钱,都很气愤。陈德甫觉得这种结局是他办事不周造成的,心里很是过意不去,于是又返身去找贾仁,让他再多给这对可怜的夫妻一些养命钱。

贾仁听说周荣祖夫妇嫌钱少,对陈德甫说:"不要再说这些废话了。他们若是不愿意,这文书上白纸黑字写得明白:'若有反悔之人,罚宝钞一千贯给不反悔之人使用。'他们既然反悔,你让他们拿一千贯钱来。"陈德甫知道贾仁是在耍赖,说:"员外,他们若有一千贯钱,还会把儿子卖给你吗?"贾仁一听又不高兴了,说:"哦,照你这么说,你陈德甫是个有钱的了!你买不买?你要买就把那小厮领走,罚他们一千贯钱给我。"贾仁如此无赖,陈德甫亦是义愤填膺,说:"员外,你到底是添不添?"

"不添。""真的不添?""真的不添。"陈德甫见贾仁如此吝啬,道:"员外,你让我帮你买儿子,却不肯添钱。那个秀才嫌给的钱少又不肯去。你叫我这中间人怎么办?常言道:'君子成人之美,不成人之恶。'罢罢罢!谁让我多管闲事呢。员外,我在你家干了两个月,该给我两贯饭钱。请员外把饭钱支给我,凑上这两贯,共成四贯,打发那秀才走吧。"贾仁觉得这个办法不错,孩子还是他的,钱却由别人出,就把两个月的工钱支给了陈德甫。

陈德甫再次折身出来,将向贾仁要钱的事向周荣祖说了一遍,把那四贯钱交到周荣祖手上。周荣祖得知这四贯钱中有两贯是陈德甫的工钱,十分感激。

贾仁不知周荣祖夫妇走没走,开门出来看看。周荣祖一见贾仁,怒火中烧,诅咒贾仁发背疮,害伤寒,遭贼抢,遇火灾,家破人亡,行乞为丐。贾仁见一个穷秀才竟然敢骂他,不由得大怒,抬手就打,又唤看家大狼狗来咬。

周荣祖夫妻见贾仁竟是如此狠毒,知道没什么理好讲,只好含愤离开了贾家这个虎狼窝。

三

日月似箭,光阴如梭。转眼之间,长寿卖到贾仁家已是二十年。如今,贾长寿已长大成人,贾仁已是年老多病,卧病在床。这二十年里,贾家的家业越来越大,人们对贾氏父子不再称名道姓,而是称贾仁为贾半州,称贾长寿为钱舍。

贾仁空有半州家财,仍是一文钱不花,半文钱不用,十分吝啬。贾长寿虽然花钱大方,怎奈钱财不在他手里,想多花几个却也不能。这一天,长寿要去东岳泰安州进香,去向父亲要香火钱，为讨父亲欢心，长寿见了卧病在床的父亲，说："父亲，你想吃点什么？"贾仁说："我的儿啊，你看我已是快死的人了，一口气上不来就过去了。那天，我想吃烤鸭，走到街上，见一家卖烤鸭的，我推说买烤鸭，着实捞了一把，弄得五个手指头全是油。到了家里，我就盛米饭吃，一碗饭咂一个指头，四碗饭咂了四个指头，五个指头没咂完就睡着了。不知从哪儿跑来一条狗，把剩下的那个指头舔个干净。我一气，就得了这病。我往常一文钱不使，半文钱不用，如今病重，就要死了，我也破一破例，给我买一个钱的豆腐吃。"长寿说一个钱只能买半块豆腐，不够塞牙缝，就让仆人兴儿买一贯钱的。贾仁一听又心疼了，说："只买十文钱的。"长寿给了卖豆腐的十文钱，只打了五文钱的豆腐，贾仁问他，问没问卖豆腐的左邻右舍是谁，怕卖豆腐的搬走了，没地方讨那五文钱。长寿要请画匠为父亲画幅遗像，贾仁要他画背影，恐怕开光时画匠又要喜钱。长寿要给父亲买一个杉木棺材，贾仁则嫌杉木太贵，要用喂马槽当棺材；长寿说马槽短，放不下，贾仁就让用斧子把身子剁成几截后再放，并安排长寿要借人家的斧子剁，以免损坏了自己的斧子，又得花几文钱。

一切安排停当后，长寿说要去进香，替父亲许愿，要些路费和香火钱。贾仁先是不让去，后来勉强同意了，却只答应给一贯钱。长寿好说歹说才要来三贯钱。兴儿劝长寿打开银库自己去拿。于是，长寿打开银库，取了十个金子、十个银子、一千贯钱，去泰州进香。

三月二十八日，是东岳圣帝的诞辰。这一天，方圆几百里的人都来赶庙会，烧香敬神，磕头许愿，再加上做生意、跑买卖的，庙会十分热闹。为了能够早点到庙里进香，不少人都是提前赶来。长寿带着兴儿一路紧赶，在庙会的前一天才赶到泰安城。但因天色已晚，一时找不到客店，他们就直接来到东岳庙，找一个干净的地方对付一个晚上。他们左挑右拣选中一个干净的地方，那里却有两个穷叫花子夫妇正在休息。

这对穷叫花子夫妇，正是二十年前大雪天卖儿的周荣祖夫妇。周荣祖卖了亲生儿子长寿，勉强度过了那个冬天。但那四贯钱很快就花个精光。周荣祖一介书生，身无长技，无力养身，无亲可投，就靠讨饭苦度日月。二十年来，夫妇俩东街讨，西街要，相依为命，勉强熬了过来。三月二十八日东岳庙大会，做生意跑买卖的很多，又有许多富家来进香。夫妇俩就凑凑热闹，来东岳庙讨饭来了。要了一天饭，他们无处歇息，就来到了东岳庙，想在庙里住一晚上，明早一大早烧炷香，许个愿，求根签，然后再去别的地方讨饭。他们正在休息，却被两个年轻后生吵醒了。

"哎，你们两个叫花子，一边去，我家少爷要用这块地方。"兴儿嚷道。周荣祖已经躺下，不愿离开，说："你们是什么人？""你这穷叫花子，连我家少爷钱舍也不认得，该打！"兴儿说罢，动手就打，打得周荣祖疼痛难忍，高声叫喊。

东岳庙的庙官听见喊声，走过来大声喝道："你这个人太无礼！什么钱舍，在我这东岳庙里撒野？家有家主，庙有庙主，这里是我的地盘，怎能容你撒野？你老子在哪里做官，叫做钱舍？徒弟们，给我拿绳子来，把这两个小子绑起来送官去！"兴儿怕把事闹大，说："庙官，你不要吵闹，我给你一个银子，借你这块地方歇息一下。"说着，悄悄地把银子塞到庙官手里。庙官拿到银子，立即像换了一个人似的，说："我正在骂那两个老叫花子，我把他们赶走，你就让钱舍在这里坐一坐吧！"庙官说罢，连轰带推把周荣祖夫妇赶了出去。周荣祖气不过，质问庙官为何把他们老两口赶出来，庙官不耐烦地说："他是钱舍，你们就让他一些。我明日还要早起，睡觉去了。"说罢，庙官径自走了。

周荣祖咽不下这口气，还要去找那两个年轻人讲道理。长寿十分蛮横地说："你这个老叫花子,告诉那个庙官又能把我怎么样?告诉你,我这富人打死你这个穷鬼,只当是拍死个苍蝇!"周荣祖气得浑身发抖,要拉长寿去见官讨个公道。兴儿一旁道:"官不是官,官就叫钱舍,见官会有你的好么?"周荣祖越加气愤,道:"我们这些穷人难道就没个说理的地方?"兴儿道:"想见官?好吧,我们奉陪!"张氏怕丈夫吃亏,劝道:"老东西,你和他们这些有钱有势的争个啥?他们要占这个地方,咱们挪个地方就是了。"于是,周荣祖夫妇把那块干净地方让给两个年轻人,自己就在旁边随便找个地方休息。

夜里,长寿思念父亲,做了一梦,梦见父亲贾仁来,要他认亲生父亲,因而连叫三声"父亲"。周荣祖想念分离二十年的儿子,夜里也做了一梦,梦见儿子长寿来认父,叫了三声"父亲",他高兴得合不拢嘴,连着答应三声。长寿醒来,听老叫花子答应,以为老叫花子占他的便宜,又让兴儿去打。周荣祖道:"你叫我三声父亲,我答应三声,你为何还要打我?"四人吵吵嚷嚷,不觉东方既白,天已亮了。

第二天天一亮,长寿就带着兴儿来到东岳圣帝像前,恭恭敬敬地上了三炷香,磕头祭拜,为卧病在床的老父亲求福求寿,祝道:"东岳圣帝,可怜可怜我的父亲吧。他如今卧病在床,愿圣帝保佑他快点痊愈,我贾长寿情愿给您烧三年高香。"就在长寿祈祷的同时,周荣祖和妻子张氏也正在烧香拜佛,求东岳圣帝保佑那已卖给贾家为子的长寿儿无灾无病。祈祷之时,周荣祖想到伤心处,不由自主地哭起"我那苦命的长寿儿啊!"长寿以为老叫花子又要占他的便宜,又让兴儿动手去打。周荣祖夫妇见惹不起,进过香后就赶快离开了这个是非之地。

长寿烧过香,拜过佛,带着兴儿在庙会上玩个痛快,这才打道回府。

四

周荣祖夫妇去泰安东岳庙进香，无缘无故地受了打骂，却又无处申冤，憋了一肚子气。回家的途中，他们无吃无喝，一路乞讨，常常是饥一顿饱一顿。行至半道，张氏忽然害起了心疼病。周荣祖见妻子生病，不知如何是好，问道："老婆子，你觉得怎么样？"张氏道："老头子，我忽然一阵急心疼，你去哪里给我讨一杯酒吃，暖暖身子，活活血。"

周荣祖见不远处有一家酒店，扶着张氏来到酒店门前。"小二哥，行行好给我们一杯酒吧！我老婆害了急心疼，想讨杯酒暖暖身子，活活血。"周荣祖向店小二乞求道。店小二一大早起来还没开张，就碰上两个老叫花子来讨酒喝，便有点不高兴，说："老人家，你家婆婆患急心疼病，喝杯酒解决不了什么问题。对面有一家药铺，里面有治急心疼的药，常常施舍与人。你去那里讨一服药，给你婆婆吃。"周荣祖听说对门药铺有治急心疼的药，又肯施舍给人，就谢过店小二，扶着张氏去药铺讨药吃。

对面的药铺乃是陈德甫所开。陈德甫原来一直在贾员外家做坐馆先生，平日无书可教，就给贾员外管管账。后来年龄大了，老眼昏花，不能再管账，就辞了贾家的差使，开着一间药铺，施舍一些急心疼药，救济穷人。陈德甫仗义疏财，那些治好急心疼病的人忘不了他的恩德，常常酬谢他一些药钱。陈德甫也不客气，就都收下来，一是用来度日，二是用来作本钱买药材。陈德甫乐善好施，不求富贵，日子也很开心。这天一早，他就开了药铺门，一边碾药，一边等人上门求药。

周荣祖进了药房门，躬身施礼，说明来意，陈德甫见是一对穷夫妇，说："老人家免礼。我这里有治急心疼的药，给你们一服。"陈德甫说着,递过一包药,说:"我这药吃下去很快就好。我也不要你的药钱,只是你婆婆的病好了,要给我传传名,就说我陈德甫的药灵验。"

周荣祖十分感谢地接过药,低声对张氏说:"老婆子,我怎么觉得陈德甫这个名字好熟悉呢!"张氏忽然想起,说:"老头子,咱卖长寿孩儿时,做保人的不就是陈德甫吗?""对,是陈德甫。我过去认一认。"周荣祖走近陈德甫,仔细辨认了一会儿,激动地说:"陈德甫先生,你原来也这般老了!"

陈德甫一听,大感惊奇,问周荣祖为何认识他。周荣祖把二十年前风雪天卖儿之事说了一遍,道:"老先生,想起我是谁了吗?"二十年前的事,陈德甫怎能忘记,当时为了向贾仁要买儿的钱,他受了贾仁多少奚落!最后不得已,他把自己两个月的工钱支了出来给了周秀才。故人相见,陈德甫也很激动,说:"你就是当年卖儿子的周秀才?""是,我就是周秀才。当年多亏您给我们那两贯钱,我们才熬了过来。这么多年来,我一直记着你这大恩人的名字。"周荣祖说着,又要施礼拜谢。

陈德甫上前拉住周荣祖的手,说:"周秀才,你应该高兴才是,你那长寿孩儿如今已经长大成人了。""贾员外夫妇呢?"周荣祖问。"贾员外夫妇都先后亡故了。""死了好,死了好!他们当初那样苦打我的孩儿,早该死了!"周荣祖得知贾员外夫妇已死,出了胸中一口恶气,道:"为富不仁,死了活该!陈先生,我那长寿孩儿现在怎么样?"陈德甫道:"你那长寿孩儿如今可不简单!贾员外死后,贾家的万贯家财都由他执掌,这一带的人都叫他小员外哩!"周荣祖得知孩儿如今已经有出息了,很是高兴,对陈德甫道:"陈老先生,能不能让我见见我那孩儿?""这个容易。"陈德甫道,"先请你夫人把药吃下,我这就去找他来。"

贾长寿去泰安进香,并没有求得神灵的保佑,他回到家不久,父亲就死了。安葬了父亲,长寿没什么事做,想去看看久未见面的陈老先生。正要出门,陈先生却找上门来,说有要事请他去一趟。一路上,陈德甫说:"小员外,贺喜贺喜!"贾长寿不知所以,问:"喜从何来?"陈德甫道:"老实告诉你吧,你原不是贾老员外的儿子。你的亲生父亲是周秀才,偶然从员外门前经过,由于家境贫寒,由我作保,将你卖给贾老员外为子。如今你已长大成人,现在你的亲生父母在我那里,他们想见见你。唉,我还说这些做什么!我已经瞒了你二十年了,如今说起来,我自己也觉得心酸!"

二人走着走着,不大一会儿来到药铺。陈德甫指着周荣祖夫妇对贾长寿说:"这两个人就是你的亲生父母,快过去拜见!"贾长寿仔细一看,面前这对老夫妇,正是他在泰安城动手打的人。此时,周荣祖也认出了长寿,道:"老婆子,在泰安州东岳庙动手打我们的,不就是这个浑小子吗?"张氏心疼病已好,也认出了长寿,说:"俺认得他,他不是叫作钱舍吗!"药铺里二人认出钱舍,十分愤怒,要去拉他到官府讨个公道。陈德甫不知怎么回事,问道:"小员外,这到底是怎么回事?"长寿道:"前些日子,我去泰安州进香,为了争一块地方,动手打了他。如今他们要告我,我就给他们一些东西,堵住他们的嘴就是了。""怎么个堵法?"陈德甫问。"我这里有一匣银子。只要他们不说,我就给他们。他们如果定要告我,我拼着这些金银上下打点,不见得就输给他们!"长寿财大气粗,说话格外硬气。

陈德甫要过那一匣银子,说:"小员外,你放心,我去和他们说。"陈德甫把周荣祖拉过一边,说:"老人家,你看见这一匣银子了么?小员外说了,只要你们不告他,他就把这一匣银子送给你们。如果你们要告官的话,他就用这些银子去打点官府,你们也告不赢。是要银子还是去告官,两条路由你们自己选。"周荣祖听了，有点动心。他想，当时在泰安，长寿已不认得分离二十年的爹娘。如今若是告官，输赢都没什么好处。输了的话，不仅得不到银子，父子情分也就断绝了；若是赢了，长寿孩儿又要受官府之苦。想来想去，不如就此了结。于是，他要过钥匙，打开匣子，拿出银子一看，大吃一惊，银子上赫然凿着"周奉记"三个字，他高兴地说："这原是我家的银子！"

周荣祖这句话，弄得陈德甫和长寿都丈二和尚摸不着头脑。陈德甫不解地问："怎么是你家的银子？"周荣祖道："你看，这银子上凿有'周奉记'三个字，而周奉记正是我的祖父！"他激动地拉住长寿的手，说："这银子正是你的祖上传下来的。如果不是，怎么会凿有祖上的名字？唉，贾仁啊贾仁，也多亏你二十年来用心拿着这钥匙，看守着俺祖上的金钱！"

有保人作证，又有祖上留下来的银子证明，长寿遂当场认了自己的亲生父母。一家三人二十年后始得团聚，好不高兴，都把打官司的事扔到了九霄云外。

店小二听说小员外和亲生爹娘得以团聚，特意前来祝贺。周荣祖和店小二叙及往事，记起店小二当年送给他们三杯酒喝，好生感激，吩咐长寿道："二十年前，陈德甫先生送给我们两贯钱周济我们。滴水之恩，当以涌泉相报。孩儿，拿两锭银子酬谢陈老先生。店小二当年见我们寒冷，送给我们三杯酒喝，也拿一锭银子谢他。"陈德甫和店小二推辞不得，只得接了银子。

经过二十年的风风雨雨，周荣祖一家三口终得团聚，再叙亲情，都感谢神灵暗中保佑。张氏更是感谢东岳圣帝，要一家三口再去泰安州进香，拜谢神灵。

想着二十年间的富贵贫穷，周荣祖深有感慨地说："俗话说'风水轮流转，今年到我家'。人生在世，此一时，彼一时，昨日富贵，今日贫穷，昨日贫穷，今日富贵，正所谓贫穷富贵轮流到。"说罢,哈哈大笑。陈德甫问道:"老员外为何发笑?"周荣祖道:"我笑那贾仁一生一文钱不使,半文钱不用,为了那衔口垫背几文钱,险些儿断送了我这披麻戴孝的孝顺儿!"

(卫绍生 改写)

幽闺记

[元] 施君美 撰

一

秋天的塞外黄沙万里,白草葱茏,毡房座座。草原上的人们在这里骑战马,猎鸟兽,人喊马嘶狗叫,热闹非凡,赤兔黄獐、黑雕白鹞成了人们射猎的目标。蒙古人天天吃羊肉、喝马奶,穿狐衣、戴貂帽,根本不稀罕龙肝凤髓、锦衣绣裳。此时淮河以北的中原地区是金朝完颜氏控制着,可谓威风凛凛;淮河以南的广大地域仍归赵宋王朝,倒也气宇巍巍。

一天,蒙古主帅召集部下勇士们进帐议事。主帅说:"大金天子不把我们放在眼里,本来应该三年一小进,五年一大进,如今过了十五年,竟然没有向我朝进贡。主上因此大怒,命我带兵前去攻打金国州城,抢夺他们的粮草。众位勇士要服从我的号令,不得违抗!"于是,蒙古主帅点起百万兵马,指日南下,要与大金决一雌雄。

二

蓝天上星光闪烁,残月还挂在天边,雾气渐渐消散,东方开始发亮了。金朝蓬莱殿等宫殿在消散的雾气中显露出来，檐上的铃铛在晨风中叮当作响，午门已经打开，是早朝的时候了。御沟桥、官巷中，人呼马叫；灯影中、月光下，人影走动，玉佩叮当。文武大臣纷纷来到殿前，御前官吏们也已各就各位。这时，一人匆匆上殿，皇上问道："来人是谁？"那人答道："臣聂贾列有事要回禀圣上。""回禀何事？"聂贾列要回禀的是蒙古兵马进犯边界之事。密谋南侵的蒙古人已到达榆关，守将派人赴京告急，此时离国都只有一百二十里地了。因此聂贾列匆忙上殿报告。"圣上！"聂贾列说，"敌方兵强马壮，我方将少兵疲，难以抵挡敌人进攻。臣认为不如迁都到汴梁，可以上保社稷平安，下免百姓苦难。"皇上一听正合他的心意，故意问道："汴梁有啥好处，可以把国都迁往那里？"聂贾列告诉皇上：汴梁东面有秦关，西边有两陇，南面有函谷，北面有巨海，土地肥沃，非常适合迁都。聂贾列强调说："这就是古人所说的'王公设置险关来保卫自己的国家'。请圣上批准臣所提的建议，不要犹豫。"皇上命聂贾列到午门外和百官商议，并说："迁都汴梁这确实是个好主意！"

聂贾列还没来得及和百官议论，有一人上殿了。皇上一看，来人是左丞相陀满海牙。陀满说："圣上，臣有话不得不说。""你要说啥？""臣听说蒙古兵马犯境已到榆关，离这里不过一两天路程了。这就是人们常说的'灾难已经逼近身边'。圣上本应命将帅出兵拒敌，可如今奸臣把持大权，却向圣上提出迁都。这会使百姓遭受苦难，而且圣上的脸上无光。"陀满海牙是个性情耿直的忠臣，他觉得对聂贾列的行为不加阻止就是不忠。臣子应是皇上的股肱，要敢于争辩。看到百姓将要受苦受难而不管，闭口不言，他真是无法忍受。皇上面对他的质问，心中不快，就说："如今朝中缺少良将，派谁做主帅带领三军和敌人交战呢？""臣听说古人'内举不避亲'，臣荐一人，就是臣的儿子陀满兴福。他通晓六韬三略,有万夫不当之勇。手下三千忠孝军,人人英勇善战,可以打败敌兵。"聂贾列一听陀满举荐自己的儿子统率三军,急速上殿说道:"圣上,陀满早就想推翻圣上了,再让他儿子统率三军,这是如虎添翼,祸害不浅哪!圣上千万不要应允。"陀满听罢极为气愤,就指责聂贾列劝圣上迁都是别有用心,等于把大金江山扔掉了;聂贾列说陀满没能尽臣下的责任,不听圣上旨意。皇上见二人在殿上争论,心中烦躁,就说:"你二人各有道理,退到午门外和百官商议。"

三

陀、聂二人退到午门外又争执起来。陀满眼前浮现出一幅百姓逃难的景象:丈夫拉着妻子,哥哥拽住弟弟,母亲抱着孩子,城里一片乱哄哄,乡村野外哭声连天,路上车马飞奔,百姓家破人亡,国家宗庙化作一片焦土。想到这里,陀满质问道:"你怎么忍心看着百姓受苦受难?!"聂贾列也毫不示弱,教训陀满要懂得当臣子的必须服从皇上的规矩,告诉他百姓听说圣上迁都,纷纷响应,愿随圣上南下。聂贾列讥笑陀满:"你说百姓不会离去而为国效力,这种陈腐论调怎么比得上迁都这个好办法?"聂贾列见陀满不做声,又说:"常言道:'把嘴闭上,处处安宁。'你一大把年纪了,何必再管这种闲事?如果惹怒了圣上,定你个死罪!"陀满一笑,说:"圣上如能听我的话,我就是死了也没关系!不能因为年纪大了就不干事。"聂贾列说:"如今刀光剑影,四面旌旗,战鼓如雷,你还在大唱太平歌。"陀满听聂贾列说"太平歌",怒火上冒,指着聂贾列说:"我恨不得吃你的肉,扒你的皮!"聂贾列冷笑道:"死到临头,你可别后悔。"陀满扬起手中的笏板猛击聂贾列,打得聂贾列双手抱头跑上殿去:"圣上!

陀满阻圣上迁都是他们父子要谋划造反。"皇上说:"既然他父子俩有反叛之心,就命金瓜武士将他打死!"陀满海牙叫道:"圣上不可听信他的鬼话!"皇上不理他,金瓜武士立刻拥上,把陀满拉出去打死。皇上又对聂贾列说:"陀满海牙三百家口,不管好坏全都杀掉,小孩子也别留下。朕派你去监斩,不得有误。""是。"聂贾列领命而去。

陀满海牙被杀,军营中的陀满兴福还不知道。他正在想:爹爹上朝还没回来,不知圣上如何打算,我不如再把三千忠孝军训练一番。

于是命军史取来军册仔细翻看,这时一个士兵跑来报告:"将军,大事不好了!"陀满猛地一惊:"怎么回事?"这士兵就把陀满海牙被杀一事详细叙述一遍。陀满兴福听罢,立刻大哭起来。士兵又说:"还有,圣上降旨把将军全家三百余口全都杀掉,并派聂贾列监斩,那厮带领人马快到了。"陀满兴福一时不知该怎么办才好,士兵提议说:"不妨。将军手下有三千忠孝军。等那奸臣来到时,一刀把他杀了。一来可报老丞相的冤仇,二来百姓可免迁都之苦。这有啥不好办的?"陀满兴福说:"不可!我若杀掉那厮,正好被人诬为造反,无法保全爹爹忠义的名声。没有别的办法,我只好逃难他方,以后再作打算了。"

四

陀满一家大小三百余口都被聂贾列杀了,只逃脱了陀满兴福一人。朝廷发下榜文,四处张贴,上面画有陀满兴福的图像。士兵们挨家挨户地搜捕,中都路坊正在大街小巷高声叫喊着:"捉住陀满兴福的,封官加赏;窝藏陀满兴福的,和他同罪!"

从将军一下子跌落成逃犯的陀满,这时上天无路,入地无门,只顾慌不择路地往前跑。他想:昏庸无能的圣上听信聂贾列的鬼话,杀了我父亲及全家人。如今逼得自己逃离家乡,后面的追兵紧追不舍。好,冤有头债有主,教你们来一个死一个,来两个死一双!陀满边跑边想,一抬头,眼前出现一堵高墙,墙边有一口八角琉璃井。他急中生智:为啥不来个金蝉脱壳?于是急忙将身上的红锦战袍脱下,挂在井旁一棵枯树上,心想:让后边的追兵看到,以为我走投无路而跳井身亡。他们一定要打捞尸首,我可趁机远远逃走。事不宜迟,陀满急速攀住树枝,翻身跳过墙去。

忽然一阵狂风刮起,陀满不由得叫道:"哎呀,好大的风啊!大概是天神过路,还是躲一躲为好。"于是他就钻入花丛底下,一动不动。

陀满果然猜对了。这阵狂风是太白金星来到,他预先算出陀满有此难,因此前来搭救。太白金星落下后即叫道:"花园的土地在哪里?"土地立刻现身:"仙主,有啥吩咐?""今有本国忠孝军将军陀满兴福逃难到此,这人以后会有显赫的荣华富贵。如今被兵马追赶得十分紧急,你可隐形保护他躲过这场大难,不得违令。"土地建议说:"领仙主钧旨,就将此人变一个小神形象,躲过此难就是了。"

太白金星离去,风就停了。陀满还在寻找逃路,忽然发现花园太湖石旁有一神像,牌位上写着:"明朗神之位"。陀满当即下跪道:"明朗神爷,陀满兴福是个遭受冤屈的人,逃难到这里。若能得到您片云遮盖,救小将脱离此难,日后一定给您重修庙宇,再塑金身。请神仙将塑像隐没。"果然,神像消失了,陀满坐在神位上变作土地模样,他心中祈祷着:"保佑我陀满兴福逃脱这天罗地网。"

追兵来到墙边,不见了陀满兴福的踪影。众人纷纷猜测:陀满兴福到哪儿去了？忽然有个士兵高喊："在这里，在这里，你们看，这脚印不就是陀满兴福的吗？"众人反问他："你怎么知道是他的？"士兵说："陀满兴福是个勇武的大汉，人高脚大。"众人又问："脚印在这里不见了，人到哪去了呢？"士兵说："肯定是跳到墙那边去了。"有人问："这墙那边是谁家？"有人知道，就说这是蒋举人家的花园。众人一听，就你推我，我操你，谁也不肯跳过去。

这时，那士兵说："等等，让我先把棍子扔到墙那边。""扔棍子过去干啥？""墙那边是沟是地可以听出来，而且有狗没有也能知道。"扔过去听见响声，知道是平地，那士兵就说："我进去。"说罢就翻过墙去。

跳下墙头一看："咦，有个神像在这里，是个明朗神。不好！如果碰上陀满兴福，他一拳就把我打个稀巴烂，还是出去叫他们一块进来。"想到这里他又跳墙出去。众人一见他出来就问："找到了吗？""没有，只有一个神像。咱们都跳进去找。"众人想：我们是奉命捉人，干脆把墙推倒，不必一个个跳墙。于是众人一齐用力将墙推倒，果然看见一个神像。那士兵说："各位弟兄，咱们在神像前许个愿，保佑你我快点儿捉到陀满兴福。你们看怎样？"众人齐声叫好，于是争先恐后地许愿：这个许一只鹅，那个许一只鸡，一个许一刀肉，另一个许酒果纸烛。众人一齐跪在神像前许愿说："明朗神爷，我们都是小兵，奉上司命令捉拿陀满兴福。如果保佑我们捉住他，就还你一个三牲。"另一个士兵说："要是捉不住，我那儿，你可就别怪我们不客气。"忽然，一人猛地想起："咱们在这吵吵嚷嚷半天，陀满兴福恐怕早就跑得没影儿了。咱们还是到外边再找找。""快走，快走！"众人七嘴八舌地说着来到了墙外，一个士兵突然叫起来："在这儿！在这儿！"众人朝他指的方向看去，是件红锦战袍。这不是陀满兴福的战袍吗？怎么在这里？"各位弟兄，我们中了陀满兴福的金蝉脱壳之计了！"其中一个醒悟了，"他哄我们在这儿找来找去，一定跑得无影无踪了。我看干脆就拿这战袍领赏去吧！"众人一听只能如此，就拿着战袍回去交账了。

陀满见追兵走了，暗暗庆幸：谢谢神明，这次可逃脱了。他正转身要走，就听见有人喊道："喂！你是谁，潜入我园中躲藏？"陀满一惊，心想坏了，赶紧跪下说："请您息怒。"那人告诉他，这不是说话的地方，到那边亭子里去。陀满跟着他进了亭子。那人说："我看你神情紧张，说话吞吞吐吐，你大概不是奸人就是盗贼。"陀满辩解说："小人只是个逃命的人，并不是盗贼。""你既然不是盗贼，那躲进我家后花园要干啥？""小人也是好人家的儿女。""你不用和我花言巧语。你要是说假话骗我，哼，我就把你送到衙门里。"陀满不得已，就一五一十把自家冤屈述说一遍，接着说："兄长，得放手时须放手，可饶人处且饶人啊！"那人听罢问道："你是哪地方的人？叫啥名字？""我是女真人，叫陀满兴福。""那你是做啥的？""我在忠孝军中。""咦，你既是忠孝军，怎么会到了这里？""我全家被杀，只剩下我一人了，从军中逃到这里。""汉子，你抬起头来！"那人仔细瞧着陀满，心想此人相貌堂堂，今后必有出息，不如和他结拜为兄弟。于是就说："若是你不嫌秀才贫贱，我想和你结为兄弟。"陀满说："小人是罪该万死之人，蒙兄长饶恕已是喜出望外，怎敢和您结拜？"那人执意要结拜，二人报过年龄，陀满小两岁，就拜那人为义兄。那人见陀满未穿外衣，就让人取来一身衣服和十两银子，对陀满说："兄弟，我这里你不能容身，不如改名换姓隐蔽他方。这点银子你别嫌少，希望你收下。"陀满接过衣服银两，说："小弟受哥哥恩德，以后定要报答。"说罢就要离去。那人忽然想到也许追兵还在原路等着捉他，那不就自投罗网了吗？于是问陀满刚才从哪进来的。那人得知陀满从后花园翻墙进来，就说："兄弟你不能再从原路出去，我从前门送你走。"说着二人来到大门外，互道珍重，就此告别。

没走几步，陀满猛然想起："我陀满兴福真是聪明一世，糊涂一时啊，我跳进人家花园，那人不仅没将我送官领赏，反而资助我银两衣物，和我结为弟兄。我却不知人家姓名，将来如何报答？"想到这儿，陀满转身紧追几步，走进院门，那人见他去而复回，就问是啥缘故，陀满说："兄弟可不可以问问哥哥的尊姓大名？"那人道："愚兄姓蒋，双名世隆，中都路人氏。"接着又叮嘱陀满："兄弟此去，如有顺便之人，捎封平安书信来。"兄弟二人这才分手，各奔前程。

五

陀满的结拜兄长蒋世隆是中都贡士，父母双亡，只有一个妹妹，名叫蒋瑞莲，还没婚配。蒋世隆十年寒窗，苦读诗书，学得满腹才华。只因为父母守丧，孝服在身，不能进京应试，每每想到此事，不免唉声叹气。一天瑞莲见哥哥双眉紧锁，面带愁容，就问他为啥愁眉不展。蒋世隆说："妹妹，你不知道我有三件心事，所以闷闷不乐。"瑞莲不明白地问："哪三件？""第一件，父母的灵柩停在堂上，还没下葬；第二件，我孝服在身，不能进京应试；第三件，你我已经成年，亲事还没着落。因此无法高兴。"瑞莲劝解说："功名之事全凭天意，你不必这般忧虑。人只要有本事，就算一时达不到目的，将来也会有出头之日的。"世隆想想，妹妹说得也在理，日后圣明天子招纳贤士，还怕埋没了自己不成？因此，蒋世隆依然日夜苦读，盼望日后应试高中，一跃龙门。

六

大金国还有一人名叫王镇。他年轻之时武艺超群，骑马、射箭无所不精，蒙古主帅领兵来犯边关时，王镇已是腰缠金紫、官拜兵部尚书了，家眷五十多人，至亲之人只有王镇夫妻及女儿。此女名叫王瑞兰，刚刚成年，还没许配人家。这一天王镇家中摆设宴席，他怕朝中来人而感到不便，就叮嘱下人，如有朝廷使臣到来，立刻通报。

不大一会儿，果然大门外有人高喊："圣旨到，王镇跪听宣读。"原来大金天子因边关多难，民不聊生，国家危险，特派当朝良将、兵部尚书王镇前往边关，把军情探听清楚，见机行事。情况紧急，不得拖延迟误！王镇山呼万岁，接下圣旨，而后问使臣："圣上为啥如此急迫？"使臣告诉他说，我国州城不能抵挡强敌，派人告急。圣上有意迁都，命你火速到边关探听明白，圣上等你回音。使臣催促说："老大人虽然年已七十，但事关国家安危，不可推辞。驿骑就在门外，老大人赶快启程吧。"王镇将使臣送走，命下人到后堂请夫人、小姐出来商议家事。

这时，女儿王瑞兰正在画阁兰堂之中做针线活儿。瑞兰长得丰姿绰约，温柔贤淑，打扮得满头珠翠。由于生长在世代官宦人家，从小长到如今，还不知道忧愁是啥滋味呢！

夫人、小姐听到老爷呼唤，不知为了啥事，赶紧来到堂前，夫人问道："老爷，刚才听说朝廷圣旨到，唤我们母女出来是否就为这事？"王镇把皇上命他赴边关之事告诉了她们。瑞兰不解地问："朝中那么多文臣武将，为啥偏偏命爹爹前往？我看晚几天去也没关系！"王镇连说不行，拖延时间就是抗旨。夫人见驿骑在门外等候，知道是非去不可了，就问王镇："老爷准备带谁去路上服侍?"王镇思索一下,觉得六儿对北边惯熟,就说:"带六儿去吧!"夫人立即吩咐下人叫六儿来。六儿急忙来到堂前,王镇说:"我奉旨前往北边,带你同去,快去收拾行李!""是。"六儿答应着就去准备。夫人又吩咐下人准备酒饭,给老爷饯行。夫人举杯敬酒,关切地对王镇说:"你已年迈,气衰力弱,骑马此去,身体怎么受得了?"瑞兰在旁说道:"怕只怕路上冒雨蒙雾,饮食起居不周到。"王镇见她母女二人这样叮嘱,就说:"我受君恩,食君禄,怎能推辞不去呢?这次是到上京探听虚实,你们不必担心。"夫人、小姐听罢更加不安,瑞兰说:"要是蒙古兵马杀来,家中无人作主,怎么办呢?"王镇安慰她母女:"不要紧,两三个月我就回来了。你们只管放心在家,等我的好消息。夫人、孩儿,只得就此告别了。"说罢快步走出门外,和六儿、驿骑等人上马,猛挥一鞭,头也不回地朝边关方向疾奔而去。

七

王镇完全估计错了!他们离家不久,蒙古兵马迅速南下,逼近金国京城。大金天子决定迁都汴梁。消息传出,京城一片混乱。平民百姓家纷纷逃出京城避难,达官贵人家收拾东西跟随天子南迁。尚书府的下人慌慌张张跑进院中,对夫人、小姐说:"大事不好了!"夫人让他快说,下人接着说:"圣上有旨立刻南迁,到今天晚上不许有一个人再留在城中。蒙古兵马眼看就杀过来了,夫人小姐,我们赶紧逃吧!"这时夫人、小姐已经吓得魂飞魄散,不知如何是好,街上传来人们吵吵嚷嚷、哀泣之声。经下人提醒,夫人、小姐进房收拾金银细软,充作随身使用的盘缠。房屋田产带不走,只好舍掉。生死安危全靠天意了。夫人、小姐带着几个下人离京逃难去了。

夫人、小姐一群人逃出京城，不知该往哪儿走，只好随着逃难的人流往前跑。瑞兰心中还惦念着北去的父亲，不知爹爹这一去啥时候能回来；就算回来，他也不知我和母亲会在哪里。夫人这时只顾催促瑞兰快点儿走："孩儿，啥也顾不得了，还是逃命要紧啊！"天公也与人们为难，下起了倾盆大雨，浇得母女二人浑身湿透。瑞兰的三寸金莲陷进泥泞之中，迈不开步，真是狼狈极了。后边追兵喊杀声传来，人们吓得四处躲藏，夫人、小姐的随从也跑散了。母女二人跌跌撞撞地来到岔路口，夫人问："孩儿，这两条路不知该走哪一条才是？"瑞兰自顾不暇，她的绣鞋的帮子和底子已经分不出来，鞋跟儿也掉了。这时天色昏暗，风刮着雨，雨带着风，使人瑟瑟发抖。母女俩站在岔路口，见后面又过来一群人，她二人也顾不得天冷地滑互相搀扶着跟着这群人向前走。

京城中出来逃难的人里还有蒋家兄妹，他们也在冷风急雨中拼命往前奔。蒋世隆想到自己的前程被蒙古人入侵断送，家产也只好抛下不管，荣华富贵转眼间变成泡影，不由得又气又恨又怨。瑞莲的三寸金莲已疼得无法忍受，只好咬紧牙关和哥哥互相拉扯着向前跑。湿透的衣服也越来越沉重，瑞莲痛苦不堪，泪水涟涟。身后的追杀声响了起来，瑞莲魂飞胆丧，蒋世隆对她说："妹妹不必这么害怕，我们快点走就行！"瑞莲拉着哥哥，跟随着逃难人群着急慌忙朝汴梁方向逃去。

八

风急雨大路滑，天又渐渐黑下来，逃难的人群被身后的蒙古兵马追上了。这些追兵抢夺逃难人手中的东西，瑞兰母女俩、世隆兄妹的包裹也被抢走了，妇女儿童、道士和尚被追赶得大声哭嚷，四处逃窜。昏暗混乱之中，瑞兰母女俩，世隆兄妹俩都跑散了。

瑞兰发现母亲不见了，又惊又怕，哭喊道："娘！娘——"世隆丢掉了妹妹，急得火上心头，声嘶力竭地喊着："瑞莲！瑞莲——"夫人走失了女儿，惊吓得血往上涌，就不停地呼唤"瑞兰"。找不到哥哥的瑞莲，浑身发软，声音颤抖地喊："哥哥，你在哪儿呀？你怎么扔下了我，教我怎么办哪！"树林内外，呼儿唤女声、哭泣喊叫声乱作一团。

躲进树林里的瑞兰，忽然听到有人喊，好像是自己的名字，就大声答应，并从林中跑出来，跑到近前，她猛地停住了，原来是个年轻男子。正在喊叫、寻找妹妹的蒋世隆，听到有人答应，就迅速朝林子跑去，快到跟前时他不敢再跑，面前是个陌生的女子。瑞兰大失所望，质问对方："你不是我娘，为啥叫我的小名？"蒋世隆同样大为扫兴，听瑞兰质问，就顶撞对方："我喊我妹妹瑞莲，谁喊你了？"认错人的蒋世隆不愿耽搁时间，说完转身就走。瑞兰忙问："秀才到哪儿去？""我要去找妹妹，不能停留。"瑞兰心想："事到如今，顾不得羞怯了。"于是说："秀才，我孤苦一人，救救我，带我离开这里，我不会忘了你的恩情！"蒋世隆犹豫不决，瑞兰又说："秀才，你读过书吗？"蒋世隆奇怪地反问："秀才怎会没读过书？""书上说：恻隐之心，人人都有。既是饱读诗书，你怎么没有恻隐之心？"蒋世隆说："你就知道恻隐之心，怎么不知道避嫌之礼？我是孤男，你是寡女，一路随行，让人猜疑。"瑞兰有些发急："路上乱哄哄的，有谁来问你这些？""可是要有人问起，该如何回答？""那……那就说是兄妹。""只是你我面貌毫不相似，口音各不相同，有人问起，我如何解释？"瑞兰听罢哑口无言：说的是呀，我怎么没想到呢？蒋世隆见瑞兰低头不语，就说："既然如此，小生告辞了。"瑞兰急得脸通红,说道:"还有一个办法。""啥办法?""有人问起时就说……""就说啥?""奴家害羞,说不出口。""姑娘,这里没有别人,说出来有啥关系?""如果问起,权……""权啥?怎么又不说了?""权说是夫妻。""这么说还可以。那好,我们一道走吧!"

哭喊得精疲力尽的瑞莲已经走投无路,这时她自言自语道:"哥哥,爹娘只生我们兄妹二人,现在你把我扔在这里,叫我进退无门,没地方安身,怎么办哪?"突然,瑞莲听见有人好像在呼唤自己,她高兴得连声答应,并快步上前,这时就听见那人说:"我的儿!你满身泥浆,浑身湿透,生来也没吃过这样的苦啊。"瑞莲昏暗中仔细一看,是一位老妇人,她只好将错就错,轻声说道:"娘,您年纪大了,怎能走这山路?我扶着您慢慢走!"老妇人听声辨样,发现这女子不是自己女儿,就问:"你是谁?怎么乱答应?"瑞莲解释说:"您喊的名字很像我的名,我猜想可能是哥哥喊我,就答应了。奴家找不到哥哥了,孤身一人很害怕,您能带奴家一起走吗?"老妇人见瑞莲楚楚动人的可怜模样,想起了自己丢失的女儿,就说:"既然这样,我就认你做女儿吧!"瑞莲听罢说道:"这怎么可以呢?我愿做个婢女,怎敢指望做您的女儿?"老妇人说:"就这样了,天已经黑了,再走会迷了路,我们就在附近歇歇吧。"

九

天渐渐亮了。在这寒冷的早晨,蒋世隆、王瑞兰二人相伴走在逃难的路上。瑞兰想起以前家中的欢乐、幸福,看着眼前兵荒马乱的逃难景象,这才尝到了忧愁的滋味,心中难受,眼泪又刷刷地流下来。蒋世隆看着林中的处处烟火,冷风中传来三五声雁鸣，联想到自己坎坷的仕途，触景生情，对王瑞兰说："娘子，这一路上的景象真是让人好伤心哪！"瑞兰点点头，没有说话，她想：一家三口啥时能团聚？蒋世隆这时也在想：往日的诗酒读书生活啥时能重来？

二人各自想着心事，不知走了多少时间，猛地听到"喳喳喳"几声锣响，眼前出现了一伙恶狼似的大汉，为首一人喝道："你两个是啥人？留下买路钱来！如不留下就杀了你们！"蒋、王二人吓得魂飞天外，忙说："我们是穷夫妻，逃难到了这里。请壮士可怜可怜我们，放我们走吧！"众大汉嚷嚷说："别说这没用的废话，赶快拿出金银宝贝，不然叫你们立刻死在这里！"二人跪在地上苦苦哀求不已。众大汉见他二人头到脚是破衣烂衫，不像有钱人模样。为首的人说："先捆起来，押回山寨再说。"

众大汉押着蒋世隆二人走进山寨，正好遇上寨主。见抓到一对破衣烂衫的夫妻，寨主就问怎么回事，为首的大汉告诉寨主，这二人是他们巡哨时抓住的。众人将二人带到寨主面前跪下。寨主想："这虎头山成年累月无人经过。这一男一女相随到这里，不像好人该干的事情。"于是就问他二人是否带有金银。二人回答说，没有，已经逃难好些天，身上已没有半分钱了。众人见这男女二人不懂规矩，说拉出去杀掉算了。寨主一挥手，众大汉立刻拖起这二人，推出寨外。瑞兰一看就要死了，再也见不到爹娘了，不由得悲泣起来。蒋世隆见哀求已无济于事，只得在心里和妹妹告别。仰天长叹一声："蒋世隆含冤负屈了！天地间将来有谁会可怜我们，为我二人烧些纸钱？"

寨主听到"蒋世隆"三字，急忙叫道："把二人押回来！"寨主问蒋世隆家住哪里，做啥的。蒋世隆说："在下家住中都路，通晓诗书礼仪，中过乡秀才。"寨主一听，立刻让他抬起头来，蒋世隆抬起头。寨主大叫一声，从台阶上跳下来，亲手给二人松绑，将他们扶起，说："是小弟忘恩负义了！"接着又问："她是谁？""是我浑家。"寨主向瑞兰行礼说："嫂嫂，小弟有礼了！"瑞兰就说："奴家非常感谢贤叔盗跶！"寨主一听，立即双膝跪地："哥哥，小弟刚才得罪了！请哥哥饶恕小弟！"蒋世隆说道："阁下大概认错人了。"寨主叫道："哥哥，你真的不认识小弟了！我是兴福啊！""啊？"蒋世隆一惊，"你是兴福兄弟？"

原来，这个寨主正是蒋世隆的结义兄弟陀满兴福。那日陀满告别蒋世隆，来到这虎头山下。这虎头山有一伙以"拦路虎"为首的强徒，打家劫舍，以春秋战国时人跖为榜样。这天，各路巡山头领回到山寨中，报告山寨平安无事。不一会儿，北山头领跑进山寨，对拦路虎说："你们平安无事，我倒平安有事。"拦路虎说："你有啥事？"原来这个头领巡山来到山凹里，只见一处霞光万道，瑞气千条，用铁锹挖下去，见到了一个石匣，里面有一顶金盔、一对雌雄宝剑。他想试试金盔大小，谁知刚一戴上头疼异常，不敢再试，就拿着金盔宝剑回来了。众人听后跃跃欲试："我戴戴！""我试试！"拦路虎见人人要戴，就说："这样吧。我们五百人缺个寨主，谁戴上这金盔不疼，谁就做寨主！"众人争先恐后争戴，拦路虎又说："且慢！做寨主还得通些文墨。拿金盔来，我先戴！"没料想金盔一戴，觉得泰山压顶似的头疼眼胀，拦路虎大叫："这寨主我是不做了！"众人一一试过，金盔就像有一万斤重。因此众人商定：以后过路客商有戴得这金盔的，立他做寨主。

这伙人真是没眼力，这天截住了陀满，要索取买路钱，陀满故意问："这路是你家的？我为啥不能走？我没钱，就是有，你们也不敢要我的！"拦路虎气得直跳："你是强盗他爹？要你的钱不行？你要不给，就把你一刀挥作两段！""哈哈，告诉你们，有吃的就拿来我吃，有钱就拿来给我做盘缠。我可以饶了你们这伙毛贼的命!"众人气得"哇哇"乱叫,一齐拥上来。结果一个个全被陀满打翻在地,爬不起来。拦路虎对众人说:"这个人果真有些本事!快拿那话儿来。""那话儿是啥?""戴在头上生疼的。"拦路虎接过喽啰递过来的金盔,跪在陀满面前:"壮士爷!"众喽啰惊呼:"你竟给他下跪,还叫他'壮士爷'。"拦路虎说:"再别惹他打得咱们生疼!"又转向陀满说:"壮士爷!我们没啥可孝顺您的,有顶金盔您若能戴就奉送。"陀满见是金光闪闪的头盔,就接过来戴在头上。众人问:"头疼吗?""啥头疼?""你戴上不头疼眼花?""我为啥头疼眼花?"拦路虎说:"这是个真命强盗!"说罢又对陀满说:"壮士爷别嫌草寨贫寒,我们愿拜壮士做山寨头领,掌管这五百名喽啰。""你们是要留我么?""是的。""那好,我想想。"陀满心中反复盘算:现在到处画着我的图形,官兵追捕很紧,倒不如暂时在山寨中躲避。想到这里就说:"也罢。我暂时住在这里吧。"众人说:"小的们全听寨主命令。请问寨主大名?"陀满见众人问到自己姓名,心中暗想:"虽然没有到山寨找我,我也不可把真名实姓告诉你们。"于是陀满告诉众人:"我姓蒋,又名世昌。你们让我做寨主,我有约法三章:一、中都路的人不能杀;二、秀才士人不能杀;三、姓蒋的不能杀。有买路钱的放他过去,没钱的带上山来。"陀满无论如何也没想到,这回把恩人兼义兄抓到山寨来了。

陀满命人立刻摆上酒宴,为蒋世隆二人压惊。陀满说:"酒水淡薄,请哥哥不要推辞。"又向王瑞兰举杯劝酒:"嫂嫂请喝酒。""奴家天生不会喝酒。"陀满劝道:"请少饮半杯。""我实在没有酒量,你别再劝了。"陀满只好将自己的酒一饮而尽。王瑞兰悄悄问蒋世隆:"你家祖传是读书人,从小攻读诗文。我猜想你这个兄弟是叔伯远房姑舅亲?""不是。""那是两姨一瓜蒂亲?""也不是。""这也不是,那也不是,怎么会有这么个强盗兄弟?"没想到这悄悄话被旁边的喽啰听到,他大声喊道:"报告寨主,寨主好意劝那娘子喝酒,那娘子反骂寨主。"蒋世隆连忙遮掩:"兄弟,这是你的小校听错了,浑家说的是'这也不是,那也不是,怎么有这个好兄弟'。"瑞兰不愿在山寨停留,就对蒋世隆说:"秀才,我们该走了!"蒋世隆猜到了瑞兰的想法,就站起来向陀满告辞。陀满再三挽留不成,就命喽啰取来一百两金子,对蒋世隆说:"哥哥既然不肯暂住几天,那就收下这金子做盘缠。"蒋世隆收下金子:"多谢兄弟,我二人就此告辞了。"世隆、兴福二人互道珍重,依依不舍。瑞兰催促道:"秀才,我们快走吧!"蒋、王二人于是告别陀满下山去了。

再说夫人、瑞莲二人走了一程又一程,像浮萍飘泊,不知到哪儿才是个头儿。脑海中不时闪现出旧日的情景,如今却人离财散,好不愁闷。夫人见天色渐暗,催促瑞莲加快脚步。这时,野外传来乌鸦的鸣叫声和胡笳声,遍地枯叶被风吹得四处飘舞,炊烟在暮色中慢慢散开。夫人猛然发现远处有灯火闪烁,就对瑞莲说:"孩儿,别慢腾腾的了,快走几步,到前面村中投宿一夜。"看到这村庄灯火,母女二人如同看到了希望,心中暗暗祈祷着:"但愿能遇到好人。"

十

背靠山脚有一条官道,道旁有个招商客店。店后傍着一条溪水,客店四周栽满杨柳和蔷薇。店内墙壁上、小窗前绘有"刘伶裸卧"和"李白醉眠"的图画。酒旗斜挂在小窗西篱笆旁边。好一个环境幽雅的招商客店!

蒋世隆、王瑞兰一路艰辛奔波到广阳镇,看到了这路边客店。蒋世隆口干舌燥,就提议说:"娘子,这是广阳镇的招商店,我们买些酒喝，解解乏歇歇腿再走，你看如何？"瑞兰道："就依秀才安排。"于是蒋世隆高喊："酒保！"酒保应声跑来："客官要买酒？""是的。"酒保连忙招呼："请坐！请坐！"蒋世隆告诉酒保，浑家还在外面等着。酒保就叫道："浑家请——"蒋世隆斥责道："呔！你这酒保真野！"酒保辩解说："小人我不野。"蒋世隆告诉酒保："丈夫称呼妻子才叫浑家，你怎么能叫她浑家？"酒保油腔滑调地说："客官，我曾听说：'人家的父母就是我的父母。'客官的浑家自然也该是我的浑家。就应该大家浑一浑。"蒋世隆哭笑不得，就说："胡说！称'娘子'才是。""那好，那好，娘子请——"

蒋世隆说："有啥好酒菜呀？"酒保见蒋世隆脚上全是黄泥，知道他二人是远道而来，就对里面厨房高喊道："这位客官要酒菜喽，多点儿抛尸露，少点儿父娘皮！"蒋世隆心中明白：这是告诉厨子菜中多放骨头少放肉，故意逗酒保说："你说的'父娘皮'是啥？""父娘皮是骨。"蒋世隆笑道："你这蠢材！父娘皮是肉，你还想哄我不成？"酒保一听，明白这人是老江湖，不好哄的，于是高喊："一份儿肉，一份儿鸡，一份儿烧鹅，一份儿扁食，快着呵！"

面对着村酿新酒，瑞兰害羞不肯喝，蒋世隆劝她："要解愁肠须是酒。唉，你何必害羞呢？""奴家不是害羞，天生就不喝。""娘子还是喝点吧，一醉能消心上愁。咦，娘子你还没喝一杯，怎么脸就红了？"瑞兰没答话，招手叫酒保过来说："你把酒倒满，我也回敬那秀才一杯。"酒保一听感到蹊跷，就问蒋世隆："客官，刚才娘子说'我也回敬那秀才一杯'。'那'是啥意思啊？""哦，这是我们那里的乡音，'那'就是'好'的意思。"酒保暗自好笑，心想我也逗一逗他，于是高喊："伙计，端那酒和那下饭菜！"蒋世隆没听明白："酒保，啥叫'那酒'、'那下饭'?"酒保故作诧异地问:"客官你记不得了?我们这里'那'也是'好'的意思。"蒋世隆笑道:"你不要开玩笑了!"这时王瑞兰端起酒杯说:"多谢秀才带我逃难。请喝了我敬的酒。"蒋世隆则说:"多谢娘子心相爱,只是小生也不会喝酒。"瑞兰笑道:"你酒量大如海,还是喝了这杯吧,乐以忘忧须放怀啊!"蒋世隆喝罢就对酒保耳语道:"我娘子与我一路同来,路上几句话就恼了,不肯喝酒,你如能劝娘子喝一杯酒,就给你一钱银子。"结果王瑞兰被酒保缠磨得喝了四杯酒。这时瑞兰已有了醉意,抬头看看天色快黑了,就催促蒋世隆快点走。世隆自言自语地说道:"天晚催人去,好酒留人住。这味如醍醐的美酒洒入江心,滴入波浪深处,'慢橹摇船捉醉鱼'。"瑞兰扑哧一笑说:"秀才,我猜着你了。你哄我喝醉了,要捉那醉鱼,只怕你是'满船空载月明归'。"瑞兰说罢又催蒋世隆快走。蒋世隆让酒保算账,并问他客店还有多远。酒保猜到他二人要住宿,就趁机兜揽生意:"我们的招商客店,前面可以喝酒,后边能够住宿。你们不在这里住下,还要到哪儿去住?"蒋世隆试探地问王瑞兰:"就在这里安歇吧?""听你安排。""酒保,给我准备一间房、一张床!"瑞兰见蒋世隆这样安排,就对酒保说:"不要依他,只依我。准备两间房、两张床。"蒋世隆、王瑞兰都要酒保听自己安排。酒保被他二人你一句、我一句争执惹恼了:"现在我不依客官,也不依娘子,你们都依我!""依你怎么样?""依我就一间、两张床,各依你们一半儿。"蒋、王二人只有依了酒保。

到了晚上,蒋世隆说:"娘子,请睡觉吧!"瑞兰说:"你自己睡吧!"蒋世隆又说了一遍,瑞兰赌气说:"秀才你自己睡吧,问我干啥?"蒋世隆见王瑞兰这般模样,故意长吁短叹起来。见他叹气,瑞兰就说:"我知道你心里想的是啥?""娘子,你知道我想的是啥?"瑞兰知道蒋世隆对自己的一片痴情,人非草木,自己怎会没有感觉？可婚姻大事要凭父母之命、媒妁之言，你说我俩是有缘千里能相会，可我们是无缘对面不相逢。瑞兰想着，不知不觉说出声来。蒋世隆一听说："娘子，你怎么说出这种话来？你大概忘了吧？""奴家没忘啥。""既没忘，你还记得树林中说的话么？""曾和你说是兄妹同行。""这话说过。但我说相貌不同，口音有别，你又说啥了？""奴家再没说啥。"蒋世隆见她不愿说，就又说道："娘子真是贵人多忘事了，你再想想。"瑞兰何尝不知说过啥，只是此事实在为难。她终于说道："奴家想起来了，说怕有人盘问，权说是夫妻。"蒋世隆接过话说："娘子，别的都可以'权'，夫妻也能'权'么？娘子，你可知道仁义礼智信中'信'字怎么说么？""怎么说？""天若失信，云雾不生；地若失信，草木不长。人若失信呢？""奴家也没对秀才失信呀！""既没失信，为啥不照树林中说的话做呢？"瑞兰知道蒋世隆是真心爱自己，可他步步紧逼，真是让人进退两难，说也不是，不说也不是。还是换个话题吧。于是瑞兰说："秀才，你送我回到家，我可以多给你金银答谢你。"蒋世隆并不动心，说："你难道没听说过'书中自有黄金屋'？要你的金银有啥用？""要么我和爹爹说，给你个官儿做。"蒋世隆这一下就堕入五里雾中，心中极为惊讶：官儿是朝廷的，可听起来好像她家的，她爹爹就能决定给谁，她爹爹是谁？她又是啥人？他有点把握不准了。于是就问："一路上还没问过娘子，不知娘子是啥样人家？"瑞兰见他不再追问"失信"一事，心情轻松许多："秀才你不问也罢，要是问我家中事情，告诉你吧，别说和我同行同坐，就是连站立的地方也没你的。"说罢不免有些得意。可蒋世隆却感觉到了失望，就急忙问道："你是啥样人家？我想知道。""我爹爹是现在的兵部尚书王镇，母亲是王太国夫人，这是啥样人家？奴家是守节操的千金小姐。"蒋世隆从"千金小姐"联想到高贵门第，从小姐的

"守节操"中感到了一种无形的压力,心里说不出的烦恼,就脱口而出:"既是千金小姐,怎么随着个穷秀才走?"瑞兰无话可答,就反唇相讥:"哼,不知你妹子跟着哪个人呢?""你连自己都顾不了,怎能笑话别人?"话刚出口,蒋世隆猛然停住,心想不能和她硬顶,顶崩了就不好办了,还是放软一点儿。于是换口气说:"娘子原来是尚书女儿,我竟敢和你同行同坐,还望娘子高抬贵手,饶恕我的罪过。"说完蒋世隆就跪下了。瑞兰万没料到他会下跪,慌得也跪下了说:"大恩人请起。"蒋世隆顺着她的话说:"咳,你既然知道我是大恩人,那还说啥官宦门第,寻常寒士?谁会料到时移事迁,地覆天翻。圣上和百姓都变成了难民,你我此时相遇,说明你我二人姻缘不浅,一路上以夫妻相称,你怎么忘了?"瑞兰见他又提起"姻缘",就说:"秀才,往日荣华变成了今天的赤贫,不必再提过去了,兵荒马乱中我孤苦无依,幸亏碰上了秀才,多难的路上得到了你的保护。"瑞兰说着向蒋世隆行个拜礼,又接着说:"你对我这孤苦之人如此关心照顾,这救命之恩难以报答,以后定当厚报。我怎么敢忘掉一丝一毫?"说罢二人站起。

  蒋世隆还有许多话要说,当得知瑞兰是尚书府千金后,话更是非说不可了:"你听我说,娘子和父母团聚后,你在高楼深院之中,想再见到你,就只有在梦中了。"王瑞兰见蒋世隆真情流露出来,也就实话告诉他:"等我告诉爹爹,那时与你成亲也不迟呀!"蒋世隆心想:"到那时你还会嫁我吗?你就会另嫁名门,选择佳婿。怪我运道不好啊!"瑞兰怕他不信,就说:"你别着急,我以前答应你的话,我一定做到!""既然这样,你怎么又推三阻四的?"瑞兰说:"怕娶妻不告,带累了仁人的名誉,朋友们嘲笑。""娘子,你听说过'瓜田不纳履,李下不整冠'么?嫌疑实在很难避免。"瑞兰听了蒋世隆的解释,心想:"他说得也是个道理。嫌疑是抹不掉了，可这礼法，这'父母之命，媒妁之言'，这节操……"可是她又总不放心，于是说道："秀才你送我到汴梁，告诉爹爹知道，派个媒人去说合成亲，这不就成全了奴家的节操？"蒋世隆此时最不爱听"父母之命，媒妁之言"、"节操"之类的话，见王瑞兰死活不肯灵活变通，不由得用手敲着桌子说："你还提啥节操？这一路上如果没有我蒋世隆，乱军中被人驱赶，被人捉住，你还怎么保全节操！"蒋世隆这一敲，把盘儿、碗儿都震到地上摔碎，店主老俩口也被惊动了。

十一

寂静的夜晚传来了敲门声，蒋世隆打开房门，店主问道："二位怎么还没歇息呀？"蒋世隆不愿被外人得知，就撒谎说："在旅店里很冷清，想到家乡路途遥远和伤心之事，因此说得这么晚了。没想到还惊动了您。"店主戳穿了蒋世隆的假话："官人、娘子，我们两口儿在隔壁听了好长时间了，也听出了一二，二位也不必再瞒我们了。"蒋世隆见"西洋景"被揭穿，也就不瞒哄了，恭恭敬敬听店主教育。王瑞兰则站在一旁，一声不响。店主对蒋世隆说："娘子是名门宦族，深闺处女，决不是下贱淫奔之人。官人你怎能不顾娘子的名声，竟然这样没有礼法？你是个读书人，难道没听说过柳下惠坐怀不乱的事？官人不要见怪，请到前楼坐一坐，老夫还有话说。"蒋世隆连连答应，就到前楼去了。见蒋世隆到前边去了，店主就对王瑞兰说："小姐，老夫有一句话要告诉你：男女授受不亲，这是礼法；嫂溺援之以手，这是变通。变通就是违背常规却又合乎礼法，况且小姐待在深闺之中衣不及里，言不及外。现在路途奔波，风餐露宿，这就要变通。现在是流离匆忙之时，你失散了母亲跟别人走了二百多里路,就算小姐冰清玉洁,青天可证,但谁肯相信小姐清白?谁肯分辨是非?这就是'昆冈失火,玉石俱焚'。如今小姐坚决不肯答应,那秀才被我说了几句就到前楼去了。若那秀才是个不良无赖之人,强逼小姐屈从,小姐不仅失去了清白,而且也嫁不成如意郎君。依老夫看,小姐不如变通一下,你二人就成就了好事吧?"瑞兰仍不很愿意如此处理终身大事,就对店主说:"希望公公、婆婆收留奴家。如果和父母有相见之时,那时定当重重相谢,决不食言。"店主连连摇头:"小姐,收留人家迷失子女是犯法的事,况且小店人来人往,实在很不方便。既然小姐不肯屈就,那就只能请小姐离开小店。"瑞兰见唯一的希望也破灭了,急得哭了起来。店主妻子对店主说:"老儿,小姐只是因为既没父母之命,也没媒妁之言,才不肯变通的。你我二人年纪已大,就算是他们的主婚人,准备一杯薄酒就当做交杯酒,这就是人们所说的:礼法是从情义而来的,不能算是苟合的事。我们老俩口的主意若是有理,小姐你就听从了吧。"瑞兰本来就对蒋世隆有意,只是这无媒无聘的婚事将来无法对父母说明、交代。这时见店主老俩口愿为媒妁,也就没了后顾之忧,顺水推舟地说:"就依公公、婆婆的主意。"店主妻子附在店主耳边说:"小姐其实也看上了这个秀才,她只是要拿些架子。"店主吩咐老伴儿:"你去准备些酒水,等我去请那秀才来。"说完转身来到前楼,把刚才劝小姐的一番话原原本本告诉了蒋世隆。当得知瑞兰也被店主劝得听从了,蒋世隆高兴地一个劲儿地向店主道谢。这时店主妻子和瑞兰也来了。店主端起酒杯,对蒋、王二人说:"你们二位是才子佳人,天意使你们路途相遇,这就是缘分!也真是天然凑巧,二位就把我这小店当做你们定情的蓝桥。今夜风清月明,千金难买这新婚之夜啊!"

夜深了。店主老两口说道:"请官人、娘子进房吧,明天再取一杯酒,给你们暖房。"蒋、王二人谢过了主人,就回到了自己的房中。瑞兰说:"真没想到,偶然在路上遇见了你,就匆匆忙忙地成了你的妻子。不是我薄情,只是怕无媒无聘让人耻笑。"蒋世隆由衷地说道:"我是只山鸡野鸟,配不上你这只凤凰。"瑞兰初次听到他赞美自己,羞得脸通红。蒋世隆看着瑞兰兴奋的容貌,想起了她忧愁时的模样,油灯下仔细端详,越看瑞兰越俊俏。瑞兰沉思一会儿,开口说道:"才郎情义深重,奴家本不该拒绝。只因没有父母之命、媒妁之言,私订终身,以后事情有了变化,你就把今夜忘掉了!"蒋世隆知道瑞兰怕她父母反对而出意外,就立刻表明心迹:"你若怕蒋世隆变心,你我二人就到星前月下起誓!"瑞兰让他自己去起誓,蒋世隆就在星月之下起誓道:"蒋世隆如果忘记了小姐的情义,叫我永生永世没有个好前程,我对天发誓要与娘子白头到老,决不变心。"

在这静谧的夜晚,在这广阳镇招商店中,蒋世隆、王瑞兰二人结成秦晋之好。

十二

真是天有不测风云!

正在蜜月中的蒋世隆却突然生了一场大病,躺倒在客店中,病情十分沉重。店主来探问病情时,瑞兰求他帮忙去请一位先生来诊治。店主知病耽误不得,赶紧到镇上去请翁太医。这个翁太医自称"三世行医,四方人尽知",店主来请,他劈头便问:"他是啥病?""你去号脉就知道了,怎么问起我来?"店主觉得奇怪,反问道。翁太医解释说:"你不知道,明医暗卜,问明白再去,看脉也对症,下药也对病。"店主一听,他说得也有理,于是告诉他:"那秀才因兵荒马乱之中失散了唯一的妹妹,忧虑思念而病。"太医说："这病是从忧虑惊恐中来的。不要紧,一帖药就好。"来到客店门口,店主说："先生请稍候,我进去说一声再来请你。"到了房中,店主说太医请来了。瑞兰说："公公,他是病体虚弱的人,叫太医悄悄进来,不要惊吓了他。"店主出来,请翁太医悄悄地进去。这太医进房一看,就拍桌子大叫起来,蒋世隆被吓得坐了起来,瑞兰赶紧抱住他,对太医说："你这人真不懂道理,病人虚弱,你为啥这样大惊小怪?"太医说："这是我治病的诀窍。"店主忙问："怎么说?"太医说："吓他一跳,吓出一身冷汗,说不定病就好了。"瑞兰说："吓坏了怎么办?"太医说："这是他不禁吓,与我太医没关系。"瑞兰心中暗想："莫非他是个庸医?"就听太医说："把脚伸出来号脉。"店主插话道："真奇怪了!号脉不号手,倒号起脚来?"太医解释说："你不懂,病从脚起。"说着他就号脉。瑞兰在旁边说："请先生费心看一看,到底是啥病?"太医号过脉说："这是乱军中不见了亲人,忧虑惊恐,七情所伤而病。"瑞兰说："你真是个好太医,就好像亲眼看见似的。"太医如实回答："我实在不曾看到,是店主告诉我的。"店主惊叫："呀,我教你不要说。"太医就说："我不说,不能显出你的好意。"瑞兰不管二人争论,只是叮嘱太医再看看分晓。

太医再次号脉,突然惊叫道："不好了!这脉息昏沉,两手冰凉,吓死了。赶快叫几个尼姑和尚,做些功果送出南门,到鬼门关上招魂;叫几个木匠快些钉口棺材!"瑞兰一听大哭起来,她不相信几天前还好端端的人竟会撒手而去,突然医生改口起来,问店主："你没动过病人?"店主奇怪地说："动病人做啥?""哦,你没动就好了。病人没关系了,是我号到手背上了,你们慌张啥?"瑞兰被这太医弄得头昏脑涨,只好听太医的,就问："现在该怎么办?""现在扎针。"说完拿出来一根银针,瑞兰看见就问："怎么是这么大的针?""那我换一根。"换一根出来,瑞兰惊讶地说："这根更大了！""既这样那就不扎针了，吃药吧。""啥药？""是飞龙夺命丹，拿去给秀才吃。"蒋世隆刚咽下药，就立即一股脑儿全吐了出来。瑞兰忙问："怎么吃了就吐？"太医说："他虚弱得很，胃口倒了。"他又对店主说："你也吃一服，可以白头发变黑，牙掉了再长。"店主一听也吃了一服，一下子全吐了出来，太医奇怪：怎么两人吃了全吐，我也吃一服给你们看看。"你们不会吃。"太医吃下也照样吐，店主就问："这是啥药啊？吃得全都吐了！"太医仔细一看："哎呀！我拿错药了，这是治痔疮的药，怪不得吃下去不对劲儿了。"接着又说："让我再来望闻问切。"

这翁太医号脉下药都丢了丑，见瑞兰二人看着自己，不免心虚，但又假作镇静地询问王瑞兰："他烧不烧？""不烧。""嘴里干不干？""不干。""一天到晚不想吃饭？""也还吃一点儿。""耳朵里像听到蝉鸣声噪？""也不。""心中焦躁吗？""也不。""是不是害了痨病？"瑞兰听到这里全明白了，这是个害人的庸医！心中想着，脸上就表示出来，翁太医一见大事不好，嘴里说着"都不是就不用治了"，撒脚就跑了。店主见翁太医跑了，就劝瑞兰："小姐可劝官人忍耐些，药医不死病，佛度有缘人哪！"说罢告辞走了。

蒋世隆见太医、店主都走了，就问王瑞兰太医说了啥，王瑞兰怕他着急，就说太医诊后说没事，你要忍耐些。蒋世隆一把抓住瑞兰的手，对她说："娘子，我的病难医难治，而且越来越重，你可怎么办呢？我可能活不长了，如果我死了，你就再嫁一个高门第的人。我就是到了黄泉，也一心思念着你！"瑞兰急忙堵住他的嘴，不让他再说下去，眼泪止不住地流下来。"别说这种话！但愿上天赐福，疾病治好。"可瑞兰也在想："啥时候你我二人才能够一同返回家乡啊？"

正在瑞兰悲伤之时，店外人声嘈杂，来了一伙人，瑞兰无论如何不会想到，这正是他爹爹王镇和随从六儿等人。原来，王镇奉旨到边关，和蒙古人谈判成功。蒙古立即撤兵北回，大金国逐渐恢复战乱前的和平景象。王镇一行返京复命，要在天黑之前赶到孟津驿站，因此催促六儿等人快走。

路过广阳镇时，六儿见到这环境优美的招商客店，就对王镇说："老爷，这里有个招商客店，倒也干净整洁，可以在这里安歇。""那好，你去挑一间干净房子我住。""是。"六儿答应着派人找来店主，告诉他兵部尚书王大人要在这店住宿，务必打扫一间好房子。店主见六儿看了几间都不满意，边往里边走，边说："里边那间倒是干净，只是有个秀才病在里面。"六儿嚷道："让他搬出去！"话音传进房中，瑞兰听到心想：这是谁的声音？这么熟悉！她猛地想起：这是六儿！瑞兰兴奋地喊了一声"六儿"，外面六儿下意识地应了一声，心想这店中怎会有人认识我？这时又听见叫了一声，"啊，这是小姐的声音！"他就大喊："小姐，你在哪儿？老爷在这里！"瑞兰听到爹爹来了，就快步走出房，仔细一看，果然是爹爹！"爹——"瑞兰一声呼唤，扑到父亲怀中，眼泪刷刷地流下来。父女相见，欣喜万分。瑞兰问："爹爹身体好吧？""好，好。"王镇连声答道。他看着女儿，满身珠光宝气不见了，一副平民女孩的模样，他奇怪地问："孩儿，你怎么会在这儿呀？"瑞兰见爹爹问，又勾起心酸往事，就把母女二人逃难之事说了一遍。王镇继续问："那你母亲在哪里？""半路上走散了，不知母亲如今在哪儿。""那你独自一人和谁同行？"听爹爹如此问，瑞兰不知该如何回答，就吞吞吐吐地说："我跟个秀……""秀啥？""我跟个秀才同行。"王镇最看重门第，听到女儿这含糊其辞的回答，不得要领，但已怒火萌生，就压住火气问："他是谁，你跟着他？""他是我的夫君。"瑞兰的回答无异于火上浇油。王镇勃然大怒,女儿果然不要父母之命、媒妁之言,私下嫁给了一个秀才,因此逼问瑞兰:"谁是媒人?谁做的主?"瑞兰情知无法隐瞒,就只好说了一遍:"爹爹,逃难之时兵荒马乱的到哪儿去挑门当户对的人?"王镇不理她,命六儿把秀才找来,病中的蒋世隆只好拖着病体来见王镇。王镇看到蒋世隆的病态,寒酸模样,就鄙夷地说:"你自己也不想想,一个穷秀才啥时候能够飞黄腾达?"蒋世隆看着王镇不可一世的傲慢样子,真想顶撞几句,但一想面前这人是瑞兰的父亲,就忍住气说:"人不可貌相,海水不可斗量。"瑞兰也在一旁帮腔:"夫君十年苦读,满腹经纶,定会一跃龙门,金榜题名。"王镇听不入耳,根本不看蒋世隆,只对瑞兰说道:"孩儿,你跟我回家去。"瑞兰见父亲语气坚定,不能违抗,又看看被冷落在一旁的丈夫,心中极乱,不肯扔下蒋世隆,自己一人回去,丈夫正在生病啊!王镇见瑞兰不说话,就说:"你是父母生养的,怎么倒向着你的情郎?"瑞兰心中暗想:父亲如果将我二人活活拆散,夫君肯定会拼命。这时六儿在一旁催促瑞兰:"小姐,走吧,走吧。"瑞兰走到蒋世隆身旁,低声说:"咱们一起去求求爹爹。"蒋世隆极不情愿,但又无可奈何,只好对王镇说:"求岳父大人发发慈悲!"王镇喝道:"呔!谁是你岳父?""可怜我现在卧病在床……""你就是死了也没人可怜!""我是死定了!我这儿煎药煮粥全靠瑞兰,请再等三五天时间……"王镇恶狠狠地说:"一天也不能等!"说罢就喝斥六儿:"还不快把小姐拉到马车上去!"六儿遵命就过来拉小姐走。蒋世隆斥责王镇:"你这是仗势欺人,仗势欺人……"瑞兰也说道:"就是相随走了百步的人,分手时也会悲伤,何况我们夫妻已生活一月有余,你们怎能活活拆散?"王镇心如铁石,毫无怜惜之心,冷笑道:"要想成双,别指望!六儿,快把小姐拉走!"瑞兰知道夫妻分别就在此时,就哭泣着对蒋世隆嘱咐："夫君买药没钱，就把衣衫典当一些。我不能……不能亲自照看你恢复健康了！夫君，你不要挂念我，养好病后加紧攻读诗书，尽快应考！"蒋世隆看着瑞兰，想起这一个多月的甜蜜生活。爱妻此去，不知今生今世能否相见，心如刀绞，对瑞兰说："我不再……不再娶……"王镇见蒋、王二人不肯分手，就大骂六儿："还不快把小姐拉走！"六儿用力拉开了瑞兰，王镇一把将蒋世隆推倒在地，说："你早知今天会这样，当初就不该打这个主意！"说罢一挥手，王镇一行扬长而去。

蒋世隆伏地大哭，躲在一旁的店主连忙上前把他扶起，蒋世隆气愤地说："这厮仗势欺人，欺负我是个穷秀才……"店主安慰他说："秀才官人，还是安心养病要紧啊！"

十三

王镇一伙向东急行了十五六里，孟津驿站就在眼前了。王镇看看天色已晚，瑞兰乘坐的马车还在后边，就决定不走了，在孟津歇脚，明日乘船直奔汴梁。坐在车上的瑞兰，离别之苦不知向谁诉说，坐一路想一路，泪水把衣衫都打湿了。这时发觉车停住了，听到驿丞迎接的话语，王镇叮嘱驿丞："我一路上鞍马辛劳，很是疲倦，你不能让闲杂人等打扰我休息！"驿丞答道："是，大人。"王镇又走到车前，说："孩儿，我和六儿在书房安歇，你到后堂去睡。"瑞兰轻轻"嗯"了一声，表示听见了。

睡到二更天，王镇正做着回乡的美梦，忽然听到有人哭泣。王镇梦中没能回到家乡，被哭声吵醒，心中非常恼火，就叫来六儿骂道："你这狗东西，一夜不睡，哭啥？""大人，六儿没哭，是驿丞在哭。""他为啥哭？""昨天大人来得晚了，驿丞来不及准备被褥，把自己的拿出来给大人用，他两口儿夜里没被子盖，所以哭泣。"王镇听罢让六儿叫驿丞来见。驿丞见了王镇，问："大人有啥事？"王镇说："我已经吩咐过你，不许闲杂人等打扰我睡觉。我正熟睡中，听到这壁厢有人哭泣。这到底是怎么回事？"驿丞一听松了口气，说道："哦，大人，是这么回事：昨天天快黑时，来了一老一小两个女人，她们说天气寒冷，无处安身，央求小的允许她们在这馆驿将就一夜，天亮就走。"王镇听到这里，问道："这一老一小是啥人？""她们说，是京城里的官宦人家，因为避难来到这里。小的对她们说，这驿站是为使臣准备的馆舍，不留人住宿。小的看她二人不像不良之辈，就留她们在此歇脚、过夜，叮嘱她们经常有官员来这里，很不方便，千万不能说话、哭泣。因此小的就借给她们草垫、席子，让她们在回廊底下暂时歇息。可能是后半夜天气变冷，受冻挨饿，又想起了心酸之事，因此哭泣。没想到惊动了大人，小的真是该死！"王镇道："你这驿丞真该打！使臣居住之地竟敢容留妇人歇宿。六儿，你将他押下去，叫那两个妇人过来。"六儿来到回廊，对低头哭泣的两人说："你这两个妇人，真是不识时务，驿丞好心留你们暂宿一夜，教你们不要哭泣。可你二人一夜五更只是哭泣，惊动了尚书老爷。如今大人叫你们去回话。"老妇人听到六儿的话音，惊呼道："咦！你不是我家的六儿吗？"六儿仔细一看，大叫起来："哎呀！这不是老夫人吗？"他扭头朝里面高喊："老爷，夫人在这里！"王镇听到六儿的叫喊，慌忙往外走，边走边叫："夫人在哪里？夫人在哪里？"瑞兰在后堂也听到六儿的喊声，三步并作两步跑出来，喊道："娘！娘——你在哪儿呀？"夫妻、母女相见，瑞兰抱住母亲大哭起来："娘，孩儿一直在找您啊！"老夫人说："我就好像在梦里！"王镇看到夫人身旁的女孩，就问："这是谁呀？""是我路上认的女儿。"夫人接着又说："老爷匆匆离京，我们心里都不安；你把家私老小扔下，就去的安心？"王镇辩白说:"夫人,我也没有想到啊,蒙古人千军万马进犯京城,圣上和百姓都逃走了。"瑞兰插话说:"那天风寒雨紧,杀声震天,人们无处躲藏,急忙向树林中狂奔,就和母亲失散了。"夫人拉着瑞兰的手说:"孩儿,你吃够了苦。娘见人就问,只担心你举目无亲,投奔何处安身。"瑞兰说:"娘,我有一肚子话要对您说。""有啥话说?""那天在广阳镇招商客店,忽然碰到了爹爹。"瑞兰的委屈一下子涌上来,就哭了起来。夫人说:"孩儿不要哭,有啥事说给娘听。""爹爹那天硬将孩儿拉走……"王镇见瑞兰要说广阳镇之事,就生气地说:"夫人,你不要只是唠唠叨叨地问来问去。"夫人见王镇突然发火,料定其中必有隐情,于是就说:"老爷,不管有啥争论,请先息怒,其他的话都别说了。"这时瑞莲在一旁插话:"我看都别说了,难得今天全家团聚。"听到瑞莲这样说,王镇借机让六儿准备酒席庆贺。瑞兰仍是一副愤愤不平的样子,夫人看到他们父女二人这般模样,就建议说:"这馆驿有闲杂人等来往,实在不方便,回汴梁见过圣上,我们再设宴庆贺不迟。"王镇觉得夫人说得在理,就命六儿催促驿丞准备船只,明天启程。

第二天,王镇一家上了船。坐在东去的船上,瑞莲想起了失散的哥哥,是死是活也不知道。她见瑞兰仍是哭泣不止,就问:"姐姐,娘也找到了,你为啥还哭啊?"瑞兰见问,就想把心中的话告诉她,想了想却忍住了,泪水又涌了出来。这时船上风帆扬起,离开孟津,朝汴梁城驶去。

十四

这时在招商店养病的蒋世隆已陷入窘迫之中。他想到那天王镇强行把瑞兰拖走,就好似狂风吹折了并根连枝树,又如同急浪惊散了交颈鸳鸯鸟，从此夫妻分别，再无音信。可恨那王镇不容我叮嘱几句，把瑞兰蛮横拖走，哪里有这样的父亲？我和瑞兰分别已经一个多月了，这几天身体虽然渐渐好转，可是盘缠已经用光，眼下又举目无亲，走投无路，真是让人悲伤啊！

蒋世隆慨叹一番，到街上药铺赎药去了。这时店外有人喊道："店主人在吗？""来啦！来啦！"店主跑到门外，见是一年轻男子，那人一见店主，就向他作揖行礼，店主还礼，就问："客官从哪儿来？"那人答道："在下是中都路人氏，随车驾南行，一程又一程来到广阳，特地前来拜访。"店主忙问："客官有啥事要问？要是买货请商量，要是住宿也不妨。"那人道："我一不住宿，二不买货，我是特地来找人的。"接着他告诉店主要找的是个姓蒋的秀才，三十多岁年纪，长得是啥样。店主一听就明白了：来人要找蒋世隆。店主告诉他，有这样一个秀才在此已住了快两个月了，生病刚刚痊愈，现在到药铺赎药去了。请来人到他房中等待。

不大一会儿，蒋世隆赎药回来了，店主迎上去告诉他："有个人到这里找你，在你房中等候。"蒋世隆一听，快步走到房中，只见那人站起来喊道："哥哥，久无音信，你大概把小弟忘掉了吧？"蒋世隆一看，原来是陀满兴福！听到陀满这么问，就苦笑着说："唉，一言难尽啊！兄弟，就是写了书信，没有顺路之人哪！"

陀满兴福给蒋世隆带来了好消息，陀满兴致勃勃地告诉义兄，圣上已经发出恩诏，你我有了获取功名的希望。兄弟已经把山寨的喽啰遣散，打发回家。兄弟没有双亲了，回家也是举目无亲，听说哥哥在广阳镇上的旅店里安身，几次打听、寻找，才找到这招商客店。店主对我说，哥哥赎药去了，因此就在房中等候。陀满问道："哥哥为啥在此住了这么长时间？"蒋世隆长叹一声:"愚兄是灾难重重啊!"于是就把下山之后的经过讲个大概。陀满说:"哥哥吉人天相,病体自会痊愈。还望哥哥调节饮食,不要劳累。哦,我忘了问:自分别以后,嫂嫂身体可好?"听陀满问起瑞兰,蒋世隆泪如雨下:"兄弟提到你嫂嫂,那烦恼比天还大!""为啥?难道她喜新厌旧又跟了别人?""不是。""那……那是病故或遭遇了意外?""也不是。""那是为啥?""有人倚仗权势,将我二人活活拆散了!"陀满听罢怒火上升,就问:"这人是谁?""就是我的岳父!他嫌贫爱富,仗势欺人。""既是你岳父,这事倒要斟酌了。你们现在成了亲戚,只好等过些时候托人再去……"蒋世隆叹道:"我只恨自己缘分太薄。"陀满劝慰说:"自古好事多磨,哥哥尽管放心,不要伤了身体。"

陀满说到这里话锋一转:"哥哥,朝廷已经降旨,宣诏天下文武贤良之人,都到京城应考。这正是男儿大显身手的时候。哥哥,不要只顾眼前的夫妻恩爱,耽误了自己的前程。你赶快收拾行李,和兄弟同往京城应试。一来可考取功名,二来也可打听嫂嫂的消息。不知哥哥意下如何?"蒋世隆一听正中下怀,此去应试正可了却平生的愿望,就说:"这话说得太对了!只是……只是欠了这店一些房钱没还。"陀满告诉蒋世隆:"我带了许多银两,哥哥不必操心。今天就在这里安歇,明天再和店主结算房钱也不迟。"蒋世隆一听就放宽了心。和陀满又说了一会儿话,二人就在房中安歇。

第二天一早,蒋、陀兄弟二人算过房钱,就告别店主,踏上了进京之路。一路上野花飘香,和风吹拂,兄弟二人心情舒畅,有说有笑地走着。他二人想到这一去文武功名可以成就,就如同鲲鹏展翅,扶摇万里,真是无比高兴。路上又遇到同是进京应试的两位科举朋友,四人报过姓名,然后结伴奔汴梁而去。

十五

　　王镇一家终于到了汴梁。王镇先上朝见过天子，然后才回到自己府中。夫人等三人已经在银屏金屋中聊天，想到逃难中的种种苦难遭遇，更感到天下太平的幸福。王镇对夫人说："幸喜今日骨肉团圆，夫妻重逢，应该安排酒宴庆贺一番。"问过六儿，知酒宴已准备好，王镇命人立刻摆上。王镇、夫人、瑞兰三人坐在画堂里，慨叹逃难的凄凉景象。瑞莲触景生情想到哥哥还不知下落，自己因祸得福成了尚书夫人的女儿，人的命运真难预料啊！夫人见瑞莲低头沉思，闷闷不乐，劝她说这样的良辰美景应该高兴才对。

　　酒宴之后，瑞兰、瑞莲姐妹俩来到堂外。瑞兰身子靠着六曲栏杆，郁郁寡欢，见院中莺歌燕舞，众人欢声笑语，不由得悲哀从心底升起。她在思念那病在广阳镇上的丈夫。瑞莲面对着微雨过后盛开的海棠花，心中也似乎想到了啥。丫环梅香来到堂外，见二位小姐靠着栏杆，半响无话，很是奇怪，于是就问："二位小姐，你们有啥烦恼的事啊？"瑞兰看看梅香，心中说道："我的烦恼，你怎么知道啊？我的思虑愁闷，谁能了解？"瑞莲见瑞兰忽然皱起双眉，就说："姐姐，是啥触动了你的心思？你看你人消瘦了，衣衫变得肥大了。""你这丫头别多心，我只是看到这些景色有些伤感。"梅香向二位小姐提议："这么好的天气，二位小姐一同到后花园散散心也好啊！"瑞兰苦笑，心中暗想："哪有心情在后花园散心啊！""姐姐为啥不去散散心呢？"瑞莲见瑞兰一言不发，一动不动，就问她。"我身子疲倦，懒得动。"瑞莲忽然说："那春光该笑话咱们了。""笑话啥？""笑话你人消瘦。"瑞兰听到这句话，不由得暗自叹息："可恨爹爹不肯放燕双飞，让我去找他啊!"

春天快过去了,瑞兰还是怏怏地不开心。看到院中的景色就伤感,针钱活儿也没心思去做,直到晚上才慢步走出房门。瑞莲说:"这样的良辰美景,正好快乐,你却总是愁眉不展,面带忧色,到底为啥呀?"瑞兰说:"啥时候才能没有烦恼?啥时候遗憾才能消失?我本想出来散散心,可一见到这景色就不行了。"瑞莲听罢不知所云,一脸茫然之色,她只好说:"姐姐,把烦恼撇开算了!"瑞兰就告诉瑞莲:"这愁闷心情就是想撇开也撇不开,实在是难割难舍呀!我只有长吁短叹了。"瑞莲看看瑞兰的面容说:"姐姐,你太伤春,弄得人都瘦成这样。这几天更厉害,难道你又伤夏?我猜想你不成为着别的……""你猜想我是为啥?""你大半是牵挂姐夫……"瑞兰被瑞莲说中心事,不由得害羞起来,她假装生气地说:"你竟敢用这胡言乱语来引逗我;女孩儿多嘴饶舌竟是这样恶劣!我要到爹爹跟前去告你这小鬼头动了春心。"瑞莲急忙拦住她,跪下求饶:"我是和你闹着玩呢!没想到一句话就伤害了我的好姐姐,请姐姐高抬贵手饶了我吧!""好,起来吧!就饶了你这次,不过以后不能再这么说。""是,姐姐。"说罢转身就走。"唉!你到哪儿去?""我只顾在这里闲聊,忘了收针线活儿了。""好吧,你先去。"瑞莲心中偷笑:"我找个借口早点离开,躲在花丛阴影里看你干些啥?"瑞莲走后,瑞兰舒心了,这鬼丫头果然走了。瑞兰抬头望着天空,只见半弯新月斜挂在柳树梢头,几簇花影好像是锦缎织就。瑞兰迅速摆好香案,把香炉盖儿打开,插上一炷新香,然后对着新月徐徐下拜,口中说道:"上苍,这炷香,祝愿被我扔下的夫君病好得快些,而我们能够再次见面同欢同乐。"话音刚落,瑞兰觉得有人轻轻拽自己的衣袖,这时听到一个声音说:"姐姐,你却没说小鬼头春心动了。"瑞兰听出是瑞莲的声音,没想到瑞莲说完就走,瑞兰忙问:

"妹妹到哪儿去？""我也到爹爹那里去告你。"瑞兰一把抓住她，瑞莲说："放开手，这回我一定要去！"瑞兰赶紧跪下央求她："好妹妹，饶了姐姐吧。"瑞莲一笑，说："姐姐起来吧！"瑞莲盯着看那娇羞的瑞兰，瑞兰的脸全红了。瑞莲见状趁机说道："刚才还胡遮乱掩的，事到如今都泄露了。不过，夫妻们的事总是要费些周折的，好事多磨啊！"瑞兰见无法再掩饰下去，就说："好吧，妹妹。我从头告诉你。"瑞兰就把蒋世隆的事都讲给瑞莲听。瑞莲问："姐姐，他姓啥？""姓蒋。""哦，他也姓蒋，叫啥名字？""名叫世隆。""啊！他是哪里的人？""中都路人。""姐姐，这人是做啥的？""他是读书人，就是我的夫君。"瑞莲听罢，悲喜交加："他原来还活着！"眼泪就哗哗地流下来。瑞兰见瑞莲激动不已，大为奇怪，就说："我心情悲伤是正理，妹妹你为啥哭呢？你是……你是他的……""他是我哥哥！""哎呀！原来你就是他妹妹！我真是糊涂透顶了，怎么就没想到？""路上你兄妹是怎样失散的？""还不是蒙古兵马杀来跑散的！""哦，我明白了。慌乱中互相寻找，而且我俩的名字只差一个字，声音又相近。妹妹，我和你的关系比以前更亲了。"瑞莲说："我是你的妹妹、小姑，你是我的姐姐、嫂嫂。我不知道你和哥哥为啥分手？是啥时候？""正是寒冬冷天。可恨爹爹在招商店把我们活活拆散了！""那你想我哥哥么？""想起来就心酸，那时你哥哥还病在床上。""那你怎么就把哥哥撇下了？"瑞兰就把招商店夫妻分手的事也告诉了瑞莲。瑞莲担心地问："哥哥病中又没钱，他可怎么养病呀？嫂嫂，你和哥哥啥时候才能破镜重圆、断钗重接啊！"听了瑞莲的话，瑞兰不由得想起这些日子净做恶梦，心猛地一惊：难道是烦恼和忧愁把人断送了？

十六

时光流逝,转眼半年过去了。瑞兰一想起蒋世隆就是泪水洗面,人也更加消瘦。瑞莲看到她愁,自己也愁;看到她恨,自己也恨。瑞莲想劝又不知该怎么劝。一天,瑞兰说:"妹妹,这些日子天下的文武贤良之才都来京赴选,不知道你哥哥他来了没有?真是让人憋闷得慌啊!"瑞莲当然更了解哥哥,就说:"哥哥他应该在京城。就怕他功名不成,他即使知道姐姐在这里,也不会来相见的。"瑞莲的话又勾起了瑞兰的心事。瑞兰想:这个自己时时刻刻放不下的心上人,此时他到底在哪儿?瑞莲也在思量:我和瑞兰不是亲人却成了亲人,可哥哥你和瑞兰是亲人却反而天各一方,一别半年竟音信全无!

姐妹二人正在房中胡思乱想,却全不知另有一人在为她俩发愁。这人就是王镇。他发愁两个女儿大了,婚姻就成了他的心病。谁知有一天上朝时,皇上得知他年老无子、女儿还没婚配,特地恩准王镇可从今科文武状元中挑选乘龙快婿。这可乐坏了王镇:文武两状元配我两女儿!他兴冲冲地回到家中,立即请夫人和女儿出来。夫人、小姐来到堂前,王镇招呼女儿:"孩儿们过来。"等二人走近跟前,王镇说:"老夫年纪高迈,女儿们都已成年。蒙圣上恩准,命我招赘今科文武状元做女婿。今日和你们商量一下,派人去送订婚信物——丝鞭。你们看怎样?"夫人想:"男婚女嫁,这是家中的喜事,何况还有圣旨,怎能违抗?"这时就听瑞兰说:"告诉爹娘知道,孩儿已有丈夫,决不从命。"王镇一听大怒:"胡说!你的丈夫在哪儿?""爹爹您怎会不知道?""这是朝廷恩命,谁敢违抗?"瑞莲见机插话:"爹爹,瑞莲也有话说。""你有啥话可说?"瑞莲把失散之后哥哥与瑞兰、夫人与自己错认的事干脆都说了出来，表示愿和瑞兰一同守节，等哥哥高中状元，和姐姐姻缘再合，自己也可奉命再结婚姻。王镇不听，吼道："不必多说了！这是朝廷恩命，快给我叫官媒婆来！"

官媒婆奉命到来，见过老爷、夫人、二位小姐。王镇说："我奉旨招文武状元做女婿，你和我的下人一起去送丝鞭。文武状元与我的两个女儿婚配，这才是郎才女貌！"瑞兰立即表态："我没心思续这个断弦！"官媒婆十分惊奇："小姐是闺中处女，怎么说起续弦的话来？"瑞兰简单地告诉了她，最后说："媒婆，你不要去送丝鞭，我甘愿守节，誓不再嫁！"媒婆说："小姐，这可是君恩父命，应该选个好姻缘啊！"瑞兰再不理睬。王镇气得向媒婆吼道："还不快去送丝鞭！"媒婆奉命退出，心想："这官命不可违，无媒不能成姻缘。若是这二位状元肯接受丝鞭，我还可以多赚点赏钱呢。"她心里想着，就加快脚步，美滋滋地奔状元寓所而去。

十七

真是苍天不负苦心人，天遂人意。蒋世隆、陀满兴福二人双桂联芳，金榜题名。兄弟二人正在房中叙谈，忽然来了一男一女，进门行礼后说道："我们两人是王尚书府中的下人和媒婆，奉天子洪恩和尚书钧命特地来送丝鞭。"蒋世隆见到丝鞭，想起了被强行拖走的爱妻王瑞兰，不禁悲愤填膺，流下泪来。他对陀满说："兄弟你接了丝鞭吧，我是断然不接！"陀满完全理解他的心情。这时陀满像发现了啥，对蒋世隆说："这送丝鞭的是王尚书，招商店那个也是王尚书，事有可疑。哥哥，这会不会是破镜重圆呢？"蒋世隆肯定地说："决不会有这种事，兄弟不可乱猜疑。"官媒婆二人听他们交谈，悄悄地说："这事真怪了！小姐说招商店有了丈夫，不肯再嫁；这文状元又说招商店有了妻室，不肯重婚。这才是义夫节妇，情意相投。"蒋世隆对媒婆二人说："麻烦二位多多拜上你家老爷，我无论如何不能奉命！"

再说王镇和夫人在府中等回话，真是望眼欲穿！下人报告说，媒婆二人来了。王镇一见二人，急忙问道："二位状元接了丝鞭了吗？"二位如实回答："那武状元接了丝鞭，并不推辞；文状元不答应，再三劝说，他才说明原因。"二人如此这般说了一遍。王镇听罢就愣了，对夫人说："天下竟有这样巧合的事！"夫人也说："他的妻室名字和瑞兰相同，他的妹妹名字和瑞莲无二。时间、地点都和我们经历过的一样。这么巧合的事不会是偶然的！老爷，这事怎么办才好啊？"王镇想了想，说："我有一个办法，明天府中设宴，让媒婆去请文状元，就说请他赴宴，让瑞莲隔帘认认。要是在这里相逢，可见缘分不浅，真假明天就见分晓。"夫人点点头说，这个主意好。王镇就吩咐媒婆等二人去请文状元明日来赴宴。二人领命而去。

蒋世隆自媒婆二人走后，一直心绪不宁。那二人来送丝鞭，更加勾起了他的心事。越想越烦恼，不知啥时候才能得到娇妻的消息。这时官媒婆二人又来了。他没好气地对二人说："我昨天已经拜上你们老爷，这门亲事绝对不能从命。"二人赶紧陪笑："禀状元老爷知道，我家老爷多多拜上，姻缘之事不敢强求；只是久仰状元老爷才高貌美，请状元屈尊去见见面，再没别的意思。""既是这样，我去参拜你家老爷。你二人先回，我随后就到。""那好，我们先去回复，扫门恭候状元老爷。"

官媒婆二人回复王镇时，他正在和请来作陪的张都督说话。张都督问王镇："老司马今日相招，不知有啥教诲？"王镇就把女儿瑞兰的事从头到尾说了一遍，并说："官媒婆去送丝鞭，文状元坚不应允此事。再三追问才知道，这文状元好像就是招商店中的那个秀才！"张都督听呆了，连连说："奇事！奇事呀！"王镇又把瑞莲的事告诉了张都督，说瑞莲可能就是这文状元的亲妹妹。张都督惊呼："竟有这样的事，更是巧合了！"王镇说："老夫还不能肯定，所以不打算让女儿出来见他。今天摆设酒宴，请文状元到府中，让瑞莲隔帘辨认。因此特请张大人屈尊作陪。"张都督高兴地说："这个使得！这个使得！"话音未落，下人来报：文状元到了。王镇连忙说："快请！快请！"就和张都督一起迎出大门。王镇见到蒋世隆说："状元请。""老先生请。"张都督插话道："还是状元大人先请。""不敢，不敢，还是老先生请。"来到堂上，王镇说："状元请坐。""学生还是侍坐。""哪有这样的道理？状元请坐。""那学生告坐了。"张都督急不可待，刚坐下就问蒋世隆："状元大人，老司马家小姐奉圣上旨意招阁下为婿，为啥大人不肯答应呢？"蒋世隆说："二位老先生容在下回复。"接着，就把与瑞兰曾有媒妁之言结亲的事告诉张都督，并说："学生正在患病时，被瑞兰父亲，也是王尚书，偶然遇见，把女儿夺回去了！"张都督故作姿态地骂道："咳！这个天杀的老王八！"蒋世隆接着说："那天真是可怜啊！我夫妻二人被活活拆散！"张都督劝慰地说："那都是过去的事了，也该撇得开了。相府派人去提亲，状元大人为啥再三不肯应允？""瑞兰对我恩德深重，分别以后我一直在思念她。"王镇软中有硬地说："这提亲的事不是老夫的意思，而是圣意如此，不敢违抗啊！"蒋世隆一笑，朗声答道："就是为公主提亲，我也不做负心人！"张都督说："状元大人，照你这么说，难道终生不娶了？结成这门亲事，享荣华，受富贵，有啥不可的呢？""读书人应该仰慕圣贤，不该贪豪恋富啊！"张都督有点情急，说："这是官府给你提亲，姻缘不浅啊！""姻缘？"蒋世隆冷笑道，"可惜这姻缘无法接续断弦！"张都督不肯罢休，仍旧言语相劝。这时夫人和瑞莲悄悄来到帘子后面观望,夫人问:"孩儿,这可是你哥哥?"瑞莲惊喜地叫起来:"这正是我哥哥!"当下瑞莲冲到帘外,大叫"哥哥",蒋世隆一愣,定睛一看,不由得也叫起来:"瑞莲!""哥哥!"兄妹二人抱头痛哭,天天想,夜夜盼,没想到竟在相府重逢!张都督低声问王镇:"这女子是谁?""就是瑞莲。"张都督一听,啥都明白了,就说:"老司马,在下告辞,回去立即备办贺礼前来庆贺!"说罢告辞而去。

蒋世隆拉住瑞莲:"妹妹,你怎么会在这里呀?"瑞莲就把失散后遇到夫人、被夫人认作女儿的事说给他听。蒋世隆说:"妹妹,你倒是有了依靠,我却失去了心爱的伴侣,而且一别数月,音讯全无。"瑞莲这才顾得上告诉哥哥:"嫂嫂也在这里!""啊?她人在哪里?""哥哥,你等着,我去请嫂嫂来!"瑞莲一阵风跑进房中,对瑞兰说:"姐姐,这文状元正是我哥哥!"瑞兰一听,激动得全身发抖,说:"他……他人在哪里?""姐姐你跟我来!"瑞莲把瑞兰引到堂上,夫妻二人相见激动万分,恍惚如同梦中。蒋世隆这才知道官媒婆所提之人竟是瑞兰!瑞兰关切地问:"你的病彻底好了?"蒋世隆告诉她:"苍天保佑,身体已经恢复健康了。哦,忘了告诉你,我那结义弟兄,和我同登金榜。"瑞兰轻轻地告诉他:"你那结义弟兄就要做你的妹夫了。"这时表情尴尬的王镇,拉着夫人走近他二人,怀着歉意地说:"孩儿、贤婿都不必说了,是为父对不起你们!孩儿先回香阁,重整新妆,贤婿暂到书院换过服色。今天就让你们文武状元和我的女儿们成亲!"

相府院中热闹起来了。府门前停满了香车宝马,祝贺的人络绎不绝,人人脸上喜气洋洋。夫人叫来傧相,王镇对他说:"今天是黄道吉日,二位小姐招赘文武状元。你主持婚礼,要多说些吉祥话语,我重重赏你!""是,在下明白。"

不大一会儿,蒋世隆、陀满兴福结伴而来,傧相将二人迎入喜堂，命人请出二位小姐，然后傧相主持婚礼，两对新人拜天地，拜父母，夫妻对拜，然后新婚夫妇双双坐在新房的床边上，床里边撒满了金钱彩果之类的吉祥物品。蒋世隆、陀满兴福两位新郎同时举起酒杯，互相道贺祝福。王瑞兰、蒋瑞莲也为自己的美满姻缘而祈祷祝福。整个喜堂处在灯光摇动之中，洋溢着一片欢乐幸福的气象。

这时小黄门喜气洋洋地来到府门前，宣读皇上的诏书。诏书说：夫妇节义历来为世人所看重。文状元蒋世隆和他的妻子王瑞兰在战乱流离之中结为夫妇，仍然遵从礼法，自持贞节。夫妻分别后久无音信，但夫不重婚、妇不再嫁，最终破镜重圆、断弦再续。武状元陀满兴福忠心耿耿，并非反叛，他父亲遭到冤屈，朕真心感到后悔。现陀满兴福荣登武榜魁首，喜结良缘，实是天意所在。兵部尚书王镇维护了大金国的利益，使两国罢兵，天下太平。现归闲在家。蒋世隆授开封府尹，妻王氏封懿德夫人；陀满兴福世袭昭勇将军，妻蒋氏封顺德夫人；尚书王镇每年支取粟帛，与在任相同。……

小黄门宣读完毕，众人叩头高呼"万岁"。人们纷纷议论：这两对新人女貌郎才真是令人羡慕啊！这是苍天使苦难的人结成良缘，他们就像双飞鸟、并蒂莲，如今终于得以实现平生的愿望。

（裴泽仁　改写）

中山狼

[明] 康海 撰

一

春秋时期,晋国有位正卿姓赵名鞅,号简子,执掌朝政,声势显赫,又兼世代勋爵,荣贵无比。有一年秋天,一个云淡风轻的日子,赵简子由著名的御者王良赶车,宠信的幸臣嬖奚跟随,带着部将、兵士及随从人等,到中山地面打猎。有的牵着犬,有的架着鹰,手挽乌号之弓,背插肃慎之箭,人喊马嘶,前呼后拥,惊得各种野兽东奔西逃。

有一只狼被赶得无处躲藏,在林木草丛间乱跑。赵简子看见了,便取出弓,搭上箭,瞄准目标,用力射去,正中狼身。那狼惨叫一声,带着箭没命地逃窜,赵简子和他的随从们骑着马在后面紧追不舍。

当时,有一位复姓东郭的先生正在山中赶路。他自称是墨家学派,笃信墨子兼爱的学说,崇尚朴素节俭的作风。衣不求华美,遮身即可;食不求珍奇,饱腹而足;不贪财货,不爱声色,宁可自己含辛茹苦、走南闯北,也要尽一切力量为天下人做好事。他已经死了父亲,就把遇见的老年人当父亲看待;他没有积蓄钱财,却把自己仅有的一点东西拿出来与别人共享。他认为,这样做事才是实践了他所信从的兼爱的原则。这天，他要前往中山谋求一官半职，骑着一匹瘦弱的毛驴，背着一个装书的口袋，已经走得人困驴乏了。

东郭先生观赏着沿途的山景。这时已是半后响，太阳正在向下坠落，鸦集枯杨，雁落平沙。晚风乍起，卷起衰草黄尘。近处疏林参差，远处山色浅淡，蒙蒙的暮霭中现出几户人家。这幅景象，正像词人描绘的"枯藤老树昏鸦，小桥流水人家，古道西风瘦马，夕阳西下，断肠人在天涯"那种意境，只不过自己骑的不是瘦马而是瘦驴。想到这些，东郭先生感到有说不出的孤独和凄凉。但他又联想到列国纷争、征战不息的时局，胜者称孤道寡，败者流血丧命，得志者如戴冠的沐猴，失意者似涸辙的鲋鱼，那些人争名逐利，担惊受怕，虽有一时的荣贵，但却有无穷的烦恼，哪里比得上自己的知足常乐、随遇而安？

忽然，他听见金鼓连天响，望见尘埃滚地来，吓得心咚咚直跳。他想到这是中山的地域，大概是又打起仗来啦，老百姓又要经受战争的苦难且不说，眼下我怎样逃脱这场灾祸？正在害怕时，他看见了旌旗，看见了车马，看见了鹰犬，看见了被惊逃的山鸡野兔，他明白了，这是打猎的队伍。于是，他滚鞍下驴，走到路旁杨树下，把驴儿拴在树上，把书囊放在地上，他要休息一会儿，等打猎的队伍过去之后再赶路。

东郭先生喘息未定，一只狼奔到他面前，吓得他又出了一身冷汗。那狼个大体长，牙尖爪利，一根大尾巴拖在身后，两只绿眼睛露出凶光。东郭先生心想：我这个手无缚鸡之力的读书人，怎么能抵挡这头猛兽？我这瘦骨伶仃的身躯，今天就要断送在这里了。

狼并没有向东郭先生发起攻击，它的两条前腿并齐，向先生作了一揖，说起人话来："谢天谢地，让我遇着了你这位好心的先生。那赵简子围猎,我被他射中了一箭,拖着箭杆跑到这里,伤口流着鲜血,承蒙先生可怜,救我一命吧!"

东郭先生紧张的心稍微镇定下来,他对狼说:"你这畜生,也不看人忙闲!我是要去中山求取功名的,哪有心思管这分外的事?你快走吧,我救不了你。"

狼说:"先生,你真的见死不救吗?从前有位隋侯,他救活了一条受伤的蛇,后来那条蛇衔一枚宝珠报答他。蛇不过是一种爬行动物,尚且这样知恩图报,俺们狼族是哺乳动物,比蛇更有灵性哩!今天我遇了危险,先生能救我残生,大恩大德,不敢忘记,日后一定要像蛇报隋侯以宝珠那样来报答先生。"

东郭先生说:"少废话!赵简子的威势,谁不知道?他统领着百万军马,出门八面威风,马前悬挂着晋君赐予他的势剑金牌,有权力先斩后奏,谁敢惹他?今天,我要是为救你这只野兽,而得罪他这当朝权贵,转眼就会有杀身之祸,哪里还敢贪图你的报答呢?"

狼哀求道:"先生,你一定要可怜可怜我。要是不救我,我就要死在赵简子的刀剑之下。那样,我就不怨恨赵简子,只怨恨你这个见死不救的先生。古人云:恻隐之心,人皆有之。何况先生是墨家学说的忠实信徒,为人处世以兼爱为本,怎么能够如此狠心?"

东郭先生听了狼的责备,心里不安。他想:"这畜生说得也有些道理。罢罢罢,我就救它这一次吧,也算是积一次福,行一次善,发一次慈悲。"他把布囊中的图书倒出来,对狼说:"你就藏在俺这个布囊中吧。"

狼又作了一揖,连声道谢,说:"先生恩德非浅,小狼终生难忘。"东郭先生说:"别啰嗦了,快过来吧。"他让狼钻进布囊中,狼先进头,尾巴却露在外边;先进屁股,头又露在外边;先把脊背往里拱，也进不去。东郭先生着急了，说："赵简子的人马越来越近了，怎么办呢？"狼说："先生，情况已经很紧迫了，你一定要快点救我。"东郭先生说："你这狼个头大，俺这布囊小，装不下你，你还是快跑吧！"

狼想了想，说："这么着吧！俺把四条腿蜷缩起来，先生用绳子紧紧地绑住，我再弯曲着脊背，勾着下巴，叠起长尾把整个身体压挤成一块，就像在娘肚子里当胎儿的那种形状，你再把我装到布囊中，就一定能装进去了。先生，你一定要用心去做啊！"

东郭先生按照狼的主意，把狼左折右叠，用绳子捆绑。狼缩起头，蜷起腿，夹起尾巴，合着嘴，闭着眼，弓着脊背，像个缩成一团的刺猬，又像个煮熟的大虾，听凭先生摆弄。东郭先生又怕压着它的肚子，又怕挤了它的咽喉，翻来覆去好大一会儿都绑不好。狼一个劲儿地催促说："快点！快点！"东郭先生费了九牛二虎之力，终于把狼绑成一团，塞到布囊中，又把带的图书也装进去，再用一节短绳扎住囊口。他用力把这布囊扛起来，放到驴背上，然后站在一旁等候打猎的队伍过去。

东郭先生又对狼说："狼啊，我救得下你你不必高兴，救不下你你不必烦恼，这一切都听天由命吧。因为我和那赵简子是狭路相逢，吉凶难保，如果有半句话的差错，就会被他看出破绽。你一定要忍耐一会儿，不要胡乱挣扎，你暴露了不打紧，我也要跟着一块儿没命了。"狼在布囊中答应："知道，知道。"

二

赵简子带领着打猎的大队人马，追赶那只带箭逃跑的狼，转过山角，看见了拴在树上的那头毛驴，看见了站在驴旁边的东郭先生。

东郭先生正在心里暗中盘算着怎样回答赵简子的问话,赵简子已来到跟前。只听见赵简子问道:"那位汉子,你在这树下歇息,可曾看见有一只中山狼跑哪儿去了?"

东郭先生施了一礼,从容回答说:"我是个读书人,独自一人在这里赶路,受尽了奔波之苦,正愁无处投宿,哪儿看见有什么狼?"

赵简子有些生气,说:"你这家伙,一派胡言!俺在这儿围猎,看见有只中山狼当道,它像个人那样直立起后腿,扯着嗓子嚎叫,俺开了弓,搭上箭,嗖的一声,那狼应弦而倒,又一骨碌爬起来,惨叫着逃走了。你在路旁,怎么能说没有看见?"他拔出佩剑,朝车辕上砍去,辕木被砍掉了一截,他对东郭先生叫道:"你看我的剑锋利不锋利?要是敢不告诉我狼逃走的方向,就让你像这车辕一样!"

东郭先生见赵简子气得脸都红了,那明晃晃的剑刃在夕阳的映照下闪着寒光,他吓得魂不附体,但仍然强打精神说:"请君侯暂息雷霆之怒,听我把话讲完。俺苦熬十年寒窗,读成满腹诗书,为的是奔走四方,求取功名。走到这三岔路口,不知道哪一条路通往中山,因此我在这杨树下休息片刻,想等有人过来问路。我自己迷了路还不知道,怎么能为你指点迷津呢?俺又听得古人说:'大道因多歧路而亡羊。'那羊是温驯的家畜,一个小孩子就可以制伏它,它仍然能够因为岔路太多而跑得找不到。这狼的凶残狡猾是羊无法相比的,而中山这地方的岔路又这么多,它从哪条路不能逃走?君侯你却只顺着官道大路追赶,这岂不是缘木求鱼、守株待兔吗?"

赵简子说:"你这位汉子,难道不知道狼有奇妙的特点。狼要到远处捕食猎物,它先把身体倒立起来,以此占卜要去的方向,千禽万兽就聚拢过来。因此,我们围猎,最希望猎取的野兽就是这狼。我既然射着了它，就一定要得到它。"东郭先生回答说："你讲的这些情况，猎户们最清楚，你应当去问他们，俺这走路的闲人有什么过错呢？"

赵简子见东郭先生不但不说出狼的去向，反而责备他，大怒道："你看俺的这口剑，对着剑吹一撮毛发，齐崭崭地割断，你敢试一试它的锋利程度吗？那只中山狼分明是你藏起来了，却这样花言巧语来应付我。你那驴背上的布囊里装的是什么？打开看一看！如果要搜出狼来，我可饶不了你哩！"

东郭先生吃了一惊，表面上却不露声色，说："这布囊是我的书袋子。狼是个活的动物，可我的这布囊却怎么一动也不动？狼是有头有尾有四条腿的东西，像这样一个小小的布囊怎能装得下？要打开看也没什么要紧，但那样就会把俺的书弄得乱七八糟的，白费了许多麻烦。天快黑了，俺还要赶路哩。"

赵简子仍然怀疑，他说："你说的头头是道，怎么能叫我相信？我料定你一定知道狼的下落，只是不肯告诉我罢了。狼是最贪狠、最凶残的兽类，你为什么要这样为它隐瞒呢？"

东郭先生又说："俺虽然是个愚蠢的书生，但怎能不知道狼的特点？它们性情贪婪狠毒，助纣为虐，造祸极大。君侯要是能除掉这害兽，那是大好事，我一定会竭尽微薄之力来帮助你，哪能还隐瞒它的踪迹不向你报告呢？"

这番话说的在理，赵简子相信了，他对手下人说："小的们，不必打开那布囊了。这汉子既然不知道狼的去向，放他走吧。"东郭先生向赵简子施礼道谢，之后就牵着他的驴向前走了。一边走，一边心里直打鼓，他想："真侥幸啊！看来我今天的时运不错，危急时刻我应对得当，未露马脚。那赵简子虽然骄横不可一世，毕竟还是达官贵人，遇事是讲理的，要不，他怎肯对我手下留情？事不宜迟，我得快点走，早些离开这是非之地就安全了。"

他朝驴屁股上抽了一鞭,那驴颠儿颠儿地跑起来,东郭先生也跑步跟随。

赵简子望着东郭先生的背影,说:"那傻家伙走了。既然追不上中山狼,咱们也回去吧!"于是,打猎的大队人马掉头而回。

三

东郭先生赶着毛驴跑了一程,那驴儿跑得累了,停下来怎么也不肯走了。东郭先生又有些发慌,心想:"万一赵简子再追过来怎么办?"他向驴求告道:"你这位备金鞍、嚼玉勒、披绣鞯的龙驹驹啊,你再快点儿跑几步吧!"那驴儿哪懂他的话?只是不肯前进。

这时,太阳快落山了,乱纷纷叶满空山,淡氲氲烟迷野渡,衰草在晚风中摇晃,老树在残阳下发呆,远山含黛,落霞拖红,百鸟鸣叫着归巢栖息。东郭先生无心欣赏这秋山暮景,他朝赵简子离去的方向极目张望,旗帜的影儿看不到了,车马的声音听不到了,打猎的队伍走得远了。他才放下心,回头察看驴背上的那个布囊。

东郭先生见布囊还是一动不动,心想:"这狼是因箭伤太重而死了,还是在囊中闷死了?怎么没有一点声音呢?"他用手摸一摸,狼说话了:"先生,想必那赵简子走远了,俺在囊中被捆绑得实在难受,腿上的箭刺得我十分疼痛,你解开布囊放我出来吧。"

东郭先生把布囊从驴背上抱下来,放到地上,解开扎口,拖出那狼,又为狼解开绑绳,拔出那枝箭。他见那狼的四条腿被捆得僵硬麻木,好大一会儿才伸展开,箭伤的地方鲜血淋漓。他觉得可怜,又为狼包扎伤口,收拾妥当,狼自由了。

那狼转动着一对绿眼珠，望着东郭先生说："俺的性命，今天险些断送在赵简子的手里，先生救了我，实在感谢。俺有句不知高下的话，先生愿不愿听呢？"东郭先生说："有什么话，只管讲来。"狼说："俺被赵简子追赶，跑了很远的路，在这布囊又蜷曲这么长时间。先生虽然救了俺的性命，但我的肚子实在饥饿难忍。要是饿死在路上，被那乌鸦啄肉、蝼蚁啃骨，还不如让赵简子捉去，倒也死得干净。先生既然可怜我，就救我救到底，让我把你吃了充饥吧。"说着，就向东郭先生扑来。

东郭先生急忙躲到驴子的另一边，他被这突然的变故吓得浑身打颤，对狼叫道："我用书囊救了你，差点儿被赵简子看破，几乎死在他的刀剑之下。你得救了，却反过来要吃我，天下有你这样负心的吗？"

狼说："先生，你不是墨家的忠实信徒吗？俺听说你们这些人不辞千辛万苦，凡是对天下人有利的事情就要去做。今天你为什么不舍自己的身体救我一命呢？"

东郭先生说："你这个狼真是天生的狠毒心肠！刚缓过气儿来，你就这样忘恩负义。看来是我有眼无珠了，救了你这丧天害理的东西。我好后悔啊！"

狼龇着牙，瞪着眼，冷笑道："你是好心救我吗？你把我紧紧地绑在布囊里，绑得我痛苦不堪，这是什么好心？你还对那赵简子说俺'贪婪狠毒，助纣为虐'，还要'竭尽微薄之力'去帮助他，你这样对待我，我还不该吃掉你吗？"

东郭先生辩解道："你这话太没道理了。当时我如果不那样对赵简子讲话，能救了你吗？"狼哪里肯听，它气急败坏地说："少废话！俺肚子饿得发慌，快点儿给我充饥吧！"说罢，它又向东郭先生扑过来。

东郭先生又向驴后面躲藏，嚷叫道："你让我救你的时候，说什么要像隋侯救活的蛇那样报答我,现在你张牙舞爪地要吃我,这是报恩吗?"狼追过来,东郭先生又躲过去,那头毛驴成了遮身救命的墙。

狼发急了,大叫:"随你躲来躲去,今天你躲不过我的口。我不吃掉你,决不罢休!"东郭先生一边躲,一边叫:"狼啊,你太对不起我了!俺救了你,你却要害我,老天在上,这是多么不公平啊!"

狼追得累了,东郭先生也躲得没劲儿了,他们隔着毛驴各自喘息。东郭先生说:"常言道,若要好,问三老。我和你一起去寻着三位老者问一问,你应该不应该吃我。老者要是说我该吃,我死也甘心。"狼说:"好吧,就依你。"

东郭先生牵着驴与狼同行,走了一段,没有遇见一个人。狼说:"我饿得受不了啦,看着你我馋得口水直流。你看,那边有一棵老树,你快去问它。"东郭先生望了望,说:"那棵老树干枯得快死了,草木是无知觉的植物,怎么能问它?"狼说:"你只管问它,它会回答你。"

东郭先生向老树作了一揖,问道:"老树啊老树!那中山狼被赵简子一箭射中,又被追赶得无地缝可钻,我救了它的性命,它却要吃我,世上哪有这样负心的?老树,你说它该不该吃我呢?你要是能救我,真是千年铁树开花了。"

老树说:"俺是一棵老杏树。当初园公种我的时候,不过只费了他一个杏核而已。生出树苗来,一年后开了花,二年后结了果,三年长到一满把这么粗,十年长到两臂合围这么粗。到如今三十年了,老园公和他的妻子儿女以及奴仆、宾客,都吃我结的果儿。他还把我的果儿拿到集市上卖钱,买回需要的用品。我对老园公一家,可说是有恩的。现在他见我老了,不结果了,就突然生了气,要砍倒我的树干,削除我的枝叶,还要把我这老木头卖给工匠做家具。老园公尚且这样负心,你对狼有什么恩惠呢?该吃你!该吃你!"

狼听罢老杏树的话,又扑向东郭先生。东郭先生急忙躲避,说:"怎么这样性急?刚才说过的,要问三老,现在才问一老,你怎么就要吃我?"狼只好停下来,又往前走,看见一头老母牛卧在断墙边晒太阳,狼让东郭先生去问,先生说:"刚才我问那万刀砍千斧剁的蠢木顽柴,几乎使我丧命。这牛是披毛带角的畜生,问它有什么用?"狼说:"你只管去问它。要不去问,我就要吃你了。"

东郭先生无奈,向老母牛作了一揖,讲了救狼的经过,问该不该被狼吃,老母牛说:"俺当初是牛犊的时候,筋骨强壮,精力充沛,那户农民非常喜欢我。他们出门靠我驾车,耕地靠我拉犁,看待我如同手足。他们吃的饭,穿的衣,以及婚男嫁女、交粮纳税,哪件事儿不是靠我卖力气帮助他们?如今我年纪大了,力量弱了,老农就把我赶到这荒郊野外。风寒霜冷,食缺水乏,我筋骨无力,行走不动,皮毛枯皱,痛苦难支,老农不但不照管我,昨天还对他的老婆孩子说:'咱那老牛一身都是有用的东西:肉割下来可红烧来吃,皮剥下来可制革来用,牛角和牛骨可切磋成器物。'他还让儿子磨快了刀要杀我,我这一两天就没命了。我为这家农民立下这么大功劳,他们还要谋害我,你对那狼能谈得上什么恩情呢?该吃你!该吃你!"

东郭先生听着老母牛的诉说,心里发凉,这世间无情无义的事太多了,老牛的遭遇太可怜了。他暗自叫苦道:"我的命运怎么这样不济呢?偏偏问着这位含冤受屈的老牛!眼前这山间官道已无人行走,天又快黑了,谁来救我呢?"他感到了绝望和悲哀。狼却非常高兴,又向东郭先生扑来。

东郭先生本能地躲避狼的进攻,叫道:"何必性急!俺和你有言在先,一定要问到第三个老者,他要说该死,我再无怨言。"狼说:"好吧。俺饿得不耐烦了,你快点儿走!我也是一片好心,再依你一次。第三个老者要是还说'该吃你',我就不客气了。"

四

东郭先生与狼一道继续往前走,远远望去,见有小桥流水、疏篱茅舍,像是一户人家,环境冷僻清幽。就在那溪边小树林里,一位老人拄着拐杖向这边走来。

这位老人是藏姓埋名隐居此山的高士,人们都叫他杖藜老子。他每天傍晚都要到这溪边林下散步,逍遥自在。东郭先生迎上去,施了一礼,求告说:"老人家,救救我吧!"

老人问什么事,东郭先生讲述了他救狼的经过,又讲了与狼约定询问三老以及问老杏树、问老母牛的情况,之后说:"现在遇见你老人家,这是我命里该有救星,请你赐给良言,救我性命。"

老人听罢,举起拐杖要打那狼,斥责道:"你这样负恩,天理难容!他好心好意救你,你却要吃他,怎么能这样无情无义?你快走吧!要是还在这儿磨蹭,我用拐杖打死你!"

狼分辩说:"老人家,不可听信他的话,他说的都是谎言。他见我被箭射伤,把我的四条腿都捆绑起来,装到布囊里,我受了多少痛苦啊!他又和赵简子闲聊,说俺如何如何贪狠,拖延了好长时间。他是假意救我,实际上想把我闷死在布囊中,自己独得其利。像他这样黑心肠的人,你说该吃不该吃?"老人对东郭先生说:"听它这么说,先生也有不对的地方了。"东郭先生叫道:"哎呀!你老人家不知道,俺只因救了它,差点儿被赵简子看出破绽,丢了性命。我为它低声下气,我为它担惊受怕,不图它有什么报答,它却倒打一耙,说我害它,真是信口雌黄!"狼也叫道:"老人家不要相信他!我被他捆绑在布囊中,痛苦极啦,不是害我又是什么?"

东郭先生和狼争来辩去,各说各的理,相持不下。老人说:"你们两个的话都没有凭据,我难以相信。现在再把狼照原样绑缚起来,装在布囊里,让我亲眼看一看那受苦的模样。如果真的十分痛苦,先生你也就不必说什么了,只得让这老狼吃了你吧。"狼说:"老人家说的有理。俺肚子饿得发慌了,快把我绑起来,你看我那模样是不是真的痛苦。老人家,俺是一定要吃那先生的,你不要哄骗我。"

老人让狼躺在地上,让东郭先生把它绑好,装进布囊里。这时,老人问:"先生,你带的有佩刀吗?"东郭先生说有,就把刀取出来。老人说:"现在怎么还不下手?"东郭先生吃了一惊,说:"虽然是它对不起俺,俺却不忍心杀它。这狼是自作自受,中了你老人家的巧计,教训它一番也就够了。我只当是今日晦气,遇上这个不讲天理的畜生。只要它不吃我就算了,放它走吧!"

老人拍着手笑道:"这样负恩的禽兽,还不忍心杀害它,你虽然有一片仁慈的心肠,却未免太愚蠢了啊!"

东郭先生说:"老人家,这世界上忘恩负义的东西多得很,何止这一只中山狼?要杀恐怕是杀不完的。"

老人叹口气道:"先生说的不错,世上负恩的实在太多了!有的是对国君负恩:他拿着朝廷的大俸大禄,却不干什么正经事,专门耍弄奸邪贪佞的手段,祸国殃民,把铁桶般的江山,败坏得不可收拾。有的是对双亲负恩:他受了爹娘的抚养教育,不想着报答,却嫌爹娘没本事,没有使他家财万贯,官运亨通;或者他自己混出个人模狗样之后,又说爹娘沾了他的光,却不想他自己那血肉之躯是从哪儿来的。有的是对师傅负恩：他刚学得一知半解，就摆臭架子，把师傅当路人看待，却不想他在刚入学发蒙的时候，师傅教他读书写字，费了多少心血。有的是对朋友负恩：他在穷困的时候，受朋友周济，在危险的时候，受朋友的帮扶，那时他和朋友密如胶漆，亲如兄弟，发誓要同生共死；到了朋友不得志的时候，或者他稍微觉得受朋友冷落，他就另攀高枝，趋炎附势，把穷交故友撇在脑后。有的是对亲戚负恩：他曾经靠亲戚供给衣食，靠亲戚资助钱财，靠亲戚分担忧虑，靠亲戚解救险急，到了他直起脊梁的时候，就翻脸忘恩，转眼无情；或者亲戚贫穷他怕受连累，亲戚富有他又生妒忌，明里欺心，暗里算计。如此等等，那些负恩的人不都像这中山狼一样吗？"

东郭先生听老人这番宏论，连连点头，他说："今天的事儿，真正教训了我。到底还是上苍有眼，天道无私，恶狼终于受到惩罚。今后我一定要多长个心眼儿，不能再这么傻了。我也要奉劝世上那些负心的人，中山狼的下场就是你们的榜样啊！"

东郭先生手持尖刀，杀死了囊中的恶狼。他松了一口气，说："畜生！你现在还要吃我吗？"他又拜谢老人的救命之恩，老人把他扶起，领他到自己的茅舍里歇息。那只中山狼的尸体，孤零零地被抛在了路旁。

（王永宽　改写）

玉簪记

[明]高濂 撰

一

北宋末年，东京开封府有一府尹，姓潘名凤，曾经中过明经科进士。潘府尹有个十分投缘的同僚，姓陈，是开封府府丞。潘、陈二人交情深厚，两家曾指腹为婚。之后，潘家得一男，取名潘必正；陈家生一女，取名陈娇莲。潘家以碧霞玉簪作聘物，而陈家则以鸳鸯玉坠为聘物，从此潘、陈两家结为亲家。

不久，靖康之难发生。潘、陈二家解组归闲。潘家回到故里河南和州，陈家则到千里之外的潭州。几年前陈家曾派家人陈旺到潘家来问候，潘家一直不曾派人到潭州。渐渐地，两家音讯不通，失去了联系，完婚之事也就搁置起来。

时光飞逝，指婚之事转眼之间已过去十六个年头了。这年春天，莺花遍园，飞燕呢喃，归闲在家的潘凤夫妻在园中赏春。满头白发的潘凤想起了远在潭州的好友，不由得又想到儿子的婚事。儿子潘必正已长大成人，被时人誉为经邦济世的人才，但婚事未成，功名未就。潘凤就对妻子说："不知亲家晚年怎样？儿媳的教养又如何？这些都让我经常挂念。婚姻之事不提它了。如今国家春选时候已到，朝廷选拔人才，我想打发孩儿赴京应试，你看怎么样?"妻子吴氏连声说:"很好,很好。"于是就招呼必正出来。正在房中苦读的潘必正,听到娘叫他,就来到父母面前:"爹爹有啥吩咐?"潘凤说:"你虽被时人推许,毕竟未中进士。现在朝廷春试,你可早点进京应试。等你夺取功名之后,再给你娶妻成家,你看怎样?"潘必正说:"爹爹,考取功名的事,我听您的吩咐。至于婚事,倒不必挂在心上。"潘凤见儿子有志气,很是高兴,当下就吩咐书童进安:"你赶快去收拾一下琴剑书箱,跟大相公进京赶考,不得耽误。"进安答应一声,就去收拾书箱行李。潘凤又对儿子说:"孩儿,今天正是黄道吉日,你可以现在就动身。早几日到,可以会会朋友。"吴氏见儿子说走就走,一去千余里,就问潘必正啥时可以考完回家。这一问,潘必正眼睛潮湿了,一股苦涩涌上心头。但他一想到壮志未酬,正可进京一显身手,跃跃欲试的兴奋就笼罩了全身。

这时进安把书箱行李挑来了,说:"相公,门外的船正在等候,别耽误了。"吴氏嘱咐进安:"相公不习惯外面的游历生活,你们乘车马、过河桥要当心。要多催相公捎书信来!"潘凤祝愿儿子独占鳌头,功成名就。潘必正一一记牢,就拜别父母,和书童进安乘船而去。

二

潭州陈家这十几年家道败落,门庭萧瑟。陈府丞到潭州后不久就撒手而去,留下幼女寡妻在人间。这十余年,母女二人相依为命,过着贫苦的日子。母亲钱氏时时想起潘、陈两家的指腹为婚,几年前曾派家人陈旺去问候,此后再未见潘家来人。如今两家孩儿都已长大成人,潘家至今无人上门。钱氏想这婚事必定是付之东流了,她天天挂在心上。一天和女儿谈起此事,女儿说:

"娘,自古道:一富一贫,才见交情;一贵一贱,交情才见。现在爹爹已经去世,咱们家境贫寒。再说,这事过去十几年了,您就别提它了!咱们就过苦日子算了。"钱氏还在念叨:"这指婚的话,每天梦魂牵绕,让人心碎肠断哪!"女儿不爱听,就说:"娘!人生万事由天定,您又何必苦苦埋怨呢?"

母女二人正在议论潘家,家人慌慌张张地闯进来说:"金国四太子兀术率领百万兵马南侵,早已杀过长江,眼看就到潭州了!"二人听罢,犹如雪上加霜,钱氏说:"这叫我孤儿寡母该怎么办哪!"家人就催她母女二人赶紧逃走躲避。这时城中已经乱作一团,人们呼叫着纷纷逃出城去。钱氏母女随家人一起逃走了。

路上追兵越来越近,人们在狂奔逃命。钱氏对女儿说:"我已经上了年纪,无非就是一死。可你一个人在世上谁来照顾?你身子又娇弱,怎么办呢?"这时传来追兵的喊叫声,人们四散躲避。慌乱之中,女儿娇莲失散了。钱氏不见了女儿,急得哭起来,口中只顾喊叫:"娇莲!娇莲!"喊得口干舌燥,无人应声。钱氏也不知该跟谁打听,只是喊叫。不料追兵又杀回来,钱氏只好和仆人一起逃命去了。

娇莲找不到母亲,孤身一人,脸皮又薄,心想:母亲不知下落,世上举目无亲,现在该去投奔谁呢?娇莲喊道:"娘!娘!"可是没有回音。她自小大门不出,二门不迈,根本不知道路。看看天色已晚,心中不免害怕,不敢再走,只好到树林深处躲了一夜。

第二天清晨,娇莲继续上路。她放眼望去,前面隐隐约约像是个村庄,于是就加快脚步。走了一会儿,就见一女人从身边匆匆跑过。这女人没跑多远,脚底下一滑,一跤摔出好远,痛得她惨叫起来。娇莲一见,顾不得羞涩了,就喊道:"路上大娘,等一等我!"话没说完,娇莲一个跟斗也摔倒在地。那女人说:"我刚刚爬起来,你又摔倒了。好吧,你起来,起来,我和你走一程。"正说着,后面又传来一阵喊杀声,那女人自言自语道:"死生只在眨眼之间,我和你人生面不熟,何必被你拖累!"想到这里,就撇下娇莲,一人逃命去了。

乍离家门的娇莲,路不熟,绣鞋也跑坏了,后面还有追兵。想到这儿,娇莲又急又愁,大哭起来。这时又有一女人从这经过,听娇莲哭声凄惨哀怨,就走过来问:"姑娘,你为啥在此哭泣?你家住哪里?"这一问,娇莲哭得更厉害了。这个女人想:看她发愁的样子,好像有许多忧愁憋在心里,就又问:"姑娘你从哪儿来呀?"娇莲止住哭泣,说:"奴家是官宦人家的女儿,因遭兵乱,和母亲失散了。我自幼不出家门,不知道路,左思右想走投无路,想在这里寻个自尽。"这女人一听,知道她是无家可归且无依无靠的姑娘,心里可怜她,对她说:"姑娘,我想把你留在我家,但家中有孩子丈夫,里里外外有许多不便。现在战乱没停,你也难再走,我看你可怜,村中有个女贞观,都是女人出家。我领你到观中暂住,你看行吗?"娇莲听完就说:"若能这样,你就是奴家的重生父母、再养爹娘。请问大娘高姓?"这女人爽快答道:"奴家就是女贞观的邻居张二娘。我寻思,你就到观中投宿吧。"娇莲问:"女贞观在哪儿?"张二娘告诉娇莲,前面不远有一条小溪,溪边是一片杨树林,林子西边朱红大门那里就是女贞观。张二娘招呼娇莲:"走吧,我领你去。"

到了女贞观门前,张二娘上前敲门。观门"吱呀"一声打开,开门处出来一个老年道姑。她向张二娘行礼,然后问道:"这位娘子从哪儿来?"张二娘向她讲述了娇莲的遭遇,接着说:"奴家路上偶然遇见,领她来观主这里出家。"娇莲趁机插话说:"奴家愿做您的弟子。"观主见她出身官宦之家,提醒娇莲说:

"做我的弟子倒不成问题,问题是空门清苦生活和每日修行,你受得了吗?"娇莲说:"师父在上,奴家情愿皈依。"说着她取下头上戴的金凤钗一双,鸾坠一对,又说:"奉上老师,充作日常的费用。"观主推辞不受,说:"姑娘,这说哪里话!只希望你能接受观中的五戒三皈,我们这里是有缘千里能相会。"张二娘见状说道:"既是这样,老师父请上,待她参拜。"观主说:"先拜了三宝,然后拜我。我问你:家住哪里?姓名是啥?"娇莲答道:"奴家姓陈,小字娇莲,潭州人氏。年方一十六岁,没有嫁人。"观主说:"既是这样,我替你取个法名,叫作妙常。"观主领她二人来到大殿上,对妙常说:"你可跪下,先拜一拜佛。"妙常面朝佛像拜了一拜,口中说着誓言一般的话语。接着妙常拜了法,拜了僧。拜完"三宝",张二娘说:"妙常拜了师父。"妙常就在地上向观主拜了一拜说:"师父,请受弟子一拜。"观主端详着自己的弟子,见她仪容整洁,举止大度,告诫她说:"从今以后不能再贪恋旧日的俗家繁华生活。"妙常见自己总算暂时有了归宿,心中踏实了许多,只是想到母亲不知到了哪里,更不知是死是活,心中忧虑不安。相比之下,自己更应感谢这好心的张二娘。于是妙常对张二娘说:"你可请上,受我一拜,奴家此后愿认你做姐姐。"张二娘听罢心中十分高兴,就认妙常做妹妹。她叮嘱妙常,暂且安心在女贞观中度年华。

三

光阴似箭,转眼到了夏天。潘家花园的闲亭池中开满了荷花,远远望去,好似片片云锦。吴氏吩咐丫环们在花园中摆设酒宴,要和丈夫潘夙一起在园中赏花。

这时门外来报,有人求见,已领到华堂上。潘夙进了华堂,来人就磕头请安。潘凤说:"起来,你是谁?为啥事而来?"来人还没答话,两行热泪就流下来了,说:"小人是潭州陈家的陈旺。"吴氏一听,仔细看看来人,惊喜地说:"这正是几年前来过的陈旺!"接着又问:"亲家都平安吧?"陈旺擦了泪说:"一言难尽啊。我家夫人现在就在门外。""啊?"吴氏听罢大吃一惊,"真的就在门外?你不是说谎?"陈旺说:"小人怎么敢跟夫人说谎?我家夫人真的就在门外。"潘凤夫妻二人一听就急忙朝大门口走。到大门外一看,果真是亲家母钱氏!十几年不见,钱氏已经头发花白,衣衫不整,一副风尘碌碌的样子。潘、吴二人立刻将钱氏迎进来,到了堂上相互问好后,潘凤说:"亲家母,我们迎接得太草率、太匆忙了,真是对不起!"钱氏就把家中遭战乱弃家而逃,路上与女儿失散,一路颠簸和陈旺来到这里的经过说了一遍,然后对潘、吴二人说:"我孤独一人无依无靠,只好来到和州投靠亲家,还望收留。"潘、吴二人赶紧说道:"亲家母说的是哪里话?战乱中亲家母没事就是不幸中的大幸,你就住在我们这里吧!只是我们那儿媳妇孤身一人不知在哪儿?真是想死我们了!"钱氏见他二人提起娇莲,就问:"令郎公子怎么不见?"潘凤告诉钱氏,潘必正两三个月前进京赶考去了,至今没有一点儿消息。三个人又为儿女们的事长吁短叹了一阵。

四

盛夏到了,天气又闷又热,树上的知了鸣叫不停。这时,从金陵方向走来一个仆人打扮的人,他要在城外寻个僧房道院之类的地方。走了一程,这仆人发现一座庙宇。走近一看,正门上方的匾额上写着"敕建女贞观"五个大字。他见此处环境清幽,很是中意,见庙门大开,就直走了进去。仆人连喊几声后,从后面走出一位香公,问仆人有啥事。仆人说:"我叫王安,我家相公游学到此,想借上方闲房稍住几日以避酷暑,定当酬谢。"香公说:"请稍候,我去通报观主。"香公进内见观主回禀此事,说河南来了一位游学相公,想借闲房暂住几宿,房钱重谢,不知观主允许不允许。观主说:"我们出家人当以慈悲为念、方便为门,当然允许。相公来时你再通报。"香公出来将此话转告王安,王安告辞走了。

时间不长,相公来到女贞观门外。路途匆忙,天气又热,衣衫都湿透了。乍到这里,就觉得凉意丝丝,心情舒畅。相公命王安前去通报。不大一会儿,观主出来迎接。相互行礼之后,观主请相公进院,相公说道:"小生此来打扰观主了。"于是命王安取来香绢送给观主。观主道谢,让女童收下。观主又请相公进入鹤轩坐下说话,并吩咐女童泡茶来。接着观主转向相公:"请问相公仙乡何处?尊姓大名?"相公答道:"敝乡河南郡,小生姓王名通,曾中过举人。"观主说:"失敬,失敬。相公原来是位秋元。"相公就问观主出家几年,多大年纪。观主说:"出家有些年了,如今已虚度五十。"王通又问观主高姓、祖居哪里。观主告诉相公:"俗家姓潘,和州历阳县人。"相公又问:"这观是啥时候建造的?"观主说:"这观是唐高祖创善缘而建造,早就毁坏了,是我出家时重新建造的。"

观主、相公二人正在谈话,妙常听说有客人到,就来鹤轩相见。她一进来就先向相公行礼,相公起身还礼。妙常又向师父行礼,问道:"这位相公从哪儿来?"观主指着王通说:"这位是河南来的秋元王相公。"妙常见王通还在站着,就让道:"相公请坐。"王通说:"好一位仙姑,也在这观里出家?"妙常没来得及答话,一位道姑进来告诉妙常,说悟真庵王师兄来送贴佛金,等着见面。妙常就对王通说:"小房有客人,不能奉陪了。"说完转身离去。

王通见这位姿色动人的仙姑转眼消失了，就魂不守舍地问观主："刚才见到的那位仙姑，难道是位神仙？"观主告诉王通："她就是世间凡人，相公不要乱猜作天上仙女。""请问她的高姓法名？青春多少？""她俗姓陈，法名妙常，年纪还小。""是您的高徒？""是我的愚徒。""她和您同住吗？""她禅居在另外的院子里。"观主不愿再谈妙常的事，就对王通说："相公，天色已晚，请到清芬轩吃晚斋。"

斋饭后，香公来请王通洗澡。王通趁机问道："香公，你多大年纪了？"香公装聋，王通又大声问一遍。香公回答："八十三岁了。""到这里几年了？""三十多年。""你穿的衣服谁管呢？""只要茶饭不缺就够了，还管啥衣服？"王通吩咐王安取两匹布来送给香公。香公收下布，王通让王安出去。见王安走了，王通问香公："刚才那个小道姑出家几年了？""说来话长了，你非得问出个青红皂白来？别管她了，请您去洗澡。""你告诉我，还有你的好处。"香公于是把妙常的来龙去脉告诉给王通。王通还不满足，又问："她房在哪儿？""最西头儿白云堂下。"王通把妙常的情况打听清楚了才洗澡、安歇。

五

次日午后，天气仍很闷热。三个道姑打坐得没了耐心，看着空中成双成对的燕子飞来飞去，难以抑制自己的欲望，满腔心事不知该对谁去说。这三人就结伴来找妙常，见面后就说："陈姑，我们有礼了。""各位师兄来了，请坐。"其中一个道姑说："陈姑，天长人静，重门难守。没个来钱财的地方，酒食也没有进过嘴。夜晚翻来覆去地反复琢磨，我也顾不得出乖露丑了！"妙常一脸正色地说:"师兄,你说哪里话?我和你苦守清规戒律,谨慎地遵循教旨,终能成就正果。今天没事,大家都来到这里。不如请师父出来,给我们谈经说法,洗涤我们的凡心。三位认为怎么样?"一个道姑说:"正是,正是,快去请。"另一道姑阻挡她,说:"不要去请,我没功夫听经。"妙常道:"不要说闲话了,快去请师父来!"一个道姑去把师父请来了。

师父来后,四人一齐行礼。师父说:"你们请老身出来,要讲啥经?"妙常说:"我们这时无事,想听法华旨要,所以洗心焚香伺候。"师父说:"善哉,善哉!这《法华经》不同于别的经典,是我西方祖师普度众生的,分二十八门妙品,解救百千万劫难,真个一字一行都是慈航,普度众生到达彼岸。"师父又对四位徒弟说:"你们必须把孽根磨去,早些登上慈航,驶出爱河。"众徒弟合掌说道:"承蒙指点,应该醒悟。"四个道姑表面上听师父讲经,思想却开小差,念起自己的"经"来。那几个道姑想:我们在观里把芳华虚度过去了,到现在都老大不小的,衣食还得靠观里供给。当年进入空门做出家人,真是没办法的事。妙常却想:"我还不懂得姻缘恩爱的时候,就已经了结了相思债。现在却像黄叶飞舞,随风飘落,时光流去,到老年该怎么办呢?"师父讲了一会儿经,站起来说:"各位徒弟,你们在这里把讲过的经卷细细琢磨,不要把时光白白荒废掉!我去打坐一会儿。"四位徒弟说:"请师父自便。"师父转身离去。妙常说:"各位师兄,听了半天有些疲倦了。我们到松棚下面玩一会儿,该有多好!"三位道姑齐声说好。妙常又说:"你们看,一轮明月斜挂在松树梢头,四周寂静无声,花阴满地,多么让人喜欢啊!"一个道姑接腔说:"真个是让人喜欢。只是少了四个丈夫,和我们一起观赏这眼前的美景!"四人一齐哄笑起来。这个道姑继续说道:"道姑道姑,原有丈夫;只因为要挣些钱财,才戴了这顶毗卢。"四人又是一阵开怀大笑。

到了松棚下面，四人坐下。这时明月高照，凉风阵阵，送来了夜晚禅堂内的钟磬声音，空中飞舞着流萤。一个道姑说："很早就听说陈姑弹得一手好琴，请你弹奏一曲给我们听听。女童，把琴拿过来！"妙常从女童手中接过琴来，抚弄琴弦笑道："试弹一曲，请别见笑。"夜晚月光下，悠扬悦耳的琴声响了起来……

这时王通也在禅院中月光下漫步吟哦，风儿送来清婉的琴声，好似白鹤冲霄、青鸾逸驾。他心想：不如走得近些再听一会儿。忽然王通发现这院子有个角门半开着，他就悄悄地贴着门走进去，仔细一看，松棚之下，陈姑正在给众道姑弹琴。道姑们说："方才弹得真是绝妙，再弹一曲怎么样？"妙常爽快答道："可以。"这次琴声凄楚，如泣如诉。这时王通听得入迷，忽然琴声猛然消失，就听妙常说："为啥琴弦猛地断了，难道有人偷听？"道姑们说："这里哪有人来呀？"妙常说："空门虽然是与红尘隔绝，就怕花阴深处有人躲藏。"道姑们纷纷说道："夜已深了，我们也该告辞回去了。"妙常说："这可就怠慢了。"各位道姑告别而去。王通看到这一切，心中暗自惊叹：天下竟有这样的绝色人物，真是仙人掌上飞来的。可惜她进了空门，不如借着月光在粉墙上写诗一首，暂且寄托我的思慕之情。仙姑明天经过这里，肯定会看到。想到这里，立刻叫王安取来笔墨，龙飞凤舞地在粉墙上写道："一曲霓裳香雾薄，夜深偷向月中看。分明人坐天香窟，何事空门虚合欢。"写罢放下笔，心中暗自祈祷："诗啊，诗啊，一定要让她看到，好和我一首。"王通满腹心事地离去，想了整整一夜。

原来这王通真名叫做张于湖，是金陵知府。那天到金陵赴任，船到钟山时天气酷热难当，就派王安到城外寻一僧院暂住。他怕让人得知他是地方官长，就假称自己名王通，借住女贞院。

自从昨晚听妙常弹琴之后,张于湖就心驰神往,魂不守舍。忽然想起香公说过,妙常住在白云堂下西头儿房中。于是他决定前去拜访。

妙常居处周围长有青苔,花丛枝叶茂密,路滑难走。四周寂静得连鸡鸣狗叫声也听不到。张于湖一大早就来敲门。刚从梦中醒来的妙常开门,见是那日鹤轩见过的相公,就行个礼说:"有失迎候,罪过罪过。"张于湖说:"一早就来打扰,请恕我冒昧。""不敢,请相公坐下喝茶稍候。"说罢转身进入房中。片刻之后妙常重又出来,张于湖见她坐下,就急不可耐地说道:"仙姑,你昨夜瑶琴一曲邀残月,松梢露滴声悲切。归去洞房更漏水,巫山有梦和谁说?"妙常听到这露骨的挑逗,就软中有硬地回击道:"相公,我意絮沾泥心炼铁,从来不爱闲风月。莫把杨枝作柳枝,多情还向章台折。"张于湖一听碰了壁,说道:"小生说的是玩笑话,请别介意。"他看到桌上摆着一副围棋就说:"仙姑还会下棋?""略知一二。""请教一局如何?"妙常招呼香公:"把棋拿来,我和王相公下棋。你泡茶端了来!"香公应了一声,边摆桌子边话里有话地笑道:"你们两个可不要黑白不分哪!"妙常斥道:"别废话!快去泡茶。"一面又对张于湖说:"请相公先走。""那学生就失礼了。"说罢就摆上一子。接着两个你争我夺地下了起来。张于湖心不在棋上,妙常暗示他:"相公下棋用心一些。"再下几手后,妙常就说:"相公你输了!"张于湖一看果然已成败局。

第二局妙常更加谨慎,不让张于湖有空可钻。张于湖说:"我来点眼。"说完就"啪"地摆下一子。妙常微微一笑说:"相公小心了。"话音刚落,一子已摆好。张于湖叫了起来:"又是学生输了!"妙常客气地说:"这是相公故意让的。"香公正好端茶过来,见张于湖输了两局就说:"我说你赢不了她嘛!"放下茶得意地走了。

张于湖见围棋上讨不到便宜，就心生一计，对妙常说："仙姑手中佳扇，为啥无人题写？"妙常知道他要故伎重演，就笑着说："正想请足下题写，只是不敢亵渎。"张于湖接过扇子，胸有成竹，挥笔写道："碧玉簪冠金镂衣，玉如肌。从今休去说西施，怎如伊。香腻桃腮不傅粉，最偏宜。好对眉儿共眼儿，觑人痴。"写罢递给妙常。妙常浏览一遍，对张于湖直言相告："词章虽妙，只是言语艳丽放纵。我在这清净堂中，已习惯禅心寂寥，相公，不要把这里错认莲池，比作蓝桥。"张于湖见妙常芳心玉洁，不为所动，很感惭愧，就向妙常行礼说道："请仙姑原谅我这风流少年的小小计谋！"妙常说："像这样的没来由的相思你去别处寻吧。"张于湖说："小生就此告辞了。""多有冒犯，恕罪恕罪。"张于湖回到房中立即吩咐王安："我住在这里多有不便，你急速通知金陵，就说我二十三日到任。快去！"王安想：我家老爷在这儿住了几天，大概是跟那个道姑没缘分，只好走了。于是就去通报金陵，张于湖离开女贞观，到金陵上任去了。

这张于湖到任之后，为防金兵南侵，日夜操练兵马。一天探子来报：金国四太子兀术率兵来到。张于湖身先士卒，率兵迎战，把金兵打得狼狈逃窜。从此，金陵四境得以平安。

六

这天是九天雷神诞辰，女贞观里要大启佛会。观主心想不如把众徒弟叫出来做些准备，好接待四方施主。如果是他们来烧香还愿，也好迎接。于是观主就分派徒弟们各负其责，吩咐香公说："敲钟击鼓，大启佛会！"于是女贞观里钟鼓齐鸣，鼓乐喧天。

一个小道姑匆匆来报,说衙门里的耿小姐来烧香还愿。观主高兴地迎出来,把耿小姐让入房中,耿小姐坐下后就说:"去年曾许过花幡、灯烛,特地准备白银十两,前来了结心愿。"观主马上就为小姐写疏正名。这时溧阳县一个漫天花钱的阔绰公子王仁,率领一群仆人从女贞观前路过,他见观里人群拥挤,想是做啥道场,就派仆人通报观主,说他来看佛会。观主不知王公子是啥来头,就立即走出来,连声说道:"失迎,失迎,公子多多恕罪!请到鹤轩坐一会儿,等耿小姐还了愿,再请公子过来烧香。"说完来到佛殿,把写好的疏交给耿小姐,请她烧香。耿小姐把香点着,插好,然后跪下,合掌祝祷。烧香完毕,观主请耿小姐去看道场,又到鹤轩看花。耿小姐发觉有一伙人始终在跟踪自己,慌忙用轻罗扇遮住脸,头也不敢抬,心想还是快回去好,于是就对观主说:"打扰多时了,就此告别,多谢观主。"观主说:"太简慢了,等老身送出门外。"耿小姐连忙阻拦:"殿上有客,不必远送。"观主转身对王仁说:"公子,暂不能奉陪。"王公子从佛殿跟踪耿小姐直到鹤轩,一直没插上话。眼见耿小姐告辞而去,心中懊恼不已,大叫道:"这相思情肯定要杀了我!"

王仁回去后,日夜思念那耿小姐,想和她乘鸾跨凤,慨叹自己找不到来由;想偷香窃玉可恨那侯门似海,自己进不去。手足无措的王公子找来两个贴心仆人万事和无成,商议怎么办。万事建议公子扮成山大王,率一伙人去明火执仗地把耿小姐抢来。无成告诉公子,别做这黄粱美梦了!耿小姐已经嫁到王尚书家去了,怎么敢抢?王仁听罢,一下子泄了气,立刻萎靡不振。无成见公子变成这样子,就告诉王仁,女贞观里有一年轻道姑,比耿小姐强百倍,模样标致,天下无双。王仁睁大眼睛问:"那天佛会时怎么没看见?"无成答道:"那天她正病着,懒得出来见客。那标致没得说,真不亚于崔莺莺和王昭君,实在是名不虚传!"

话音没落,只听"咕咚"一声,原来王仁听得浑身酥软,摔倒在地。王仁兴致大发,命万事、无成去把那道姑叫来。二人答道:"公子,说不得这种自在话。道姑是出家人,不嫁人的!"王仁一听,立刻像泄了气的皮球,没了精神。无成见他如此模样,告诉王仁:"可以去找凝春庵的王师姑,她和那道姑关系要好。请她当面说媒,事情才能办成。"王仁听到又有希望,立刻劲头儿十足,让万事、无成立即跟他到凝春庵去。

王仁一行三人出城转过长堤,过了小溪,又往西走了一程,来到凝春庵。王仁让万事上前通报。不大一会儿开门出来一个尼姑。她见到王仁就问:"相公从哪儿来?"王仁说:"我是溧阳县王公子,特地来这儿,有一事相求,请不要推辞。"接着王仁就把自己看上女贞观道姑陈妙常、想向她求婚、请王师姑作媒的事说了出来。这王师姑一听就双手合十,口中说道:"阿弥陀佛!她是出家人,怎么说得出这句下地狱的话!我不管这闲事儿。"说完就要关门。王仁赶紧拉住她:"你如能办成此事,我送你白银五十两谢你!""那好,你拿出来给我!"王仁把五十两银子交给她。王师姑说:"公子你还有啥吩咐,我明天就去说。""你明天必须用心去说。""那自然。"无成接腔道:"媒婆的嘴肯定会说!"

第二天王师姑来到女贞观妙常门前,上去就"咚咚咚"地敲门。妙常已从房中看到是王师姑,就开门问道:"远路到此,有啥话说?"王师姑笑着说:"很久没来走动了,特来听讲经。"妙常奇怪地说:"你平日就不喜欢经典,怎么又要来听讲?""我现在不比以前了。前夜月下,我亲耳听观音菩萨说:'你平日念佛,功德将满,只少了一百多声阿弥陀佛,不然祥云就会接你上天去。'"妙常讥讽她道:"你为啥不做一会儿功夫,念够了一百声干脆上天去?""我还有些私债没有要来:养了些鸡狗羊,还没卖出去；有几个相识的和尚，舍不得他们；因此故意不念够了。"
"好啦，你别开玩笑了！你到底有啥话要说？"王师姑担心隔墙有耳，就四处张望，然后低声对妙常说："溧阳县有个王公子，人长得标致，家中也极富有。他仰慕你的容貌，想求婚配，不知你意下如何？"妙常听罢斥责王师姑："你我都是出家人，说出这种话来，不怕让你下地狱？"王师姑发急了："哎呀呀！夫妻之情谁不爱？享荣华受富贵比你在这儿清贫苦楚强多了！""你别说了！"妙常立即制止她再说下去，明确告诉王师姑："我自愿过这孤苦的生活，心硬如铁，不能改变！你不必来多嘴多舌。从今以后你不要再来说。告诉那位王公子，不要想折这月殿花枝。"说完转身关上门，把王师姑晾在门外。王师姑半天才回过味儿来，说："嗬！送也不送我就进去了。"她心里明白，这王公子的银子是挣不下了。

  王师姑只好扫兴而归。王仁一听，就像头上浇了一盆冷水："她怎会不肯？这是你不会作媒！"王师姑感到委屈，就说："我再三去说她再四不肯，怎么也说不动她。"接着她又献上一计："公子派个能说会道的人到观中去，就说耿小姐派人来请师父到她家去，要拜师讲经说法。先跟轿夫说好，等她上轿，立即抬到这里，任凭你处置。这不也可以吗？"王公子高兴地跳起来："这个计策太妙了！"

  这天，王仁依计行事。临行前王仁对天许愿，如果把陈妙常骗来，用黑猪、白羊拜谢。许罢愿，王仁就带上万事、无成二人来到妙常门前。王仁让无成进去。无成上前敲门，妙常开门一看不认识，就问是谁。来人说："小人是耿衙奶奶派来的，她想拜您为师，请您到衙中讲经说法。外面轿子已经备好，请您立刻就去。"妙常心想："我并不认识这耿小姐，她为啥请我到衙中去讲经？初次打交道，而且要拜师，怎会失礼到信也不写，来人又催得如此之急？"她猛然想到了王师姑："这大概是那王公子设计来骗我的。让我哄他一哄。"于是妙常对来人说："你家奶奶说让你和相公来接我，怎么不见你家相公？"无成一听：坏了，露出马脚了。他只好硬着头皮去对王仁讲了。王仁只好来到妙常面前行个礼，妙常告诉他："相公请听我说，我已许身空门，习惯了陪伴青松、明月，身闲意也闲的生活。公子何必如此费尽心机？"王仁忙说："很早就听说道姑清雅貌美，今见果不虚传。你若是苦守清规戒律，不是辜负了你的青春、耽误了你的姻缘？"妙常看这个粗俗家伙越发无赖，心想必须让他立即打消这个念头，于是就说："公子，月亮照在江面上，你却在江中捞月亮。这不是白费力气一场空吗？赶快收起这份儿心思，今世的姻缘里就没你我这遭，干脆死了心吧！蒙公子前来看望，我不能奉陪了。我看青鸟入云去，笑杀山鸡空自飞。"说完就把王仁主仆关在房门外，不再理睬。

王仁得了一个和王师姑一样的下场，不知如何是好。上前，肯定是被拒之门外。回去，岂不是白来一趟？正在这时无成说："公子，你被她骂了？""她骂我啥了？""她把你比做山鸡野鸟，白飞了一回。"人家把自己骂了，自己还没听出来。这嘲弄，这白来，使王仁顿时火冒三丈，他大喊大叫："我要告她！我要告她！"原来他想起那个骗他五十两白银，又给他出了个丢人现眼计策的王师姑。

金陵知府张于湖为官三载，境内太平，民间告状打官司的很少。这天，他刚命人把放告牌拿到衙门口，告状的就来了。

打官司的是一男一女。一上大堂，那男的说道："王仁告状！"张于湖问："你告啥状？"王仁指着王师姑说："老爷，这个王尼姑口称有一年轻道姑，自愿还俗。骗小的财礼银五十两，毁赖婚姻。因此告到老爷这里，请老爷明断。"张于湖又问王师姑：

"你怎么说?"王师姑说:"王仁说的都是假的。"就把此事前因后果说了一遍。张于湖听罢心中一动,想起了陈妙常,就问:"你说那道姑,难道是那女贞观的?"王仁抢着回答:"正是,正是。"张于湖就对二人说道:"她是冰清玉洁之人,怎么肯随波逐尘?她既然是个道姑,王仁你就不该强逼她和你成婚;你这个王尼姑,也不该给出家人说媒!"说到这里,张于湖把惊堂木"啪"地一拍,喝道:"你二人本该问罪,这次暂且饶了你们。来人哪!拉下去各打二十大板,赶了出去!"

七

离家进京赶考的潘必正,数月之后杳无音信。他到哪儿去了呢?原来会试时,前两场潘必正考得不错,他自己也非常得意。谁知第三场还没考,潘必正突然病倒,不能再参加考试。策问没考,落榜也很自然。还好,时过不久,潘必正疾病痊愈。赶考功败垂成,懊丧万分,心情郁闷。进安怕他憋出病来,就劝潘必正出城逛逛。一天,潘必正叫上书僮进安同到西湖游玩一番。在西湖游玩时,潘必正又结识了三位等待发榜的会试朋友,四人同袍,于是就饮酒作乐一番,回到城里时已是万家灯火时分。

有一天,潘必正想到整天游逛不是长久办法,回家又羞于见父母双亲。虽说是因卧病未考完,毕竟是没有考上,难免羞愧满面,因此回家也不行。西湖虽好,不是久恋之地。可离开武林城,又到哪儿去呢?潘必正左思右想,忽然想起,有个姑姑幼年出家在金陵城外的女贞观,不如到姑姑那里寄住半年再说。主意已定,潘必正和书僮就匆匆上路奔金陵而去。

没几天,潘必正主仆就来到了女贞观,见门外无人,直接进入院中,喊道:"这里有人吗?"观主正在经堂阅读经卷,听到有人叫喊,急忙从经堂出来。猛一见大为惊奇:"这不是必正侄儿吗?侄儿为啥到这里?"潘必正"唉"了一声,说道:"一言难尽啊!"观主说:"侄儿坐下谈。"书僮上前给观主请安。

正从经堂前路过的陈妙常听到堂内有人说话,心想这又是谁来到了观中?因此走进堂内来看个究竟:哦,原来是位相公,坐在这里和观主说话。于是就上前问师父:"这位相公从哪儿来?"观主回答说:"他是我的侄儿,因春试落榜,不好意思回家,远道来到观中投奔我来了。骨肉多年没有见面,难免伤心起来。"观主又对潘必正说:"侄儿,你把落榜的事跟姑姑说说。"潘必正于是就把会试时因病缺考而落榜的事说了一遍。观主说道:"我自幼出家,与你父母远隔千里,不能见面。今天看到侄儿,就好像看到你的父母了。"听姑姑提到父母,潘必正似乎看到他们正盼望着自己金榜题名、荣归故里,心想自己真是愧对父母,不由得哭起来。观主劝侄儿说:"不要哭,不要哭,总会有扬眉吐气的那一天。我这里很清静,你在这安心读书,别的不要去想。"妙常知道男儿有泪不轻弹,这人竟不顾自己这陌生女子在场就哭起来,心里定憋闷得厉害,于是就开导潘必正:"相公,我看你气度不凡,不会久居人下的。只要相公放宽心怀,用功读书,下次春试定会考中!"潘必正见姑姑和妙常如此劝慰自己,就点头称是。进安在旁观察这女贞观,他真是看中了这个环境,酷暑炎天这里是避暑的好地方。这时就听观主说:"我儿可暂且在这里住下,攻读诗书,等下科再去赶考。"潘必正见姑姑建议自己留下,正中下怀,于是就说:"多谢姑姑盛情。"观主叫来香公,吩咐道:"这潘相公是我侄儿,暂借云房攻读诗书。你去收拾一下东头儿的碧云楼楼上,让相公在那里安歇。"

八

星换斗移,雁群南飞的秋天来了。潘必正住在女贞观中,夜夜梦见自己给父母写信,诉说离别之情。他想到父母天天盼望自己回去,心中又充满了思乡之情。

自那天在姑姑那里见到容貌光彩、艳丽夺人的陈妙常以后,潘必正的心就从家乡拴到了妙常身上,很少产生回乡的念头。连自己也说是"迷花原为看花至,恋却彩云忘白云"。这些日子,碧云楼上的朗朗书声听不见了,代之而起的是长吁短叹。

一天,香公匆忙来找潘必正,对他说:"陈姑煮茶焚香,特意让我来请相公去闲谈一会儿。希望相公别拒绝。"正为无由拜见而愁闷的潘必正忽然听到妙常请他去叙谈片刻的邀请,心中高兴无比,就对香公说:"那我们一起去吧。"

快到白云楼时,远远就闻到一股浓郁的香气。走到近前一看,原来竹林中间有一茅草房屋,窗前有一株浓荫密布的桂花树。这就是妙常的禅舍。来到房前,潘必正是既兴奋又心慌,不知妙常会说些啥,自己又该谈些啥。这时香公朝房中喊道:"陈师父,潘相公请来了!"话音未落,响起了急促的脚步声,帘子掀起,妙常苗条的身影出现在门边。见潘必正来到,妙常兴奋得脸上放光,说:"潘相公,奴家有礼了!"潘必正局促不安地说:"仙姑少礼,仙姑少礼,有劳仙姑派人去请。"妙常笑道:"自从相公来到小庵,没来得及从容款待相公。现在准备了清茶,请相公来坐坐。"潘必正听到妙常的热情话语,心知她是以小师父的身份代表观里招待自己,无有他意,就说道:"多谢,多谢!"妙常请潘必正坐下,命徒弟献茶,两个徒弟应声而来。一个捧着盒儿,是个眼睛有毛病的瘸腿道姑;另一个托着茶盘儿,是个模样略清秀些的道姑。送茶的道姑，把茶碗放在二人面前，对潘必正说："相公请喝茶。"捧盒儿的道姑嘴快好说，告诉潘必正："潘相公，前些时也有一位相公，比你略微老些，也来和我师父说话。我猜他大概是调戏了我师父，被我师父啐了八百八十八口唾沫走了。你可别再走那相公的老路。你要是招惹我，我倒不在乎，立即巴结。"妙常赶紧制止这徒弟："别胡说，快进去！"那道姑委屈地说："我真的愿意，不是开玩笑！如果说谎，就让我生疔疮。"潘必正怕妙常难堪，就装作没听见，欣赏起院落的景致来。院中寂静非常，松阴满地，蝉鸣不已，湘帘上映出花影，一树紫红色的紫薇花。潘必正不由得发出赞叹："真是个好地方！"他转向妙常问："仙姑是从小，还是长大后出家的？"妙常有意隐瞒，说："我是从小离家进入空门的。"潘必正说："你从小出家，这里又无伙伴，有谁关心过问？你看蜂群蝶群，吵吵嚷嚷，也都是因为伤春哪！"妙常明白潘必正的心思，就暗示他说："我住在芳草重重遮掩的地方，主要是怕别人打扰。我一身清闲，不管它春愁秋恨。相公，巫山路远，你不必劳魂费心，也请你别见怪。"听了妙常的话，潘必正立刻觉得无根的相思离自己又远远的了，一时说不出话来，出现了短暂的僵持。香公这时正好来到，对潘必正说："观主让我来请相公，正在等着您哪。"潘必正趁机向妙常说："家姑呼唤，就此告别，打扰了。"妙常也回礼答道："怠慢了，请相公原谅！"

几天后的一个夜晚，潘必正站在书斋窗前，看到窗外溶溶月色笼罩着静静的庭院，一种离乡背井的孤独感油然升起。他心情实在太烦闷了，心想到白云楼下散散步，该有多好！想到这儿，潘必正就朝白云楼走去。

陈妙常这几天也是俗事缠身，连琴也没摸过。今夜月明风息，把琴放好，然后弹奏一曲《潇湘水云》，来寄托自己的幽思之情。弹奏中潘必正恰好来到白云楼下。听到这凄楚幽怨的曲声,潘必正想这月夜弹琴的大概就是陈妙常,不如到她堂中去仔细听一听。想罢潘必正就来到禅舍堂前,赞叹地说:"仙姑弹得一手好琴!"月夜寂静,忽然听到有人说话,妙常吓了一跳:"你是从哪儿进来的?幸亏只是吓了一跳。"潘必正说:"小生得罪了。小生一人孤独地睡不着,出来月下散步。忽然听到琴声嘹亮,清响绝伦,不知不觉地就走到这儿来了。"妙常解释说:"小道看到月明如洗,夜色新凉,因此弹奏古琴,寄托寂寞。我想借这个机会,请教相公一曲,怎么样?"潘必正谦虚地说:"小生略记一二。弄斧班门,仙姑不要见笑。"潘必正于是坐下就弹奏、吟唱起来:"雉朝雊兮清霜,惨孤飞兮无双,念寡阴兮少阳,怨鳏居兮彷徨。"妙常熟悉这支曲子,立即说:"这是《雉朝飞》。相公正当年,为啥弹奏这个无妻的曲子?""小生真的没有妻子。""这不关我的事。"潘必正请妙常当面再教自己一支曲子。妙常说:"相公弹奏曲子超凡脱俗,不必再向我请教。""仙姑不必过谦。""那好,相公见笑了。"说罢就弹奏、吟唱起来:"烟淡淡兮清云,香霭霭兮桂阴,喜长宵兮孤冷,抱玉兔兮自温。"潘必正听罢就说:"这是《广寒游》,正是仙姑弹的曲子。只是一天到晚孤寂冷清,很难打发日子。"妙常听出了潘必正的话中话,就说:"相公,你听我说,我们出家之人,身在空门,不管尘世离恨愁闷,一心只要洗着清净心,人人冰清玉洁。这种生活的长长短短有谁议论?又怕谁议论?"潘必正见妙常不怕别人议论,就说:"三更半夜,一人独坐谁来关心?露冷霜凝,被子、枕头谁来和你一起把它们温热?"面对潘必正的露骨言谈,妙常不得不摆出一本正经的面孔,说:"先生说话太狂,几次讥刺我。你难道是春心飘荡,尘念顿起?我去对你姑姑说说,看你如何分辩解释?"说完转身给了潘必正一个后背,但并未去找观主。潘必正已惊慌失措,赶紧跪下,道歉说:"小生信口嘲弄,说话颠倒,还望仙姑原谅包涵!"妙常立即把他扶起,潘必正见话已说死,只好说:"小生告辞。"接着又嘀咕了一句:"真是心肠铁一样硬!"说完就走出院子,这时就听妙常似乎自言自语地说:"怎么没有留恋凡尘的心意?"接着又传来一句:"潘相公,花阴深处,仔细行走!"潘必正听妙常如此叮嘱,就转身说道:"既是这样,仙姑借我一盏灯如何?"妙常怕他借机进来,迅速把门关上。妙常的这一连串举动,使潘必正心动:这陈姑十分有情,不如就躲在这里,听听她在里面说些啥,就全明白了。妙常在房中自言自语地说:"潘郎,我心里明白你的心情。只是脸上装出无情的样子,嘴里说着硬话。想应充,这羞臊得怎能应那一声。我见了你装得假模假式的,告别回去又常常挂在心上。这凄清的花阴月影,映得你孤零,我也孤零。空有满怀情思,他人又不知道。明月照着我孤独冷清的帏帐,谁知道我落了多少泪呀!"潘必正听到这里,大体上明白了妙常的复杂心情。妙常的话句句流露出忧愁遗憾,她还是人间凡性啊!再想到妙常那楚楚动人的表情模样,潘必正不由得说道:"老天啊老天,早点儿让我们结为美好姻缘吧!"

九

潘必正住在女贞观中,既想念远方的父母又思念着身边的仙姑妙常,心中的苦不能和任何人吐露,身心交瘁,终于病倒了。

这一天,他对书僮进安说:"进安,离开家乡到了这里,得了这病,可怎么是好啊!"进安劝慰他说:"官人,暂且耐心养病。我昨天到集市上算了一卦,说你这病是那阴人身上起的。不要发傻,自己开心得了。"进安忽然听到外面有人说话,就对潘必正说:"等我去看看,是谁来了?"

来人原来是观主和妙常师徒二人。观主得知侄儿病倒在书斋中，要来看望侄儿，让徒弟陪她来。还没到书斋就听到潘必正长吁短叹的声音，观主就更加担心侄儿的病情。进门后观主就问："必正儿，这几天病情怎样？""更厉害了。"观主见侄儿萎靡不振，就说："我儿，句容有一个方先生在此地算命，据说还有点意思，不如请他来算一算。"潘必正无奈，勉强地同意了，并让进安去请。进安不知道方先生住在哪里，观主告诉了他。

不大一会儿，进安把方先生请来了。观主等人和他见过礼，观主便说："舍侄潘楷，因春试落榜，在这里寄住，忽然得了病。特请先生来算命消灾。"方先生说："潘相公，先把生辰八字报出来。"潘必正告诉他是甲子年，乙亥月，甲子日，乙亥时。方先生听罢连声赞叹："好八字，好八字！"经过一番推算，方先生说："潘相公是大富大贵之命啊。只是目前红鸾天喜星照命，再加上日犯太岁，灾祸必重，必须消解才好。"观主听方先生说要消灾，就准备去请法师。方先生急忙阻止她说："我除了算命之外，也会行法。张天师门下的第一个徒弟就是我！快点办纸马香烛来。"进安不多时就办齐全了，方先生开始作法，口中念念有词："上香上香，奉请家堂。山神土地，司命灶王。今日祝献，伏为潘郎。病不脱体，着枕郎当。身体发冷发热，口里要茶要汤。自从今日消解，叫他早脱灾殃。……算来不得就好，也须打点些棺裳。一时魂不附体，大家哭得凄惶！"进安在旁听见"打点些棺裳"就骂道："呸！先生着了鬼了。"方先生对进安说："不是先生着鬼，我实话和你说，你若要他这个病好，先请打发走身旁的催命大王。"这话被观主听到了，斥责道："不得胡说！这里有些薄礼是给先生的报酬，先生请回吧。"方先生拿过来，说声"多谢"，转身离开书斋。

算命先生胡说一通，观主也没弄清她侄儿到底得了啥病，于是就对潘必正说:"我儿,你把病从头到尾说给姑姑听。"潘必正想:我得的是相思病,怎么能对您说呢?一时又不知该怎么说,只有哑口无言。观主见潘必正不语,就试探地问:"你是不是受了风寒?""不是。""是不是想家想出了病?""也不是。"观主一看说得都不对,只好说:"侄儿,人在他乡暂住,难免思念家乡,也只能把忧愁撇开。要是想家得了病,那你还怎么回家呢?"妙常也在旁劝慰他:"你不是梦中常常思念故乡,就是这里的生活不舒服……"谁知潘必正竟说:"我好恨!"说着看了妙常一眼。妙常心中有数了,却故作不知地说:"你也不用恨,把那些忧愁都撇开吧。相公,月亮有圆还有缺呢,人怎能连一天的病都不得呢?你还是把心事撇开,在书斋用功吧。"观主听到大殿上有人说话,就对潘必正说:"你安心养病。殿上有人,我得去看看。"妙常趁机告辞:"相公,你请个郎中来瞧瞧,我明日再来看你。"说完就和观主一道离开书斋。进安见妙常出去了,对着她的背影啐了一口,说:"就是因你请他去聊天,他才生出心病来,只盼望你这个冤家早点离开!"进安见相公这副病样,就让他吃药,但潘必正装睡不动。进安清楚公子得的是心病,心想我试试他。于是他就说:"公子,那仙姑在亭子上,让你过去有话说。"潘必正一听,立即坐了起来:"我马上就来!"进安上去扶他,潘必正说:"不用。进安,你在这里待着,不要过来!"可潘必正力不从心,身体发软,动弹不得。"还是我来扶你吧。""你不要来!"潘必正心急如焚,恨不得一步就迈到亭子上,谁知一迈步就跌倒在地上。进安不敢把玩笑再开下去,只好告诉潘必正,根本没人叫他,是自己编出来的。说完就把潘必正又扶到床上躺下。

  妙常这一夜也是辗转反侧,无法入睡。她清楚潘必正的病因,自己何尝不是如此?自己苦守清规已经好几年了,无奈凡心不净,俗念不断生出,自己也抑制不住。这天晚上妙常伴着青灯长夜，睡不着就起来拥着被子坐着，看着窗外的明月。这样到天将破晓也没睡成，妙常索性起来，拿起笔来填了一首《西江月》词，词曰："松舍清灯闪闪，云堂钟鼓沉沉。黄昏独自展孤衾，欲睡先愁不稳。一念静中思动，遍身欲火难禁。强将津唾咽凡心，争奈凡心转盛。"妙常觉得这首词准确地表达出自己的心情、感受。写完，妙常心神恍惚，睡意袭来，心想不如再睡一会儿，于是就和衣躺在床上。

潘必正把自己苦苦思恋的心情当面向妙常曲折地吐露出来，心情一下子畅快了。经过一夜休息，体力已恢复许多。早晨起来竟然可以走动了，但心情仍然烦闷、无聊，就来到碧云楼下走动，不知不觉又走到白云楼下妙常的禅舍门前。房中静寂，没有一丝响动。潘必正悄悄走进去，见妙常和衣而卧，书桌上摆开着一本书。走近看看，是每天必读的经典。咦？书中怎会夹有一幅字？潘必正向床上望望，妙常没醒，他的心"咚咚"地剧烈跳动，赶快抽出来展开，才知这是妙常自己写的。看罢这首词，潘必正兴奋得几乎晕过去，无法控制住自己，他已经完全明白了妙常芳心的归属。潘必正心中暗自叫道：天哪！这真是天付的姻缘、送来的佳会呀。想到这里潘必正就把字幅藏到怀里，打算把妙常唤醒，看她如何回答，于是就轻声叫道："陈姑，陈姑。"妙常梦中听到有人呼唤并拉扯自己，吃了一惊，赶忙坐起，发现原来是潘必正。见他拉扯自己，就正言厉色道："相公是个读书人，别把仙姑错当做下贱女人！"潘必正知道妙常的用意，因此并不惊慌，说："卓文君有幸见到司马相如，两人感情融洽如同鱼和水。"妙常笑道："别提卓文君那有趣的事了。我敢肯定这里的司马相如不会是相公！""多半是小生无疑。"妙常见潘必正如此"无赖"，只好说道："潘郎你好无礼，我去告诉观主。""你告诉她啥？""秀才们偷香窃玉，意乱心迷。"潘必正见她叫自己"潘郎",又说出"偷香窃玉"的话来,就大胆地说:"我这不算痴心妄想。每天伴着青灯发愁,夜晚一个人睡不着,抱着被子一直坐到雄鸡报晓。这静中一念有谁能知道,欲火燃遍全身自己也克制不住。只有把凡心咽下肚里。可惜少了个萧郎和我同行,和我同骑一只彩凤。"妙常听到这后几句,心里疑惑起来,只嗔怪了潘必正一句:"你这人脸皮真厚!"就在桌上翻来翻去。潘必正晃动着那首词,得意地笑道:"你不必找了,小生在这里捡到了。"妙常一见词在潘必正手中,立刻明白自己的内心感情全都赤裸裸地暴露在他面前了,情急羞怯而又带点儿气地说道:"好好地把词还给我。如果不还,哼,就把你当贼论处。"潘必正则更加得意:"偷字不能算是贼啊!"他故意把"偷字"两字说得很重。妙常有点儿把持不住自己了,心想这场孽债也是姻缘,不也是自己的心愿吗?我就把自己全部托付给他吧。潘必正无论如何也没想到,银河忽然变得只在咫尺之间,二人就如同隔河远望的牛郎织女到了一起。这种情缘有谁能相比呢?潘必正抑制住自己的激动,附在妙常耳边悄声地说:"这恩德啥时候能报答你?"妙常也低声道:"这可真是一首词、两个缘、三生谜啊。我担心将来你会把今日之情忘掉,到那时你就不管别人是不是憔悴了。"潘必正听罢立即说:"妙常,你是说我会忘掉今日之情?"话音未落,潘必正就跪在地上,对天起誓道:"皇天在上,我和妙常心心相印,海誓山盟永不变心。必正若是有朝一日忘了妙常今日之情,天诛地灭!"

十

自从那天开始,每天月上松树梢头、观里钟声敲响之时,妙常就在自家房前,倚着栏杆,悄悄地向东眺望。有时阵风吹来,花影摇动，她就心中一阵儿发痒，以为是潘必正来了。风停影定，才发现那不是他。等了好半天，还不见潘必正的影子，妙常就想：我还是暂时回房里去，别在庭前看月色了，等他来时再说。

潘必正这几天晚上也像做贼一样。每晚他都悄悄地把书斋的门掩上，然后就急速来到妙常禅舍，妙常已在房中等他。今晚潘必正刚刚离开书斋，谁知道观主却来了。她关心侄儿的前程，想偷偷地来看看侄儿如何用功。不料推门一看，书斋中连个人影也没有。观主起了疑心：侄儿这时不在书斋用功，到哪里去了？于是她就喊了一声："必正侄儿在哪里？"潘必正此时还没溜出碧云楼去，听到姑姑呼唤，吓得魂飞天外：是不是姑姑发现了我和妙常的私情？不然为啥偏偏这时候来？心头就像鹿撞似的咚咚直响，赶紧转身往回走。他见到观主行了一礼，观主质问他："你书不读，要到哪儿去？"潘必正情急智生，立刻说道："在亭子上乘凉，我喜欢这亭子上有风吹动。""乘凉为啥这么慌张？""因为我没在门前迎候您，有些手忙脚乱。"观主不再追问，对他说："我儿，你听我说，读书应该勤奋，应该有直上青云的志向。等到下科开考，就可一跃龙门，不辜负父母的期望。在这静寂的夜晚要专心读书，不要去东游西逛。这样吧，你跟我到经堂上去，我打坐，你读书。等我出定时，你再回房休息。从来佛教通儒教，要知儒修即佛修。"潘必正见姑姑这么说，不敢违抗，心想这一下全乱套了，妙常还在白云楼下等我，我不能按时前去，又没法儿通知她。等姑姑出定后再去，妙常不知该有啥想法儿了，解释起来要大费周折了。没等潘必正想出办法儿来，观主就拉着他往经堂去了。

在房中等候的妙常也是心急如焚，早就过了时辰，怎么竟不见他的人影儿！想起那天的事，妙常到现在还羞臊得厉害，那次可真是出乖露丑了。昨晚跟他约定时辰，到现在怎么还不来？想去找他，又怕他来了扑空。

妙常正左右为难之时，潘必正满头大汗地来了。一见面，潘必正忙不迭地给妙常行礼道歉。妙常见他快半夜才来，一肚子不高兴，转过身去不理睬潘必正，眼泪就顺着脸流下来。潘必正料到妙常会如此，自己确实理亏，就故作糊涂地问道："你为啥哭呀？我稀里糊涂地也不知是怎么招惹了你，心里也很发愁。"妙常见潘必正竟然不知道为啥，气不打一处来，朝他喊道："愁啥？你把人丢下就是了！"潘必正一听，可是真有点糊涂了，说："你这话好教我琢磨不透，我指望来会楚雨巫云，怎么变成了绿惨红愁？"妙常更加生气，立刻打断他道："别再提那件事了！你教我一个人独自在夜晚等你，等到月亮已经转过西楼你才来，把人丢在这里，始乱终弃，哪点儿能看出你重情义？！"潘必正不敢再装糊涂了，连连行礼道歉，解释说："不是我故意来迟，事情差点露馅儿！"妙常一听吃了一惊，就听他继续说："我正要来你这里，谁知还没出碧云楼，我那狠心的姑姑就来叫我，我只好回去。没想到姑姑带我到经堂，她在一边打坐，我在另一边读书。等姑姑出定，她才让我回房休息。我告别姑姑，赶快到这儿来了。就是这样，也晚了。"说完，潘必正扑通一声跪下，乞求道："请你饶恕我这次。"妙常偷眼瞧着他的表情，不像是临时编造出来哄人的样子，就一把拉起潘必正。潘必正见妙常似乎是原谅了自己，就说："你我是鸳鸯结牢锁心头，一日不见如隔三秋，我的灵魂都被你勾去了，我怎么会忘掉你呢？老天啊，我要是那种人，就让我变作披人皮的畜牲。"妙常见他神前发下这样的咒语，相信了他。想想夜已深了，一会儿还得分手，两人都觉得今夜之情难以罢手，恨不得让更漏闰一个时辰，好多待一会儿。

十一

自从那晚暗中察看,发觉潘必正不在书斋用功,观主就开始疑心他和陈妙常有啥关系了。观主想:这陈妙常绝色美人一个,正好和我侄儿两个青春佳丽,鸾凤相当,意气相投。如果他二人做出啥事来,就带累了我从前学坐禅的名声。问起他二人,都是遮遮掩掩。看必正那晚的样子,就让我放心不下。那晚必正虽被我带到经堂,我不能天天这么做呀!如果真是事情暴露,败坏山门,有辱门风,该怎么办才好?我时时刻刻总防备着他,也不是个事儿。现在又快开考了,不如唤必正出来,逼他进京赶考,先断绝了眼前的来往再说。想到这里,观主就来到碧云楼书斋,喊道:"侄儿在哪里?"

潘必正这些天一听到姑姑叫自己,就心惊肉跳,那晚姑姑是不是察觉了而有意来的,自己到如今也不清楚。要是姑姑发觉了,碍于寺观、潘家的名声,她非得活活拆散我二人不可。窗外姑姑连声呼唤,潘必正只好硬着头皮出来:"姑姑好!"观主开门见山地说:"侄儿,我想你父亲就只有你这么一个儿子,肯定是指望你功成名就。虽然你已经身上青云,毕竟没登金殿,这是你的一件没了结的事情。如今春试又要来临,你正好可以收拾书箱、行李,前往京城考试,不要留恋这里。"潘必正还想争取一下,就说:"姑姑,考试时间还早呢,等明年春天再去也不迟呀。只是在这里多多打扰姑姑了!"观主一看潘必正还想赖在这里不走,心里就明白了,生气地说:"我哪儿是因为你在这儿打扰,才让你去赶考?我和你父亲是一母同胞,看你没个归宿,我有啥脸面见你父母?你非要留恋这里,甘居人下,又有啥脸面见你父母?你父母日后也要埋怨我,真是让人好痛心啊!"说到这里,观主悲痛得哭泣起来，潘必正也是一脸悲伤之情，他立刻说道："就听姑姑的严命，等我告别各房的姑姑就走。"观主斩钉截铁地说："不必了！我叫她们出来送你就行了。香公，你去请各房的姑姑们出来。"

不多时，进安和各房的姑姑们都出来了。观主见到妙常，对她说："今天我侄儿起程进京赶考，特地叫你们出来送送他。"妙常心中焦急，又不能流露出来，就问："为啥这时突想起这事？"观主装作没听见，对进安说："你快去收拾行李！"接着转身对潘必正说："侄儿，趁西风快马加鞭，不要留恋月下花前，此去就该在上林苑看花，就该登金殿。"潘必正此时是有苦难言，有恨难言，他看看妙常，妙常也是偷偷地流泪。各房的众位姑姑叮嘱潘必正说："你本来就是鸿才俊英，只是暂时住在观里攻读诗书。读书人应该上进，求取功名。"观主见进安挑来书箱行李，就嘱咐进安路上要格外照顾相公，衣食住行都要加倍操心。潘必正、陈妙常在众人面前不便交谈，心想以后不知啥时候才能见面，心里是又恨又怨。观主对潘必正说："侄儿，不要长吁短叹了，及早进京赶考，夺一个衣锦还乡。"潘必正就向各房姑姑行礼告别。观主说："徒弟们各自回房吧！我送侄儿到江口上船，明天回来。"

十二

观主姑侄和书僮三人离开女贞观，快步赶到江口。夕阳照在江面上，波光闪闪；江水汹涌，"哗哗"地拍打着江岸；天空上淡淡云层，江风阵阵吹来，寒意透人衣衫。潘必正人在江边，心还在妙常身上。他想跟姑姑说一说，又怕被姑姑教训几句。寒风袭来，潘必正的心更凉了，眼泪只有往心里流。这时进安找来了艄公，谈妥了价钱，催公子上船。观主让侄儿主仆二人上船，说："这就要开船了，考完后再回来。我在阅江楼主人施家看着你，明天才回去。明春会试如能考中，早点儿派人报捷来。"潘必正说不出话来，只是频频点头。船开了。船顺流而下走了一段路后，潘必正看见姑姑还站在渡口旁的楼上看着自己。

潘必正一走，妙常就觉霎时间天昏地暗了。她有许多话要对潘郎讲啊！在观主他们走后，妙常就瞒着观中其他人，也三步并作两步地赶到江边来了。猛一抬头，妙常看见前边楼上的人好像是观主，心想还好是我先看见了她，不然碰上了那才真是麻烦事呢。于是妙常赶紧躲进江边的一个竹院里。观主站在楼上，看到那只小船走远了，心想得赶快回观去了，说明天回那是说给妙常听的，以免她到江边来送，现在就是来了也不一定追得上，可以放心地回去了。观主心情舒畅地下了楼，回女贞观去了。

见观主离去，妙常赶到江口，可是潘必正的船已经远去了。妙常哭起来，喊道："潘郎，潘郎！你走了，我来晚了。"她想到，一定要见潘郎一面，当面说说，要胜过书信千万倍。可要追上那远去的小船，只有把希望寄托在艄公身上了。于是妙常在江边喊起来："艄公在哪里？艄公在哪里？"话音刚落，一只小船划了过来。艄公问："你要到哪儿去？"妙常指着潘必正的那条小船说："我坐你的船，是要追上前面那只小船，想托船上的相公捎封信到京城。我多给你船钱！"艄公说："风急浪大去不成。"妙常急得眼泪都流下来了，只有多给艄公船钱。艄公一见银两立刻说道："赶快上船，赶快上船！"

妙常坐在船上，听见摇船的艄公唱起来："风打船头雨欲来，满天雪浪，那行教我把船开。白云阵阵催黄叶，唯有江上芙蓉独自开。"妙常听出这是一首吴歌，心想：我不就是江上芙蓉独自开吗？只落了个冷清凄苦四处飘泊。恨当初曾和潘郎结下鸳鸯带,到如今却像两下分开的鸾凤钗。分别时,因害羞不敢把头抬,这倒好,如今昏沉沉一人受着苦。

潘必正坐的小船上的艄公也在唱吴歌:"满天风舞叶声干,远浦林疏日影寒。这些江声是南来北往流不尽的相思泪,只为那别时容易见时难。"潘必正一听,不由得看了看艄公,心想这艄公唱的正是我的心声啊!我就是为那别时容易见时难而流泪呀。昨晚我二人还在欢会,谁知今日离情别绪有万千。我伤心地不敢向船窗外看,两岸就像相思堆成的连绵的山。潘必正触景生情正在愁思,忽然听见有人大声喊:"会试的潘相公!会试的潘相公!"呼声越来越近,他忙叫艄公停住船,定眼向后边望去,后边小船有人向他招手。呀!这人竟是自己割舍不下的妙常。两船靠拢,必正走到妙常的船上,两人江上相见,抱头痛哭。妙常说:"这事好没来由。观主让香公告诉我们给你送行,平地起风波,拆散了我们两个。"潘必正告诉她,那时姑姑将我拦住,不让我向你们一一告别,狠心地把我直接送到江口。妙常问:"不知是谁走漏了消息,还是你的嘴不谨慎,才使你姑姑下决心把我们拆开?""我怎么会去对别人说呢?这真叫人痛断肝肠啊!""分手时在众人面前有话难说,有情难述。所以我追赶来送你。我心中有千言万语,一时也说不完。"潘必正见妙常不顾天寒风大,追到江上来送自己,激动得热泪盈眶,说:"早晨在姑姑面前,没能跟你说一句告别的话。现在能见到你,真好像获得一件珍宝。我们同走一程怎样?"妙常高兴地说:"太好了!"

妙常在船上还告诉潘必正,她这么焦急地追赶而来不是为贪图欢恋,而是怕潘郎进京之后喜新厌旧而忘掉自己。潘必正听妙常诉说着心里话,也把自己深藏心底的话掏出来:"想起和你初次见面时的情景,真是心甜意也甜;想到和你分别之时就在这山前水前,我怎能转眼之间就背弃誓言?我怎会忘掉你我二人灯下的交谈？我只是发愁你形只影单，被凉枕寒，哭得我喉咙疼、嗓子干。"妙常对潘必正说："你赶考走后，奴家就打算离开空门，一心一意地等你，你不要忘了。"说到这，妙常从头上取下一件东西说："奴家有碧霞玉簪一枝，本来是奴家簪冠用的。送给你作为科考高中的征兆。希望你能接受，看到它就如同看到了我。"潘必正望着妙常充满深情的双眼，郑重地接过玉簪，同时取出一枚鸳鸯坠，说："我这儿有白玉鸳鸯扇坠一枚，是我爹爹赐给我的。今天送给你，希望它能成为咱们俩鸳鸯成双的预兆。"妙常双手接过了鸳鸯扇坠，就好像捧着二人未来的命运。停了一下，潘必正又说："妙常，我和你一同进京怎么样？"妙常说："我何尝不想和你一同进京啊！只是观中的人发现我不在，就会嚷嚷开，反而会误了咱们的大事。潘郎，我只盼你早点儿捎信来，以免我牵肠挂肚。潘郎，我们就在这里分手吧。"潘必正点点头，依依不舍地回到自己船上，眼圈渐渐红了。潘必正的小船顺流东下了。妙常站在自己的船头上，心中涌出了千愁万恨，以后自己只有和青灯、古佛作伴了。

十三

斗柄回寅，又一个春天来了。在京会试的潘必正真是春风得意，正在等待天子的金殿策问了。

策问这天早晨，会试的举子们早早就来到午门前。不多时，天子登上金殿。小黄门出来宣布："会举诸人，俯伏候试。"宣布完毕，一名昭容出来说道："天子在金殿策问诸士，你们这些士子要恭恭敬敬地答对。黄门官，颁题分策！"各位士子接卷迅速作答，然后把卷子上交内官，昭容宣布："各位士子请回去候旨。"

几天以后，金榜贴出，潘必正金榜题名：高中二甲进士。因尚未派官，不能确定归期。潘必正写了几封信，派进安回去报喜，免得父母和妙常惦念。在写给父母的信中说："孩儿前年离家，到现在已经三年有余，致使家中父母挂念，时时刻刻盼儿归去。孩儿不孝，难以饶恕。饶幸的是这次会试，高中二甲进士，特地禀报父母大人。"写给妙常的信说："自从我二人江上一别，已经半年多了。今科会试高中，过几天即可回去，实践我的誓言，让玉簪重合。"潘必正把信交给进安时对他说："你先到女贞观去送信，如问起我的归期，就说桃花将尽时就回去了；到河南就说，过些时候我就衣锦还乡。"进安接过信立刻上路，先到金陵去了。

十四

自从江口送走侄儿后，观主也是十分惦念潘必正。转眼又到了春天，这潘必正也没派人送信来。她和妙常说起此事，妙常也说："不知他功名之事到底怎么样？好歹他总会有个音信来的，您就放宽心吧！"师徒二人各怀心事，都在思念着潘必正。

正在此时有人敲门。观主出来一看，愣住了，来人竟是书僮进安！进安见观主和妙常两人都在，立即跪下磕头，说："太奶奶、小奶奶，进安有礼了。"观主一听进安改了称呼，就问："难道你家相公考中了？""是考中了，有信给您。"说完将书信交给观主。妙常心想：潘郎怎么会不给我写封信呢？这时就听进安说道："小奶奶，这封信是给您的。"妙常接过信，进安又说："相公让我告诉小奶奶，桃花尽时他就回来了。"观主此时已看了信，脸色很难看，她把信递给妙常，妙常一看，信上写着："姑姑，您听我说，我已高中二甲进士。现有一事，很不好意思向您说，妙常曾和我有枕席之欢。我俩的姻缘已定，我想早点儿回去结成百年之好。请您周全侄儿，玉成此事，我们夫妻俩感激您的恩德。"妙常看到这里脸已通红。进安见状立即对观主说："小人告辞了，还要到河南送信。"观主想挽留他住两天，进安不敢拖延，告辞观主向北去了。

　　观主见妙常看完信低头不语，心想他二人早已私订终身，只把我蒙在鼓里，自己还以为做得高明呢！如今侄儿高中，不比从前了，自己再不能做蠢事。想到这里，就无奈地说："好好，出家人原来如此！罢，罢，你们的事也是五百年前宿缘，天涯海角能相会。"停顿一下，观主又说："不知你二人用啥信物作凭证成就了此事？"妙常至此也就不再隐瞒，说："潘官人用白玉鸳坠作信物，奴家用玉簪答赠他。"观主此时只好说："可喜，可喜！你二人的事也是天意。只是有一件事，虽然你俩夫妻姻缘在前已定，如果在我这观里成亲，恐怕坏了我山间的名声。你可到张二娘家住下，就托二娘作媒，等我侄儿回来娶你完婚就是了。"妙常一想观主讲得也有道理，因此当天就搬到了张二娘家。

　　张二娘见妙常从观里搬出，就问是怎么回事。妙常就把潘必正中了进士、数日后来娶亲，观主不允许在观中成亲的事从头到尾说了。张二娘从心里为妙常高兴，想到那天到观中看她，她是长吁短叹千万声的忧愁样子。那天张二娘对她说，潘相公断不会做出绝情的事来，嘱咐她安心养好身体，不必多虑。今日见妙常笑逐颜开，高兴地表示愿作他俩的媒人。妙常从此住在张二娘家中，安心地等待潘必正回来。

　　潘必正在京等候没几天，圣旨到，授潘必正为成都路永康军恤刑。他想，上任路过金陵，不如先去成亲，然后两人一起到河南探望父母，再到成都路赴任。潘必正盘算好了，命左右众人立即起程。

潘必正归心似箭，一路上晓行夜宿，急速奔向金陵。这天看见石头城了，心情更加急迫，快马加鞭来到松阴下朱门掩映的女贞观。

仆人进观通报，观主急急忙忙来到门前，见侄儿骑在高头大马之上，众人簇拥着。人声鼎沸，旗帜飘扬。潘必正见姑姑出来，赶紧下马向姑姑行礼参拜。行礼以后抬头一看，不见妙常，心想她怎么不出来。观主见他四下张望，就笑着告诉侄儿："信中的意思已经清楚了。当初妙常入观是邻居张二娘领来的，我收留了她，谁知为你办了好事。你二人夫妻缘虽是前定，但在观中成亲不成体统。她和张二娘是结拜姐妹，我就让她到张二娘家住下，你到那里迎娶就是了。"

潘必正安顿好住处，派人通知张二娘，当天就迎娶妙常成亲。傍晚时分，迎亲的人来了。他们举着灯笼，拿着烛火，吹吹打打，好不热闹。迎亲的人请妙常换上新妇服饰。门前鼓乐喧天，门内妙常却流下泪来。张二娘见妙常哭了，大惑不解地问："妹妹，这样的大喜事，你为啥哭呀？"妙常擦着泪说："离别之后，我们见面就难了。姐姐，感谢你照顾我几年，尤其是想起你领我入观的那个时候。这恩情我是很难报答的。今天我离你而去，再相见就只能在梦中了。"张二娘帮妙常擦擦泪说："妹妹，快上轿吧！"妙常上轿后，轿夫就喊道："起轿喽——"

花轿来到潘必正的昼锦堂上，掌礼人说道："请新人出轿！"转身又对里边喊道："老爷有请！"新郎夫妇来到堂上，掌礼人说了许多祝福的吉祥话，让二人拜天地，夫妻对拜。婚礼结束时，来祝贺的人们纷纷赞叹潘、陈二人的姻缘。人群散去后，潘必正吩咐手下人准备好车马，明天起程回河南老家去见父母。他对妙常说："夫人，我和你明早去和姑姑告别，赶快回家吧！"

十五

自潘必正进京赶考,已经过去三个寒暑了。潘凤夫妇望眼欲穿盼儿归,可是一年又一年音信全无。一天,吴氏和钱氏又在堂上议论起儿女之事。吴氏说:"亲家母,我这孩儿一去,一点消息也没有。大概是春试落榜,不好意思回家来,也不清楚他如今住在哪里。今年春试又快到了。"钱氏劝慰吴氏说:"亲家母,不必忧愁烦恼。令郎公子是个聪明伶俐的人,好歹一定会有相见的时候。只是我那女儿不知流落到哪里,没有一点消息。真是痛杀我了!"吴氏只好反过来又安慰钱氏:"亲家母,还是放宽心吧!近来听说附近有个刘先生,号叫刘如见。此人算卦通神。不如去请他来算算儿女的消息,解点儿愁烦。你觉得如何?"钱氏很赞成。吴氏就命仆人去请刘如见来。不多时,仆人领来了算卦先生。这人来到后,先行礼,然后让仆人把课筒拿给二位夫人,请她们抽签。二人把签抽出来交给刘如见。吴氏告诉算卦先生要算儿子的功名和返期,而钱氏则请他算女儿失散的下落。刘如见请二位夫人坐下,说:"等我把卦排好。"刘如见把卦排圆,就说道:"说起这个卦来,问儿子的,他禹门三跃鱼变龙;问女儿的,他鹊驾重逢牛女欢。就在目前应验。"吴氏心中高兴,又有点不放心,对刘如见说:"先生别算错了!"刘如见说:"我决不会算错!这是上好的卦象,老夫人可要重重谢我呀!"吴氏听罢愁烦都消失了:"感谢老天早早给人方便,喜遂人愿。"吴氏让仆人重赏算卦先生。这刘如见谢过二位夫人后就走了。从此,吴氏、钱氏天天祈祷此卦早日实现。

转眼又到梅花绽开的冬天了。潘凤夫妻和钱氏天天盼着儿子、女儿回来,等得人都心焦了。钱氏见卦象半年也没应验,已经不相信会是真的,住在潘家名不正言不顺不像回事情,终于有一天她对潘凤夫妻开口了:"亲家大人在上,老身在这里打扰很久了,几年也得不到女儿的消息,待在这里也觉得惶恐羞愧,只好告辞,回归故里。"潘凤夫妇一听就说:"亲家母,你这说的是哪里话呀!我们是儿女亲家,朝夕相依。只要不嫌我们这里清贫简陋,就是在这里养老也没关系!"钱氏只好点头答应。吴氏抬头看天,天空浓云密布,雪花飞舞,似落花,又像飞沙,就对钱氏说:"今天有这么大的雪,我已经吩咐安排酒席,赏雪观梅,同亲家母稍微坐坐如何?"钱氏对潘家的关心照顾真是感激不尽,就连声说道:"谢谢,谢谢!"

这时门外传来车马停住的吆喝声,接着有人推门而入。一见来人,堂上赏雪的潘凤夫妻吃惊得站立起来,张大嘴巴说不出话来。来的是潘必正、陈妙常夫妻二人。潘必正几年没见父母,两位老人衰老了许多,想起这些年来不通音信,父母不知有多想自己,心中一酸,跪倒在父母面前:"爹,娘,不孝孩儿回来了!"妙常也跪在潘凤夫妇面前,吴氏就问:"这是谁呀?"潘必正答道:"她就是您的儿媳呀!"吴氏一听,赶紧把妙常扶起来,端详着儿媳。潘凤就问:"我儿,田园都荒废了,父母孤零零地被扔在家中,你为啥久留京都不回来呀?"潘必正解释说:"儿因功名之事滞留在外,没有按时回家,使父母担心了。"说到这里,他猛地想起进安,就问:"进安没回来,儿考中后曾打发他来家送信。"潘凤说:"至今也没见有人送信来呀!"吴氏只顾看着妙常,见她娇美的面貌、俊雅的气度,举止从容大方,心里夸赞道:"真是我家的好媳妇呀!"妙常对婆婆说:"我们回来得太晚了,没能陪伴、侍奉公婆,深感惭愧!"吴氏见冷落了一旁的钱氏,就叫过潘必正,指着钱氏对他说:"这是你以前的岳母,你可上前去拜见。"潘必正于是上前给钱氏行礼问安。钱氏拉着潘必正的手说:"贤婿,老身从遭遇兵火,女儿失散,寄住在你父母这儿。蒙你父母热情款待留住,心里感到十分惭愧!今天看见你们夫妇,想起了我的女儿,真是让我痛心啊!"妙常自进门见到钱氏时就觉得她极像自己的母亲,但不敢相认。自己的母亲怎会住在这里?贸然去认,认错了岂不是笑话。当妙常听了钱氏的叙述,就断定她就是自己的母亲无疑,快步走上前去,抱住钱氏说道:"娘!我就是娇莲哪!"钱氏因妙常进门时包裹得严密,自己又年老眼花,没能认出来。这时看到扑在自己怀里的真的就是娇莲,忍不住抱住女儿痛哭起来。潘凤夫妇和潘必正都惊呆了!这真是天意撮合呀!儿子潘必正在外凭媒妁之言娶的妻子,竟然是指腹为婚的陈家女儿娇莲。吴氏连忙问儿子:"你的鸳鸯扇坠呢?那是陈家原来送的订婚聘物。""儿子把扇坠信物送给了她。"钱氏问女儿:"你的碧霞玉簪呢?""孩儿把玉簪答赠给他了。"潘凤夫妇和钱氏慨叹不已:两家当初交换的订婚聘物,却又由儿女们自己交还给对方,真是姻缘天定啊!

(裴泽仁 改写)

绿牡丹

[明]吴炳 撰

一

南宋时,江苏吴兴县有个著名的大儒,姓沈名重,字子肩,别号省庵,进士出身,曾任翰林学士,后因年老,致仕在家闲居。无官一身轻,他的兴趣转向谈诗论文,平日爱和当地文人墨客交往,尤其喜欢那些文才出众的年轻后辈。沈公年近六旬,却没有儿子,只有一个女儿,芳名婉娥。这沈小姐姿容端丽,性情淑雅,读书知礼,又擅长女工针指。她受父亲教诲,最喜写诗填词,常和父亲唱和。沈公爱她如掌上明珠。

这年阳春三月,沈府庭院里牡丹盛开,沈公让家人在花架下面摆上酒肴果品,唤女儿一同赏花。婉娥带着丫环小凤来到院中,和父亲见了礼,饮了两杯酒,就到阶前观赏牡丹。沈家栽种的牡丹,品种极多,色彩各异,千姿百态,争奇斗艳。那红色的有赭红、云红、杨家红、袁家红、醉妃红、先春红、飞来红、天外红,紫的有平头紫、魏紫、紫绣球、锦被堆、颠风娇,黄的有姚黄、禁苑黄、御衣黄、一拂黄、软条黄、延安黄、建安黄、甘草黄、一尺黄,白的有玉楼子、欧家碧。花丛中,还有一株,花朵碧绿,层瓣怒放,深浅相间,光洁鲜艳,又泛出浓郁的芳香,沁人心脾。婉娥没有见过，就问爹爹："这株牡丹叫什么名？"沈公说："这是绿牡丹，《花谱》上没有记载。相传唐朝时候著名花匠宋仲孺用幻术改变牡丹花的颜色，形成了这个品种，延续至今。它十分名贵，一株价值百两银子。"婉娥赞叹不已，越看越爱。沈公说："你既然喜爱这花，就写首诗来歌咏它，也是美事。"婉娥沉思片刻，口占一首绝句：

小饮花前好句催，匆匆愧乏谢家才。

春衫不共花争艳，翠袖今从别样裁。

沈公听罢，连声叫好，说："花有别态，诗出别肠，非此诗不称此花，非此花不闻此诗。小凤，再斟酒来！"沈公取一杯酒浇在绿牡丹花上，让女儿再饮一杯，婉娥也给爹爹斟满一杯，父女同饮。

这时，家人来报："顾相公求见。"沈公说："这是顾粲贤侄。"婉娥就向父亲告退。沈公让小凤把绿牡丹剪下一枝，插在瓶中，放在女儿房里供养，自己就到前厅会客。

顾粲字文玉，是吴兴县一位青年名士，聪明好学，才华非凡，又生得唇红齿白，眉清目秀。顾、沈原是通家世交，因此顾粲常来向沈公请教，沈公对他也格外看重。顾粲常和学友们一起写诗作赋，天长日久，积累颇多，近日从中选出一些较好的诗篇，编成一部诗集，准备印出来传阅，想请沈公这位德高望重的前辈给写篇序。沈公得知顾粲来意，欣然答应了他的请求，又说："如今的文人名士都爱结社，老夫也不甘寂寞，牵头结一个诗社，怎么样？"沈公想出这个主意有两个目的，一是出于对诗文的爱好和对后学的关心，二是想利用结诗社物色真才，为女儿挑选佳婿。顾粲觉得这样做更有利于上进，自然非常高兴。

沈公又说："我们初次结社，人数不可太多。听说本县有柳希潜、车本高二位，都是名门望族子弟，明天你们三人一同来，先会考一次吧。"顾粲答应。

柳、车二人并不是什么文士,只因沈公不了解他们的底细,约他们参加诗社,以至于弄出许多笑话来。柳希潜字五柳,其家累世仕宦,财产丰裕;车本高字尚公,其父曾做官多年,早已去世,家道虽然逐渐败落下来,但还可以算得上富户。他们二人都是胸无点墨、游手好闲的纨绔子弟,臭味相投,终日穿街走巷,饮酒赌钱,但有时也装些斯文模样,和那些年轻文士也有来往。这天,柳希潜得知沈公请他参加诗社,非常高兴,但转念一想,又觉得为难,自己对诗文一窍不通,沈公要是出题面试,岂不当场出丑?想来想去,忽然想出一条妙计。

原来,柳希潜有个同窗伴读,名叫谢英,字瑶草,年方十九岁,就已经通晓经史,博览群书,聪颖绝世,才华过人,诗词文章,倚马可待。只因家境贫寒,就在柳家东庄别墅的书馆寄寓。柳希潜有时和他谈些诗文,装潢门面。谢英虽然鄙弃柳希潜的不学无术,但为了得到一个可以安心读书的环境,只好和他敷衍应酬。柳希潜知道谢英是个才子,当即来和他商量,打算在沈公举行诗社会考时请他代笔。谢英想到自己寄人篱下,衣食住行都依靠柳五柳,就答应了,但不知怎样代笔,柳希潜说:"到时候你在家坐等,我自有安排。"

车本高听到沈公约他参加诗社的消息,也喜不自禁,心想:"看来我还算是有点名气的,不然,那沈翰林为什么指名请我?"但想到自己的本事,又不免心里发慌。想来想去,也想到一条妙计。原来,车本高有个妹子,名叫静芳,才十七岁,与其兄虽为一母同胞,但禀性截然不同。她品行端庄,仪容雅秀,又熟读书史,通晓诗文,是个才、德、貌俱为第一流的好女子。这天,静芳让保姆钱妈磨墨,正在房里摹写卫夫人法帖,见哥哥匆匆忙忙跑进来,便问道:"哥哥为什么这样慌张?"车本高讲了沈公结诗社并举行会考的事,提出请妹妹代笔。静芳表情严肃,说:"哥哥,你平时不用功,事到临头,倒来求我。这弄虚作假的事,我怎么能帮你?"车本高急了,立即下跪,求告说:"拙兄不才,自己也知道惭愧,请妹妹看在同胞的份上,救我一救。"静芳说:"参加会考的,一定都是知名的文士,你要请人代笔,也该请高才的文人。你妹子的文笔,未免有些脂粉气,恐怕考官看不上眼。"车本高说:"沈公请的人,未必都是知名文士。妹妹才学高超,胡乱写几笔,自然都是绝妙的。"静芳见他死磨硬缠地哀求,心中不忍,只好答应,说:"就依哥哥的意思吧,但是怎么传递呢?"车本高说:"就有劳钱妈吧!"钱妈忙说:"老身手脚不灵便,假如被监考的发现,就丢大官人的人了。"车本高说:"这个不用怕,到时候我自会小心在意。只是妹妹的文稿,一定要写成正楷,如果写草体,怕为兄抄的时候,不认得。"静芳说:"可以。假如你考不出好名次,不要怪我。待考罢之后,你要把会考的试卷带回来让我看看。"车本高连连点头答应。

二

第二天,柳希潜、车本高、顾粲三人一同来到沈府。见礼已毕,沈公先对顾粲说:"昨日嘱我写的序文已经完稿,你们的诗选他日刻印出来,请送我一部。"顾粲说:"这个自然。"沈公向三人讲了结社的宗旨和今天会考的办法,之后说:"这次会考,老夫要测试一下各位的真才实学,请各位坐必依号,动必执签,严格遵守考场规矩,不要左顾右盼,交头接耳,至于夹带传递,更要杜绝。"柳、车二人心里有鬼,听了沈公的要求暗自吃惊,但口中都说:"如果夹带传递,猪狗不如!"沈公说:"二位不必发誓。考试舞弊,不是正人君子干的事情,老夫也不过分防备你们。还有一点，会考之后，老夫评阅试卷定要讲求公道。排下名次，各位不要横生议论，首名不要骄傲，末名不要气馁。一次考试不为定论，我们既然结了诗社，来日方长，务必不要伤了会友情谊。"三人齐声说："谨遵台教。"

于是，柳、车、顾分别在天字、地字、玄字号就坐，沈公发下题目，是各作《绿牡丹》绝句一首。

柳希潜看了题目，两眼发呆，忽然故作吃惊的样子，说："哎呀，我忘记带笔砚了，我家苍头怎么还没有送来？"这时，柳家老苍头捧着个拜匣，正在沈府门外，他问看门人："我家相公在里面会考，出过题目了吗？"回答说出过了，老苍头提出进去送笔砚，得到同意，来到考场，把拜匣交给柳希潜。柳希潜偷偷把题目交给苍头，使个眼色，又大声说："早点送午饭来。"苍头答应一声出去了。

车本高看了题目，皱着眉头，装做思索的样子，不一会儿，他向沈公报告，要领出恭签。沈公许可，说："老夫坐在这里监考，各位太拘谨，我先到别屋去，你们安心做卷吧。"说罢，就进内院去了。车本高走到门外，见钱妈正好进来，连忙迎上去，小声说："这是题目，让小姐做完了，你送午饭时带来。"钱妈接受了命令，当即去了。车本高到厕所遛了一趟，入室归坐，他见柳希潜两眼望着房梁，顾粲托腮凝思，都没有注意他，心中暗自高兴。

快到中午，柳希潜嚷道："肚子饿得咕咕乱叫，我家苍头也不送饭来。"车本高也说："我饿得文思都乱了。"一面伸头向外张望。这时，柳家老苍头提着饭盒来到考场，递给柳希潜，同时把一片纸塞给他。柳希潜打开偷看，正好顾粲从座位上站起来，苍头咳嗽一声，柳希潜急忙把纸片藏到袖子里，说："你是怀疑小弟夹带吗？饭盒在这里，请搜一搜。"顾粲说："我坐乏了，偶然起身，谁有意监视你了？你不夹带便罢了，何必撇清？"柳希潜说："苍头快走，不许再来，免得别人眼光落在我身上。"苍头走后，顾粲也不和他理论，继续构思做卷。柳希潜取出纸片，抄在卷子上。

车本高看到柳希潜的举动，心想："柳大好像得手了，我的安心丸还未到，不如再出去候候。"于是又声言领出恭签。柳希潜说："车兄怎么又要出恭？"车本高说："小弟这几天拉稀。顾兄在这里，如果怀疑小弟作弊，请随我到茅厕走一趟，看我家有没有男仆人接近我。"顾粲心想："这一个也会撇清。"看了他一眼，没有理他。车本高走到外边，钱妈刚进来，他迎上去，接过饭盒和一片纸，回到考场偷偷打开一看，果然是妹妹正楷书写的一首诗，心中大喜，连忙抄在卷子上。不一会儿，顾粲也做完卷子。三人都把卷子各自密封了，交给沈公，沈公留他们饮了几杯酒，三人才告辞而去。

沈公阅罢三人试卷，定好了名次，放在书房的桌案上。这天他因事外出，女儿婉娥在家，她得知父亲成立诗社会考秀才们出的题目也是《绿牡丹》，心想："自己写的一首绝句受到父亲夸奖，不知那些秀才写的诗怎么样。"于是就来到书房，观看试卷。她先看第一名的，是柳希潜，打开念道：

纷纷姚魏敢争开，空向慈恩寺里回。

雨后卷帘看霁色，却疑苔影上花来。

婉娥念罢，心中惊叹，暗想："此诗真是奇才绝调！那'苔影上花'之句，天然秀逸，自己的小诗是比不上的，难怪父亲取作榜首。"又看第二名的卷子，是车本高的，她念道：

不是彭门贵种分，肯随红紫斗芳芬。

胆瓶过雨遥天色，一朵偏宜剪绿云。

婉娥心想："这一首诗风致不减前篇，取作次卷比较合适。"

又想:"我的诗里有'翠袖今从别样裁'一句,是女儿家本色语,这首诗道'一朵偏宜剪绿云',也像女孩子口气。现在这些书生,怎么爱装作女儿态,写出这样的闺中秀句?"再看第三名的卷子,是顾粲的,她念道:

　　碧于轻浪翠于烟,如此花容自解怜。
　　仿佛姓名犹可忆,风流错唤李青莲。

婉娥看得出,这首诗也独具匠心,作者对于以诗咏物抒情,可以说是行家里手,同前两首相比,也差不多少,判为第三,有些亏了,看他的才气,将来也不是落人后的。婉娥把三首诗反复吟诵,爱不释手,又想:"自己那首诗如果和这三首一同评比,不知爹爹该排名第几位?那三位书生文才是不错的了,但相貌究竟怎样?"想到这里,她不觉羞红了脸,急忙回到自己的房中。

当天下午,沈公又派人请柳、车、顾三人来府中聚会,评定考卷。沈公说:"各位的佳作,老夫已妄加评定,如果有不妥当的地方,请勿怪罪。"三人都说:"老师的鉴别,自然是不会错的,我们一定聆听教诲。"

沈公取出首卷,说:"第一名是天字号。"柳希潜答应道:"这是门生的卷子。"沈公说:"写得好。咏绿牡丹如果只写花的娇翠,那就太平常了,你这'苔影上花'四字,以虚状实,妙不可言。"柳希潜非常得意,说:"不瞒老师说,门生写出这一句时,也觉得有些意思。"沈公问:"柳兄,你这样好文字是何处得来的?莫非有神功暗助,才写出这天然佳句?"柳希潜听不懂"神功暗助"是夸奖他的,加上做贼心虚,急忙辩解:"门生确实是自己作的,并没有谁暗中帮助,老师不信,可以细访。"

沈公对柳希潜的解释并没有在意,又取出一份卷子说:"第二名地字号。"车本高立即答应:"门生在。"沈公说:"你这首诗写得也好。雨过遥天,瓶花一色,比喻巧妙,出手不凡。"车本高说:"门生昨天写的时候,确实用心,诗成之后,血也吐了几口。"沈公继续说:"此卷与前卷不相上下,本该也是第一,怎奈不能同列榜首,所以屈作第二。但是,车兄诗中写有一朵绿云,这是女人家的事,你怎么晓得?"车本高吃了一惊,分辩说:"没有什么女人,老师不要疑心。"

沈公依然没有注意他的表情,又取出剩下的一份卷子。柳希潜、车本高幸灾乐祸地抢先说:"老师不用拆开,这卷子当然是顾门生的了。"沈公说:"这首诗也写得好,虽屈在第三,却是第一流的文字。"顾粲说:"不敢。"柳、车二人见顾粲被评为末名,心中得意,互相递着眼色,不住地偷笑。沈公却说:"贤契不可灰心,别看今天暂排第三,他日也能金榜题名。"顾粲非常感谢,说:"多谢老师鼓励。"

这时,沈公说:"老夫也以《绿牡丹》为题,写了一首诗,趁此机会,拿出来请教各位。"顾粲说:"太好了!老师尊作,门生当奉为楷模。"沈公就取出婉娥那天写的绝句给他们看。柳、车二人略看一眼,根本不懂什么意思,就齐声恭维说:"好诗好诗!老师高才,门生辈万不及一。"顾粲沉思片刻,说:"依门生看来,这首诗不像是老师手笔。"柳希潜斥责他说:"顾兄此言差矣!难道老师写不出这样的好诗,让别人代笔吗?"车本高也说:"顾兄如此轻视老师,太狂妄了!"沈公说:"顾贤契,你且说这诗写得怎样?"顾粲说:"我看此诗韵味太娇,像是少年人写的,所以说不会出自老师之手。"沈公笑道:"你说对了,此诗果然不是老夫作的。"顾粲忙问作者是谁,沈公笑而不答。顾粲心想,那诗中说"愧乏谢家才",分明用的是谢道韫的典故,应该是做女儿的口气。但他没有明说,先向沈公告辞。

柳、车二人觉得无趣,也提出要走。沈公把三份试卷取出来,让他们传阅,车本高记起妹妹的嘱咐,先接了试卷,柳希潜也没有和他争执。车本高出了沈府,望着顾粲离去的背影,叫道:"小顾,你这样生气走了,难道今生都不再见面了?"顾粲没有听见,走远了。柳希潜说:"我有个主意,改日以请同社朋友为名,把顾粲骗来,当面羞辱他一场,怎么样?"车本高拍手叫好,表示愿作东道,柳希潜赞同,与车本高分手,摇摇摆摆地走了。

三

车本高回到家中,见了妹子静芳说了考试结果,连声道谢。静芳有几分不高兴,说:"只考了个第二,有什么可谢的?"车本高说:"妹妹说哪里话!若凭哥哥的本事,别说第二,就是第六也考不上。刚才沈公评卷的时候,为兄脸上格外光彩。可是,妹妹诗里写了什么绿云,那沈翰林古怪,就说像女子口气,几乎露出马脚。"静芳吃了一惊,忙问:"哥哥是怎样回答的?"车本高说:"我一口咬定是自家写的,沈翰林老眼昏花,也没有深究。"

正说着,钱妈来报说:"柳相公派苍头来请。"车本高把试卷都交给静芳,说:"三个人的试卷都在这里,你看完了,我再传给别人看。"说罢,他一溜烟地找柳希潜去了。

车静芳看到沈公定的名次,心里暗笑道:"沈翰林,你收了一个女学生,自己还不知道哩。"她先取第三名的卷子看,觉得才情不弱,属于名流手笔,心想:"这第三名的诗竟然这样好,第一名不知是如何佳妙哩。"她打开第一名柳希潜的卷子吟诵一遍,竟惊呆了,暗想:"这才是天下的真才子啊!锦心绣口,鬼斧神工,名次排在自己前面,自然心服,只是不知这柳希潜是哪里人。我车静芳虚负姿容,枉夸文藻,年已及笄,还没有议定婚姻,哥哥不为妹妹操心,妹妹也不好明言,恐怕将来嫁不着才貌相当的配偶，被他人耻笑。如果能选中柳希潜这样的才郎，也就心满意足了。"想了一阵，她不由得心里难过，抹起眼泪来。

钱妈看见静芳这般模样，走过来劝慰她说："小姐，大官人考了个第二名，这都是你的功劳，应该高兴，何必伤心？"静芳说："那第一名的诗更是美妙绝伦，确实强似我的，我自愧不如他。看来天外有天，以后我这闺阁女子不敢再骄傲自大了。"钱妈问第一名是谁，静芳说了姓名，钱妈说："我也常听说有个柳希潜、柳五柳的，和大官人熟识，是个富家子弟。"静芳又问："他家的详细情形，你都知道吗？"钱妈说："不清楚。小姐要想了解，待老身去访查一下就是了。"静芳嘱咐她不可张扬，要谨慎行事，钱妈说："我的老家就在那柳大官人城外东庄不远，顺便过去看看，不会有什么差错。"静芳让她明天就去，钱妈又说："小姐，老身眼不瞎，我看你是相中那人了。你父母早逝，婚事还没有着落，我做保姆的，也日夜挂心，只愿你早日招个俊姐夫，和你一样有文才。我一定尽心去办，小姐就放心吧。"静芳说："多谢妈妈。"之后让钱妈把试卷还给哥哥。

第二天，钱妈来到柳家，门上人说大官人在东庄书馆，她立即又来到东庄。这里，柳希潜刚来书馆向谢英讲述了会考的结果，又把车本高传来的试卷给谢英看。不一会儿，有人来请他饮酒，他连忙又走了。谢英知道自己的诗被评为第一，并不惊奇，只惋惜沈公没有看出是有人代笔。但是，他对车本高中了第二，却迷惑不解，那首诗清新俊逸，作者应当是庾开府、鲍参军一流人物，怎么能是车本高那样的花脸？说不定他也请了代笔的高手，但这高手又是谁呢？对于第三名顾棨，谢英也认识，他竟然排名在车本高后面，实在有些意外。

谢英正在品评试卷，忽然听见有人叫门，出去一看，是一位老妈妈，并不认识，就问来意。叫门的正是钱妈，她自我介绍说是车大官家的保姆,看见谢英,就叫柳相公,谢英说:"你认差人了。"钱妈说:"不差不差,老身的家就在柳相公贵庄附近,今天特来寻相公说话。"谢英问:"哪个车大官人?可就是车尚公?"钱妈说:"正是。柳相公和我家大官人常有来往,老身也略有所闻,但不知相公府上还有什么人,可曾娶过妻了?"谢英心想:听她的口气,像是访亲的,我暂且将错就错,假充是柳五柳,看这老婆婆讲些什么事,就回答说:"小生孤身一人,并未婚配。"钱妈又问:"相公贵庚几何?为何还未娶?"谢英答:"虚度一十九岁。说的人家也有,只是小生都不中意。"钱妈问:"怎样才算中相公的意?"谢英答:"一定要貌如文君、才似苏蕙,方遂我愿。"钱妈道:"原来如此。"谢英决心探明钱妈的真实意图,又问:"妈妈刚才说是车家保姆,是不是乳养大官人的?"钱妈笑道:"不是。"于是就简单介绍了小姐的情况,并说:"俺家小姐也和相公一样,一定要拣个才貌双全的,才肯嫁他。"谢英问:"拣有貌的就是了,女人家不通文墨,知道谁有才无才?"钱妈说:"你别轻看了我家小姐。她的文才,比得过谢道韫,胜似那苏小妹,天地灵秀之气未钟于我家男儿,却钟于我家姑娘了。"谢英深感奇异,又问:"那天大官人会考时写的那首诗,不像是自己写的,妈妈可知道是谁代笔?"钱妈笑道:"我家大官人虽然才力不济,难道不能写几句?"谢英说:"这诗我已看过,如此佳句,恐怕大官人是写不出来的。"经反复追问,钱妈才说出小姐为大官人代笔的情况,并嘱咐谢英千万不要对别人说。

谢英恍然大悟,他又把车本高的卷子取出来仔细观看,又放在鼻子跟前嗅了嗅,似乎嗅到了脂粉的香气。他又问钱妈:"我的诗想必小姐也看过了,不知她怎样品评?"钱妈说:"她也和你一样,反复把玩,爱不释手。"谢英非常感动,心想:"原来车家有这么一位好小姐。她既然称赞我的诗,就是我的知音了,看来我的姻缘就在这里。本该说出真实姓名，又恐怕这位妈妈嫌弃我贫寒，不肯向小姐转达。只有先含糊认做柳五柳，等她回复了小姐，以后再相机说明真相。"于是就说："小姐既然喜爱小生的诗，待有新作，再请妈妈转呈小姐指教吧。"钱妈临去又叮咛谢英不要对人说，谢英说："勿须多嘱，我自然明白。"

钱妈回去把见到谢英的情形告诉静芳，并说："那柳相公看出咱们家大官人作不出这么好的诗，一定要问是谁代笔，老身只好说了实话。他知道了诗是小姐作的，高兴极了，连声称赞。"静芳有些不好意思，说："我的诗有什么好，值得他这么夸奖？"钱妈又说："柳相公不仅好才学，也生成一副好人品。他年纪轻轻，仪表堂堂，面如冠玉，身似春松，即使潘安复活，也难比得上他。"静芳听罢，面带红晕，低头不语，稍停又说："你不会看错吧，他到底是不是柳相公，现在的书生都爱说假话哩。"钱妈说："大官人说，明天他要请会考的朋友聚会，少不了柳相公也会来，小姐亲自看一看，就清楚了。"静芳说："有道理，明天我躲在帘子里边张望一下就是了。"钱妈又说："明天四月初八，是浴佛节，我要去尼姑庵里赴斋念佛，不能在家陪伴，小姐自己多加小心吧。"

四

第二天，车本高做东，邀请柳希潜、顾粲来聚会。顾粲开始不愿意来，因为他对会考的结果心中不服。他暗想："那柳、车两个白丁，哪里会写出那样的好诗？肯定有传递舞弊行为。沈老先生被他们瞒哄，我顾文玉心里是有数的。自己的一篇佳作，竟然排名在两个花脸之后，实在令人气恼。再说，沈老先生拿出的那首诗，分明是用来试我们眼力的，既然说不是自己作的，又不肯说出真正的作者，其中必有缘故。听说他有一位小姐善于吟咏，那诗又是女子口气，作者肯定就是小姐。沈老先生把女儿的诗向外人夸示，或许有择婿的意思。如果按考试的名次来确定东床人选，我这个第三名自然是没份的了，难道沈老先生要把女儿嫁给那不学无术的柳五柳不成？"转念又想："车尚公来请，我要是不去，他们会说我考了末名不敢赴宴。我不如趁此机会观察一下他们的动静，再作打算。"主意已定，就按时来到车家。

柳希潜带着老苍头先到，他和车本高迎着顾粲，寒暄几句，三人以会考的名次为序就坐。柳希潜说："小弟我下次不参加会考了。"车本高问为什么，柳希潜说："我光得第一，让顾兄得末名，真不好意思。"车本高附和说："以后我也不参加了，因为敝人实在太忙，再说光得第二，叨居顾兄之前，也觉得乏味。"柳希潜说："下次会考，如果只有顾兄参加，那第一名是稳拿的了。"顾粲见他俩你一言我一语地奚落自己，强忍怒气说："小弟不才，考末等也无怨言，何劳二位费心。"柳希潜又说："顾兄的文才原是很好的，只因参加会考的人少，名次排在了我们两个后面了。现在我有个主意：我们和沈老师讲一讲，让他多拉些文字不通的朋友一同会考，那时顾兄再得第三名，就是高等了。"说罢大笑，车本高也阴阳怪气地笑。

顾粲实在坐不下去了，他以不胜酒力为理由，起身告辞。柳、车二人拉住他不让走，车本高说："只饮酒没什么乐趣，咱们唱支曲子吧！"柳希潜说："唱曲也太平常，咱们演一场戏怎么样？"车本高拍手响应，问唱哪一出，柳希潜说："就演《千金记》中韩信受胯下之辱的一段。你我当淮阴少年，顾兄就当韩信吧！"顾粲说从来没有演过戏，柳希潜说："大家都在戏场中，逢场作戏，这又何妨？"他让顾粲站在场子当中，说："不要你唱，只站这儿不动，当个韩信吧。"又让老苍头用手敲桌子，算是打鼓板，他和车本高换上小帽，装出淮阴少年的无赖相，羞辱"韩信"，让"韩信"从他们胯下爬过去。顾粲不肯爬，车本高硬按着他爬。顾粲一使劲，把柳希潜顶翻在地，柳、车二人嬉笑一场。

这时，柳希潜说："只管耍笑，忘记一件正经事。沈老师这样得意，我们难道不备些礼品，去拜谢他一次？"车本高赞同，他们两个计算各出礼钱多少，争来争去。顾粲见他们如此庸俗，也不理他们，径自离去。柳希潜大笑说："小顾这名士，今天竟败在咱们的胯下，好快活！"说罢也回去了。

车静芳从内宅走出来，问道："刚才你们演戏，那当韩信的是谁？"车本高答："就是考末名的顾文玉。"静芳又问："那位淮阴少年呢？"答："是考第一名的柳五柳。"静芳说："哥哥不要骗我，这不是他。"车本高说："怎么会不是？我和他常在一起，扒了他的皮我也认得他的骨头。你不信，我去叫他转来，再吃两杯酒。"说着便跑出去了。静芳心中纳闷，暗想："此人蠢陋不堪，钱妈为什么那样夸奖他呢？"

午后，钱妈念佛归来，静芳问她："那天你真的见到柳相公了吗？"钱妈说："我还能骗小姐不成？"静芳讲了她今天看到的情况，钱妈说："这就奇怪了，昨天我分明见到一位美貌少年书生，亲口说他是柳相公，还能有错？"静芳说："那真的柳五柳和我哥哥一样，哪里会作诗？妈妈见到的那人肯定是代笔的。请妈妈再辛苦一趟，去东庄找到那人，问清会考的诗到底是谁写的。我不管他姓柳姓杨，是富是贫，让他再写一首《绿牡丹》诗，我看了就会明白。"钱妈答应一声，立即去了。

柳希潜带着老苍头离开车家，直接来东庄找谢英，恰逢谢英出去了，他就在书房里休息。不一会儿，苍头来报告："车大官人家保姆钱妈来了，寻相公说话。"柳希潜道："有请。"钱妈进来叫了声"柳相公",柳希潜迎着答礼,钱妈见他这副嘴脸,吓了一跳,说:"你不是柳相公。"柳希潜说:"我就是柳相公、柳五柳,除了我再没有第二个。我刚从你家回来,妈妈跟脚赶到这里,有何贵干?"钱妈说:"我来寻一位官人,昨天他在这书房里坐着,也说是姓柳。"柳希潜心想:"小谢真可恶,竟然假冒我姓名!"嘴上却说:"我这里没有这个人,不知妈妈见到的是哪一位。妈妈如果有什么话,不妨告诉我,我要是能想出来你见到的是哪位朋友,再转告他。"钱妈不愿对他说真情,就支吾道:"没有什么事,叨扰了。"转身就走。

柳希潜快步追上,拦住钱妈,说:"妈妈难得来我这里,学生有一句话要说。"原来柳希潜早听说车本高有个妹子,长得非常标致,而且精通文墨,他想:"要是能娶做老婆,作个代笔的,比小谢还要好使唤。"正盘算着怎样托媒说合,就来了钱妈,真是天赐良机。他对钱妈说:"学生年方弱冠,尚未婚娶;车大官人的妹子正当芳龄,还未出嫁。欲求结为婚姻,请妈妈成全。"

钱妈心想:"真是癞蛤蟆想吃天鹅肉,不知羞耻!"就应付道:"小姐的婚姻大事,由她哥哥做主,我不过是个保姆,怎么能管得了?"柳希潜说:"大官人那里,我自己去说;小姐跟前,少不了妈妈你这根暗线。学生的家财十分丰厚,早已备好金屋,只待藏娇。"钱妈说:"我家小姐要看人才的。"柳希潜装腔作势,扭捏一番,说:"学生人才也不差,不仅相貌出众,文才也是超群,那天会考,头一名就是我。"钱妈不愿和他多纠缠,就说:"老身还有别的事情,改日再议吧。"径自走了。

钱妈刚走,谢英就回来了,他望着钱妈远去的背影,问老苍头:"刚才是不是车家的钱妈妈来了?"苍头说是。谢英说:"她来寻我,怎么不告诉我?"苍头说:"她是寻我家相公的。"谢英前去追赶,但钱妈一会儿就不见踪影了,他只好作罢,心里暗想:"钱妈这次来,一定与车小姐有关,柳大会见了她,又肯定使她疑惑。回去告诉小姐,岂不错上加错?我必须寻着她,说个明白。"

谢英记得钱妈说就住在这东庄附近,试探着去打听,找到了一处破败不堪的房舍,问邻人,回答说:"那姓钱的老婆婆早不在这儿住了,听说她在城里一个大户人家当保姆。"谢英自恨自己糊涂了,她既然是车家保姆,怎么到这里找她呢?急忙赶到车家敲门。车本高听见有人来,先从门缝里往外张望,发现是谢英,心想:"这个穷酸,想必又来约我去做文章,不能理他!"就捏着鼻子装出女仆人的声音说:"大官人不在家。"谢英在门外说:"你家有位钱妈妈,请她出来,我有要紧事和她说。"车本高又捏着鼻子说:"她好几天都没有回来了。"谢英无可奈何,只得扫兴而去。他想:"我的时运怎么这样不顺?千差万错,叫人愁烦。"天色已晚,他回到东庄书馆。此时下起了雨,他听着那黄昏暮雨潇潇打窗声,想着和车小姐的姻缘能不能成,眼下难以定论,不由得独对孤灯,长吁短叹。

五

再说沈公自会考之后,见三卷俱优,心里特别高兴,不由得把挑选女婿的想法对外人讲明了。柳希潜听到风声,乐得心花怒放,暗想:"我是第一名,选婿当然要选我了。那沈小姐才貌双全,又是翰林之女,岂不强似那车大的妹子?必须再去拜见沈老先生,乘机再显示一下自己的才学,方为稳妥。"于是,他到东庄书馆里,乘谢英不在时把谢英的诗稿偷了一些,打算充作自己写的,送给沈公评阅,顺便当面提起婚姻之事,探探老师的口气。

柳希潜在沈府附近碰见了车本高。原来车本高也听到沈公择婿的消息，心想："柳五柳要是也知道了，必然去求婚。他考第一名，我争不过他，不如把妹妹的诗稿充作自己写的，送给沈老师评阅，沈老师一高兴，说不定会不考虑考试的名次而选我为婿。"主意已定，就偷偷地把妹妹的诗稿抄了一些，带在身上，前往沈府，不巧正撞着柳希潜。

柳希潜问："车兄哪里去？"车本高说："我去前面访一个朋友，不奉陪了。柳兄哪里去？"柳希潜说："我也去访一位朋友，请了！"两人各自转身逛了一圈，又在沈府附近碰上，都不好意思地笑了。柳希潜说："不必隐瞒了，我是来看望沈老师，送文章请教。"车本高说："我也是来看望沈老师，送文章的。"于是二人一同进入沈府。

沈公迎着他们，见礼罢，柳、车各自呈上礼品和诗稿，请求当面批点。沈公说："二位佳作，待老夫从容细看，改日再奉还罢。"柳希潜说："今天拜见老师，还有一件事。学生的年龄不算小了，婚事还没有议定呢。"车本高说："学生有句话正要启齿，没想到柳兄先说出来了。"沈公说："二位高才，又都是世家子弟，为什么都还没有议亲呢？"车本高说："学生盼望良缘，但至今未遇中意的。"沈公说："二位是有了相中的人家，要老夫作媒吗？"柳希潜说："车兄，让小弟先讲。"车本高说："柳兄，别的事儿让得，今天的事让不得，让小弟先讲。"沈公说："二位一同讲就是了。"柳、车齐声说："听说老师的娇爱还待字闺中，学生特来求婚。"沈公笑着说："常言道，一家女儿百家问，最终只能许嫁一家。二位都是知己门生，又同时来求婚，老夫真有点不好回答。"柳希潜说："当然要先许给学生了，学生是老师取中的第一名啊！"车本高说："学生的诗，老师曾说'本该也是第一'。"沈公说："二位不必争执，老夫自有主张。"

正说话时，顾粲到了。柳希潜说："顾兄，你来只管来，老师的女婿，已许定是我了。"车本高说："是我。"二人争吵起来。顾粲说："我是来给老师送文章的，谁同你们争女婿？"沈公收下顾粲的文稿，对三人说："老夫只有一个女儿，求亲的很多，一概没有应允。三位才学都是优等，老夫不知怎样选择最好。我想，不如等到明年春天科考放榜，中的名次高的，老夫定选为佳婿。"

柳、车二人心想："要是等登科后议亲，哪还有自己的份儿？"顾粲说："老师府上，哪能招平民作女婿？等登科后议亲最合适了。"他又问："老师，下一次会考什么时候举行？"柳希潜说："老师已经品评过了，再考也是一样的。"车本高说："夏天就要到了，按规矩应当歇暑，还举行什么会考？"沈公说："我正想再会考一次，时间定在入秋后天气凉爽些再进行吧。"顾粲表示同意，又说："下次会考，应当再严格一些。"柳、车立即反驳："难道上次会考有人作弊不成？"顾粲说："严格一些好静心作文。对于作弊，当然应当有所防范。"柳、车冷笑道："顾兄对会考这样有兴致，真是绝妙。但如果我们的名次又在前面，请不要怪罪。"顾粲说："如果下次会考严格一些我还得末名，一定口服心服。"沈公说："好吧。秋后会考，各位等候通知。"

三人告辞沈公，出了府门，柳希潜心中盘算道："听沈老先生口气，不像是同意把女儿许我的意思。我不如先把车小姐弄到手，免得两头落空。"正要向车本高重提这件事，车本高叫道："柳大，你也太不算人了！那天你对钱妈说要娶我的妹子，今天怎么又求娶沈老师的女儿？"柳希潜说："我向贵府提亲后，你没有答复，我只好另寻主顾了，休怪休怪！"车本高说："不是我不答复你，只因妹子不同意。"柳希潜说："这话太混了！谁家女子嫁人是自己作主的？令尊令堂不在，自然应当是长兄裁夺。"车本高说:"你这个人倒乖巧!你的亲事,骗我把妹子许给你,我的亲事,还不知在哪儿呢。"柳希潜说:"沈老师的本意,是从你我之中选一人作女婿,只因小顾在坐,他不好明说。咱们两个如果要按会考的名次,你还得让我。"车本高又争执起来,柳希潜说:"这么着吧!你如果把妹子许给我,我就把沈小姐让给你。"车本高大喜,说:"你说得对,可不要变卦。"柳希潜说:"大丈夫说话算数,既然许定,咱们认了亲戚吧!"于是就叫道:"车大舅!车大舅!"车本高连声答应,也叫道:"柳妹夫!柳妹夫!"柳希潜也高兴地答应着,二人互相调笑,得意忘形。

车本高忽然想起一件事,说:"我那天在妹妹面前夸你是沈翰林取中的第一名,谁知妹子古怪,说你的那首诗不像是出自己手,一定是传递来的。"柳希潜心中吃惊,说:"真是活神仙!"但他对车本高却说:"什么叫做传递,小弟从来不会。车大舅,你要在令妹面前为我辨明心迹。"车本高说:"我也曾经为你分辩了,但妹妹只是不相信。她要我把你叫到家里,她隔着帘子考你作一首诗。"柳希潜说:"这好办,明天我就到你府上应考。"车本高说:"你可要小心点,考得不好,婚事不成不要怪我。"柳希潜说:"那当然。要是我考得好了,令妹不要反悔。"

六

第二天,柳希潜带着老苍头来到车家。厅堂中设作考场,里面垂下竹帘,静芳在帘内监考。发下题目,仍然是赋《绿牡丹》绝句一首。柳希潜假装着构思的神态,在厅堂中来回踱步,悄悄地把题目交给等候在门外的苍头。苍头得了题目,火速赶到东庄去求谢英代作。

谢英正在书房思谋怎样再见到钱妈,听苍头说明来意,问:

"相公在哪一家会考？"苍头不便回答，谢英说："你不讲清楚，我就不作。"苍头着急了，说："不作还了得？相公今天的考试是十分重要的。"谢英心想其中必有缘故，就反复盘问："是不是县官考本邑秀才？要不然是族长考本族子弟？再不然是沈翰林复试门生？"苍头说："都不是。这次的考官，是一位女客哩。"谢英更奇怪了，又继续追问，苍头说："相公去求亲事，那位女客要试他才学，所以要考一考。"谢英说："女人家能有多高的文才，相公自己随便应酬一下就算了，何必费这么多麻烦搞传递？"苍头说："听人言这位女客非常有才，和你也不相上下哩。"谢英心想："莫非是她？"又盘问苍头，苍头这才说出实情。

谢英恍然大悟，说："原来如此！但这是不能代笔的，合谋骗取婚姻是有损阴德的，连我也要受牵连啊。"苍头跪下恳求："谢相公要是不答应，小人就该死了。"谢英暗想："如果执意不作，也实在难为这位仆人。不如作一首极歪的诗，让柳五柳去抄，小姐看了大笑一场，就打消了他求亲的念头。"于是，他让苍头稍等，取出题目看了，不假思索，信笔写出四句：

牡丹花开甚奇特，非红非紫非黄白。
绿毛乌龟爬上花，只恐娘行看不出。

谢英写罢，交给苍头，又嘱咐说："我这首诗是呕心沥血写成的，只怕文字太好了，会惹试官疑心。如果被查问，你相公必须一口咬定是自己作的，无论如何也不能说是求人代笔。"苍头答应着，匆匆忙忙去了。

这时，柳希潜正在车家厅堂内发急，不时伸头向门外张望，心想："等一会儿苍头来到，不便进来，传递的事儿，不如央求车大。这样，小姐一定不会疑心。"于是就叫道："车兄！"车本高正在旁边欣赏柳希潜的窘态，心想："若要娶妻都经过面试，我今生情愿不要老婆。"他听见柳希潜叫他，走来问他有什么事儿,柳希潜小声说:"等一会儿我家苍头拿一片纸来,请你悄悄送给我。"车本高笑道:"这是传递,我怎么能帮你干这种事儿?"柳希潜说:"不要高声,恐怕令妹听见。"车本高说:"她刚才进里房去了,这会儿还没有出来呢。"柳希潜说:"我没有别的法子,只得求你,你要是肯帮忙,沈家那头亲事我准准地让给你好了。"车本高心中欢喜,笑道:"也罢,我就帮衬你这一回吧。"柳希潜望见帘内有人影走动,做个眼色,车本高赶紧从他身边离开,到门外去了。

  柳希潜知道车小姐已在帘内坐定,一双色眼直往帘子里边瞅,但什么也看不清,只闻得脂粉香气阵阵袭人。他不由得神魂摇荡,站起身来,在厅中晃来晃去,故意忸怩作态,卖弄风流。静芳见他这副模样,十分厌恶,暗示钱妈去警告他。钱妈走出帘子喝道:"那位生员,不归号房,到处闲走,不怕犯规吗?"柳希潜急忙坐下,装出大声吟哦的样子。过了一会儿,他身体困倦,竟然伏在桌边睡着了,而且响起鼾声。钱妈又走出来,猛地一拍桌子,叫道:"柳相公不要梦见周公,起来作文!"柳希潜迷迷糊糊地伸个懒腰,说:"学生没有打瞌睡,正在这里静养提神哩。"

  将近中午,老苍头来到,车本高迎着,说:"相公给我说过了,传递的东西让我转送。"苍头把纸片交给他,又叫他告诉柳相公要认定是自己作的。车本高点头会意,走近柳希潜,装作看他作卷,偷偷把纸片塞给他,又唧咕了一阵。静芳在帘内看见哥哥贴近柳希潜,又是使眼色,又是耳语,心里怀疑,对钱妈说:"他两个像是在作弊。"钱妈掀帘叫道:"不许传递!"车本高急忙走开。钱妈说:"小姐,难道自己的亲哥哥却帮外人传递不成?"静芳说:"这也说不定,你去搜查一下,我才放心。"

  钱妈走出去,对柳希潜说:"相公,刚才是不是在作弊?"柳希潜说:"如果有怀疑,请搜一搜。"他又是抖袖子,又是解衣襟,让钱妈看。钱妈并没有认真细查,就大声宣布:"搜检无弊。"静芳心想:"明明在作弊,却搜不出什么,待看了他的卷子再说。"

柳希潜十分得意,他取出纸片,急忙抄写,写完后大叫:"生员交卷!"车本高上前收卷,看了一眼,就连声称赞是好诗。柳希潜嬉笑着,说:"小弟也觉得这文字不至于出丑,只怕难入令妹尊目。"车本高把卷子带进去,静芳看罢,大笑起来。车本高说:"妹妹高兴,可见这诗果然佳妙。"静芳说:"确实佳妙,又誊写得一字不错,比前次会考的结果好多了。"车本高说:"前次他考得第一,这回应该是超等吧。"静芳说:"你去问他,这首诗是不是他自己作的。"

车本高到外面对柳希潜说:"舍妹见了尊作,只是哈哈地笑,说比前次还好,但怀疑你是求人代作的。"柳希潜说:"我这样的才学,人家不来求我也就罢了,我怎么反而去求别人?"钱妈也走过来说:"如果不是自己作的,就说实话。"柳希潜说:"你们三个人六只眼睛看着的,搜也搜过了,难道这诗是凭空飞进来的?"车本高说:"你如果没有作弊,就赌个咒吧,免得舍妹疑心。"柳希潜就跪在地上说:"苍天在上,这首诗若不是我写的,我就是猪是狗是王八,叫我吃饭噎死,走路跌死,天打五雷轰死。"之后站起来冲着钱妈说:"是小姐见我的诗写得好了,就想赖婚吧?我实对你说,亲事是赖不掉的!"车本高劝道:"柳兄不要焦躁,待我在舍妹面前为你恳求。"

静芳在帘子里边看见柳希潜的表演,觉得他可恶又可笑。车本高进来后,她就问道:"哥哥,你说这事儿滑稽不滑稽?那人的诗确实不是自己写的,他被代笔的骗了。"车本高吃了一惊,忙问怎么回事。钱妈说:"小姐,你把好笑的缘故说给大官人知道,也好回复他。"静芳说:"你看这诗的第一句,'牡丹花开甚奇特'。"车本高说:"开门见山,明白晓畅,不坏不坏。"静芳说:"这第二句,'非红非紫非黄白'。"车本高又说:"不是红的紫的,又不是黄的白的,准是绿的了,切题切题。"静芳说:"这末二句呢,'绿毛乌龟爬上花,只恐娘行看不出'。代笔的人说,绿毛乌龟冒充绿牡丹,怕我辨不出真假来。别人骂他是乌龟,他还不知道,这不好笑吗?"车本高和钱妈听罢都笑了。静芳和钱妈进了内室,不再理会他们。

车本高问柳希潜:"你这首诗怎样解?"柳希潜说:"反正是极妙的了,你看不懂,还要我讲解吗?"车本高把静芳的解释转述一遍,笑道:"以后我只叫你柳乌龟便了,这卷子是你的供状,我收藏起来,作个纪念。"柳希潜满面羞惭,伸手夺过来,撕得粉碎。车本高说:"这件亲事,我替你费了多少心机,从中说合,又帮你传递,眼看着就要成了。谁知你抄这样的歪诗,坏了好事,这怪不得我。不但你无脸见人,也让我脸上无光。"说罢送他出门,拱手告辞。柳希潜心里恨恨地说:"这都是小谢搞的鬼,现在就去找他算账。"

七

柳希潜先不回府,直奔东庄书馆。苍头迎着讨赏钱,柳希潜骂道:"狗才,赏你一顿拳头!"苍头分辩说:"相公今日靠谢相公帮忙,代作好诗,成全了亲事,正该贺喜,怎么还要打我?"柳希潜说:"少废话,滚一边去!"又叫道:"谢英,你出来!"

谢英闻声从书房走出来,柳希潜说:"我每天用酒肉饭菜供养着你,要你干什么?今年清明节、端阳节两季的束脩都给了你,连重阳节的也预支去了,白白地填你这穷坑。你不想着报答我,我让你替我作一首诗,费你什么劲儿了?你却写这样歪诗,坏我的好事。"谢英问:"你说哪一句不好?"柳希潜说:"你为什么用乌龟来骂我?"谢英说:"乌龟从来是上诗的,《诗经》上就有'我龟既厌'一句,古人诗中还有'龟浮见绿池'、'文如龟负出'、'金钱愿赎龟'、'山中今见鹿憎龟'等等,怎么能是骂你?"柳希潜余怒未息,斥责道:"不要耍赖,我不和你多辩,也不再要你这样的先生,请到别处发利市去!"谢英哈哈大笑说:"好,好!你要我走,我就走。大丈夫处世,四海为家,岂能贪恋你这升斗之粟?"说罢扬长而去。柳希潜又吩咐苍头,把书馆的门锁了,不让谢英再回来。

谢英信步走去,经过顾粲书馆门前时,心想:"不妨进去看望一下旧友。"顾粲迎他进屋坐下。谢英看见书桌上放着一份诗稿,那是沈婉娥写的《绿牡丹》诗,顾粲刚才正在欣赏,未来得及收起。谢英问作者是谁,顾粲如实告诉了他。谢英赞叹说:"如今既多才女,又多佳作。"顾粲问:"谢兄还见有哪位才女之诗?"谢英就把车本高求妹子代笔、自己为柳希潜代笔的事都说了,顾粲恍然大悟说:"怪不得柳五柳那首诗文词特佳,理应第一,兄出手不凡,小弟佩服。车本高那首诗,当时沈老师就说诗中'一朵绿云'是女子口气。"二人越说越投机,谢英又讲述了车静芳爱慕自己的诗、让钱妈到东庄访查、自己向钱妈求亲以及柳希潜到车家考试骗婚、自己为他代笔作歪诗、后来被他赶出书馆等情况,都告诉了顾粲。顾粲听得高兴,说:"兄与车小姐才貌般配,情意投合,若结良缘,可喜可贺。"又问:"兄如今要到哪里去?"谢英说:"小弟是赤条条来去无牵挂,处处无家处处家。"顾粲说:"兄若不嫌弃,就在我这书馆暂住,咱们一同读书,明年春天一同赴试,怎么样?"谢英说:"无故打扰,多有不便。"顾粲说:"你我志同道合,不必客气,只是寒舍简陋,委屈谢兄了。"

车本高听说柳希潜赶走了谢英,先是幸灾乐祸,觉得小谢太傲气,这样处置他也应该。转念又想:"谢英毕竟是有些才学的,上次柳大请他代笔,考得第一。我心里实在不服。不如把他请到家中,付给他半年的脩金,他自然感激,以后再有什么考试,就让小谢代笔,不怕第一不是我的。况且妹子性格古怪,上次请她代笔费了多少唇舌,以后再也用不着求她了。"主意已定,就派人去请谢英。

谢英心中暗喜,他正愁无法和车小姐通消息,如今住到他们家里,寻机会相见,岂不甚为方便?于是慨然应允。顾粲明白谢英的心意,也不强留。

这天,车本高让钱妈准备酒饭,说要请新来的先生。钱妈问先生是谁,车本高说就是被柳五柳赶出来的那一位,并说他为柳大代笔、考了第一的事。钱妈心想:"这大概就是我第一次去东庄遇见的那位俊俏后生。"不由得脱口而出,说:"我好像也见过他。"车本高说:"对了,我记得有一天他来找过妈妈,被我骗走了,不知他找你说什么事。"钱妈急忙掩饰,说:"没什么事,我现在就做饭菜去。"

谢英来到,车本高迎着,殷勤相待。二人饮酒时,钱妈从书房后边偷看一眼,见这位先生就是自己第一次见到的"柳相公",非常高兴。饭后,谢英到住处歇息,钱妈在院中迎着他,叫道:"柳相公!"谢英急忙还礼,说:"小生原名谢英,字瑶草,原来在柳家和柳五柳同馆读书,上次妈妈来访,我暂且充作姓柳,多有不恭,请妈妈恕罪。"钱妈说:"原来是谢相公。上次沈府会考,柳相公得了第一,那首诗是不是你代作的?"谢英说:"正是。"钱妈又问:"那柳五柳受我家小姐面试写的那首歪诗,也是你代作的吗?"谢英说:"一时戏草,妈妈见笑了。"钱妈大喜,说:"谢相公真是高才,作起诗来,雅俗皆成妙品。我家小姐仰慕已久,今天你正好来到我家,真是天意。小姐是认诗不认人的,谢相公再作一首诗,让我带去回复小姐,岂不更好?"谢英说:"写什么题目呢?"钱妈说:"小姐考那柳五柳的题目是什么《绿牡丹》,谢相公也用这题吧。"谢英随口吟道:

叶色花容殊不辨,但闻香气袭庭闱。

朦胧月下宜详认,莫作刘家黑牡丹。

钱妈说:"老身听了哪能记得住?请相公写下来吧。"谢英让钱妈稍待,他到房里把诗写在笺纸上,交给钱妈,又嘱咐道:"妈妈一定要记住,我是谢瑶草,不是柳五柳。"钱妈说:"老身明白。"她得了诗,急忙进内室禀告静芳,说到故意写歪诗捉弄柳希潜的事,静芳说:"这人既有才,又聪明,只是太尖刻了些。"钱妈又说谢英人品如何如何标致,建议小姐暗中窥视一下,静芳说:"那倒不必了,只要他有真才实学就好。"钱妈拿出谢英刚才写成的这首诗,静芳看罢,喜动眉梢,她樱唇微启,嫣然一笑,心想:"我的终身大事,看来就要托于此人了。"

钱妈问:"小姐,这首诗写得好不好?"静芳说:"确实不错。他以绿牡丹自喻,并提示我不要把月光下的绿牡丹当成刘家的黑牡丹。"钱妈听不懂,又问:"绿牡丹已经是很少见的了,怎么还有黑牡丹?"静芳说:"这用的是唐朝刘训的典故。当时京师人都爱观赏牡丹,刘训邀请客人赏花,事先把几百头水牛拴在前面,对众人说:'此刘氏黑牡丹也。'后人就用黑牡丹代指水牛。"钱妈笑道:"前次骂那白丁是乌龟,这次又骂他是牛,谢相公真会取笑。"静芳说:"谢相公正因嘲笑了狂徒,才被他驱逐。你可传话给他,让他在我家安心住下,衣食费用,都勿须担扰,来年科考,一定要蟾宫折桂,不要辜负了平生志气。"钱妈说:"小姐的话知情达理,老身相机转告他就是了。

八

再说沈公接收了柳、车、顾三人送来的诗稿,因夏季天气炎热,没有来得及批阅,都放置在书桌上。一天,女儿婉娥又来到父亲的书房,发现了他们的诗稿,信手翻看。丫环小凤说:"那会考的三位是不是一个姓柳,一个姓车,一个姓顾?"婉娥问她怎么知道,小凤说:"我看见过他们。那姓顾的长得眉清目秀,是一位好相公。另外两个叫什么六五六、尺上工,分明是一支笛曲儿,可能是他们的绰号,人长得也特别丑陋难看。"婉娥说:"看人要论才学,不能单看长相。"小凤说:"小姐,长相也是很重要的。古时候宋玉漂亮,邻家姑娘隔墙偷看,潘安貌美,出门时妇女们追着他的车子抛送水果,这二位都是著名的才子。哪里见过有才而无貌的呢?"婉娥嗔怪道:"丫头不要多嘴!你去给博山炉里再添些香吧,我把这些诗稿看一看。"小凤答应一声,自己离去了。

婉娥看柳希潜的诗稿,里面不少诗都是自叹穷愁落魄、寄人篱下的遭遇,其意凄恻,如泣如诉,那口气好像是困于新丰酒肆中的马周,又像是欲求一识韩荆州的李白。因此,她猜想作者的身份准是生活困顿、靠坐馆教书谋生的穷秀才,但柳某家为富豪,怎么能写出这样的诗篇?其中还有一首题为《赴柳宅新馆》的诗,更不对了,他自己姓柳,怎么却说新到柳宅?可见这诗稿不是柳某自己作的了。

婉娥再看车本高的诗稿,逐篇看去,全是闺词。其内容或者是穿珠花贴翠钿、描黛眉敷脂粉,或者是执刀剪做女工、照菱镜理残妆等等。后面一首题为《与保姆问答》,更说明作者是一位闺中女子。

最后看到顾粲的诗稿,是选刻的本县年轻文士的诗集,书前有爹爹写的序。其中入选的顾粲的诗和会考时第三名的那首诗功力相近。婉娥全明白了,柳、车二人无疑都是白丁,顾粲的才学是真实的,爹爹评定的结果显然有很大偏差。她又想:"刚才小凤说得不错,有其才者应该必有其貌。爹爹虽然明白不能以貌取人的道理,但是只看他表面上的言词也容易上当啊!如果单靠这次会考来挑选女婿,那岂不误了女儿终身?"

这时,沈公进来,问:"我儿在看什么书?"婉娥说:"是三位门生送给爹爹审阅的诗稿。"沈公问好不好,婉娥说:"诗都是好诗,但未必都是自己作的。"她把三人诗稿的情况讲述一遍,沈公大吃一惊,说:"怪不得那次会考之后,我把你的诗拿给他们看,试试他们的眼力,柳、车二人乱加赞赏,只有顾粲看出不是我作的。"婉娥说:"依女儿之见,不如再会考一次,鉴别出真才。考场的规矩要严格一些,爹爹要坐场监督,任何人不得舞弊。"沈公说:"我儿说得有理,下次会考,定要弄个水落石出。"

转眼已到中秋,天高风轻,气候宜人。沈公传信给柳、车、顾三人,重开会考。柳希潜得知,心里发慌,暗想:"上次有小谢代笔,考得第一,这次无人代笔,岂不露出马脚?"他想来想去,想到附近有位老儒生范思诃,就去找他商量,临场请他代笔,让老苍头传递。这范某本名范虚,号思诃,人们借谐音顺口叫他"凡四合",七十多岁了,还是一名秀才,因学问平常,没有人请他教书,他就靠给人写些祝寿文字、结婚贺启之类的东西挣点钱财为生。柳希潜请他代笔,他欣然答应。

车本高得知会考消息,急忙告诉谢英,让他临场代笔,谢英应允。车本高又告诉妹妹,静芳想借机施展文才,同谢英争胜,也表示愿意代笔。车本高大喜,心想:"这次我有两位高才代笔,到时候我把两篇诗都抄上去,足以显得我的才学超群。那第一名还不稳稳地归我?沈公要是以这一次的名次选婿,那沈小姐不就是我的老婆?"他越想越美,又嘱咐钱妈临场传递,不得有误。

到了考试这天,柳、车、顾三人都来到沈府,沈公迎着,先对顾粲说:"贤契的诗稿我已经看过,才学优异,后生可畏,老夫心悦诚服。"顾粲说:"不敢。"柳、车回声说:"学生的拙稿,想必老师也批阅过了,并望赐教。"沈公说:"二位尊稿,老夫还没有来得及看。你们都来了,我可以告诉诸位,上次会考的名次,外论有些不服。"柳、车又同声说:"没有不服的。"沈公说:"服与不服,也就算了,以今日的会考作为定准。考场的规矩要再严些,老夫也不进去了,就在这里坐观。诸位要用心作卷,力争优等。"他又唤来守门的家人吩咐说:"各位相公的文具、午饭都由本府供给,各家不必另送。如果有人在门前往来窥探,定是企图密谋传递,一概不许进来。若有违犯者,重责三十板!"家人答应一声去了,柳、车二人心中叫苦不迭。

坐定之后,沈公发下题目,是《辨真论》。柳希潜突然站起来叫道:"忘记带笔砚了,我家苍头怎么不送过来!"沈公说:"笔砚这里都有。"就取了一副递过去。柳希潜无可奈何,只好坐下。这时,柳希潜家苍头捧着拜匣在门外要往里进,被沈府家人拦住赶走。车本高看了题目,急得干瞪眼,站起来叫道:"门生告领出恭签。"说着就往外走。沈公说:"廊下准备的有净桶,不许出大门。"车本高只好坐归原位。不一会儿,钱妈来到沈府大门外,也被赶走。

沈公端坐在考场上,严峻的目光审视着三位考生的一举一动。柳、车二人如坐针毡。柳希潜离位到沈公跟前,问:"老师,什么叫辨真论?这首诗要四句要八句?"车本高忙起身,侧耳倾听。沈公说:"这不是诗题,是要求写篇论文。天下事有真有伪,真者为伪者所掩,就是真伪混淆,需要辨明才好。"车本高问:

"老师，这题目出在哪一本书上？是《大学》、《中庸》，还是《论语》、《孟子》？说明了，门生好作。"柳希潜说："当然是《论语》上的。"沈公问："何以见得？"柳希潜说："《辨真论》的'论'字，就是《论语》的'论'字了。"沈公忍不住笑道："果然不错，快些作卷吧。"

过了一会儿，柳希潜雇请的那位老儒生范思诃也来到沈府门前窥探，家人斥责他："哪来的算命先生，想干什么？"范思诃说自己不是算命的，有急事要找柳相公，家人不容分说，把他赶走。接着，柳家苍头和车家钱妈都提着饭盒来到，要进去送饭，家人说："午饭本府已备，不须送饭，请回。"苍头、钱妈毫无办法，只好离去。柳、车二人听见门口的说话声，知道传递的门路彻底断了，别无良策，就把各自的桌案往顾粲跟前移近一些。柳希潜说："顾兄，你是个大好人，你把开头的一段给我抄抄吧。"车本高也小声说："顾兄，请你略讲几句，考试完了，我们两个请你喝酒。"顾粲笑道："二兄高才，何必求我这个得末名的？"说着，就把自己的桌案移开一些，避着他们。

柳希潜黔驴技穷，只好向沈公告病，说："学生昨夜受了风寒，一时头疼眼花起来。文章已经构思好了，只是不能写出来，待下次多作几篇吧。"沈公微笑着说："既然贵体欠安，不好勉强，就请回吧。"车本高突然捂着肚子伏在桌上大叫肚子疼，沈公问怎么了，车本高说："搅肠痧旧病发作了。"沈公唤来家人把二人扶出去，请医生看看，二人走到大门外，都说病已好了。家人问："二位相公为什么装病？"柳希潜说："在考场里真的病了，一出场病就好了。"家人说："既然好了，请进去再把文章写完吧。"车本高说："使不得，一进去，病又犯了。"两个人呻吟着，狼狈地离去。

顾粲作完卷子，交给沈公。沈公粗阅一遍，见文章说理精辟，论证严谨，称赞道："此文学识皆优，堪称佳作。那两位的长相和气质不像好人，老夫已有疑心。他们送来的诗稿，被我看出破绽，都是抄袭他人的诗篇。所以我特意出了个《辨真论》的题目以寓微意。他二人竟然一个字也写不出来，装病退场，可见他们都是白丁。"顾粲说："老师明鉴不差。"沈公说："老夫今日对贤契实说，只因小女未曾议姻，我就借结社考试之名，挑选佳婿。贤契好学上进，正中我意。"顾粲逊谢道："门生才疏学浅，难配小姐，请老师三思。"沈公说："贤契不必推辞，小女才貌尚不至于庸劣。贤契可努力攻读，来年科考争取一举成功，然后即可完姻。"沈公又说，上次会考之后拿出来让他们三人看的那首诗，本是小女的习作。顾粲原来的怀疑得到证实，心中暗喜，说："老师家教严明，门生若得为东床，真是三生有幸。"

沈公又问："前次会考，那柳、车二人诗作甚佳，你知道他们是求谁写的？"顾粲就把谢英为柳希潜代笔、静芳为其兄代笔的情况略作叙述。沈公非常惊奇。他为本县有这样的才子才女感到振奋，就让顾粲去请谢英来相见，顾粲应诺而去。

九

顾粲向谢英传达了沈公的言语，谢英第二天就前往沈府。沈公迎入，寒暄已毕，谢英说："承蒙老先生奖誉，小生愿居弟子之列。"沈公说："过谦了。有你这高才门生，老夫心中甚慰。"二人交谈时，谢英把为柳希潜代笔以及被车本高邀请作伴读的情况都告诉了沈公，还说起车本高会考之诗实为其妹代作一事，沈公说："谢兄和车小姐两才媲美，二貌相当，如果都还没有婚配，老夫做个媒人何如？"谢英说："车小姐是世家之女，自然择婿于豪门。小生孑然一身，又穷无立足之地，怎敢高攀？"沈公说：

"婚姻大事，应当以才情为重，怎么能单论门第？再说像谢兄这样的高才，怎能长久陷于困厄，他日科考得中，即可腾飞。"

谢英又说："那柳五柳和车尚公二人最要好，朝夕相处。听说柳兄已向车家求婚，车兄已经应允，即使小姐不满意，其兄也要一意孤行，强力扭合。"沈公大声叫道："岂有此理！岂有此理！如此才貌双全女子，怎能轻许痴愚丑陋之人？那车氏兄妹都是官宦之家的后代，老夫也曾在朝廷任职，可视为有通家之谊。如今老夫硬要做主许婚，不怕他车尚公不答应。我有小女，也粗通诗文，正要请车小姐相见。我现在就派人去接车小姐来家，对她说明详情，她自然会答应的。"谢英非常高兴。

沈公马上派家人备轿去接车小姐，不大一会儿工夫，静芳就带钱妈一同来到，婉娥把她们迎进内室叙话。二人谈刺绣，谈花样，谈读书，谈临帖，一见如故，十分亲密。又谈到作诗，越发投机，小凤插话说："车小姐有新作的诗，请给俺家小姐看看。"静芳谦称不会作诗，婉娥说："姐姐不要瞒我，你的佳作，我已从会考试卷上拜读过了。为令兄代笔的，不就是姐姐吗？"静芳问钱妈："这件事怎么别人都知道了？"小凤抢先回答："女子替考，这是头号新闻，一下子就传开了。"静芳直说惭愧，婉娥说："姐姐妙笔，令人欣羡，爹爹当时看了，原说要取作第一哩。"静芳说："一时侥幸，何足挂齿。姐姐的佳作，也请借观一二。"婉娥就取出自己写的那首《绿牡丹》诗，静芳看罢，连声称赞，又问："诗中说'小饮花前'，想必姐姐亲眼看见过这绿牡丹？"婉娥就讲了府中绿牡丹盛开时父亲让作诗的情况，静芳说："姐姐此诗如果和上次会考的试卷一同评定，当推为第一。"婉娥忙说："岂敢岂敢！我要参加会考，恐怕也得找人代笔哩。"钱妈说："沈小姐真会取笑。"

婉娥又问静芳："上次会考的第二名，是姐姐代笔，暂且不论，那第一第三，哪个更优？"静芳说："那第一名也是求人代作的，只有第三名是个真才。"小凤说："俺家老爷也说顾相公有真才实学，已经决定招他为婿了。"静芳说："恭喜恭喜。"婉娥问："姐姐，你可晓得为柳五柳代笔的人是谁吗？"静芳故意说不知，婉娥说："听爹爹说，此人姓谢，风流英俊，才华过人。爹爹知道他还没有定婚，要为他做媒哩。"钱妈急忙问："说的是哪一家？"婉娥笑道："远在天边，近在眼前，姐姐，恭喜了！我爹爹说你们二人才貌相当，他要硬做主婚哩。"钱妈说："既然老爷有此一番好意，俺家小姐合该拜他为义父，与沈小姐就姊妹相称吧。"二人互报年龄，静芳十七为姐，婉娥十六为妹。婉娥说："姐姐若不嫌弃，就在我府中住上，你我朝夕相伴，既可照应，又免寂寞。"静芳欣然同意。

　　车本高得知沈公把妹子接到府中，认了干女儿，又作主许配给了谢英，十分气恼，就去找柳希潜商议。柳希潜说："那老沈不是本族的尊长叔伯，怎么能越过你这个作兄长的，胡乱作主？我有个好主意，你去找老沈商量，他如果肯把女儿许配给你，你才可同意他把令妹许配别人。"车本高说："我也是这么想，谁知他把女儿已经许给小顾了。"柳希潜说："外姓人主婚，世上没有这样的道理，这是明明欺负你，你就该上门去骂他。"车本高说："骂了他，他不理睬，怎么办？"柳希潜说："你就把这件事写在纸上，贴到外面，公布于众。"车本高想了想，说："他要还不理睬呢？"柳希潜说："你就到官府去告他。"车本高连连摇手，说："不好不好，和戴纱帽的打官司，输的多，赢的少，必须另外再想一条好计策。"

　　柳希潜转动眼珠，皱起眉头，想了一会儿，说："有了。我们原来曾经商定，令妹许给我，沈小姐让给你。老沈也说过，要等科考放榜之后，中得名次高的，就许给婚姻。明年春天，你我也都去赴试，预计到快放榜的时候，我们先买通报录人，让他们报说你我都考中了，当天夜晚就要成亲，过两天即使知道是假报，生米也煮成熟饭了。"车本高听了连声称赞说："好计好计，只是一定要装得像。没有报条怎么办？"柳希潜说："不难，事先刻印一张报条就是了。"车本高说："对报录人要赏银子赏花红衣帽等，也要准备好。"柳希潜说："这个当然。"车本高："要是成事，真是多亏你了。只怕诈骗婚姻要触犯刑律。"柳希潜拍着胸脯说："不要紧的。我们是愚者千虑，必有一得。到那时，你就准备着做新郎官吧。"两个人又商量了一些细节，然后分手而去。

十

第二年春天，谢英、顾粲、柳希潜、车本高四人都前往京师临安参加了科考。回来之后，谢、顾二人把应试的文章重抄一份，送给沈公评阅，沈公让他们两天后再来面谈。

这天，谢、顾二人前往沈府听沈公评卷，恰巧柳、车二人也一同来到。沈公对谢、顾说："二位的卷子，一定能得中。"又问柳、车二人："你们的卷子，做得怎么样？"柳希潜、车本高回答说："学生的卷子，偶然忘记了。不曾抄下来送老师审阅。"沈公笑道："一定也都是不错的了。"二人又齐声说："当然。"

柳希潜问沈公："听说老师为小姐择配已经得人了，车兄胞妹也许了人家，这都是真的？"沈公说："小女已许给顾兄，车小姐已许给谢兄了。"车本高叫道："岂有此理！妹子嫁人，我这当哥哥的怎么不知道？难道是她自己许的？"沈公说："老夫与令尊是同辈好友，这婚姻之事我就代为主裁，又有何妨？"柳希潜叫道："顾门生有什么好，老师就把小姐许了他？"沈公说："我爱他文章磊落，学问深宏，格调高雅，正与小女相当。"

于是，柳希潜指着谢英、车本高指着顾粲怒斥道："你夺了我的亲事，我怎能与你善罢甘休！"沈公说："二位不要无礼！两门亲事都是老夫作主，何必争执？"柳希潜说："老师自己做事差了。当初曾说明年科考放榜之后，再议婚姻，如今还没有放榜，怎么就定下了姻缘？"沈公说："不错，是有这话。"车本高说："老师不要失信，如果学生我侥幸考中了，就做了老师的女婿也不辱没了令爱。"柳希潜说："如果学生我也侥幸得中，只要求娶车家小姐，这也要预先讲明。"沈公说："你们二位能中，难道那谢兄、顾兄就不能中？"车本高说："要是他二人中了，而我二人不中，一定把亲事拱手相让，决无怨言。但是，天下常有不可测之事，有不少巧的被拙的笑了。假如谢顾二兄偶然受挫，而我们两个赶上好运，像前一次会考那样得了好名次，那时候不要说我们侥幸，更不能反悔。"沈公说："中与不中，放榜就知道了，今天瞎估计有什么用？"谢英说："大概就在这两三天内放榜吧。"柳希潜说："听说今年放榜早，说不定就在今天。"

正说着，外面人声喧嚷，三五个报录的拥进来，大声叫道："柳相公、车相公，中了！中了！"他们围着柳、车二人要赏银。谢英、顾粲十分吃惊，就向报录人打听消息，报录人不理他们。沈公问："这喜报是真的吗？"报录人拿出报条，说："请看这条子，是京城里发出来的，还能有假？"柳、车二人被报录人簇拥而去。

沈公心里纳闷，他想："我们吴兴县往年每科都中好几位，这一科为什么只中两名，而且这两名都是白丁？这到底是怎么回事？"这时，家人进来禀报说："车家、柳家派人来告知，今天就要迎娶。"沈公暗自思忖："这两个白丁即使靠舞弊侥幸得中，也终究是愚顽之徒；谢、顾二人即使偶然失利，日后也不会久屈于人下。我沈省庵见的人多了，眼光决无大错。不如今天就让谢生和静芳、顾生和婉娥成亲，省得柳、车二人再找麻烦。"于是，他让家人去布置花烛喜筵，并安排掌礼人作准备，又叫丫环小凤到后堂服侍二位小姐梳妆。

小凤飞快跑去见二位小姐，报告说："刚才报录的报过，车相公和柳相公都考中了，今天就要迎娶。"婉娥问迎娶哪一家，小凤说："当然是二位小姐了。老爷原来说过，谁中了，就将小姐许婚。"静芳问谢相公、顾相公中了没有，小凤说未见报录。婉娥十分惊慌，问："这是真的？"小凤说："老爷已发话让安排酒席，又叫奴婢侍小姐梳妆，还能有假？快梳妆吧，等一会儿就要行大礼了。"

静芳对婉娥说："妹妹，你自己梳妆吧，我不梳了。"婉娥也说不愿梳妆，二人连声叹气，相对拭泪。小凤说："小姐不必烦恼。那柳、车二位相公既然高中，戴了纱帽、穿上官服自然好看。恭喜二位小姐，都是夫人了。"婉娥说："姐姐，你去做夫人吧。妹子今生没有这样的福，不能跟随令兄享受荣华。"静芳说："我也是没福的，谁愿嫁那蠢陋不堪的柳五柳？"

这时，钱妈进来了，她笑容满面，首先贺喜。静芳、婉娥都噘着嘴不理她。钱妈问怎么了，小凤说："二位小姐不愿嫁给柳相公、车相公，都不梳妆。"钱妈说："误会了！老身开始也有些着慌，出去一打听，才知道老爷已派人去请谢相公、顾相公去了，并不是嫁柳、车二位。花烛已准备好，就在本府行礼。"静芳、婉娥破涕为笑，钱妈、小凤一同帮着梳妆。不大一会儿，二人焕然一新，锦裙绣服，围珠绕翠，衬着如花似玉的美貌，更加光彩照人。

沈府的中厅布置得灯火辉煌，花团锦簇。谢英、顾粲身穿崭新儒服，已经来到。钱妈扶出静芳，小凤扶出婉娥，她们两个面罩红帕，姗然而出。鼓乐齐奏，傧相唱礼，刚刚一拜天地，柳希潜、车本高二人从外面闯进来，直奔花堂。柳希潜道："老师说过中榜成亲，现在怎么能言而无信，偷行婚礼？"车本高叫道："想要赖婚，万万不能！"沈公说："礼已经行过了，不必再多说。"柳希潜上前扭住谢英、车本高扭住顾粲，乱嚷嚷："行了礼也不能算数，你夺了我的亲事，我和你拼了！"他们挥拳动脚，大打出手，沈府家人纷纷上前拉架，花堂上乱作一团。静芳、婉娥由钱妈、小凤保护着，急忙退往后堂。

沈公正在着急，只听得门前又有人声喧嚷，四五个人打进来，叫道："哪位是谢相公、顾相公？"沈公拉着，问他们是什么人，来人乱嚷道："我们是报录的。谢相公中了头名状元，顾相公中了二名榜眼，报条在此，快给赏钱。"说着把报条展开，沈公一看大喜，立即让家人去取赏银。柳希潜、车本高说："条子不足为凭，休得设骗局哄我们。"报录人说："现有登科全录在此，新进士五百名都在上面。"沈公接过来一看，说："怎么没有柳兄车兄二位大名？他们已经接过报了。"报录人说："报录只有我们，其他全是假冒的。"

话音刚落，又有四五个人打进来，连声大叫："报报报！"先来的报录人嚷道："这是夺报的来了，把他们打出去！"于是就同后来的几位打起来。柳希潜、车本高叫道："不要打，不要打！这准是报我们的。"后来的报录人说："我们不报进士录，是报升迁的。"说着把报条递给沈公，说："恭喜老爷，圣旨钦点老爷入内阁主事，近日就必须进京见驾。"沈公说："原来如此。"他立即传话，让两班报录人都到前厅，安排酒饭款待他们。

柳希潜、车本高见势不妙，就要溜走，沈公拉住他们，说："二位都不要走。车兄，现在你愿不愿意把令妹许配谢兄？"车本高说："我本来就是同意的。"谢英对车本高作揖，说："多谢大舅。"车本高急忙还礼,说:"恭喜妹夫。"沈公说:"柳兄,车兄,如今我把小女许给顾兄,二位还争执吗?"柳、车二人羞惭无地,连声答道:"岂敢岂敢。"沈公说:"这两门亲事,虽然都是老夫主婚,但缺少媒妁,就烦柳兄充任,怎么样?"柳希潜表示愿意效劳。沈公又说:"柳、车二兄既然都没有定亲,就都包在老夫身上,我别选佳丽,与二兄完姻。"柳、车二人连声道谢。沈公让车本高陪柳希潜到外边客厅稍待,婚礼之后再一同饮酒。

于是,沈府厅堂重整花烛,齐奏鼓乐,谢英和顾粲换上冠带,钱妈、小凤扶出静芳、婉娥,两对新人先拜天地,再拜沈公,之后夫妻交拜,同入洞房。

这时,一名家人进厅报告说:"禀老爷,院里的绿牡丹一时都开花了。"沈公立即出厅观看,只见各株绿牡丹都绽开又圆又大的花朵,在厅堂的灯烛之光映照下,碧绿晶莹,幽香扑鼻。谢英、顾粲、柳希潜、车本高也都闻信而出来观赏。沈公说:"现在只有二月下旬,牡丹还不到开花的时候。大概是因为两对好姻缘全靠此花作媒,所以它凑着这大喜的日子,提前开放,以示吉祥。"众人赞叹不已。沈公让家人取酒来,他把酒浇在花上,感谢绿牡丹,也感谢成人之美的天意,并祝愿两对新婚夫妇天长地久,白头偕老。

(王永宽　改写)

风筝误

[清]李渔 撰

一

爆竹声中一岁除。人们送走了除夕,迎来了新春。大年初一的扬州城里,充满了节日的祥和气氛。戚府张灯结彩,恭候人们前来拜年。当地官员们陆续来到戚府。这戚府的主人名叫戚天衮,字补臣,官至从二品的布政使,掌管一省的政令、赋税等事,权重势大。戚补臣有一子名叫戚施,字友先,是个终日花天酒地、斗鸡走狗的纨绔子弟;戚补臣还有一个养子,是好友临终前托付给他抚养的,名叫韩世勋,字琦仲。韩生是学富五车的才子,自称:"橐饥学饱,体瘦才肥。"戚补臣待他如亲生,让他和儿子戚施一起上学、读书。

初一早上,韩生来到堂上给戚补臣拜年。戚补臣笑容可掬地说:"贤侄是客,老夫是主,怎么敢受你的大礼?咱们还是互相拜年吧!"拜年之后,韩生又说了一番感谢戚补臣抚育的话。戚补臣关心地说:"贤侄,你在这里只管用功读书,笔墨纸砚一切费用由老夫承担。开春以后朝廷很快就春选了,愿贤侄金榜题名,早日完结花烛之事,所需费用也包在老夫身上。"戚施见韩生过分客气,也在一旁说道:"老世兄,古人云:四海之内皆兄弟。何况你我两家是两代交好，不要说异姓同胞的话，都是自家兄弟嘛！"

这时一个仆人拿张帖子来到戚补臣面前，说："回禀老爷，刚才詹老爷来拜年，说今天府上事情太多，不敢请求见面，留下帖子就走了。"戚补臣接过帖子一看："哦，原来是詹烈侯，这是老夫的好友至交。他既然来过了，老夫就要去回拜。"说完就命人备轿，立刻到詹府去了。

戚补臣一走，戚施马上活跃起来。他对韩生说："老世兄，我和你整天关在这书房里，一年到头见不到女人，这些日子总是坐卧不宁，如今过年停学，正好及时行乐，我和你到妓院玩玩怎么样？"韩生平素对声色犬马的事并无兴趣，只是不好扫戚施的兴，就找借口说："近来听说名妓太少了，就怕不值得一去。"二人正在闲聊，仆人进来禀报："相公，外面有许多妓女上门来拜年。"戚施哈哈大笑起来："怎么样？'我欲仁，斯仁至矣。'妙，妙！快叫进来！"不多时，一群妓女叽叽喳喳地走了进来，见到戚、韩二人，就一齐行礼，说道："二位相公在上，贱妾们拜年了！"戚施手一挥道："不用，来了就行了。"韩生见到这些女人，心里就厌恶，转身站得远远的。妓女们对戚施说："您就是戚大爷吧？""小子正是。""那位是……""是小子的朋友韩琦仲。"妓女们纷纷赞扬："好两位风流相公！那位韩相公器宇轩昂，这位戚大爷裘马轻肥。两位相公如不嫌弃，啥时候到我们那里光顾光顾，怎么样啊？"戚施当即答应："明天就去拜访！""万望大爷栽培。你们二位能够屈尊前来，就算不住宿，也会为我们增光不少！今天，各位老爷家，我们都要走一走，不能久陪二位相公，我们告辞了。"戚施一把抓住那个说"告辞"的妓女："你怎么舍得马上就走啊！"众妓女哄笑起来，交头接耳地一齐走出戚府。

妓女们走后，戚施就埋怨韩生："老世兄，你怎么不开窍，总是这副道学先生样？那些女客们来了，你也和她们说一说，笑一笑，这才像个风流子弟！你手也不动，口也不开，反而转过脸去远远地站着，好像怕羞似的。你也太老实了！"韩生毫不掩饰地说："韩生平日也不十分老实。只是见到这些丑女人，不由自主地就老实起来。"戚施感到意外："怎么？刚才这几个女人妖娆妩媚，也算是看得过去了！"韩生不以为然地笑了笑，说："闻到她们身上那股脂粉腥气，怎么能够产生兴趣？""那依你看，到底啥样的女人才合你的意？"韩生全盘托出，告诉戚施："但凡一个女人，天姿和风韵这两条不可少。有天姿没风韵的，像个泥塑美人；有风韵没天姿的，像个花面女旦。就是天姿、风韵占全了，也只能算是半个，那半个还得看她的内才。如果她才学浅陋，配不上如花似玉的容貌，金屋里就不能留这种不通文墨的人。"戚施听完韩生的理论，讥笑说："你这人也真够迂腐了！世上哪有这样的女人？刚才家父说，要给你定亲。照你这么一说，你的头巾是很难浆洗的了。"韩生对戚施的嘲弄充耳不闻，继续说："要是商议婚事，也得等小弟亲自试过她的才，相过她的貌，然后才能下聘礼。不然，宁可推迟，也决不能草率成亲。怎么能把山精野怪弄到房中来呢？"戚施哈哈大笑："你说得更可笑了！只有扬州人家养的瘦马，才肯让人相看。官宦的女儿，侯门的娇丽，哪肯让人较瘦量肥？就算外貌可以看到，那内才怎么知道？难道出个题目考她不成？就连朝廷也没开过女科，你啥时候见过穷酸读书人考女人？老世兄，我看你还是将就点儿吧！你要知道年华易逝，等你找到娇娃时，已经日落西山了。别这个那个啦，只要门当户对，早点儿完婚吧！"韩生还没来得及说，仆人进来说："老爷回来了，酒席摆在中堂，请二位相公入席。"戚、韩二人只好就此打住，到中堂上喝酒去了。

二

戚补臣匆匆去回拜的那人名叫詹武承,字烈侯,进士出身,官至西川招讨使。朝中宦官专权弄事,这位招讨公又不肯拍马奉承,被人奏上一本,罢官回扬州老家闲居。最近川广之间蛮兵作乱,气势汹汹,听说朝廷又要起用他。不过,这是传闻,招讨公倒也不介意。他在意的是身边的事。詹武承有一妻二妾。正妻早去世了,没有孩子。二妾各生一女。这二妾一年之中有三百天要吵架,招讨公每天八九个时辰要当只招不讨的和事佬。时间长了,耳朵磨练出来,耐心也养成了,吵闹当做平常事,要是不吵不闹还觉着有点儿反常哩!二夫人梅氏,生一女名爱娟;三夫人柳氏,生一女名淑娟。爱娟是姐,淑娟是妹,都已成年,还没订婚。

初一那天,招讨公在梅氏那边过年,初二就该到柳氏那里去过了。招讨公心想:过年的应酬都结束了,可以早点儿到柳氏房中,和她母女喝几杯酒。去迟了,柳氏又该说我冷落她了。招讨公叹了口气,摇了摇头,朝柳氏房中走去。

柳氏母女早已把酒席摆好,在房中等他。柳氏想梅氏这人嫉妒成风、咆哮成性,自己初到詹家时,也曾让过她几次,谁想到她得寸进尺,越高越上,如今竟然容不得自己了。没办法,只有寸步不让地和梅氏争吵,才能保住平安。柳氏见詹烈侯左等不来,右等也不来,有些发急,就对女儿淑娟说:"你爹昨天在那边过年,今天到这时候还没过来,大概又是被那老妖精缠住。"淑娟说:"正月是一年开头,爹爹决不会冷落我们,大概快来了。"正说着传来了脚步声,詹烈侯推门进来。他先向柳氏解释说:"夫人,我昨天只好按次序先后,在那边儿过年,你母女二人有点冷清了吧?"柳氏不冷不热地说:"反正不十分热闹。"乖巧的淑娟见爹娘刚见面就有些僵持,就说:"爹,孩子准备了春酒,给爹娘祝寿!"招讨公见小女儿如此孝顺伶俐,高兴地说:"好,好!"说罢,一家人围着圆桌坐下,淑娟给爹娘的杯中斟满春酒。招讨公看着杯中闪光的琥珀色酒,看着桌上摆满了美味佳肴、水果时鲜,看着柳氏母女开心的样子,心情十分畅快,更觉酒菜生香,就开怀畅饮,和她们母女说笑起来。

阵阵欢声笑语,刺激着房外偷听的两个人。梅氏知道今晚招讨公到柳氏这里过年,醋海生波,她想验证一下老爷枕边话的真假,就想偷听他私下和柳氏说些啥话。因此拉上女儿,二人悄悄来到柳氏房外偷听。笑语欢声点燃了梅氏的醋火。这时就听招讨公说:"夫人,我已年迈,只生了两个女儿。你生的这个聪慧端庄,还算给我争气。二娘生的那个长相不好,性格也愚顽恶劣,我整天为她担心,将来怎么到人家去做媳妇?唉!"柳氏不失时机地说:"有那样的娘,自然就有那样的女儿。老爷别怪女儿不成器,只怪那老东西的教法不好。"淑娟怕隔墙有耳,人多嘴杂,传出去反而不美,就阻止说:"爹,娘,咱们只管喝酒,不说别的。万一被人听见,传到二娘耳朵里,又要吵闹一番了。"招讨公一听连连点头:"我儿说得对。"话音未落,"嘭"的一声房门被撞开,梅氏母女闯了进来。梅氏指着柳氏骂道:"小妖精,你和老爷喝酒,把我们娘儿两个当下酒小菜,你怎么知道我的教法没你的教法好?怎么见得你的女儿就比我的女儿强?你这副妖精模样、淫妇腔调,你为啥逞强好胜,诽谤别人?"柳氏心中有数,不慌不忙地说:"我不是啥小妖精,你倒是个老妖精呢!别人在自家房中喝酒、说笑,你为啥沿墙摸壁来偷听呢?"说到这里,柳氏火气也上来了,指着梅氏说:"狐狸越老越猖狂,不迷惑人就心痒难熬,到处找男人。"梅氏一听,双脚直跳,说:"骂得好,骂得好!"说着就伸手要打柳氏,柳氏火上浇油地说:"你来打,你来打!"招讨公夹在二人中间,不知该劝哪个好。于是就说:"你们二人息息怒,有啥冤仇,动不动就吵闹?"他对梅氏说:"夫人,你比她大,怎能和她一争高低?"梅氏见他向着柳氏,就用力一推,说:"她年纪小,我年纪老,你到年纪小的身边去!"招讨公又对柳氏说:"若论起结婚先后,你也该让她一点儿。"柳氏一听立即说:"不错,是她先来我后到。那你就到先来的身边去吧!"说完就把招讨公推了回去。招讨公两边讨好,又落了个里外不是人,只好尴尬地笑笑,自我解嘲地说:"她推过来,你推过去,我只好在中间荡秋千了!"爱娟对柳氏也有些不满,就趁机发泄,讥刺柳氏说:"三娘,我娘的教法不好,您的教法好,那以后就麻烦您多教教了!"然后又把矛头对准淑娟:"妹妹,你聪明相,我丑陋相。你以后做夫人、皇后,我只能做农家媳妇、小贩他娘。今后就请妹妹关照了!"淑娟雍容大度,不计较梅氏母女的讥讽,对梅氏说:"二娘,这是我娘的不是了。您看在孩儿的面子上,别生气了吧!不要气坏了您的身体。"淑娟又对爱娟说:"姐姐,你和妹妹原本是挺和气的,不要为这几句闲话伤了你我的和气。"听了淑娟的话,梅氏不好继续撒泼,就指着柳氏说:"要不是看你女儿的面子,今天就跟你没完!"说罢,就拉她女儿:"孩儿,我们走吧!没想到这个愚顽猖狂的东西,倒生下个贤惠的女儿。"梅氏母女胜利者似的回房去了。

　　梅氏母女走了,招讨公这才敢指着梅氏的背影说:"这个老泼妇!老无耻!大年下的就来闹事!"柳氏冷笑一声,说:"老爷,人家已经走远了,听不见了。你还耍着假威风给谁看呀?起先你为啥不骂?"招讨公低声下气地陪笑脸说:"当面不骂,是为你省气;背后骂她,是给你出气。总归是爱护你吧!"说到这里,招讨公和柳氏一齐笑了。

这时门外有人高喊:"报!报——"招讨公赶紧让人把报子请到公厅,柳氏母女回避了。报子见过詹烈侯后就说:"恭喜老爷起复原职!圣旨已下,说西川蛮兵滋事骚扰,催老爷立即赴任。"詹烈侯吩咐仆人带报子到外面领赏,他心中就盘算开了:"既是起复原职,马上就要赴任,可西川那地方是不能带家小去的。我现今在家,她们还整天吵闹不休,明天我离开后,又没有个和事佬儿,她二人作对到啥时候是个完呢?"詹烈侯想了一会儿:"有了。趁我在家,叫几个泥水匠来,将这宅子中间垒起一座高墙,把一宅分为东西两个院子。梅氏住东院,柳氏住西院,她俩成年不见面,自然不会斗气了。"詹府从此就分隔成东西两个院子了。

戚补臣和詹烈侯二人是同榜进士,交情深厚。詹烈侯赴任那天,戚补臣在途中必经的驿亭摆下酒席为他送行。叫家僮拿着他的帖子,站在路旁等候。不多时,一队人马来到驿亭前。家僮迎上去,递上帖子,把来意说明。詹烈侯立即下轿,进驿亭来见戚补臣。詹烈侯说:"年兄,钦限很严,我是匆忙上路的。小弟没能到府上告别,反而麻烦老年兄为我饯行。"戚补臣笑道:"薄酒一杯,怎敢说是饯行,只不过为老年兄壮行色罢了。你我二人意气相投,是至交好友,所以老年兄得把这杯酒干了才行。"詹烈侯也不客套,接过酒杯一仰脖把酒干了,说道:"老年兄,小弟正有一事要拜托,今天要不是在这相遇,我差点儿都忘了。""老年兄请讲。"詹烈侯接着说:"小弟的两个女儿,如今都已成年。这一去,小弟也不知啥时候才能回来,求老年兄看在你我多年交情的份上,替小女挑选两个佳婿。如果路途远、时间紧,来不及告诉我,老年兄见机处置也可以。只要挑得佳婿,聘礼分毫不收。"戚补臣见他把女儿的终身大事托付给自己,顿感责任重大,就说:"请老年兄放心,我一定要寻得一双润玉来配清冰。"詹烈侯见补臣满口应承，心中已毫无牵挂，就向戚补臣告辞。戚补臣叮嘱道："老年兄，如有东来的驿使，务必捎封书信回来。"詹烈侯点点头，就率领手下人马上路奔西川去了。

三

　　光阴似箭，转眼快到清明节了。这些天风和日丽，游人如织，富家子弟们人人都到城头上放风筝。一向坐不惯冷板凳的戚施看在眼里，痒在心上，根本读不进书去了。他想尽办法摆脱了韩生，一连几天和几个帮闲子弟在外面赌钱，嫖妓，踢球，玩得不亦乐乎！他冷不丁地想起了韩生："那个人真是莫名其妙！爹爹受朋友之托，没来由地收养个韩氏孤儿，和我同睡同坐。我把他当做半师半友看待，谁知他是个四方鸭蛋，老大有些不合时宜。有趣的事，不见他做；没趣的事，他偏要强迫人家去做。我犯了啥罪？动不动就捉住我会文做诗；帮闲凑趣的人有啥舒服？动不动就教人烧香下棋。好端端的衣袖被香炉磨破，破东西当做古董收回来；齐整整的胡须为吟诗拈断好几根，烂纸片被他当珍贵秘籍带回来。更有一种可笑的地方，说起女色来也是口水直流，看见女人偏要装腔作势，活该他孤苦凄凉。我一连几天去嫖妓女，把他当做我的朋友提携，又不让他花钱，他偏偏挑肥拣瘦。我难道为你这没口福的吃斋吃素，教我这有食禄的忍饥挨饿？我发誓再也不和他同去妓院，我要破了戒就是个万世的乌龟！"想到这里，戚施摇摇头。一抬头，看见城头上放风筝的富家子弟，个个欢天喜地，顿时手痒起来，叫来家僮说："赶快回去糊风筝，我要上城墙上去放！"家僮答应着就回府去了。戚施心想：古代这些发明创造的圣人最有意思了，到一个季节就发明一样东西让人们玩耍，不像文、周、孔、孟那群道学先生，写了几部经书传下来，把人活活地磨死。那些诗书文章，迂腐古板，平铺直叙得没一点波澜。叫我说，那文章中十分之九该删。戚施正在胡思乱想，家僮拿着一只风筝跑来了："大爷，风筝糊好了！"戚施接过来，翻来覆去地看着，说："糊得倒是不错，就是太素净。""大爷自己画画不就行了？""我哪有那个耐心画它？也罢，我先到郊外去，你拿回书房，求韩相公画一画，然后给我送来。"

在书房里用功的韩生这时也在想："这个戚施，真是个纨绔子弟，就喜欢斗鸡踢球，不但文章之类根本不留心，而且焚香种花之事，也丝毫不喜欢。唉！可惜他令尊修建这花园亭台多么幽雅，他领略不了其中的奥妙。这花园如今是花瘦草肥，蛛多蝶少，戚施也不让园丁修整一下。"想到这儿，韩生叫来家僮抱琴，二人一齐修整起来。不大一会儿，花园就干净了许多。韩生吩咐家僮："你把香炉添些香，然后煮一壶茶来！"家僮答应一声去了。过了一会儿，家僮就把茶煮好端上来，韩生惬意地说："清香一炷，佳茗一杯，我替这里的主人享受清闲。"他随手把架上的书抽出来翻看，边翻边叹惜道："这样的好书，贫寒士子想看也看不到，如今堆在这里喂饱了蛀虫，真是太可惜了！唉，人饥虫饱书遭难啊！"韩生不由得想起了不读书的戚施。前几天，他和戚施到郊外游逛，看见许多的女子，可是没见到一个佳人，不知是自己眼界太高，还是世上的绝色女子原本就少？自己也明白："倾国倾城的佳人，根本不易找到，就是连将就能看的也没有，该怎么办呢？我只要个不妆点的真姿本色，胸中的才思也不要太高，只求别给丫环们留下笑柄。老天啊！我命中如果能有这样一个，就是婚事推迟几年也没关系。只要有红线拴住，总不会让我这辈子做个光棍汉吧！"韩生无聊地想来想去，信手拈出一个韵来，想做首诗打发时光。打开一看，是一先韵，于是边研墨边打腹稿:"漫道风流拟谪仙,伤心徒赋四愁篇。未经春色过眉际,但觉秋声到耳边。好梦阿谁堪入梦,欲眠竟夕又忘眠。""韩相公,大爷有个风筝,求你给画画!"韩生正得意地吟诵着,没想到被戚施的家僮打断,非常扫兴,没好气地说:"别人好好地在这儿做诗,你说话打断了我的吟兴!你家大爷让我画画,颜料在哪儿?难道用黑墨涂抹不成?你去对大爷说,裱风筝有裱匠,画风筝有画师,我韩相公画不来,就是画得来,也不能把如椽笔化作绕指环!"家僮本来就跑累了,一听这话着急了,央求韩生:"韩相公,你行行好,委屈你给画一画吧!大爷还在城上等我呢,要是去迟了,小人又为难了。他没买过颜料,你也没办法画,就用黑墨涂抹几笔算了吧。只求相公快点儿,我去吃点饭就来取。"说完又作揖又拱手,然后吃饭去了。韩生见家僮这样为难,有些可怜他,心想:"也罢,就把刚才的诗续两句写在上面,让家僮拿去就行了。"韩生挥笔将前六句写好,又续上两句:"人间无复埋忧地,题向飞筝寄与天。"写罢又自言自语地说:"幸亏有风筝作书信,把忧愁寄给上天也不难。唉,老天,就算是大器晚成,难道婚姻大事也非得让人等到鬓发斑白不可吗?""相公,风筝画完了吗?"家僮走过来问道,拿起一看,"哦,原来是首诗。一字千金,更好,更好!多谢相公。"说罢拿上风筝就跑出去了。

　　城头上的戚施等得不耐烦了。放风筝的人成群结队,万一来迟,天上放满了,挨挤不上,又怎么办?正在他急得冒火时,家僮来了。戚施接过风筝一看就恼了:"我教你拿去画的,怎么写的是字?""大爷,小人是央求韩相公画的,他说没有颜料,只好写了一首诗。"戚施听了也无可奈何,说:"韩相公做出来的事就是让人讨厌,横也是一首诗,竖也是一首诗。他就是打死人,也是用诗来偿命!没办法,只好将就放放算了。"边埋怨边把风筝放上去,家僮高兴地叫道:"大爷,你看,一放就放上去了。好好地放长线，比别人放得高那才棒呢！"戚施一听，有理，就边倒走边放线，口中还念念有词："纸风筝又轻又巧，才放手上天去了。就怕臭诗熏得天公着恼，派兵下界把诗人全都灭剿。嘿嘿，到那时我把那替我代笔的人名字报上去，在下平生没有作过孽，求老天饶恕我吧！"

四

　　春光易逝，柳氏觉得好像刚过完元宵节，没想到转眼就到了清明。淑娟和母亲有同感，也觉得时光飞快。这天，柳氏母女正在房中闲聊，柳氏说："自从你爹走前把宅子分作两院，咱们住的地方虽说小了点儿，倒是耳根清静多了。记得年初和你爹喝酒，被那老东西闯进来一顿吵闹，如今不知不觉清明又到了，这春天的日子过得最快，你可不能虚度时光，多做些针钱活儿，笔砚也别荒废。今天春光明媚，你随时做首诗来我看。"淑娟听了，就说："那就请命一个题，限一个韵。"柳氏见女儿请自己出题限韵，就思索起来。忽然听到"刷拉拉"一阵响，母女二人齐声惊叫起来："哎呀！啥东西掉下来了？"淑娟立即出门去看，原来是一只断线风筝。淑娟拾起来："哦，上面还有一首诗。"柳氏也出来了，凑近女儿也看那风筝上的诗。柳氏看罢就说："我儿，这是有才之人忧愤的话语，偶然写在风筝上的。你刚才让我出题限韵，不如就把这拾来的风筝作题，和他一首，写在后面让我看。"淑娟不大情愿地说："别人家的诗，和它做啥？"柳氏解释说："会作诗的人，随眼所见，都是题目，随手拈来就是韵，你没见经常有'和壁间韵'、'扇头韵'的吗？不过是借别人的题目，抒发自己胸怀，又不会让那作诗的人看见，这有啥关系？只不过如今的人和诗，死板地依照那几个字，没有丝毫的趣味。我现在另创一种和法，要从尾韵和起，和到首韵止，叫做回文韵。你就照这式样和来。"见母亲出题限韵了，淑娟就倒背双手来回踱步，心想："母亲这人真怪，见到风筝就想出这种和法来，上面不过是几笔真草夹杂的龙蛇之字，有啥必要非用织锦回文的和法？"淑娟还在思索，她的奶妈匆匆走来，见她低头想事，就近前小声说："二小姐，大小姐说多时不见，请你过去聊聊。"淑娟对奶妈说："你先在这儿稍微站一会儿，等我作完了诗，和你一块过去。"说完拿起笔来，一挥而就。奶妈见了就说："二小姐，这是哪来的风筝？写它做啥？"柳氏于是插话说："这不知是哪家的风筝，断线后落了进来。上面有一首诗，我让她和诗。"奶妈这才恍然大悟。淑娟把风筝交给柳氏，说："娘，诗已和完，请您改正删削，孩儿去去就回。"说完就跟着奶妈一起到东院去了。柳氏见女儿去东院了，这才看那首和诗，诗曰："何处金声掷自天？投阶作意醒幽眠。纸鸢只合飞云外，彩线何缘断日边？未必有心传雁字，可能无尾续貂篇。愁多莫向穹窿诉，只为愁多谪却仙。"柳氏看完，不由得连声夸赞："好诗，好诗！我想人家的女儿，有才未必有貌，有貌的未必有才。就算是才貌双全，举止却未必端庄，德性未必贞静。我的女儿样样俱全，实在难得！女儿真是我的掌上明珠啊！"

这时有人敲东边的门，詹府管家出来问有啥事。来人说："我是戚府的家僮。刚才我家公子放风筝，断线而落进贵府之中，麻烦你给找一找。"詹府管家反问他："千家万家，谁知风筝落在哪家？怎么偏偏到我家来取？"家僮笑着解释说："城上有人看见，说落在西角高墙里边。西角只有你家墙高，因此来这里询问。""那好吧，我去查查。"詹府管家想：不知落在哪位夫人院儿里了？问二夫人梅氏，奶妈说没见，隔壁柳夫人家倒是拾了一个。管家就来对柳夫人说："回禀夫人，戚老爷家公子的风筝落在咱们府中，派人来取。"柳氏把风筝交给管家："既然是戚老爷家的，给他拿去吧。"家僮从管家手中接过风筝，道谢之后回去了。正在这时，淑娟急匆匆地来到西院，问柳氏："娘，刚才的风筝，被人取走没有？""风筝是戚年伯家的，怎能不还给人家？""孩儿的诗在上面，闺中字迹怎么能交给外人？"淑娟一句话把柳氏点醒，柳氏说："哎呀，这倒是我有失检点了！"她赶快叫来家僮，对他说："刚才取风筝那人，如果没走远，赶紧把风筝要回来！"家僮出门四下看看，不见一个人影儿，不知该往哪儿追，就进去告诉柳氏。柳氏见事已至此，没办法追回风筝了，就安慰淑娟说："我儿，有心赶到戚府去要，反而显得张扬了，就让他拿去吧！"淑娟见柳氏不开窍，就说："不是女儿撒娇，向娘絮絮叨叨，这事一来恐怕被男人嘲笑，二来怕有人说长道短。"柳氏还是不明白，又说道："又不是淫词邪句，外人看到也没关系，怕啥人家耻笑！"听母亲如此说，淑娟也只好算了。

五

戚施放风筝回来了。韩生对他说："老世兄今天放风筝，为啥这么早就回来了？"戚施无精打采地说："都是你一首歪诗扫了我的兴！没放多高，线断了，风筝也吹跑了。""哦，是这样。""城上有人看见，说落在詹家了，我叫家僮去找了。""这倒也不必。老世兄，你一连几天在外面闲逛，没摸过笔砚。万一老伯来查功课，就麻烦了。老世兄你委屈点儿，陪小弟在这里看几篇文章，别再出去玩儿了！"边说边拉戚施一同坐在书桌旁。戚施一听读书就瞌睡，韩生对他说："消磨时光只有书最好。"韩生见戚施趴在书桌上不说话，仔细一看，戚施竟然睡着了！他让家僮抱琴把戚施推醒，推来搡去，戚施照睡不误。家僮没辙了，对韩生说:"不要只怪戚相公一个人,近来人们都有这个毛病,见了书本就想睡觉。恐怕书里的蛀虫就是瞌睡虫变的,也说不定。"韩生一听就笑了,摇摇头说:"既然书本做了瞌睡虫的窝,难道先贤古圣都做了睡魔不成?"

这时找风筝的家僮进房来了。一见戚施睡着了,就把风筝交给韩生,说:"韩相公,这风筝您替大爷收着,小人还要去看看老爷有没有事。"说完,家僮到老爷房中去了。韩生看着风筝,忽然"咦"了一声:"是谁在后面续了一首诗?"韩生吟毕,连声夸奖:"好诗,好诗!居然比我还强!"他猜想这一定是詹老先生做的。再一想:"不对,老先生到西川去了,那么这首诗是谁做的?"抱琴见他自问自答,就告诉他,詹家有个二小姐,诗才最高,大概就是她作的。经家僮提醒,韩生又仔细看了看,点点头说:"嗯,口气像女人,笔迹也像女人,不用说是她作的。要是这样,不能让戚大爷看到,趁他正睡觉,把诗揭下来,另外用张白纸补上,醒来再让他看。"韩生立即动手,一会儿就揭补完了。戚施也正好一觉睡醒,韩生说:"老世兄醒了?""妙,妙!这一觉睡得安稳,白天睡觉乐趣真不少!"韩生心中有鬼,试探地说:"老世兄你梦中听到我说啥没有?""说啥?你不过是啥'子曰''诗云'罢了。"韩生知道他不晓得自己的掉包计,就拿出风筝来说:"老世兄,风筝取回来了。"戚施一听,高兴得跳起来:"既然风筝取回来了,那小弟就不奉陪了!还有小半天好放,先去玩够了再回来。先离开这苦海,到那有乐趣的郊外去!"说完拿上风筝一溜烟地跑了出去。

韩生见戚施走了,又把诗拿出来,细细地玩味一番。他自言自语道:"她的诗只是称赞我才高,没露出一点儿情意,可是细细玩味起来,那'未必有心,可能无尾'这八个字,倒包含有无限的情意。就是这韵也有点不一样,她不从头和起,倒从最后一韵和过来,说不定包藏着'颠鸾倒凤'的意思在里面。分明是有意抛出情梭,又像把'鸳鸯'两字颠倒过来暗示着谐和。"抱琴在旁听到,就告诉韩生:"人们说她不但才高,容貌也十分标致。"韩生附和地说:"这样的诗,料想也不是丑女人作得来的。我若能和她结秦晋之好,就是早上成亲,晚上死掉也无所谓。前天那首诗是无心作的,并没有挑情的意思,如今再写一首,直接说出婚姻之事,求人送去,看她怎么回答。只是找不到送诗的人。"抱琴见他十分为难,就说:"相公,我倒有个主意,你就学戚大爷去放风筝。不然,她家侯门深似海,飞鸟过不去,料想也不可能把诗送进去。"韩生一听有理:"只是那风筝怎样才能放进去呢?"抱琴进一步说道:"詹府的院子大得很,又靠城边儿。你现在作一首诗写在风筝上,我和你到城上去放,不要放太高了,只要放进她家墙头儿,就把线一丢,你说不落她家还能落哪儿?"韩生高兴得直拍手,说:"好,好,太棒了!只是回音怎么能得到呢?""哎呀,这就更简单了!我上门去找,要出风筝来,回音一定就在上面了。只是有一件,千万不能写上你的名字,就写成是戚大爷作的,等到事成以后才能露出真情。"韩生感到奇怪,我自己写的诗倒要写上他戚施的名字?抱琴见他不解,就解释说:"相公,你怎么糊涂一时啊!一来如今的人都是势利眼,如果直接写上相公的名字,人家一打听根底,就怕连诗的成色都看低了,二来风筝放进去,一旦惹出事来,人家碍着戚老爷的面子,不敢放肆。如果知道是你,那就可能要吃他们的亏了。"韩生茅塞顿开,连连点头,说:"有理,有理!这办法既聪明又周密。这样吧,我作诗,你糊风筝。一切准备停当,明天早早地去放!"抱琴答应着转身走了。

韩生凝神静想,逐字苦苦吟诵,心中想道:"这次可是班门弄斧啊,要好好琢磨琢磨,推敲推敲,别让这詹家小姐讥笑我情多才少。这时抱琴糊好风筝拿来了,韩生接过风筝,拿起笔来,一气呵成:"飞去残诗不值钱,索来锦句太垂怜。若非彩线风前落,哪得红丝月下牵。"写罢放下笔,双手合十,祈祷起来:"风筝啊,风筝!我这桩好姻缘,全靠你扶持了。若能结成秦晋之好,你就是我的月下老人!你以前做过媒人,这回还得靠你把亲事定妥,千万不要有始无终,让我好事多磨。"

六

第二天天刚亮,韩生和抱琴就起来了。然后悄悄地溜出戚府,拿出风筝来到城上。韩生暗自好笑:这次偷放风筝,就是学人家戚施戚大郎,今后再别取笑人家了。虽然我和他情趣不同,但痴呆的傻相都一模一样。他若是个游痴,我就成了色狂。抱琴悄声提醒他:"相公,到城头了。""别慌,等等再放。"

太阳出来了,城内景象历历在目。韩生就问抱琴:"哪里是她家的院子?"抱琴用手指划着说:"从这座高墙到那座高墙,方圆一二里,都是她家的院子。"韩生有把握地说:"这肯定丢得进去,趁这里没人,快点儿放上去!"正在放线的韩生猛然听到有人高声喊:"城上有人放风筝,我们也到城上去放!"这不是戚施吗?让他见到可太难堪了!韩生的心一下子提到嗓子眼儿,怕的就是他,偏偏就是他!"怎么办?"韩生看着抱琴问。抱琴急中生智,说:"相公,你在这里放线,我飞跑下城,把戚大爷引到郊外去放。"抱琴跑下去,不知用啥办法,真把戚施引到郊外去了。韩生松了一口气,继续放线。他一边估量线的长短、风筝的位置高低,一边祈祷:彩线啊,你是一条系足的红丝,不仅要保佑风筝放过墙去,而且还要放到她的纱窗旁。好让她举起纤纤手指,轻收慢拽地抽出我的情肠。这时风筝已经放到宅子中间的上空了，韩生把线松开，仔细一看，原来今天刮的是西风，风筝被吹落到东院里去了。

说来凑巧，风筝落到了东院爱娟的窗下。爱娟喊道："奶妈！刚才窗外是啥东西响了一下？你去看看。"不大一会儿，就听见院中的奶妈说道："呀！大小姐，原来也是一个风筝，也有一首诗在上面。"爱娟叫奶妈把风筝赶快拿进来，问道："风筝就是风筝，诗就是诗，为啥说了两个'也'字？你想学二小姐通文墨么？"奶妈脸上堆笑地说："不是。前天我到西院请二小姐，她正好拾到一个风筝，上面有一首诗，她和了一首。今天我们又拾到一个，又有一首诗，因此说了两个'也'字。"爱娟惊奇地说："原来如此！她的风筝还在吗？""听说是戚公子的，当天就被人要回去了。""她那一个是七公子的，我这一个自然是八公子的了。""哎呀，不是七八的七，是老爷的同年戚布政的公子。""照你这么说，那戚公子既会作诗，又会放风筝，一定是风流知趣郎了。可惜落在她那里，不过回一首吃不得用不得的歪诗；要是落到我这边，我一定要陪几件东西给他。"爱娟又看了看风筝，继续说："这个放风筝的人儿也不差，我虽然不识字，不懂得诗的好坏，只是写得出这几行字的，也不是个村夫俗子。怎样才能出张招领榜文，教他亲自来认领，他要寻诗句、赎风筝，就先付我房租账。"奶妈听出了爱娟的弦外之音，就说："小姐，你这么说，心里是想男人了。""奶妈，这怎么瞒得了你呀？自古道：男大当婚，女大当嫁。我今年齐头十八岁了。你没见东边的张小姐，小我一岁，前天成了亲；西边的李小姐和我同岁，昨天生了孩子。如今老爷才去上任，不知哪年才能回来？等他回来再许人家，我的脸皮也熬成金黄色了。别说见到书生面孔、听到男人声音心上难受，就是闻见方巾香、护领气，这浑身也像跳蚤叮咬过似的发痒……"话没说完，奶妈就笑得直不起腰了，说道："小姐，你也太性急了！我跟你说，二小姐拾到的，有人来要回去；咱们拾到的，难道没有人来要吗？等他来要时，我就替你做个媒人怎么样？不过，你打算怎么答谢媒人，先要和我说定：媒钱几两，媒红几丈。这就叫先小人后君子，就得讲在明处。""奶妈，既是这样，那就讲好：我俩一见面，就给你两套衣服、一对金簪，谢你这媒人！"奶妈又想了一下，就分析原因说："大小姐，我想今天这风筝落进来，不是没有原因的。前天一个落在那边，今天一个落在这边，正好都有诗在上面。天下怎么会有这么巧合的事？这肯定是戚公子见了二小姐的诗，就认为是对他有意，因此就放这一个风筝进来要回音的。我现在就到门口去等，他若来要，我就说二小姐为他害了相思病，约他相会，不说出你来。"爱娟没听明白，问奶妈为啥不说自己的名儿？奶妈就解释说："一来二小姐的诗名，人人都知道。如说大小姐，他就不信了；二来恐怕事情不成，露出风声，府内外的人只会议论二小姐，不会说你。这难道不是万全之计吗？"爱娟高兴得合不拢嘴儿，兴奋地说："有理，有理！你快到门口去等，不要又被二小姐抢了去。"爱娟心痒难熬，逼着奶妈立刻到门口去。

奶妈急匆匆来到门口，见管家在那里睡觉。奶妈就想：门口有个管家，戚公子来要风筝时，说话不方便，我得想个法子，把管家支开才好。对，有了！奶妈走到门口，把管家叫醒，对他说："大小姐有事派你去做！""派我做啥？""她教你去买一袋京香、两柄宫扇、三朵珠花、四枝翠燕、五两绵绳、六钱丝线、七寸花绫、八寸光绢、九幅裙拖、十尺鞋面，样样要挑十全十美的，不可少了一件！你到管账手里去支银两，都在买办簿上记账。""哎呀，这么多东西，一天也买不全。这大门让谁来看啊？""你只管去买，我替你看门就是了。"管家见奶妈这么说，就把大门交给奶妈，自己上街买东西去了。奶妈见管家没起疑心就被支开，得意地笑了。

这时远处走来一个小厮，到詹府门前就问："门上有人么？"奶妈走出来问："你是谁，到这里做啥？"来人答道："我是戚府家童，奉公子之命，特地来拜领失落的风筝。"奶妈伶牙俐齿地说："前天来取风筝，今天又来取风筝，难道我们家是个风箱，由你扯进扯出的么？"家童也针锋相对地说："不知为啥，那风筝就像有脚似的，偏要钻到你们家里去。"奶妈朝左右看看，见没有人，悄悄地问家童："你家公子见了小姐的诗，说好没说？""咳，别提了，我家公子每天反复观赏品味，废寝忘食，如醉如痴。我笑他白费精神，就怕是才子害相思，才女少情意。你家小姐看了公子的诗，可有点儿那个意思么？""哎呀！我家小姐的相思，比你家公子还厉害呢！""啊？你怎么看出来的？""我家小姐把针线活儿放下，两眼看着诗句长吁短叹，梳完头忘了带珠翠，嘴里念着新诗，眼中含着泪水。你家公子和我家小姐的才思简直就是一对儿，恨只恨彼此近在咫尺难相会！"家童心中非常高兴，原来小姐也在想着公子！他就问奶妈："既是这样，你家小姐为啥不再和一首，露出点儿那个意思来呢？那样，我家公子就请人来提亲。"奶妈骗家童说："诗倒是和了。我家小姐说要亲手交给你家公子，还有许多心里话要说，因此让我出来等候。""这太好了！只是你们府里庭院深深，我家公子胆小，怎么走得进去？""这没关系。教你家公子今夜一更天之后大胆前来，我在这里等他就是。""既是这样，那我就回去告诉公子。你们千万小心，别弄出麻烦事来。"说罢家童回去报告公子。奶妈又想：约倒是约好了。只是晚上管家住在这里守门，怎么办呢？想了一会儿，奶妈就有了主意。

七

　　黄昏时分，管家采买回来了。他把东西交给奶妈送进去，站在门口等候，心想：我东西买得好，没准儿小姐还赏我一壶酒喝呢！他正做着美梦，就听奶妈喊道："管家在哪儿？"管家赶快过来领赏。就听奶妈说道："小姐说，这京香不清、扇骨不密、珠不圆、翠不碧、纱又粗、线太细、绫上起毛、绢上有迹、裙拖不时兴、鞋面不足尺。白花了细丝银，一件也不能用，快去换来，省得挨棍棒！"美酒一下子变成了棍棒，管家的气不打一处来，就对奶妈嚷道："这样的东西还嫌不好？要换等明天吧！今晚我要守夜。""不行！小姐让你立刻去换，门上守夜只好我来替你，快去！"管家没辙了，只好嘟嘟囔囔地抱着东西去换。

　　夜，漆黑一片，没有星星、月亮，一个人悄悄地摸到詹府门前，然后躲在门边的角落里。这人正是韩生，他想一更天已经过了，门前怎么不见奶妈等候？万一巡更的走过，把我当贼抓住怎么得了？要问我半夜三更躲在这里做啥，我该怎么回答？想到这里，韩生的心"咚咚"地猛跳不止。正在这时，听到一声咳嗽，吓了韩生一跳，心也差点儿蹦了出来。这时传来低低的叫声："戚公子！戚相公！"韩生听见叫他，赶紧走过来，没想到和奶妈撞了个满怀，两人都吓了一跳。奶妈问："你可是戚公子？""正是，正是。""你跟我来！"韩生跟着奶妈东走西拐，一会儿来到一座房前。房中没点灯，黑洞洞的。奶妈轻声叫道："小姐，放风筝的人来了！"这时爱娟和韩生两人的心开始狂跳。房内传出爱娟既兴奋又害怕的颤抖声音："戚公子在哪儿？"奶妈把韩生领进爱娟房中，把两人的手拉到一起，让他们二人坐在床上，说："你二人在这里坐着，我去把灯拿来。"说完就走出房门，从外面把房门关住了。爱娟拉着韩生的手说:"戚郎,戚郎!这两天可想死我了!"边说边搂紧了韩生。韩生大气不敢出,又不能挣脱爱娟的双手,低声说:"小姐,小生只是一个读书人,能够如此贴近小姐的千金之体,真是喜出望外。你我二人原是因文字结交的,不在情欲。还望小姐稳重些,不要有伤大雅。""宁可以后稳重,今夜却是稳重不得。"韩生一听,心想有点儿不对劲儿,赶紧转移话题:"小姐,小生后来一首拙作,赐和没有?""你那首拙作,我已经赐和过了。"韩生听了一惊,忙说:"小姐的佳篇,请再念一念。""我的佳篇一时想不起来了。"韩生又是一惊,立即问:"小姐自己作的诗,只隔一二天,怎会忘记呢?还求小姐想一想。""我一心就想着你,把诗忘掉了。等我想想……哦,想起来了!""请教小姐了。""云淡风轻近午天,傍花随柳过前川。时人不识余心乐,将谓偷闲学少年。"韩生更是大吃一惊:"这是北宋人的一首即景诗,小姐,怎么能说是你自己的?"爱娟此时慌了手脚,结结巴巴地说:"这,这,这是前人的诗。我是故意来试试你的学问的,你真听出来了。是个真才子!"韩生仍不放过:"小姐的大作,小生还要领教!""现在是一刻千金的时候,哪有工夫念诗?我和你先把正经事干完了,再念也不迟。"说着,爱娟就用力把韩生往床上拖,可是拖不动。这时奶妈拿灯进来了,说:"灯来了,你二人快点儿,不要装模作样,耽误工夫!我到房门外站一会儿,就来接相公出去。"奶妈走后,韩生灯下仔细看看小姐,惊吓得差点昏过去:"难道我见鬼了?怎么是这样一个丑女人?刚才那些话实在是一点儿文理也不通,前天的诗肯定不是她作的。"爱娟的心情正相反,她见韩生容貌俊美,兴头倍增,只是他不再靠近自己。哦,爱娟明白了,相公是初次接触女人,有些腼腆。韩生知自己上了当,急于摆脱眼前的困境,于是说道:"小姐,小生遵命前来,忘了舍下还有一件大事,刚才忽然想起。今晚暂且告别，改天再来。"爱娟见上钩的鱼要溜，就说："来不来由你，放不放在我。除了眼前这桩大事，还有啥大事？"说着又来拉扯韩生："夜深了，请睡吧！""小姐，婚姻才是人道的开始。如果没有父母之命、媒妁之言，那就是苟且结合。这怎么能行呢？"爱娟心急如火，根本听不进去，说道："我今晚难道是请你来讲道学的吗？你既然是个道学先生，就不该到小姐房中来！你若说父母之命、媒妁之言，现在都有了。"韩生大惑不解，忙问："在哪儿？"爱娟理直气壮地说："人有三父八母。那奶妈难道不是八母里的么？如今有奶妈主婚，就是父母之命了。""那媒人呢？"爱娟笑了起来，取出风筝，对韩生说："这不是个媒人？如果不是它，我和你怎么会见面呢？我有奶妈主婚礼，风筝做媒人。现在你没说的了吧？请睡吧。"说着又去拉韩生。这时院中传来急匆匆的脚步声，韩生灵机一动，对爱娟说："不好了！夫人来了。"爱娟吓得撒开了手，韩生见机冲出门外，正好碰上奶妈。奶妈问："你们的事儿干完了吗？""干完了。""那我送你出去。"边说边拉着韩生往外走。爱娟在房中急得手足无措，又不敢高声喊叫，怕叫别人听见，只好眼睁睁地看着韩生走了。送走韩生，奶妈赶紧回爱娟房中要谢礼："小姐，如今可以谢媒人了吧！""呸！"爱娟啐了奶妈一口，说："你不是媒人，你是个冤魂！刚刚有点儿意思，被你走来，他说是夫人，挣脱袖子跑了。"奶妈非常惊奇："你们在这里半天，干些啥？"爱娟就把经过说了一遍，最后说："倒弄得我上不上、下不下，看你怎么办？"奶妈笑道："没关系。我还有个救急办法，过了这夜再说。"

八

韩生回到戚府自己房中,懊丧地睡下了。第二天起来越想越后悔,听信外人的传说,以为有其名必有其实;看了风筝的笔迹,觉得有容貌的才能有这个才。昨夜被她奶妈作祟,骗到房中,出尽丑态,她竟把佳篇当成拙作,满口胡言乱语。多亏了那盏银灯,做了照妖的神镜。还好奶妈及时走来,才逃出罗网,避免了一夜的纠缠。不然,真是难以洗掉一身的秽气!想到这里,韩生苦笑了笑:"这种奇怪的事,我也想不出原因,只好一笑了之。她那种丑模样,那样的蠢才,也够可以了。再加上了那样一副厚脸皮,正好凑成三绝。那个奶妈倒是我的救星,若不是她领我去见这位詹府小姐,一旦聘礼下定,又不能反悔,那真要和这个妖魔鬼怪过一辈子了。我的天,好险哪!以后可得仔细点儿了,一是不能信传言,二是不能信传出来的笔札,三是不能盲目相信名门。从来绝代佳人都出自荒村小户,总得亲眼见见才行。古人三十而娶,看来不是故意推迟,而是不肯草率成婚的缘故。"

韩生正暗自庆幸,戚补臣派人来请。韩生来见戚老伯,戚补臣对他说:"今年是大比之年,你是个才气不凡之人,应该进京赶考。衣物路费,我已替你准备好,你可立即赴京。"韩生谢过戚老伯,回房打点行装。不多时戚补臣父子来到房中,戚补臣说:"贤侄,你春风得意也要赶早,我等你金榜题名的好消息!"戚施在一旁也说:"老世兄,你富贵了可别忘了我们。"戚补臣递给韩生一百两银子,让他做路上开销。然后让人取酒来,对韩生说:"贤侄,你喝了这三杯酒,然后上马吧!"戚施也端来一杯酒,说:"小弟也敬你一杯!"韩生接过一饮而尽,说道:"老伯的恩德,小侄以后定当厚报!"说完拜别他父子俩,上马往北而去。

韩生进京赶考，礼部会试告捷，转天是天子殿试。策问的题是"蛮兵犯境，该抚该剿，何法适宜"。韩生在策问中痛陈养痈遗患，罗列出平定蛮兵作乱的许多良方。他觉得自己的议论得体精当，只是不知天子看法如何。他想：还是先回寓所休息一下，等候消息，他回到房中，既不喝酒也不吃饭，和衣往床上一躺，就回想起今天殿试的情形……

忽然听到敲门，有人说："相公，快开门，你的心上人来了！"韩生听罢非常奇怪，把门打开一看，竟然是詹府小姐和她的奶妈！韩生堵在门口问道："小姐到此，有啥贵干？"小姐答道："前天好事被奶妈冲散，你那晚虚惊一场，没能做成好事。今晚夜深人静，我特地来看你。"奶妈也帮腔说："戚相公，今夜这送到嘴边的馒头，总可以吃了吧？"韩生既惊讶又头疼，就说："照这样说，前天是苟合，今天是私奔了。这怎么能行？""戚相公，送上门的生意可别错过啊！""小生姓韩，不姓戚！戚相公在那边房里，你们自己去找吧。"奶妈冷笑一声，说："我们和开当铺的一样，认票不认人！前天风筝上是你的笔迹，我们就来找你，不管你姓戚姓韩！"韩生心中一惊，心想不妙，前天她还帮过我，今天和那丑女人站到一起，这可怎么办呢？爱娟见他沉默不语，就直截了当地说："前天我一个人，拖不动你。今天有了帮手，就是抬也要把你抬到床上去！"说着就和奶妈一起冲上来，用力把韩生往床上拖。韩生一见大事不好，于是高声喊叫起来。外面巡更的正好路过，听到里面喊叫，立刻上前"嘭嘭"地敲起门来……

"韩相公，韩相公！"见爱娟抓住自己不放，韩生猛地用力一甩，醒了，刚才的情景原来是一场梦。只见寓所的伙计正在拉着自己的衣服，叫道："韩相公，您醒醒，您中了状元了！"韩生揉揉眼睛，报子们走进房来说："报老爷，您高中一甲一名，作了状元，小的们特地来报喜！""我不是做梦吧？""不是做梦，这是真的，有请老爷去赴御宴！"

九

自韩生进京赶考走后，戚施更是如鱼得水，书放在哪儿也不知道了。白天在赌场上输钱，夜晚在外面嫖妓，整天整夜不回家。戚补臣看在眼里，急在心上，管也管不住，教又教不好。戚补臣心想："这小子不怕我的威严，给他娶个媳妇，没准儿还能听从枕边的教训。詹年兄赴西川上任时，曾托我为他两个女儿挑选女婿，不如把一个聘给自己儿子，另一个聘给韩贤侄，这该有多好！我听说，他家大女儿是个平常女子，小女儿才貌双全。我儿子的情况只能和他的大女儿相配，小女儿可以配给韩贤侄。本想一同下聘礼，只因韩生还在京中应试，万一高中而受了别人的丝鞭，恐怕两下都耽误了。不如先把自家儿子的事定下，那一个等韩生回来再下聘不迟。"戚补臣于是吩咐家僮叫媒婆来。

不多时，家僮领着媒婆来到。媒婆行礼问安后说："戚老爷有啥吩咐？"戚补臣就把让她为自己的儿子说媒之事说了。媒婆说："不知是谁家的女儿？""詹府大小姐。"媒婆："这事太好办了，是顺风吹火，下水行船。我就去詹府提亲。"说罢告辞，到詹府去了。

这时京城的报子从千里之外，渡黄河，过淮河，来到扬州。经人指点，报子来到戚府敲锣报喜，报告韩相公中了状元。戚施一听韩生中了状元，撇撇嘴说："大概是假的。"报子立刻说："不是假的，这里有报条在。"说着把纸条递过来。戚补臣接过看罢，吩咐家僮先把花红给报子，改天让他再来领赏。报子接过花红出去了。戚补臣长舒一口气,说:"谢天谢地!我当初受朋友托孤之命,到今天这个样子,可以向老朋友交待了。他如今富贵,日后也会关照我这不才的儿子的。"

戚补臣还在想着,媒婆回来了。她对戚补臣说:"戚老爷,詹夫人见是老爷求亲,高兴极了,满口答应。只是一件,她说老爷不在家,没有办好嫁妆,就先在她府上成亲,等老爷回来,准备好嫁妆,然后再让女儿嫁过来。"戚补臣听罢说:"这样更好。等我选好吉日良辰,一面下聘,一面送人去成亲。"

这时正在京中身居翰林院修撰之职的韩生接到了圣旨,钦赐他尚方宝剑,命他率铁骑营到西川前线督师。军情紧急,钦限又严,韩生接旨后立即奔赴西川。

到西川后,詹烈侯把蛮兵象阵的厉害告诉了这位状元督师。韩生和詹烈侯视察过地形地势之后,定下一计,诱象阵深入己方阵地,然后放出事先画好的狮子阵,象群见了狮子吓得狂奔,官兵乘胜追击,大获全胜。韩生、詹烈侯联名上疏,到京城报捷。天子命按院到西川慰问,并命韩、詹二人班师回朝。

詹烈侯这时接到家中来信,告诉他大女儿已许配戚家公子,不久就成亲。只是小女儿的婚配没着落。詹烈侯想:"我何必舍近求远呢?眼前不就有个合适的人吗?"詹烈侯得知韩生还没婚配,就非常中意这位状元督师。在太平宴会开始前,詹烈侯就托按院做媒向韩生提亲。韩生就问:"提的是谁家的小姐?"按院告诉他:"就是詹大人的令爱,才貌双全,可配状元。"韩生一听差点儿笑出声来,心想:"下官早就领教过詹家小姐的风采了。"只是不便说穿,就极力婉辞,最后没有办法,就推托说自己是戚老伯养大,视如父亲,不告诉戚老伯就订婚,万万不可。

谁知詹烈侯择婿心切,马上给戚补臣写信。信上说,韩生已经答应和小女淑娟的这门婚事,只是没有告诉他戚年兄而不能下聘礼，教戚补臣在家成就这桩好事。

接到詹烈侯的信，戚补臣看罢哈哈大笑："世上竟有这样同心的事！我正想让詹家二小姐许配韩家侄儿，没想到他翁婿二人已经订下婚约。真是天遂人愿哪！"当即通知詹家，明天下聘礼，等状元回来，立刻成亲。

十

戚施和詹爱娟成亲的良辰吉日到了。

詹府全靠梅氏一人操持，花烛、酒席都已准备好，就等戚家女婿前来。黄昏时分，戚施带领家僮来到詹府，仆人们将他迎进喜堂。掌礼人说道："请新郎、新娘拜堂。"在一阵鼓乐声中，头上红纱遮盖的詹爱娟出来拜堂。她心中极为高兴，心想："戚郎，戚郎！你到底和我成亲了！"戚施急得心如猫抓，可是看不到新娘究竟长得啥样。新郎、新娘按掌礼人的吩咐，拜堂成亲，然后二人入洞房。梅氏叮嘱伴娘等人："你们把新人送进洞房，早点回避。"众人一齐答应。

一进新房，戚施就把众人轰出来。他按捺不住心中的兴奋和好奇，上前去揭新娘头上的红纱。谁知揭去一看，戚施大叫不好，满以为詹家小姐是位佳人，原来竟是这么一个丑货！戚施大为恼火："一个翩翩公子配了一个野鬼山精。我戚友先一向玩女人，美丑兼收，精粗不挑，丑的也曾见过几个，不像这人丑得这么绝顶！你看她鼻子凸出，眼睛凹陷，长得说不出的奇怪！"戚施心知生米已经做成熟饭，无法改变，就闷闷不乐地坐在床边。这时就听到新娘说："戚郎，我只有一年时间没见你，你怎么变得这么苍老了？全不像以前莲花般的容貌，你是不是害了相思病，心情焦虑变成这副模样？那夜，我们好好地说着话，被奶妈闯进来冲散，你跑了出去。我从那夜一直想到今天，真是想得好苦啊！"戚施听着新娘叙述，眼睛越睁越大，由吃惊到大惊，猛烈地拍打着桌子，大骂道："呔！你这个丑陋的淫妇！难道你瞎了眼，连人也认不得了？我啥时候到过你家？我在哪儿见过你的面？我在哪儿碰到过你的奶妈？你不知被哪个奸夫淫污了去，现在天网不漏，在我面前败露出来！我手里如有佩刀，就砍下你的头来！这些话可是你亲口招认的，难道是我玷污了你的清白名声？"戚施洪亮的嗓门儿，在夜里传得很远。梅氏听见后先是想："女儿装模作样，和鲁莽急躁的女婿争吵起来，这种事让当丈母娘的怎么开口去讲？"这时房中又传出戚施的叫喊："叫家人快点儿备轿，我要回家！"这回梅氏听清楚了，三步并作两步跑进房中劝解："贤婿，为啥这么焦躁？"戚施粗声粗气地嚷道："我不是你女婿！你的女婿，去年就有人做了。"梅氏心中一惊："难道女儿有了啥破绽？不对呀！就是有破绽也得上床睡了才验得出，现在怎能知道？不行，我得问问。"梅氏就问戚施："贤婿，刚才的话老身不懂，还求你明白赐教。""赐教，赐教！还是不说的好。如果我说出来，只怕愁得你要上吊！都是你治家不严，黑夜开门请来了强盗。被人梳拢了你家的粉头，现在却教我来承担这乌龟的名声！"梅氏大吃一惊："怎么回事？我家门禁很严，三尺男童也不能随便进来，哪会有这种事？请问贤婿，这话是谁说的？你怎能知道那说话的人不是诽谤小女呢？"戚施一字一句地说："请问，别人可能会诽谤令爱，令爱愿意自己诽谤自己么？"梅氏奇怪地问："她怎么会诽谤自己呢？""既是这样，供状分明，不用辩解！"戚施指着詹爱娟说："就是奸妇自己说的。那人曾冒充我的姓名，那人比我的容貌要好。"梅氏一听如五雷轰顶，头嗡嗡直响，她问女儿："你做了不像人样的事，为啥又对他说了？好，好，你就从头说来，省得我做娘的发火。被隔壁娘儿俩听见,笑也被她们笑死了!"詹爱娟只好把去年那夜的事情说了出来,梅氏气得捶胸跺脚,怒骂道:"生出你这种东西,败坏爹娘的面子,难怪新郎发怒咆哮。教我有口难以相劝,先被隔壁的人嘲笑一通。"梅氏又转向戚施,说:"贤婿,是我女儿不争气,不怪你发火。只是今晚你如不成亲,回到家去,我家的面子丢尽了不说,就是府上的名声也有些不雅。老身替小女陪罪,求贤婿多多包涵,暂时结为夫妇,小女不合你意,你只给她个正妻的名号,三妻四妾你只管娶就是了!不瞒贤婿说,你丈人第三个小,和老身最不投缘,就在隔壁居住,若是教她知道了,老身这辈子怎么受得了她的讥刺指责?"戚施见状,知道这个老婆不要是不行了,就当着丈母娘的面儿说道:"这我要说清楚,成亲之后,我就要娶小的。世上的女人偏偏是丑而且淫的,分外会吃醋。不要到我娶小的时候,她又放肆起来!"梅氏信誓旦旦地说:"有老身在这里,贤婿不要多虑。爱娟过来!"梅氏将女儿一把拉到戚施跟前,戚施说:"我今晚只好饶你的初犯,以后再这样,我要老账新账一起算!"梅氏见事态平息了,就对他们俩说:"老身走了。你两个好好地成亲,再别多话!"梅氏说罢,摇摇头,叹口气,回自己房内去了。

十一

戚施成亲还不到一个月,就嚷着要娶小的。詹爱娟有把柄握在戚施手中,不敢反对。她反复盘算着:"娶个小的进门,三夜轮不上自己一夜了。就是两宿轮自己一宿,活百年也得守五十年活寡!"想到这里,詹爱娟感到浑身哆嗦,毛骨悚然。她又想:我有了那个小过,要他一辈子循规蹈矩,替自己守节肯定没门儿了。允许他娶小,不如让他嫖妓;让他嫖妓,不如让他偷情。偷人家良家女子，有信没人传，有话没处说，开这条路，还不算十分亏本。戚施前天，碰见我那妹妹，见她长得标致，做梦也想着她。我不如将计就计，使他两个勾搭上手，也让戚施做件亏心事，省得他总抓住我不放。况且三娘平日夸口，说她家教比我娘强，也让她女儿弄些把戏出来，让她拿住，省得她欺负别人。这一桩事堵住三个人的嘴，又免了娶小的后患，该有多好啊！戚施这半天没见人，一定又到墙边看我妹妹去了，我去撞一撞。

詹爱娟匆匆来到墙边，戚施果然从墙上的小洞里往西院张望。这个小洞是戚施见到淑娟后，为平时也能看见她，特意在墙上钻的。戚施从小洞望过去，只见淑娟倚着栏杆坐着，好像在想事。不如叫她几声，看她答应不答应。戚施压低声音叫道："二小姐，二小姐！""大姨夫！"有人在背后高声答应。戚施回头一看，原来是爱娟。爱娟不冷不热地说："你叫得这样亲热，我如不替她答应你一声，不是辜负了你吗？"戚施尴尬地笑笑，说："娘子，你怎么这样知趣？我正有话要跟你说，请回房中细说。"说完就拉着爱娟的手回到房中。

关上房门，戚施迫不及待地说："你妹妹长得太漂亮了，我也太多情，我想把她也娶来。"爱娟接着他的话头说："花街柳巷，就有不少漂亮妓女，去挑几个嫖嫖就是了。"戚施实在割舍不下，就央求爱娟："娘子若肯当媒人，我终生感谢你不尽！"爱娟听他还是要娶小，醋意大发，没好气地说："你今天要娶小，明天要娶小，去娶个漂亮的小来，受用就是了。我们詹家只有这点儿风水，生不出啥好女人来。"戚施听她的话音，好像是不信自己的话，于是他就对天发誓说："老天在上！戚友先与詹家二小姐有了私情后，若还要娶小，教我生个碗大的疔疮！""你既是这样，我倒有个法子。明天叫奶妈去请她来看花，你先躲在房里，我找个借口出去，把门反带上，然后你走出来，任凭你下手就是。只有一件,她的性子不和我一样,你要软一些。那天和我成亲的气势,一点儿也使不得。"戚施见爱娟替自己设计,成全好事,乐得心花怒放,连声说:"谢谢娘子,谢谢娘子!"

第二天早晨,淑娟起来梳洗完毕,在院子里做针线活儿。忽然想起隔壁爱娟姐姐招赘的丈夫,原来就是放风筝的戚公子。我当初见了那首诗,不知他是怎么样一个俊雅才子呢!前天在二娘房中,偶然碰到他,长相实在不怎么样。见他替二娘给爹爹写信,十个字就有两三个错字。这样看来,风筝上的诗句,不会是他作的。不知从哪儿拣来一张残稿。偶然糊在上面的。幸亏他求婚求到姐姐,万一求着别人,真是误了人家终身。淑娟边做活儿边想事儿,奶妈走过来了,对她说:"二小姐,大小姐说,花缸里开了一朵并头莲,请你过去一同赏玩。"淑娟正色道:"她如今不比当初了,有姐夫在家,混杂不雅,我不能去。""戚公子回家去看他爹去了,好几天没回来了,因此请二小姐过去消闲做伴。""既是这样,等我收起针线,和你同去。"说着就进房去放针线。

东院爱娟房中,两口子正在密谋。戚施说:"奶妈去请小姨,如今快过来了。我和你商量,到底躲在哪儿好?""那马桶旁边,衣架背后,黑黝黝的最好藏身。"戚施想想,只有马桶边儿了,虽然气味儿难闻,但想做风流事,也顾不得许多了,只好躲进去。这时就听到爱娟在房外面说道:"妹妹来了!我因你姐夫一直在家,不便来请你,心上实在惦记。"说着就把淑娟让进房中。一进房,淑娟见爱娟床头挂着一口宝剑,爱娟解释说:"我从小有些怕鬼,母亲说宝剑可以避邪,因此教我挂在床头。""哦,原来如此,为人不做亏心事,鬼神有啥可怕的?"爱娟见话不投机,就换了个话题:"妹妹,你看这两朵荷花。我年年种荷花,从不见开这并头莲花的;今年有了你姐夫,它就装妖作怪,学人做起风流事来!"淑娟微微一笑,说:"姐姐,你不要用下流话将荷花诽谤，可怜它听不懂，难以申述冤枉。"爱娟不再说花，一连声地叫人拿茶来，可是没有一点儿动静。爱娟说："奶妈和丫环们都到哪儿去了？妹妹，你先坐坐，我去看看。"说完就出去了。

戚施这时从床后走出来，见淑娟坐在床头，背对着他，心想：论正理，应该过去先温存一番，然后下手才对。只是怕她看见我，一定惊慌做作，不如攻其不备，从后面上去一把搂住，使她脱不得身，这才是万全之策。戚施悄悄走近淑娟，张开两臂正要搂抱，淑娟突然回头发现了："你是从哪儿出来的？为啥这样放肆？姐姐快来！"戚施下作地笑笑，说："小姐不必叫喊，这是令姐的美意，要我们两个成就姻缘，她是故意出去回避的。"见淑娟不信，戚施就说："小姐不信，请看这房门，已经扣上了。如今没得说，求你大发慈悲。"淑娟见中了奸计，一时又脱不了身，有些发急。忽然她看到床头上挂的宝剑，就一把把剑抽出来拿在手中，对戚施说："你好好放我出去就罢了，如不放，我就杀了你！"戚施想这二小姐大概是吓唬我，我也将计就计去吓吓她。于是戚施面对淑娟表白说："小姐，我为你害了不尽的相思，你若不肯救我，我就活不了了，不如求你干脆断送了我吧！"说着就跪在了地上："请杀吧！"淑娟一眼就看穿了戚施的鬼把戏，说："你别假作拼个一死来骗我，欺负我没有力气，杀不了你。你得知道我的贞烈性情有多刚强，就是把你的头砍下来，我也不怕！"说着举剑就砍。戚施见她真下手杀自己，赶紧躲避，淑娟在房中紧追不舍，戚施杀猪似的大叫起来："娘子快来救命！"爱娟在房外听到戚施的惨叫，急忙冲进房中，见淑娟手提宝剑追杀戚施，就问："妹妹为啥动起粗来？"淑娟指着她说："我和你是亲姐妹，无冤无仇，你为啥设这圈套来算计我？我和你到娘面前去说个明白！"说着就拉上爱娟要走。爱娟见事情闹大了，就求淑娟："妹妹，自古道：把酒劝人，终无恶意。你不愿意也就算了，何必告诉娘呢？我向你陪个不是，你就宽恕了吧！"说完爱娟就"咕咚"一声跪在地上。淑娟见爱娟跪下求饶，就疾言厉色地对她说："就算不向娘去讲，你我的姐妹情谊今日起就断绝了！还你这驱鬼避邪的宝剑。"接着"哐当"一声，淑娟把宝剑扔在地上，一直回西院去了。

爱娟见妹妹走了，对戚施说："她不肯从你，可是我的情却尽到了。'娶小'二字，以后再别提！你这样的才子，也只好配我这样的佳人，劝你还是死了这个心吧！"戚施气鼓鼓地说："都是这把破剑误了我的好事。整天挂在床头，避啥邪了？邪倒没避成，差点儿劈开了我的天灵盖！我恨透她了，得想个办法收拾收拾她！"

十二

戚补臣在替韩生下聘礼时，没想到在京城起了点儿风波。韩生得胜班师回朝，天子不仅加升他的官职，还要把宰相之女许配给他，钦赐完婚。韩生没见过这位千金，恐怕又步了詹家小姐的后尘，只推说家中已经定下了婚姻，接连三次上疏，才把此事辞掉。这次回家，是向天子请假，理由是回扬州结婚。天子恩准，韩生归心似箭，一路晓行夜宿，过黄河，渡淮河，没几天就回到了扬州。

戚补臣见韩生荣归故里，把他迎入公厅。韩生说："老伯请上，请让小侄拜谢老伯教养之恩。"戚补臣喜笑颜开，乐呵呵地说："贤侄，老夫起先得到你高中状元的喜报，真是狂喜了一阵；后来又听说你到西川督师，不免替你担心。没想到你在那里立下奇功，而且又成就好事，可称得上是双喜临门了。"韩生很奇怪："戚老伯说我定下婚姻，让人摸不着头脑。哦，我猜到他的意思了。督师征剿的官员一直是掳掠民间女子的，老伯怀疑我从西川带了女子回来做眷属，他不明说，用这巧妙办法来试探我。"韩生于是解释说："老伯，小侄带兵行军，纪律严明，没有掳掠民间一个女子，并没婚姻之事，老伯不要疑心。"戚补臣哈哈大笑起来，笑得韩生如堕五里雾中。戚补臣见韩生莫明其妙，就笑着说："谁说你掳掠民间女子？我说的是詹家那门亲事，你怎么自己多心起来？怎么？你和詹烈侯当面订下，要娶他的第二位令爱，你说还没告诉我不好下聘，请他写信给我，让我替你下聘礼。你难道忘了不成？"韩生大吃一惊，语气坚决地说："小侄并没说过这话！""啧，你没说过这话，詹烈侯为啥写信回来？"韩生就一五一十地把那天按院提亲的事告诉了戚补臣，最后说道："我那句话是委婉辞婚的托词，怎么能认作是许亲的话？"戚补臣又大声笑起来："我说怎么样？詹年兄怎会写信来骗我？你说的话和他信上说的一字不差。再说，他来信以前，我就有此意。因你在京没回来，没有下聘，要等你回来。"韩生松了一口气，说："还好，没有下聘，还可以再商量。""怎么没有下聘？詹烈侯信到的转天，我就把聘礼送去了。"韩生这次可真是魂飞天外了，心中叫苦不迭，两眼呆呆地望着戚补臣。戚补臣见韩生如此失魂落魄，心中充满疑团，就对他说："这门亲事不错。詹家二小姐才貌俱全，正好做你的佳偶。"韩生缓过点气来，就追问："这才貌俱全是老伯亲自见到，还是听说的？""是老夫听说的。""自古道：眼见为实，耳听为虚。小侄听说这位小姐奇丑无比，一字不识。"戚补臣又说："自古道：娶妻娶德，娶妾取色。……"韩生拦住话说："就依老伯说，娶妻娶德。小侄听说，这小姐丑名难听。"戚补臣不明白韩生为啥如此执拗，就问："他家就是有隐私，你是怎么知道的？是听说呢，还是亲眼所见？""是亲眼……"韩生差点儿露馅，赶紧改口："是听说。"戚补臣又笑起来:"你刚才说我是耳听为虚,你耳听的就为实?状元的耳朵和别人不一样?"韩生有口难言,只好说:"小侄是个多疑的人,无论虚实,反正是不要这女子。""我的聘礼下了,信也写去了,他是啥人家,怎么好悔亲呢?""小侄宁可终身不娶,也不要她过门。"戚补臣见韩生说不出像样的理由,又如此顽固不化,不由得生起气来,就将韩生数落一顿,痛斥一番,最后警告韩生说:"明天就备下花烛酒席,送你到詹家入赘。你如不去,我就上疏,和你到天子面前评评理!"说罢甩手进后厅去了。韩生听戚补臣和他要到天子面前评理,吓得心里一哆嗦,心想:"以前我上表辞婚,说是家中已定下原配。如今我又不娶这'原配',戚补臣一下捅到天子那儿,这不是该杀头的欺君之罪吗?世上竟有这种冤家孽障!我和你詹家无冤无仇,你谁不能嫁,这辈子只管死死缠住我?只怪我求全责备,非要娶个绝代佳人。那个宰相的千金,想来也不会比这詹家小姐更丑,皇上赐婚时,我为啥不依呢?"韩生无可奈何,只有怨天恨地,唉声叹气,就是想不出好主意!最后下定决心:"算了!他明天送我入赘,我就依他;成亲之后,我就在扬州娶几个美妾,带回京去,一辈子也不回来见她!"主意定下,韩生的心情倒平静下来了。

十三

第二天黄昏,韩生极不情愿地来到詹府入赘成亲。詹家早已把一切都布置妥当了,笙歌沸腾,欢情像酒,烛花似斗。在掌礼人的指挥下,韩生听任人们摆布,与詹府二小姐拜天地、做夫妻,人们簇拥着送入洞房。

伴娘等人退去之后,洞房里立刻冷清起来,新郎、新娘一言不发,呆呆地坐着。红纱揭去后,新娘害羞地用一把团扇遮住脸。韩生根本就没兴趣去看新娘，所以也不知道新娘啥样儿。

一更天了，二人还是纹丝不动。韩生心里有气，见淑娟用扇遮脸，心想："这丑女人今天也有了羞耻心，觉得没脸见我，用扇子遮住。这一把小小的扇子，怎能遮住她那么多丑陋？她知道我厌恶她，今天就装出一副端庄模样来。我若是一动不动坐在这儿，她说不定又要冲过来拉扯了。"想到这里，三十六计走为上，韩生拿起一盏灯，悄悄溜到床上，独自一人向里和衣而卧。淑娟从扇骨缝儿早就看到韩生的仪表容貌，心里非常满意，就沉浸到对新婚生活的美好憧憬里，韩生上床她竟然一点没察觉。淑娟再次从扇骨缝儿里望去，大吃一惊：新郎不见了，只有一把椅子空荡荡地放在桌旁。回头一看，新郎竟独自一人和衣而卧！淑娟感到了失落，这到底是怎么回事？他把我丢在这儿不理不睬，我怎能独自去睡？一人冷冷清清，熬不过这一夜去，不如拿上灯到母亲房中去睡。于是淑娟去敲母亲的房门。

柳氏还没睡，听到有人敲门大为奇怪，这半夜三更的会是谁？开门一看，竟是今夜做新娘的女儿！柳氏说："我儿，今天正是你成亲的良辰吉日，你要东西打发丫环来取就行了，为啥自己来取呀？"淑娟一肚子委屈，眼里充满泪水，说："女儿不要东西，来和母亲一起睡。"柳氏大惊，这才发现女儿眼中含泪，有些异样，忙问："你怎么不和他去睡，反而来和娘睡？"淑娟就把入洞房之后的事说给柳氏听。柳氏也感到蹊跷："怎么会有这种奇怪的事？成亲时，我见他一进门满脸怨气，好像我们欠他些啥。后来拜堂喝交杯酒，他也是应付凑合。照这样看，他肯定有不满意的地方。我儿，你先坐坐，我去问个明白。"

柳氏来到洞房外，派人去叫醒韩生。柳氏进房，韩生站起，问："岳母大人深夜到此为啥？"柳氏对他说："贤婿请坐下，我有话要说。贤婿，舍下虽然贫寒，小女就算是丑陋，既然和贤婿成亲，就该俯就。为啥愁眉苦脸，没一点儿新婚的样子？你一人独睡，哪还有个新婚的体统？贤婿如此，一定有个缘故，到底因为啥？""明人不必细说，岳母大人自然明白。"

柳氏根本不明白，就问："是我家贫寒，门户不对？""都是官宦人家，有啥门户不对？""那么，是小女容貌不好？""容貌还是小事。""哦，我明白了，你是嫌我家嫁妆不齐整？老身和戚年伯说过，老爷不在家，无人料理，等老爷回来，从头办起不迟。贤婿你不知道？"韩生笑了笑，说："嫁妆算啥大事，也值得说说？"柳氏见这也不是，那也不是，有些生气："那到底是为啥？""是令爱名声不好。""啊？"这个原因出乎柳氏意料，她立刻追问："照贤婿这么说，我家是有啥闱门不严的事？贤婿你听谁说，你怎知不是出自仇家之口？""别人的话信不得，是我亲眼见到的。"柳氏见韩生说得如此肯定，更加吃惊："我家闱门内的事，贤婿是怎么看见的？是哪年哪月哪件事？""事到如今，我不得不说了。"于是韩生就把风筝引起的一连串事情统统告诉了柳氏。柳氏听罢又羞又惊，她想：拾风筝是我亲自见到的，和诗是我让她作的。可是她串通奶妈私下约会，看来是瞒着我了。柳氏说："这是我家的孽障不对了，怪不得贤婿如此决绝。贤婿请便，我去问她。"

柳氏怒气冲冲回到房中时已近四更天了。她冲着淑娟大声喊道："你这个不争气的东西！"淑娟见母亲气得脸色发白，不知怎么回事，就小心翼翼地问："娘，您为啥这么恼怒？""都是你瞒着我做的好事！""孩子儿没有瞒着娘做啥事情。""去年风筝的事，你忘了？"淑娟听柳氏提到风筝，心想：这就是了。戚公子把风筝上的诗让韩郎看过，他认为我是和戚公子一唱一和，疑心我和戚公子有啥私情，刚才他把这些对娘说了。于是淑娟对柳氏说："和诗，是娘教儿作的，诗，娘也看过，还风筝是娘亲手还的，这和女儿有啥关系？"柳氏气又来了："不错，我把风筝还了。谁教你约他来相会？"淑娟听罢吃惊不小："我啥时候约他来过？"柳氏怒气不息，说："你竟敢抵赖！"接着柳氏把韩生的话转述给淑娟，淑娟放声大哭："天哪！我和他素不相识，无冤无仇，为啥凭空捏造这种事来玷污我的名声？为啥血口喷人？"柳氏赶紧捂住淑娟的嘴："你还这么大声音，不怕隔壁听见？她若是知道了，我今晚就得上吊！"见事情越弄越糊涂，柳氏就让女儿先去睡。她亲自拷问丫环，丫环矢口否认，并起誓说绝无此事。柳氏见状，只得又拿上灯，去问韩生。柳氏一见韩生，开口就问："贤婿去年见过小女的面没有？""怎么没看见？""那刚才进洞房时，贤婿见过小女没有？""我根本就不想看，以免看见反而不舒服。""既是这样，我教小女出来，贤婿当面认一认。如果去年那位小姐就是小女，不要说贤婿不娶她为妻，就是我也不要她这个女儿了！只怕事情有出入，这也可能。"韩生觉得这个办法好，赞同地说："那就请出来认一认。"柳氏吩咐丫环，多点上几支蜡烛，去请小姐来。

不一会儿，几个丫环举着灯烛，拥着淑娟来到房门前。重新打扮过的新娘容貌俏丽，神采奕奕，心地坦然地站在烛光下，熠熠生辉。淑娟心想："请用你那疑神见鬼的眼，来认认我这冰清玉洁的人！"柳氏告诉韩生："小女来了，请贤婿认一认。"韩生见到小姐，心中一惊："那丑女人怎么变成了绝代佳人！"他怕自己眼花没看清，就揉揉眼睛，走近一些，仔细看看，不由得一惊："真是一个绝色美人啊！"柳氏见韩生发呆地看，也不说话，就问他："贤婿，是去年那人吗？"韩生摆摆手："不是，不是，根本不是！""这么说，是贤婿认错人了！"韩生心怀歉疚地说："不只是认错了人，小婿真是该死！"柳氏笑了："那好，老身先回去，你们成了亲吧！""岳母大人请回，小婿得罪了，明天一定去负荆请罪,请岳母大人宽恕。"柳氏再次笑了,招呼丫环们把小姐送入房中立即退去,自己先回房去了。

  韩生见众人走了,赶紧关上房门,温存地对淑娟说:"夫人,夜深了,请歇息吧!"淑娟不理他,一动不动。"是下官认错了人,冒犯了夫人,请夫人原谅!"边说边深深地行了一礼,淑娟好像没有听见,无动于衷。"夫人,我知道,即使行礼陪罪,也难赎我的罪过,我知罪了!"这时雄鸡高唱第一声。韩生见淑娟还是不理不睬,有些发慌:"夫人,鸡都叫头遍了,还不去睡,下官没办法,只有行全礼了!"说着就跪在淑娟面前。淑娟一见状元给自己下跪,赶紧把韩生扶起。韩生充满歉意地说:"蒙夫人宽宏大量,原谅了下官。可是我怎会知道新娘不是去年那人,真是被一个作孽的风筝耽误了!"

十四

  西川招讨使詹烈侯因征剿蛮兵有功,天子封他为大司马,奉旨回京。詹烈侯回京正好路过家乡,就先派人给家中送信。

  詹府上下得知老爷高升,几日后即可到家,都是欢喜无比。这天正是詹烈侯到家的日子,梅氏和女儿、女婿来到堂上等候。梅氏说:"老爷今天到家,咱们先来公厅等候。柳夫人一家大概也快过来了。"爱娟两口子想到那天竟要对淑娟强行无礼,今天见了这位状元夫人该有多难为情啊!

  柳氏一家三口很快来到公厅。梅氏和柳氏见过礼,柳氏说:"我女儿成亲后,他们夫妻还没拜见过你,请让他们先来拜见。"梅氏连忙阻拦:"不必。等老爷回来,一起拜见吧!你们两对小夫妻,大小姨夫、大小姨子,先认识认识吧。"戚施过来见过淑娟,淑娟满脸怒气,勉强还礼;爱娟也来见过韩生,两人都不由得大吃一惊。韩生想：这位大姨子好像在哪里见过一次。爱娟也在想：这位小姨夫的容貌，和去年来的人一模一样，这回更漂亮了一点儿。韩生还在想：这位大姨子就是中状元那天梦见的那女人。哦，梦中那女人就是去年相会的詹小姐。去年见鬼，难道今年又见了鬼了？他走近淑娟，指着爱娟问道："夫人，那边站着的是人还是鬼？"淑娟嗔道："那是我姐姐，你怎么说起鬼话来了？"韩生附在她耳边悄声说："我去年就是见了这个像鬼的人，没错，就是这个人。""你仔细看好，不要又认错人了！""这回一点儿没错，就是去年见的那人。"淑娟小两口儿嘀嘀咕咕。那边梅氏对柳氏说："前天你女儿、女婿成亲，我没送去喜酒，今天就奉上一杯清茶吧。"说完吩咐上茶。谁知今天奶妈替丫环送茶，走进公厅见到韩生吃了一惊，就附在爱娟耳边说："小姐！那人分明是去年来约会的人，你认出来没有？""长相虽是一样，觉得去年还没今年这么漂亮。""去年戴方巾，今年换了纱帽，自然就漂亮了。"

这边爱娟和奶妈咬耳朵，那边韩生和淑娟又嘀咕上了："夫人，如今不仅假莺莺认出来，连假红娘也认出来了。""在哪儿？""刚才送茶的那人就是。"淑娟这才明白，原来是东院的奶妈和爱娟假冒自己，做出丑事，让我蒙冤受屈。就跟韩生说："我要告诉娘，当面说清楚。"淑娟刚要过去，韩生拉住她："夫人，这可万万使不得。你和她争起来，戚公子听见，说我调戏他的妻子，这场怨恨可怎么了结？""我不管。"淑娟甩开韩生的手，走到柳氏跟前，附着柳氏耳边说起来。

戚施见小姨子跟韩生说了一会儿，又走到柳氏跟前去说，心想："她还用手指着爱娟，这肯定是和她娘说我二人设计骗她看荷花的事。韩生听见我调戏他妻子，那可怎么得了？"这时就听柳氏说道："原来是这样，好一个没廉耻的女儿！"韩生、戚施各自心怀鬼胎，一听柳氏开口说话，都不想再呆在公厅。韩生急得直搓手，忽然有了主意，招呼戚施说："岳父现在快到了，你我到郊外去迎一迎吧！""好！小弟正有这个意思。"韩、戚二人一拍即合，说完两人直奔门外去了。

这时公厅之上已经吵成一锅粥。柳氏对梅氏说："亏你有本事，养出这样的好闺女来！"梅氏根本不知是怎么回事，见柳氏突然发难就说："我知道你女婿是个状元，你想借他的势力压我吗？你有话就明说，不要话中带刺，占别人便宜。"柳氏以为梅氏装糊涂，就把爱娟的事抖落出来，最后说："我女儿虽然成亲了，也没弄明白她替谁背了黑锅，刚才这三头六面认出来，才明白是这么一出戏。"梅氏听罢目瞪口呆，说不出话。她想起女儿成亲那天戚施的话，看来柳氏不是造谣，就说："看来，是我这不成器的东西坏事了。你娘儿俩如今要怎样？"柳氏干脆地说："我没啥可讲，等老爷到家，拦住马头告上一状，听老爷审断就是了。"梅氏心慌嘴硬地说："审起来，你也未必全赢，我也未必全输！虽然我家女儿冶容海淫，也是你家女儿多才惹事；虽然我家闺范不严，不该放男人进来，也是你家门缝太宽，不该让风筝出去。我要吃场大亏，你也得受些小气；我女儿如定罪充军，你女儿也要定个徒罪。不如你我私下讲和了结，还省了一场当官的没趣。"爱娟也对淑娟说："你若肯和了就罢，如不肯和，我豁出去做个下水拖人！""怎样拖法，我倒想听听。""我就说是你在风筝上作诗，约他来相会。他不认得路，错走到我房里来。"淑娟见她倒打一耙，不知如何应战，被这拖人下水的无赖战法吓住了。柳氏来给女儿解围，笑笑，说："这倒没关系。有给他领路的人在这里。他不认得路，难道奶妈也不认得路吗？"奶妈一听提到了自己，两腿直哆嗦，心想："这下可全完了。老爷审起来，少不了要拷问我。女儿是他亲生的，料想不会往死里整治，弄来弄去就苦了我一个。我只有跪下，求她们讲和了。"奶妈先跪在柳氏面前，求饶说："夫人，饶了我这条狗命，你们和了吧！"柳氏脸一扬，不理。奶妈又跪在淑娟的面前乞求说："二小姐，你一向贤惠。你劝劝夫人就和了吧？"淑娟脸一扭，也不理。奶妈见状，只好站起来，说："夫人不肯和，小姐也不肯和。看来是非审不可了，我肯定是个死！这堂前有口古井，不如跳下去先死了，省得明天零碎受罪！"说完就往井边跑，淑娟赶紧追上去拉住她："你不要这样！我去劝夫人，和了就是了。"淑娟去求柳氏："娘，就和了吧！"柳氏不无担心地说："我和她和了，她娘儿俩翻起供来，怎么办？"听柳氏的口气松动，梅氏赶紧过来给柳氏行个礼，说："柳夫人，是我女儿该死。你若肯和，我终身不忘你的大德。""那好吧，你我的事就此算和解了结。"见梅、柳二夫人愿意和解，奶妈就跑过来磕头道谢。

这时门外面传来了鼓乐声，大司马詹烈侯老爷回府了。

（裴泽仁　改写）